Afgrond

Zo kan ik vergeten dat je
er niet bent.
Ik kan je vragen of je komt.
Dan spelen we
de koning op de berg,
en dan ben ik de koning
en jij bent degene die
eraf valt en verdwijnt.

Trine Ness, uit de bundel *Hvis jeg kunne hete noe annet, sa jeg til Marianne* (Had ik maar anders geheten, zei ik tegen Marianne). Gyldendal Norsk Forlag, 2008

Merete Junker

TWEELING

Scandinavische psychothriller

Uit het Noors vertaald door Renée Vink

UITGEVERIJ CONSERVE

Uitgeverij Conserve en Drukkerij Bariet vinden het belangrijk om op milieuvriendelijke en duurzame wijze met de natuurlijke bronnen om te gaan.

Deze vertaling is verschenen met financiële steun van NORLA, Norwegian Literature Abroad

CIP-gegevens Koninklijke Bibliotheek, Den Haag

Junker, Merete

Merete Junker – *Tweeling – Scandinavische psychothriller*
Vertaald uit het Noors door Renée Vink
Oorspronkelijke titel: *Tvilingen – Kriminalroman*, Gyldendal Norsk
    Forlag, Oslo, 2009
Schoorl : Conserve
ISBN 978 90 5429 313 2
NUR 330
Trefw.: Scandinavische psychothriller

© 2011 Merete Junker, Gyldendal Norsk Forlag en Uitgeverij Conserve

De lucht van chloor prikte in haar neus. Niet alleen het zwembad dampte, maar ook zijn haar en huid, de muren en het dak, de grote ruiten. Idun ademde snel. Arvo Pekka deinde met zijn naakte lijf heen en weer. Zijn huid was vochtig. Dat voelde ze met haar vingertoppen, daar waar haar handen gedwongen waren zijn huid aan te raken, op zijn borst.

Ze tilde haar hoofd op en probeerde door de ramen te kijken. In het oosten werd de dichte duisternis iets minder. Dus was de nacht bezig ochtend te worden. Ze zou door iemand gevonden worden. Iemand zou haar bevrijden.

Nee, er zou niemand komen. Ze zou hier in het zwembad doodgaan. Ze zou nooit haar diploma halen.

Haar natte haar plakte tegen haar hoofd. Het was al een tijd geleden dat ze gezwommen hadden, maar het haar wilde niet drogen. Alles was vochtig. Ze probeerde haar lichaam wat te draaien, een andere zithouding aan te nemen. De vierkante vloertegeltjes drukten met scherpe randen in haar dij, waar zijn hele lichaamsgewicht op drukte. Ze zocht met een hand steun op de vloer. De andere zat vast met een handboei.

Hij had haar hard beetgegrepen en heen en weer geschud. Haar op de grond gedrukt en de handboei om haar pols gedaan. Het metalige geluid waarmee de boei dichtklikte, trilde in haar oren. Ze wilde haar arm naar zich toetrekken. Slaan, vluchten, bijten, maar ze kon zich niet verroeren. De roes zat nog in haar lijf, maar ergens op haar netvlies knipperden witte, waarschuwende lichtjes. Bliksemsnel maakte hij het andere eind van de handboei vast aan de dikke ketting om zijn hals. Het leek net een keten. Ze zat aan hem vast gekluisterd, niet in staat om los te komen. In zijn ene hand had hij de sleutel, in de andere het pistool. Het pistool, of de revolver. Ze wist niets van wapens, maar ze wist dat hij zou schieten. Hij kwam haar doodschieten. Hij is gek, zong het door haar heen. Hij is gek, hij is gek, hij is gek. Ze wist toch dat hij gek was. Ze had nooit met hem mee moeten gaan, maar moeten blijven waar ze was. Op het feest, in het licht, bij de muziek. Nee, ze had naar huis moeten gaan. Ze was dronken.

Achter de grote ruiten was het donker. De bomen waren net te onderscheiden van de rest. Hier binnen was het zwembad spaarzaam verlicht door een enkele lichtbron in de betegelde korte muur. Een giftig groen licht dat tot aan de rand van het bassin reikte. Zij tweeën zaten buiten de lichtkring. Maar als daar buiten iemand stond, zou die haar dan kunnen zien? Wilde ze dat iemand haar kon zien, zoals ze er nu bijzat?

Ze moest aan de exhibitionist denken. De man die voor het raam had gestaan toen ze zwemles had op de basisschool. In een ander zwembad. Waarom hebben zwembaden altijd ramen aan de kant van de bomen?

Arvo Pekka was gestopt met deinen. Hij gooide zijn hoofd met een heftige beweging naar achteren. Uit zijn haar vlogen een paar waterdruppels die haar op haar wang raakten. Toen verbrak hij de stilte. Van een plek diep in zijn binnenste zweefden de klanken omhoog naar de oppervlakte, in een taal die ze niet kende, in een soort wiegelied. Nu deinde hij weer met zijn lichaam, op de maat van het lied, en ze merkte dat zij meedeinde. De tonen dansten tussen de porseleinen wandtegels, het glas en het water. De akoestiek creëerde een illusie van meerstemmigheid, en ze kreeg zin om mee te zingen. De angst had zijn greep verloren. Dit was gewoon Arvo Pekka. Ze had zin om haar hand op te tillen, de hand waar de handboei om zat, en die zorgzaam tegen zijn wang te vlijen.

Ze kon zijn gezicht nu duidelijker zien. Haar ogen waren aan het zwakke licht gewend geraakt. Die van hem waren mosgroen en levendig, een ogenblik lang.

Hij hield de sleutel van de handboeien tussen zijn duim en wijsvinger voor haar omhoog. Toen stopte hij hem in zijn mond. Achter zijn tanden. Zijn lippen gingen op elkaar. Nu

zag dat de trap vol glasscherven lag. Peder was al binnen. Door de deuropening golfde luide muziek naar buiten, die plotseling afbrak. Op hetzelfde moment werd het pikdonker. Ze stond met een voet op de onderste traptree en hield zich vast aan de balustrade. Een schaduw botste tegen haar op en siste. Ze rook een merkwaardig, vreemd luchtje en hoorde snelle voetstappen hard knerpend door de droge sneeuw weglopen.

Ze liep op de tast naar het zekeringenkastje in de gang achter de deur. Uit de woonkamer hoorde ze stemmen komen, afgewisseld met zachte jammergeluidjes, en ze zag licht dat van zaklantaarns afkomstig moest zijn. Ze liet haar vingers over de schakelaars glijden. Degene die ze tegenkwam stonden allemaal omhoog. De hoofdzekering moet doorgebrand zijn, dacht ze, en ze probeerde de goede schakelaar te vinden. En daar was er eindelijk een die omlaag stond. Ze duwde hem omhoog en het licht en de muziek keerden op volle sterkte terug. Dat duurde een paar seconden en toen werd de muziek uitgezet.

Ze haastte zich de smalle gang tussen de keuken en de woonkamer in en stuitte op Peder, die de trap naar de eerste verdieping af kwam.

'Ze slapen,' zei hij, 'als rozen, allebei, en verder is het leeg. Niets wijst erop dat er iemand boven is geweest.'

De opluchting maakte plaats voor agressie toen ze in de deuropening van de woonkamer de totale chaos in zich opnam. Ylva zat op de bank te snotteren met haar handen voor haar gezicht. Een jongen met een gele hoofdband en een paar helblauwe ogen onder dichte wenkbrauwen streelde haar enigszins onhandig over haar schouder. Op de grond, bij de deur naar de veranda, stond een brancard. Het ambulancepersoneel, een jongeman en een vrouw van dezelfde leeftijd, waren bezig de riemen vast te maken om iets wat eruitzag als nog een jongen. Hij had een zuurstofmasker over zijn gezicht en lang haar waarvan de lokken over het witte kussen slierten. Peder stond met ze te praten, maar ze hoorde niet wat er werd gezegd. Ylva's gesnotter was overgegaan in hard, hysterisch gehuil. Een vrouwelijke agent was bezig een weinig meegaande jonge knul die zijn uiterste best deed om los te komen, in de handboeien te slaan. Hij vloekte. Het schuim stond om zijn mond en zijn ogen traanden.

Een politieman kwam buiten adem uit de gang naar binnen. Hij richtte zich meteen tot de agente, die het jongmens op een stoel had neergedrukt.

'Weg, de hele bende. Ik heb er niet eentje te pakken gekregen!'

Mette herkende hem. Axel Lindgren. In de wirwar viel zijn oog op haar, en hij liep op haar af. Ze moest er nogal hulpeloos uitgezien hebben, want hij legde allebei zijn handen om haar schouders en kneep er voorzichtig in.

'Dit is wel een beetje schrikken voor jullie, maar de jongens mankeren niets,' zei hij met een hoofdbeweging naar het plafond.

'Wat is er eigenlijk gebeurd?' vroeg ze met een stem die haar volslagen vreemd in de oren klonk. Haar mond was droog en het drong tot haar door dat de alcohol nog niet weg was.

'Het bekende verhaal, naar het lijkt,' zei hij. 'Oppas krijgt bezoek van buitenstaanders die het huis binnendringen. Ze bleek al een paar vrienden over de vloer te hebben. Vervolgens kwamen er nog meer, die er niet in mochten, en daar kwam ruzie van.'

Nadat iedereen van het toneel verdwenen was, hadden ze een paar uur nodig om de rotzooi op te ruimen. Peder plakte plastic over de kapotgeslagen voordeurruit. Maandag moesten ze een glazenmaker te pakken zien te krijgen.

Mette bleef tot het eerste licht wakker liggen. Naast haar lag Peder ritmisch te snurken. Hij was in slaap gevallen zodra zijn hoofd het kussen raakte. Ze hadden zo'n fijne avond gehad. Ouderwets gezellig. Ze hadden over vroeger gepraat, toen de tweeling nog heel klein was, en over een vakantie die

Tweeling

Lees ook bij Conserve de prachtige roman *De onbekende soldaat* van de Finse meesterverteller Väinö Linna en de thriller *De verklikker* van Jan-Erik Fjell, winnaar van de Noorse Boekhandelsprijs 2010.

En in het najaar *Karma* van de Noorse auteur Jørgen Jaeger, met Ole Vik als hoofdpersoon: de nieuwe Wallander!

ze een paar jaar geleden in Zuid-Engeland hadden doorgebracht. Het eten was lekker geweest en de wijn ook. Noord-Noorwegen was met geen woord ter sprake gekomen, noch Peders wens om in het noorden een baan te zoeken. Daar hadden ze de laatste maanden tot vervelens toe over gediscussieerd. Zij wilde niet verhuizen. Nu lag ze daar met een slecht geweten. In goede en kwade dagen, heette het. Misschien was dit het begin van de kwade dagen. De dagen waarin ze elkaar hoorden te steunen en te helpen. Ze zag dat het niet goed met Peder ging. Hij was zelden opgewekt en vrolijk. Eerder stil en in zichzelf gekeerd. Het was allemaal wat beter geworden toen hij weer als arts aan het werk was gegaan. Maar dat had niet lang geduurd. Ze vond dat hij liep te kniezen. Zou het helpen als ze gingen verhuizen? Zij dacht van niet. Ze waren al eens verhuisd omdat hij dat wilde. Dat moest maar genoeg zijn.

De leraar fotografie, Aron Storm, staarde naar zijn eigen spiegelbeeld terwijl hij zijn handen waste. Hij wreef ze in met zeep en liet het warme water eroverheen stromen. Daarna droogde hij ze af met de gestreepte handdoek en sloeg op zijn wangen, zodat ze rood werden. Zijn donkere ogen keken opgewonden in de spiegel. Eigenlijk was hij hier niet. Hij had aan iedereen verteld dat hij ergens anders was. Op de filmlocatie, boven in Luksefjell. Aan iedereen, op zijn moeder na. Hij hoorde haar een etage lager, telkens als haar kruk op het eikenhouten parket neerkwam.

Aron Storm was er dus mee naar huis gegaan. Drie dezelfde berichten op zijn mobieltje: Arvo Pekka heeft zich door zijn hoofd geschoten. Hij zette het mobieltje uit. Boven in Luksefjell had hij geen bereik. Dat wist iedereen. Hij wilde met niemand praten. Niet nu.

Hij was merkwaardig opgewonden en tamelijk geschokt. Arvo Pekka. Dus er was iets in gang gezet. Maar hij had zich niet voorgesteld dat het zo zou gaan. Hij had zich iets spectaculairders voorgesteld. Jezelf doodschieten in een zwembad was niet wat je noemt creatief. Nou ja, de plek misschien wel, maar jezelf doodschieten. En verder helemaal niks. Dat was toch doodgewoon. Als hij er nou nog iets van had weten te maken. Maar niets wees daar op. Aron trilde. Hij pakte zijn badjas en trok hem aan over zijn joggingpak.

'Klotewinter! Waarom is het godverdegodver zo koud in maart,' zei hij voor zich uit.

'Klote, klote, klote, Jaco honger, Jaco honger, Jaco honger. Klote, klote, klote,' reageerde de papegaai in de kooi.

Aron glimlachte. Hij opende de deur van de kooi en stak zijn wijsvinger erin. Jaco greep de vinger met zijn klauwen en trok zijn kop in toen hij de vrijheid in werd getild. Ze hoorden allebei een belletje rinkelen toen Mons Mockery opsprong in de leunstoel voor de televisie.

'Klotekat, klotekat, klotekat,' krijste Jaco.

'Hou je gedeisd, pappa-gaai!'

Aron ging achter zijn computer zitten en bekeek zijn e-mail. Geen nieuwe berichten. Hij had geen zin om op MSN in te loggen. Hij nam de webkranten door en werd daarna door zijn eigen mappen in beslag genomen. Hij opende een file in zijn fotoarchief en bleef zitten bladeren. Jaco trappelde de maat op zijn schouder. Mons Mockery staarde naar het gevederde kreng en ontblootte zijn spitse tanden in een langgerekte gaap.

Vanaf het beeldscherm keek Arvo Pekka Samuelsen hem aan. De ogen onder de zelfgebreide hoofdband keken gekweld. Zijn borstkas was wit en haarloos. Het koordje van zijn boxershort stak boven de tailleband van zijn spijkerbroek uit. Om zijn pols had hij een leren riem gewonden. Het was zomer, je zag gras en bomen met sappig groene bladeren. Er klonken vogelgeluiden en er waren miljoenen insecten. Hier had je Arvo Pekka en al die anderen, maar voor het merendeel Arvo Pekka, precies op die dag. Hij was zo warm, zo genereus, zo open en stralend. Hij bloeide open en werd gevangen in pixels, voor eeuwig.

'Kijk me aan,' fluisterde Aron tegen Arvo Pekka.

de. Hij trok haar tegen zich aan om haar even te verwarmen. Daarna stampten ze verder naar de westkant, ofwel 'Vessia', zoals het stadsdeel ter plaatse werd genoemd. Onder het gravel dat de gemeente had laten strooien lagen hier en daar ijsbulten op de loer. Hopen vuile sneeuw rezen als miniatuurbergketens tussen het trottoir en de weg op. Boven op de Bybakken bleven ze staan en keken om naar het centrum, dat aan de oostzijde van de rivier met zijn miljoenen lichtjes lag te fonkelen. Een politieauto reed met blauw zwaailicht en loeiende sirene over de brug naar het westen.

Het geluid van de sirene kwam dichterbij. Mette voelde de spanning krachtig door haar lichaam bonzen toen de politieauto hen passeerde. Ze kneep haar ogen dicht en stopte haar vingers in haar oren om het geluid buiten te sluiten. Even snel als hij gekomen was, was de auto weer uit het gezicht verdwenen. Peder hield haar hand stevig vast en ze verhoogden hun tempo. Misschien dacht hij ook aan de jongens. Ylva paste op ze, al voor de vierde keer. Ylva was achttien en zat op de middelbare school, waar ze het mediaprofiel deed. Ze zou dit voorjaar eindexamen doen. Dit voorjaar, dacht Mette. Dat had nu moeten zijn, half maart, maar niets wees erop dat het bijna zover was. Hier, buiten het centrum, lag de verse poedersneeuw van gisteren erbij als op een kerstkaart.

Halverwege de doodlopende weg bleef Mette stokstijf staan. De politieauto stond voor hun eigen tuinhekje. Op hetzelfde moment klonk er nog een sirene. Toen de ambulance over de smalle weg voorbijreed, drukten ze zich tegen een gazen hek aan. Daarna zetten ze het allebei op een lopen. De alcohol was op slag verdampt.

De ambulance draaide de tuin voor het chalet in, bijna boven aan de doodlopende weg. Ze zag dat buurman Christensen over zijn oprit kwam aansjokken. Op de thujastruiken langs de erfafscheiding lagen dotten sneeuw waar de kleine takjes onder doorbogen. Achter de ramen op de eerste verdieping scheen licht. Haar hart ging zo tekeer dat haar hoofd bijna uit elkaar sprong. De buitendeur stond wijd open. Ze

slikt hij, dacht ze. Nu verdwijnt de sleutel zijn maag in. Ze wilde jammeren, bonken, slaan, maar deed niets van dat alles. Ze bleef zitten en voelde dat haar dijen van onderen pijn deden. Straks zou het hier krioelen van de mensen. Stel je voor dat hij haar niet doodschoot. Stel je voor dat ze hier gevonden werd. Naakt en nat, met handboeien aan hem vastgemaakt. Vastgemaakt aan die *fucking idiot*. Ze zouden denken dat ze verkracht was. Mishandeld. Vernederd. Ze zag haar ouders voor zich, haar zus, haar broer, haar vrienden, haar leraren, de politie. Ze zag de opdringerige nieuwsgierigheid in hun blik.

Haar ogen liepen over en de tranen biggelden over haar wangen. Toen tilde hij het pistool op. Hij bracht het met een langzame beweging naar haar hoofd, plaatste de loop tegen haar haarwortels, hoog op haar voorhoofd. Zijn lippen verbreedden zich tot een lachje, maar hij keek haar niet aan. Hij staarde naar iets onzichtbaars tussen hen in terwijl hij de loop over haar slaap omlaag liet glijden, alsof hij haar natekende. Hij trok met de loop de vorm van haar oor na.

Toen het schot knalde, voelde ze de warme bloeddruppels op haar gezicht en haar borst spatten. Ze sloot haar ogen, wilde het bloed niet over de groene tegels zien spuiten. Ze zocht op de tast zijn mond, stak haar vingers tussen zijn lippen en duwde ze naar binnen, tot achter zijn tanden. Naderhand dacht ze dat het makkelijk geweest zou zijn het slotje van zijn ketting open te maken om zich te bevrijden, maar dan had ze nog steeds vastgezeten aan de handboeien, en bovendien had ze dan dat andere niet gevonden dat hij in zijn mond had. Alles was anders geweest als ze dat andere niet gevonden had.

Mette Minde en Peder Haugerud gingen helemaal in elkaar op terwijl ze hand in hand over de Porsgrunnsbrug liepen. Midden op de brug bleven ze bij de reling staan en keken omlaag naar de zwarte rivier die onder hen door stroomde. Zij huiverde toen ze de ijzige vriesdamp op haar gezicht voel-

voor centimeter uitgekamd. Natuurlijk had hij er geen gevonden. Daar was ze niet toe in staat, en ze bezat de kennis ook niet. Met een glimlach keerde hij zich naar haar toe.

'Mamma, ik ben dertig. Is het gek als ik zo nu en dan met iemand omga?'

'Zoals de waard is, vertrouwt hij zijn gasten, Aron, dat weet je toch? Ik weet wat je denkt,' zei ze cryptisch.

Het zweet brak Aron uit. Wist ze echt iets af van die kleine spionagecamera, dat piepkleine oogje dat hij beneden in de gang had aangebracht? Onderaan bij de voordeur, zodat hij kon zien of ze op weg naar boven was? Voor het geval ze erin zou slagen zich geluidloos voort te bewegen, zodat hij het niet hoorde. Dat been en die kruk waren alleen maar een dekmantel, uiterlijk vertoon. Hij wist dat ze geluidloos kon lopen. De gedachte dat ze ineens op zijn verdieping zou staan was onverdraaglijk. Dat ze plotseling zijn appartement binnen zou stappen.

Zijn wereld binnen. Als hij haar aan hoorde komen, zou hij de trap af lopen. Al half beneden zijn voor zij half boven was. Zeggen: 'Hallo, ik ben op weg naar buiten, heb je nog iets nodig? Moet ik je nog ergens mee helpen voordat ik wegga?'

Hij reed de piepkleine rotonde voor het hek van de noorderbegraafplaats op. Daarachter lagen Ewald Storm en Ole Pettersen.

Idun luisterde naar de stilte in huis. Haar moeder en haar stiefvader waren tien minuten geleden vertrokken, samen met haar broer. Voorbereidingen voor de belijdenis. Wat dingen in de kerk. Ylva was naar een vriendin, dat had ze althans gezegd. Ze was meteen na het zondagsdiner weggegaan. Eigenlijk had ze huisarrest, maar zoals gewoonlijk had ze zich eruit gekletst.

Haar laptop lag naast haar op het bed. De blauwe USB-stick brandde in haar broekzak. Als ze zich naar voren boog, voelde ze hem tussen haar heupbeen en haar dijspier zitten.

De USB-stick die Arvo Pekka in zijn mond verstopt had. Ze stond op en legde allebei haar handen op haar buik. Ze probeerde rustig te worden, maar haar hart bonsde te hard. Haar ademhaling ging snel en moeizaam en ze had het gevoel alsof ze elk moment flauw kon vallen. Ze plofte op de stoel voor de toilettafel, deed de lamp boven de spiegel aan en staarde zichzelf aan, maar haar blauwe ogen maakten plaats voor de groene van Arvo Pekka en al dat bloed.

Het nummer van de politie had ze op het internet kunnen vinden. Ze kende een politieagent, of liever gezegd, ze had er een ontmoet. Hij was de vorige week bij haar op school geweest om een praatje over de examenperiode te houden. Over dronken worden en zo. Over de busjes waarin de leerlingen na het examen de feesten afreden. Over veiligheid. Dat interesseerde eigenlijk geen mens, maar iemand moest er in het examenkrantje op een serieuze manier over schrijven. Het stuk over het politiebezoek was de enige klus die de redacteur haar had toebedeeld. Het stond in de computer en was bijna af. De naam van de agent stond erin. Waarom had ze vannacht nou niet gewoon de politie gebeld? Waarom zat ze hier met die USB-stick in haar zak? Ze had niets verkeerds gedaan, nog niet. Maar als ze die stick in haar laptop stak en opende wat daarop was opgeslagen, dan zou ze een grens overschrijden. Dan zou ze in zekere zin inbreuk plegen op iemands privacy. Als ze wilde, kon ze de agent nu bellen.

Idun pakte haar haarborstel en haalde hem door haar lange, blonde haar. De punten waren droog en gespleten en ze hield ze geërgerd tegen het licht. Het haar was heel vaak gebleekt. Zij en Ylva deden dat altijd samen in bad. We lijken te veel op elkaar, dacht ze, ook al zijn we niet eeneiig. Op een dag zou ze haar moeder om geld voor de kapper vragen. Ze wilde haar haar laten knippen en laten ontkleuren tot het weer op haar natuurlijke kleur leek. Dat was een opwekkende gedachte en ze glimlachte tegen haar spiegelbeeld, maar toen was Arvo Pekka er weer. Ze stond op en keerde hem de rug toe. Arvo Pekka was met Ylva bevriend, niet met haar.

Arvo Pekka zat bij de filmclub. Waarom was Ylva niet met hem meegegaan naar het zwembad! Waarom uitgerekend zij, Idun! Maar nee, Ylva had opgepast bij die vrouw van de radio in Moldhaugen en toen was de complete G-club gekomen om het huis op zijn kop te zetten. Arme Ylva, dat had ze niet verdiend, maar ze had ook bij Ulrik vandaan moeten blijven. Ze wist best dat hij bij die troep losers zat. Ylva wist best dat het levensgevaarlijk was om zich met die figuren in te laten. En nu moest Ulrik plotseling ook mee in het examenbusje. Idun had ook mee mogen rijden in het busje van de filmclub, al zat ze daar niet bij. Dat was vast omdat ze een rijbewijs had. Ze hadden zeker gedacht dat zij wel kon rijden in plaats van mee te drinken en te feesten. Dat was onrechtvaardig, maar als ze met een examenbusje mee wilde, waren er niet zoveel alternatieven. Niemand anders had haar gevraagd.

Idun ging weer op het bed zitten en streek met haar handpalmen over haar spijkerbroekdijen. Eerst was het bericht gekomen dat Arvo Pekka zichzelf doodgeschoten had. Iemand had gehoord dat hij zelfmoord had gepleegd. Maar toen stond er plotseling op internet dat zijn dood volgens de politie verdacht was. Idun kreeg bijna geen adem als ze eraan dacht. Zijn dood was verdacht. Iemand had Arvo Pekka misschien vermoord, dacht de politie. Idun kon wel janken.

Alles had om Ylva gedraaid. De hele zondag was het alsmaar over Ylva gegaan. Haar moeder had gehuild en haar stiefvader had gescholden. Ylva zelf had rondgelopen als een lijk in ochtendjas, met een handdoek om haar haar. Een vrouw van de politie zonder uniform was hier geweest om met Ylva en moeder te praten. Zelf had Idun op de trap naar beneden gezeten en stiekem geluisterd, zonder iets speciaals te horen. Toen kwam het bericht over Arvo Pekka en was Ylva in huilen uitgebarsten. Niks huisarrest meer. Idun streek onder haar lange pony over haar voorhoofd. Dat was rood en pijnlijk. Ze had vannacht de nagelborstel gebruikt voor de bloedvlekken. Het bloed dat op de tegels in het zwembad had moeten spatten, was in plaats daarvan op haar neergekomen. Toen ze was opgestaan, zat er een groot, wit, schoon stuk midden in die plas bloed. Alsof daar iemand had gezeten en de spetters had opgevangen.

Het was maandagochtend. Mette Minde rukte de deur naar zich toe en stormde de hal binnen. Achter de receptiebalie trok Mona haar wenkbrauwen op en wierp haar een scheef lachje toe. Mette glimlachte terug maar gunde zich niet de tijd om uit te leggen dat de een of andere idioot het had gepresteerd om precies tijdens de ochtendspits midden op de brug motorpech te krijgen.

De ochtendbijeenkomst was in volle gang. Haar collega's zaten om de tafel en op dit moment had Tomas Evensen het woord. En als hij dat eenmaal had, gaf hij het niet graag uit handen. Ze deed een halfslachtige poging hem te groeten, maar hij zag haar niet en ze gaf het op. In plaats daarvan knikte ze vriendelijk naar de eindredacteur en de verslaggevers van die dag en plofte neer op een lege stoel aan het uiteinde van de tafel.

'Ik vind echt dat we aandacht aan die zaak moeten besteden,' zei Evensen. 'Onder jongeren gebeurt er tegenwoordig ontzettend veel shit.'

'Er gebeurt echt niet meer dan vroeger,' zei de eindredacteur, Anders Kvisle, zoals altijd bedaard.

Mette brak prompt in het gesprek in en gaf haar collega Evensen onverwacht steun.

'Jawel, volgens mij is het goed mis,' zei ze. 'Ik weet niet of jullie het over die zelfmoord – of moord – in het zwembad hebben, dat is absoluut een item, maar ik heb zaterdag dus de hele G-club in huis gehad. Een complete vechtpartij, wat beschadigd meubilair en iemand in het ziekenhuis nadat ze een fles op zijn kop kapot hebben geslagen.'

De anderen keken haar met iets van bewondering aan.

'Goh, gaat dat politierapport dan over jou?' zei Jensemann.

'Ja, dat kun je wel zeggen,' zei Mette.

'Juist, ja,' zei Tomas. 'Ouders naar de stad, oppas haalt beruchte clubleden in huis die geweldpleging, berovingen, drugsgebruik, verkrachting en waarschijnlijk ook moord op hun staat van dienst hebben staan. Pas maar op, Mette, dat de kinderbescherming je niet komt inrekenen. Dit lijkt verdacht veel op kinderverwaarlozing.'

'Dus jij denkt dat ik mijn kinderen toevertrouw aan een oppas van wie ik weet dat ze geen woord houdt? Ik kan je wel vertellen dat die oppas me door Monica Rui is aanbevolen,' snauwde Mette. 'Ylva is een leerling van Monica. Ze heeft al diverse keren voor ons opgepast en zich daarbij voorbeeldig gedragen!'

Kvisle onderbrak de woordenwisseling. Hij tikte met zijn knokkels op het tafelblad en riep om stilte.

'Als mijn geheugen me niet in de steek laat is een van die clubleden, ik meen dat hij Garmo heette, een half jaar geleden uit de stad verdwenen na een aanklacht wegens verkrachting. Klopt dat?'

'Ja, hij is verdwenen. De politie heeft naar hem gezocht, maar hij is spoorloos. Sommigen denken dat hij "uit de weg is geruimd",' zei Tomas, terwijl hij van die idiote aanhalingstekens in de lucht maakte. 'Maar hij zal wel naar Corsica zijn vertrokken om bij het Vreemdelingenlegioen te gaan. Mijn contacten bij de politie onderschrijven die theorie.'

'En wij,' zei Kvisle, terwijl hij ging verzitten, 'hebben al diverse keren een item over die bende gemaakt, dus ik stel voor dat we dat nu achterwege laten. We hebben geen mensen genoeg om verslag uit te brengen van feestjes zonder ouderlijk toezicht. Sorry, Tomas, jij gaat om tien uur naar de persconferentie van het Telemarkziekenhuis. Hier zijn de papieren, en neem een fotograaf mee. De televisie wil een halve minuut. En Mette, jij gaat achter dat sterfgeval in het zwembad aan. Volgens de politie is dat vooralsnog verdacht.'

De morgenbijeenkomst was voorbij. Ze zocht een plekje op de redactie en trok alle bekende feiten na. Dat waren er eigenlijk niet zo veel. Bij allebei de provinciale bladen was het voorpaginanieuws. Hoofdinspecteur Morgan Vollan van het politiebureau van Grenland leidde het onderzoek. Ze noteerde wat informatie op haar schrijfblok, waarna ze de politie belde en vroeg of ze Vollan te spreken kon krijgen. Hij nam wat blafferig op, maar draaide bij nadat ze zich had voorgesteld.

'Het spijt me, Minde, maar we kunnen op dit moment helemaal niets bekendmaken. De naam wordt niet vrijgegeven voordat de familie is ingelicht, en dat kan wel even duren. We gaan er bij het onderzoek van uit dat dit sterfgeval verdacht is, dat is alles wat ik kwijt wil.'

'Maar we hebben het over een jongen van achttien en we hebben het over een mogelijke moord die op zelfmoord lijkt,' probeerde Mette.

'Geen commentaar wat de leeftijd betreft, en ik weet niet waar de kranten hun gegevens vandaan hebben,' zei Morgan Vollan. 'Wij onderzoeken een uiterst tragische gebeurtenis en het enige wat ik vraag is dat getuigen die enige vorm van activiteit in de omgeving van het zwembad hebben waargenomen, onmiddellijk contact met de politie opnemen.'

'Hij moet wel veel familieleden hebben, als het zo lang duurt om ze in te lichten,' zei Mette.

Aan de andere kant werd het stil. Toen klonk het:

'Wij onderzoeken een tragische gebeurtenis, en die opmerking zul je woord voor woord moeten inslikken,' zei Vollan, en hij brak het gesprek af.

Ze bleef naar de zwijgende telefoonhoorn zitten staren, en een onheilspellend gevoel nam bezit van haar lichaam. Hier klopte echt iets niet. Morgan Vollan maakte een knorrige indruk. Ze zag hem voor zich achter zijn bureau in het politiebureau van Skien. De grote man met de kalme blik en de borstelige wenkbrauwen. De man die nergens zo'n hekel aan had als aan journalisten. Maar toch had het ergens geklikt tussen hen. Mette mocht hoofdinspecteur Morgan Vollan wel. Ze had zelf inspecteur van politie kunnen zijn als ze de opleiding had afgemaakt, en dat wist hij. Ze kwam maar een jaar tekort. Een jaar op de politiehogeschool. Ze had een aanvraag ingediend om het laatste jaar te volgen, zonder het tegen iemand te zeggen. Zelfs niet tegen Peder. Een jaar in Oslo, hoe dat dan ook geregeld moest worden met de jongens en zo. Ze dacht er dagelijks aan.

De reden dat Vollan nu had opgehangen, was haar bewering dat de dode veel familieleden moest hebben. Met andere woorden, hij had er maar weinig of misschien wel geen. Is het mogelijk om geen familieleden te hebben als je achttien bent? Nauwelijks. In dat geval is het wel heel tragisch, dacht ze.

Haar mobieltje ging af en ze opende het sms'je van... Ylva! 'Heel rot wat er gebeurd is en heel rot dat er een vriend dood is.' Mette pakte haar handtas en stopte het mobieltje erin, plus een schrijfblok. Toen ging ze naar de materiaalkamer om opnameapparatuur te halen, deelde eindredacteur Kvisle mee dat ze ervandoor ging, zocht de sleutel van een beschikbare dienstauto, haastte zich de deur uit en liep op een sukkeldrafje de parkeerplaats over.

Eigenlijk was het geen spijbelen. Idun voelde zich misselijk en had overgegeven. Al had ze dan twee vingers in haar keel, gestoken, er heerste uiteindelijk buikgriep. Ze had de leraar Noors gebeld en gezegd dat ze niet kwam. Idun lag in bed naar het plafond te staren. Haar moeder en stiefvader waren naar hun werk. Ylva en Oliver waren naar school. Ze voelde wat steken in haar borst. Ze had best naar school gewild. Er zou een heleboel te doen zijn over Arvo Pekka. Iedereen zou elkaar huilend om de hals vallen. De leraren zouden iets zeggen. Er zouden kaarsjes aangestoken worden en een foto van hem zou op een tafeltje worden neergezet. Als op een altaar. Er was al een plechtigheid met lichtjes geweest in het zwembad. Ylva was daar gisteravond heengegaan, samen met alle anderen, maar Idun had geweten dat ze dat niet aankon. Stel je voor dat iemand over het feest begon. Stel je voor dat iemand zei dat hij haar en Arvo Pekka samen had zien weggaan. Nee. Dat had niemand kunnen zien, want ze waren niet samen gegaan.

Idun zou Ulrik graag om zijn hals gevallen zijn. Hij zou zijn handen op haar heupen hebben gelegd en haar tegen zich aan hebben getrokken. Zij zou een hand onder zijn trui hebben geschoven en die tegen zijn onderrug hebben gedrukt. Zijn hoofd zou in haar haar hebben gerust. Haar lippen zouden langs zijn hals gestreken hebben. Ze kreunde toen haar vinger de warme plek tussen haar dijen raakte. Ulrik! Later zouden ze zich opgesloten hebben in het fotolokaal en het bordje met 'Opname aan de gang. Stilte' hebben opgehangen. Daar binnen! Idun kronkelde en schokte. Een golf van hitte spoelde over haar heen en ze trapte het dekbed opzij. Ze hield haar vingers onder haar neus en snoof de sekslucht op. Nader zou ze Ulrik niet komen. Ulrik, de loser. Hij had alleen maar oog voor Ylva, al leken ze nog zo op elkaar, Ylva en zij.

Beneden werd er gebeld, en ze sprong uit haar bed. Ze tilde haar ochtendjas van de haak aan de muur en liep op blote voeten de trap af. Even aarzelde ze, toen draaide ze het slot open en deed de voordeur op een kier. De politieagente die daar stond met haar politiepas op haar borst was niet dezelfde die gisteravond met Ylva was komen praten.

'Idun Hegge?' vroeg ze, terwijl ze haar hoofd enigszins scheef hield.

'Ja,' antwoordde Idun.

'Mag ik binnenkomen? Ik weet dat je ziek bent, maar dit duurt niet lang,' glimlachte ze.

Het slaat nergens op om te glimlachen, dacht Idun. Dat is onbeleefd.

Ze ging de politieagente voor naar de keuken en kreeg meteen spijt toen ze ontdekte hoe die eruitzag. Hij was duidelijk achtergelaten door een gezin in tijdnood. Niemand had de tijd genomen de bordjes, de glazen en de kopjes in de afwasmachine te zetten. De boter stond nog half gesmolten op de vlekkerige grenenhouten tafel, naast een pak magere melk.

Op het aanrecht stonden twee lege bierblikjes en in de goot-steen lagen oude stukjes ui, samen met een klodder afwas-middel die bruin zag van de koffievlekken. In een hoek stond de kooi met Olivers cavia op de grond. Het beestje had vui-ligheid en zaagsel over de keukenvloer getrapt. Oliver had de kooi duidelijk niet schoongemaakt, zoals hij hoorde te doen voor hij naar school ging. En niemand had de moeite geno-men hem ertoe te dwingen. Met een zucht keek Idun de poli-tieagente aan.

Snel graaide ze het servies bij elkaar en zette het op het aanrecht. Toen gingen ze allebei op een stoel zitten en de agente pakte een notitieblok. Idun stak haar handen in de zakken van haar ochtendjas. Voor alle zekerheid, al hingen hierbinnen genoeg geurtjes om zelfs de meest doorgewinter-de speurhond in verwarring te brengen.

Nee, ze had niet gezien waar Arvo Pekka zaterdag naartoe was gegaan. Jawel, ze kende hem goed, want ze gingen naar dezelfde school, deden hetzelfde profiel en zaten in hetzelfde jaar, zij het niet in dezelfde klas! Ja, ze waren inderdaad naar hetzelfde feest geweest, althans naar het indrinken, maar ze hadden niet met elkaar gepraat. Ze zaten niet in dezelfde vriendenclub. Hielden zich niet met dezelfde dingen bezig. Arvo Pekka trok meer met haar tweelingzuster Ylva op. Zij, Idun, was niet lekker geworden en naar huis gegaan. Ze was nu nog steeds niet lekker. Ziek. Er heerste buikgriep. Nee, ze wist niet hoe laat dat was geweest. Ze was naar huis gegaan en in bed gaan liggen, en ze had tot diep in de zondag niets gezien of gehoord. Toen kreeg ze te horen dat Arvo Pekka dood was. De anderen die bij het indrinken waren geweest? Ja, die zou ze zoveel mogelijk opnoemen. Het waren er niet meer dan een stuk of acht, voor zover ze nog wist. Ulrik was erbij, maar Ulrik noemde ze niet. Ze zei ook niet dat hij ru-zie met Arvo Pekka had gemaakt. Ze deed haar best zo wei-nig mogelijk over de twee jongens te zeggen.

De agente maakte aantekeningen op haar schrijfblok.

'Hij heeft zelfmoord gepleegd, hè?'

'Waarom denk je dat?' vroeg de agente, en keek haar aan met haar hoofd weer een klein beetje scheef.

Idun voelde dat ze een kleur kreeg. Zelfs haar oren gloeiden onder haar haar.

'Dat zegt iedereen,' mompelde ze.

'Iedereen?'

'Ja, volgens Ylva, die met mensen heeft gepraat. Ik ben natuurlijk alleen maar hier geweest.'

'Nee, we weten niet zeker of hij zelfmoord heeft gepleegd,' zei de agente. 'Hij kan vermoord zijn.'

'Maar waarom?' flapte Idun eruit.

De agente nam haar op. Toen glimlachte ze flauwtjes en enigszins treurig. Ze had blond haar, geknipt in een nogal lang bobkapsel.

'We weten nog niet wat er in het zwembad is gebeurd, Idun. Daarom praten we met iedereen die op de avond van zijn dood met Arvo Pekka in contact is gewest. Maar als hij vermoord is, kun je er volstrekt van op aan dat we de moordenaar te pakken zullen krijgen,' zei ze, terwijl ze haar spullen bij elkaar verzamelde. 'En als je iets te binnen schiet waarvan je denkt dat we er iets aan hebben, hoef je alleen maar te bellen.'

De agente stak haar een kaartje toe. Maiken Kvam heette ze.

Idun leunde tegen de voordeur toen die achter Maiken Kvam dichtging. Er stond haar vandaag iets te doen. Ze moest kijken wat er op die USB-stick stond. Dat moest nu wel! Het was te laat om hem aan de politie te geven. Nu zat ze gevangen in het geheim. Ze kreeg een kriebelig gevoel in haar maag, zoals altijd wanneer ze als klein kind dingen had gedaan die niet door de beugel konden.

Fotografieleraar Aron Storm stond om de hoek van het gebouw stiekem te roken bij de parkeerplaats. Dat was eigenlijk verboden, maar niemand die erop lette. Het hele schoolterrein zou binnenkort rookvrij worden, maar daar tilde

Aron niet zo aan. Hij rookte periodiek en kon het heel goed laten. Maar nu voelde hij zich vreemd nerveus, onrustig en treurig. Hij zou Arvo Pekka missen. Niets zou meer hetzelfde zijn. Had hij dat voor mogelijk gehouden? Nee, eigenlijk niet. Hij had er wel aan gedacht. Er vrijblijvend over gefantaseerd, maar hij had het niet voor mogelijk gehouden.

Hij zag de auto van een omroep de parkeerplaats op schuiven, de NRK. De auto bleef staan en er stapte een vrouw met blond, krullend haar uit. Ze slingerde een handtas over haar rug en liep met snelle passen naar het schoolgebouw. Aron smeet de peuk in de sneeuw en sloop de lange kant van het mediagebouw langs. De vrouw bleef staan en keek enigszins zoekend om zich heen naar alle gebouwen rond het lege schoolplein. Ze wist duidelijk niet waar ze naartoe moest, constateerde Aron, en hij beende op haar af om haar te helpen. Toen ze hem zag, klaarde haar gezicht op. Hij glimlachte breed tegen haar.

'Kunt u me ook zeggen waar ik media en communicatie kan vinden?'

'Hier,' zei hij, terwijl hij op het grote, grijsgeverfde houten gebouw wees waar ze voor stonden.

'Bedankt.' Ze draaide zich om en liep op de ingang af. Hij draafde langs haar om de deur voor haar open te houden.

'Bedankt,' glimlachte ze weer met haar blauwe ogen. Ze is ongeveer van mijn leeftijd, dacht Aron met een merkwaardig opgewekt gevoel.

'Mette Minde van de NRK,' zei ze. 'Ik zou graag met Monica Rui praten.'

'Aha, collega's van vroeger,' zei hij begrijpend, en hij stak zijn hand uit. 'Aron Storm, ik ben leraar fotografie. Monica geeft nu les, maar ik zal tegen haar zeggen dat je haar wilt spreken.'

Ze waren een soort atrium binnengelopen waar tafels en stoelen in groepjes bij elkaar waren gezet, als in een café. Groene planten en platen aan de muur droegen bij aan de gezellige sfeer in de ruimte, van waaruit verscheidene deuren toegang gaven tot wat vermoedelijk klaslokalen waren. Op een rond tafeltje stond een foto van een jongen. Aan weerskanten daarvan brandde een witte kaars. Mette liep naar het tafeltje en keerde zich vragend naar Aron om. Hij had zijn handen onder zijn kin gebouwen en stond licht heen en weer te deinen. Zijn donkere ogen staarden verdrietig in de hare.

'Dat is Arvo Pekka Samuelsen. De jongen die in het zwembad is overleden,' zei Aron.

'Arvo Pekka Samuelsen,' herhaalde Mette met bonzend hart.

'Ja, die zat hier op school. Zijn laatste jaar.'

'Wat een opvallende naam,' zei ze voorzichtig.

'Ja, hij had een Finse moeder en een Noorse vader,' zei hij langzaam, terwijl hij haar gezicht afzocht op iets dat op een reactie duidde. Dat kwam niet. Dus wist ze waarschijnlijk niets van Arvo Pekka af.

'Was hij geen vriend van Ylva Hegge?'

'Ja, ken je haar?'

'Ze past af en toe bij ons op,' zei Mette.

'Aha,' zei Aron.

Natuurlijk was ze getrouwd. In een flits zag hij al die witte rokken. Al die haarlokken die als bij toeval langs de slapen vielen. Al die parels en ruches, al die voeten in gladde zijden kousen die in witte schoenen staken. Al die bloemen en al die bruidegommen met glanzende ringen en vochtige blikken in de camera. Hierheen kijken, opkijken, naar elkaar kijken, glimlachen. Al die jaren fotograferen op bruiloften, en die portretfoto's van kleine, mollige kindertjes. Altijd andermans ogenblikken vangen. De gelukkigste. Nooit die van hemzelf.

Mette streek met een vinger over het fotolijstje. Arvo Pekka Samuelsen. Zijn ogen staarden recht in de hare, zo intens alsof ze leefden. Hij moest honderden malen, misschien wel vele honderden malen op deze vloer hebben gestaan, misschien precies op de plaats waar zij nu stond. Een treurig gevoel nam bezit van haar. Treurigheid om een leven dat veel te vroeg was afgebroken.

Wie was je, Arvo Pekka? Hoe heeft het zo kunnen aflopen? Waarom? Wat is er gebeurd? Het drong tot haar door dat ze de eeuwige vragen van de journalist stond te stellen aan het gezicht in het lijstje. Ze keerde zich naar de leraar toe. Hij stond nog steeds met zijn handen onder zijn kin gevouwen.

'Wie heeft die foto genomen?'

Hij schraapte zijn keel en sloot zijn ogen.

'Ik,' zei hij zachtjes.

'Dan moet je een ongelofelijk goeie fotograaf zijn,' zei ze. 'Die foto leeft.'

Hij glimlachte flauwtjes en mompelde iets onverstaanbaars.

Ze zag een deur opengaan, en toen nog een, en nog een. Binnen een paar minuten had het atrium zich met leerlingen gevuld. Jonge mensen in de merkwaardigste tenues. Jongens in baggy broeken met bandana's om hun hoofd of gebreide mutsen op. Meisjes met plooirokken aan of volledig zwarte gothic outfits, met bijbehorende oogmake-up en piercings. En een paar, of liever gezegd de meesten, met doodgewone spijkerbroeken, sportschoenen en verschillende soorten shirts, die soms heel kort waren, zodat hun buik boven hun broekband uitkwam. Ze keken haar aan. Nieuwsgierig, onderzoekend, misschien een nieuwe vervangster? Mette stelde vast dat Aron Storm verdwenen was, maar in het gewoel kreeg ze Monica Rui in het oog. Monica was tot vorig jaar november televisieredacteur geweest, waarna ze van de NRK een jaar verlof had gekregen om zich als lerares in de mediavakken te bewijzen.

'Hallo Mette,' riep Monica, en ze spreidde haar armen uit. 'Hallo!'

Ze omarmden elkaar haastig en Monica's gezicht werd ernstig. Ze maakte een hoofdbeweging naar de foto van Arvo Pekka.

'Je bent zeker hier vanwege hem?'

Dat bevestigde Mette, en ze bleef staan luisteren naar Monica's gefluisterde verklaring dat ze zwijgplicht had en dus niet vrijuit over de kwestie kon spreken, of überhaupt iets over de leerling Arvo Pekka kon zeggen, ook al was hij dood.

'Maar je kunt wel met de leerlingen praten. Ik zoek er een op die hem gekend heeft,' fluisterde ze.

Idun stak de USB-stick in haar laptop. Er stonden diverse files op die allemaal genummerd waren met lange getallencombinaties, voorafgegaan door een hoofdletter, zoals B-123897 en A-987235. Uit de benamingen viel niet op te maken wat er in de files zou kunnen staan. Ze opende op goed geluk een file midden in de reeks, Y-193224. Het was een filmfragment van één minuut dertig. Ylva danste in haar eentje op merkwaardige, ouderwetse muziek. Op een weg, in een laan, voor een groot, roze slot, met Iduns oude baljurk van het schoolbal in de hoogste klas van de middenschool aan. Een lichtbeige, zijdeachtige japon, in de uitverkoop bij Lindex gekocht. Ze had een vreemd kapsel, met haar haar opgestoken en op haar hoofd vastgespeld. Haar lippen waren kersrood en staken donker en scherp af tegen haar witte huid. Haar ogen waren sterk geschminkt. Ze danste langzaam in het rond en keek in de camera zodra ze naar de lens toe draaide. Merkwaardig. Idun staarde naar het scherm voor haar neus. Ze wist dat ze die plek eerder had gezien maar kon zich niet herinneren waar of wanneer. Een lange laan met een roze landhuis aan het eind. Plotseling kwam er van rechts een donker geklede persoon in beeld. Een man met een iets te groot pak aan en een hoge hoed op. Hij liep naar Ylva toe, greep haar bij haar arm en trok haar naar de rand van het beeld. Ze protesteerde, probeerde zich los te rukken, maar hij was te sterk. Wankelend op haar hoge hakken liet ze zich meetrekken. De muziek stierf weg terwijl de camera langzaam uitzoemde, tot het slot nog maar een klein puntje midden in het beeld was. Ylva en de man waren verdwenen. De man met de hoge hoed was Aron Storm, de foto-grafieleraar, daar was ze absoluut zeker van.

Idun probeerde zich te herinneren of ze voor de fotografie-les op school ooit een dergelijke opdracht hadden gehad, maar ze kon niets bedenken wat in dit genre paste. Voor *Levende beelden* hadden ze over het algemeen nieuwsitems en reportages gemaakt. Dit moest privé zijn. Niet erg verrassend, aangezien het Arvo Pekka's grote droom was geweest om een beroemd regisseur te worden. Net zoals Ylva tot doel had om presentatrice bij TV2 te worden. Idun schudde zachtjes haar hoofd. Kijk mij nu eens, zoiets.

Ze opende een nieuwe file. M-196301. Dat was ook een filmfragment, van een kleine twee minuten. Dezelfde muziek, maar dit was een zwart-witfilm. Een klein meisje van twee, drie jaar danste alleen en ietwat onbeholpen met onzekere, enigszins houterige bewegingen op een vloerkleed in een ka-mer. Ze had een lichte rok aan en lichte sokken. Haar schoe-nen waren zwart, met bandjes om de enkels. Ze had licht, krullend haar en een grote strik die wat scheef boven haar ene oor zat. Ze glimlachte met kleine, gelijkmatige melktand-jes naar de filmer. In haar wangen zaten lachkuiltjes. Toen kwam er van rechts plotseling nog een klein meisje aan dat sprekend op haar leek. Ze liep op het eerste meisje af en gooide haar om. De camera was op het gezicht van meisje één gericht. Dat vertrok tot een grimas. De mond opende zich in een geluidloze schreeuw, terwijl de ogen verschrikt naar de nieuweling keken, die haar arm optilde als om te slaan. Tegelijkertijd verschenen er links een paar volwassen armen in beeld. Die grepen de vechtjas en gooiden haar het beeld uit. Vervolgens hielpen ze het andere kind overeind en trokken haar rok recht. De kleine meid glimlachte tegen de eigenaar van de armen. Aan de lange wimpers blonken tra-nen als druppels in een spinnenweb, dacht Idun, verrast over die associatie. Ze voelde dat ze dat glimlachende kind niet mocht. Ze vroeg zich af wat er van de vechtjas was gewor-den, wat er van het tweelingzusje was geworden. De muziek maalde oorverdovend door en het kleine meisje begon weer te dansen. Ongenaakbaar, triomfantelijk, tevreden.

Idun draaide het filmpje nog eens af. Wie waren die kinderen? Zij en Ylva, toen ze nog klein waren? Nee, ze had nooit zo'n film gezien. Ze had helemaal geen films gezien uit de tijd dat ze klein waren. Maar weinig foto's ook, en op degene die er waren, stond een tweeling met blond, sluik haar. Die waren trouwens ouder, minder klein dan de tweeling in het filmpje. Kon het zijn dat ze krullen hadden gehad toen ze nog heel klein waren? Maar had een van hen dan bolle wangen met lachkuiltjes gehad? Ze zou het voor alle zekerheid aan Ylva of aan haar moeder kunnen vragen. Niet aan Arvo Pekka. Misschien had hij het filmpje van het internet gehaald, of misschien was het privé. Idun had een onrustig gevoel. Er was iets met die situatie in het filmpje. Iets onevenwichtigs. Iets bekends.

Beneden sloeg de voordeur. Dat zou Oliver wel zijn. Idun trok de USB-stick eruit en klapte het deksel van haar laptop dicht. Toen ging ze achterover liggen en trok het dekbed op tot haar oren. Ze moest nog veel meer files bestuderen.

'Ulrik Steen-Jahnsen,' zei hij met uitgestoken hand. Zijn handdruk was stevig, maar klam. Misschien merkte hij dat zelf ook, want hij ging zitten en wreef met zijn handpalmen over zijn dijen. Na de korte pauze waren de leerlingen weer uit het atrium verdwenen. Mette herkende hem zonder moeite. Hij had zijn gele hoofdband voor een groene verwisseld, maar zijn ogen waren nog even helblauw. Ulrik was de jongen die Ylva na de trammelant van zaterdag had getroost. Ze had niet de kans gekregen met iemand van hen te praten. De politie had ze allemaal het huis uit geloodst. Ylva had met een ongelukkig gezicht omgekeken. Mette had haar kaken op elkaar geklemd en haar hoofd afgewend. Ze barstte van woede. Nu was alles anders. Toch leek het alsof Ulrik de spanning tussen hen aanvoelde. Hij knipperde een paar tellen met zijn ogen voordat hij haar recht aankeek en van wal stak:

'Ongelofelijk vervelend wat er zaterdag is gebeurd,' zei hij.

'Wat is er eigenlijk gebeurd? Ik hoorde dat er leden van de G-club binnen waren gedrongen, zit jij daar bij?'

'Nee. Ylva is mijn vriendin, en bovendien bestaat de G-club niet meer. Mathias Garmo is naar Frankrijk vertrokken,' zei hij bars.

'Maar dat houdt toch niet in dat de club uit elkaar gevallen is? Ze overtreden toch nog wekelijks de wet.'

'Wat ik al zei, de G-club ligt op z'n gat. Degenen die nu actief zijn, zijn ex-clubleden in nieuwe groepen, en ik weet niet zoveel van ze af. Ik ga niet met die figuren om, zeg maar.'

'Maar wat deden ze bij mij thuis?'

'Geen idee. Ylva en ik zaten rustig televisie te kijken en toen kwamen ze binnen stampen. Ik geloof dat ze iemand zochten die er niet was, weet ik veel. Het ging allemaal heel snel en we belden meteen de politie. En toen vielen ze ons aan. Ze duwden en sloegen ons. Gewoon ziekelijk allemaal.'

'Kun je me de naam geven van een van die clubleden?'

Ulrik schoof heen en weer. 'Ik heb geen zin om erover te praten.'

'Eén naam kun je me toch wel geven. Hoe heet degene die neergeslagen is, en degene die door de politie is meegenomen?'

'Kenneth Andersen is neergeslagen. Hij doet hier op school het sportprofiel, en als je het dan weten wilt, ik heb hem geslagen,' zei Ulrik. 'Ik had geen keus, we moesten ze eruit zien te werken, en dat lukte. En je moet de agenten maar vragen naar degene die zij mee hebben genomen!'

'Bedankt. Vertel eens iets over Arvo Pekka Samuelsen,' zei ze.

Ulrik keek opgelucht. Hij stak een hand onder zijn hoofdband. De blauwe ogen keken in de hare en werden niet neergeslagen. Hij haalde diep adem voor hij antwoord gaf.

'Appa was een hartstikke goeie vriend. We kenden elkaar al sinds we kleine jongens waren, we woonden maar een paar huizen van elkaar aan de Enggraven. We hebben ons hele leven bij elkaar in de klas gezeten, op de Buerbasis-school, op de Menstadmiddenschool en nu hier. We waren zo close,' zei hij, en hij kneep zijn duim en wijsvinger tegen elkaar in de lucht.

'Wat denk je dat er met hem gebeurd kan zijn? Is hij vermoord, denk je?'

'Nee, ik denk dat hij zelfmoord heeft gepleegd, en dat verbaast me niet echt. Soms zat het niet helemaal goed tussen Appa z'n oren, en dat is niet zo raar, gezien die familie van hem.'

'Vertel eens.'

'Dit komt niet op de radio, als je dat maar weet. Je neemt niks op, of zo?'

'Nee, ik wil alleen je verhaal horen,' zei Mette.

Ulrik schraapte zijn keel en wreef met zijn handpalmen over zijn in ripped jeans gehulde dijbenen.

'Ik weet niet waar ik moet beginnen. Alles was mis in dat gezin. Appa z'n vader heeft z'n moeder jarenlang geslagen en op het eind heeft hij haar met een mes vermoord. Dat was toen we op de middenschool zaten. Appa ging iedere vakantie met ons mee. 's Zomers gingen we met de caravan naar Rognstranda en 's winters naar de hut in Øyfjell, en Appa ging altijd mee. Zijn familie ging zelf nooit weg, en Appa's moeder had altijd blauwe plekken en liep met een zonnebril door de tuin. Ze hadden een heg om het huis geplant die enorm hoog werd, zodat niemand de tuin in kon kijken. We waren nooit bij Appa thuis, zeg maar.'

'Maar was hij nou depressief, voordat hij stierf?'

'Weet ik niet. Appa was Appa. Hij was speciaal. Zei alleen iets als hij wat te melden had. De laatste tijd was hij vooral met filmen bezig. Hij wilde een film maken, of een soort documentaire, over zijn leven. Op zijn aanwijzingen speelden we scènes, Ylva en ik en een paar anderen. We mochten nooit weten hoe het werd. Het waren alleen maar scènes die Appa tot een film zou monteren.'

'Waar ging het over?'

'Dat weet ik niet, het waren alleen maar scènes. Fragmenten van iets. Ik was eigenlijk niet zo gemotiveerd. Dat had ik misschien wel moeten zijn.'

'Heb je de opnamen?'

'Nee.'

'Is Arvo Pekka ooit lid geweest van Garmo's club?'

Ulrik schrok op en keek Mette wantrouwig aan.

'Nee, hij is niet bij ze in de buurt geweest. Appa was homo,' flapte hij eruit.

'Homo? Was dat een probleem?'

'Voor mij niet, en ook niet voor Appa, geloof ik, maar bij de G-club kun je niet ongestraft homo zijn. Ik kan wel toegeven dat ik min of meer bij die club zat vlak nadat Appa's vader z'n moeder had vermoord. Appa trok zich helemaal terug, je kon onmogelijk contact met hem krijgen, zelfs ik niet, een heel jaar lang, en toen trok ik wat op met iemand in de marge van de club, maar ik hoorde er nooit echt bij. Ik zat niet bij de ingewijden, heb nooit bij de incrowd gehoord, zeg maar. Maar toen kwam Appa terug en werden we weer maatjes. We begonnen samen op de middelbare school en sindsdien waren we vrienden. En we hadden het nooit over die moord, zeg maar. Dat was verleden tijd.'

Mette had graag nog meer vragen over Arvo Pekka gesteld, maar toen de deur naar de lerarenkamer openging en de fotografieleraar zijn hoofd naar buiten stak, stond Ulrik meteen op.

'Ulrik, kom je binnen zodra je klaar bent? Ik heb hier een opgave die je even moet bekijken,' zei hij. 'Er is een beetje haast bij.'

'Is Ylva op school?' vroeg Mette.

'Nee, die is na de herdenkingsbijeenkomst naar huis gegaan,' zei Ulrik, met een knikje naar de foto van Arvo Pekka.

Ze stond op, liep erheen en pakte de foto op. Arvo Pekka was een mooie jongen. Hij had groene ogen met lange wimpers. Hij had een vrouwelijke indruk gemaakt als zijn krachtige wenkbrauwen niet voor compensatie hadden gezorgd. Zijn huid zag er glad en gezond uit. Geen spoor van puistjes of andere storende elementen. Zijn lippen waren net vol genoeg, niet te veel, niet te weinig. Hij glimlachte flauw, maar zonder zijn tanden te laten zien. Een knappe jongen met bruin, halflang golvend haar. En nu was hij dood. Zo zinloos. Eens was hij iemands kleine jongen geweest. Het trof haar als een vuistslag in haar maag.

Toen Mette even later naar haar auto op de parkeerplaats liep, had ze besloten alles over Arvo Pekka Samuelsen te weten te komen. Ze moest de film zien te vinden waar hij aan had gewerkt, de opnamen die hij had gemaakt. Iets in het verhaal van Ulrik had haar nieuwsgierigheid geprikkeld. Uiteraard was dat allemaal niet bruikbaar voor een nieuwsitem. Niet als het om zelfmoord ging, zoals Ulrik dacht. Ook niet als het om moord ging. Maar als Arvo Pekka was vermoord, zou datgene waarmee hij zich bezig had gehouden misschien een aanwijzing opleveren. De film? Of datgene waarmee hij zich niet bezig had gehouden. De G-club? Ulrik had gezegd dat hij dacht dat ze iemand zochten die er niet was, die avond dat ze haar huis binnen waren gedenderd. Kon dat Arvo Pekka zijn geweest? Hoe dan ook, ze moest met de politie zien te praten. Morgan Vollan kon ze voorlopig vergeten, maar ze zou een poging wagen bij Maiken Kvam. Ze besloot een trainingsrondje voor te stellen. Tegen zulke voorstellen kon Maiken altijd moeilijk nee zeggen.

Het was niet Oliver die thuis was gekomen, maar Ylva. Idun hoorde haar de trap opkomen en haar kamer ingaan. Ze deed de deur hard achter zich dicht. Ze kwam niet binnen om te kijken hoe het met haar ging. Nee hoor, zoals gewoonlijk dacht ze weer alleen aan zichzelf. Idun bleef liggen en draaide zich om in bed. Haar hele lijf tintelde, zo rusteloos was ze. Ze smeet het dekbed opzij en liep naar de badkamer, deed de deur achter zich op slot en stapte in de douchecabine. Ze bleef lang onder de warme straal staan.

Toen ze uit de badkamer kwam, stond Ylva in de deuropening van haar kamer tegen de deurpost geleund. Haar gezicht was vlekkerig van het huilen. Haar oogschaduw was uitgelopen over haar wangen. Ze zag eruit als een hoer.

'Voel je je al iets beter?'

'Ja, een beetje,' antwoordde Idun.

'Kom je binnen om wat wijn te drinken?'

'Wijn? Nu?'

'Oei, *scary*,' zei Ylva theatraal, terwijl ze met haar handruggen over haar besmeurde wangen wreef. 'Ik ga mijn gezicht wassen, dan haal jij beneden een paar glazen.'

Ze verdween in de badkamer. Idun trok een grijze katoenen ochtendjas aan en liep op blote voeten naar beneden om twee wijnglazen uit het buffet in de woonkamer te halen. Toen ze weer naar boven ging, sloeg oma's oude wandklok twaalf. Met andere woorden, het duurde nog uren voor hun moeder en stiefvader thuiskwamen van hun werk. Ze hadden ook niets van hen te vrezen. Het kwam zelden voor dat de volwassenen naar de eerste verdieping kwamen. Hun stiefvader bleef consequent op de begane grond. Hun moeder ging altijd onder aan de trap staan om te roepen. De drie kinderen waren verantwoordelijk voor het schoonhouden van hun eigen kamers. De badkamer moesten ze onderling verdelen. Om de beurt een week. Op de muur van de gang hing een lijstje waarop ze een kruisje moesten zetten wanneer ze hadden schoongemaakt. In de regel kwam het allemaal op Idun neer. Luie varkens waren het. Ze had een rothekel aan haren in de afvoer en tandpastaresten in de wastafel en op de spiegel. Het had ook geen zin erover te klagen dat de anderen niks uitvoerden. Dan haalde haar moeder alleen maar zuchtend haar schouders op. Ze greep nooit in. Dat vond Idun te onrechtvaardig voor woorden. Iedere keer als ze de vuile zooi van de anderen moest schoonmaken kreeg ze daar de pest over in. Dan liep Ylva snuffelend rond en beweerde dat het naar verbrande martelaar rook.

Ylva's kamer leek op Ylva zelf. Een ontplofte hoerenkast.

Iedere centimeter van de vloer was bedekt met kleren en schoenen. Daaroverheen slingerden papieren, tijdschriften, boeken en lege colaflesjes. Het bed was het enige in de kamer dat opgeruimd was. Het grote tweepersoonsbed van papa en mama, waar hun stiefvader niet in wilde slapen, was boven bij Ylva beland. Idun gruwde bij de gedachte aan alles wat zich daarin had afgespeeld, maar daar leek Ylva geen last van te hebben. Een meter vijftig, met een lila sprei, grote, geborduurde hippiekussens en oude knuffels erop. Dat was Ylva.

'Waar heb je dat vandaan?' vroeg Idun, terwijl ze naar het drieliterpak witte wijn wees.

'Uit de kelder gehaald. Ze merken toch niks, ik doe het wel vaker,' antwoordde Ylva.

Ze klommen op het bed met het kartonnen pak tussen zich in. Ylva stapelde wat kussens achter hun rug op en tapte voor allebei een glas. Ze dronken gretig en zeiden een poosje niets. Idun kon zich niet herinneren dat ze ooit zo bij Ylva had gezeten, alleen zij tweeën. Bij haar had gezeten om samen dingen te doen die niet mochten. Ze kon zich zelfs niet herinneren dat Ylva haar ooit eerder haar kamer had binnengevraagd. In elk geval niet sinds ze nog klein waren. Idun had Ylva ook nooit bij zich binnen gevraagd. Ze gingen niet eens samen naar school. Idun ging altijd het eerst en Ylva kwam in de regel te laat. Ylva was razend geweest toen Idun had verteld dat ze na de middenschool media en communicatie ging doen. Eigenlijk had ze het algemene profiel willen kiezen, maar toen was ze van gedachte veranderd en had ze een aanvraag ingediend voor het mediaprofiel, en ze waren allebei toegelaten. Gelukkig waren ze allebei in een andere klas geplaatst. Hun moeder had contact opgenomen met de school. Ylva had een maand niet tegen haar gepraat. Gedaan alsof ze niet bestond. Idun had een gesprek tussen hun moeder en Ylva opgevangen, op de dag dat de post het bericht over hun plaatsing op school had bezorgd. Ylva had tegen hun moeder gekrijst dat ze het zat was om dat loserkind op sleeptouw te nemen. Dat loserkind, dat was zij, Idun.

'Appa zei dat ik moest vragen of je een rol wilde in de film waar hij mee bezig was,' zei Ylva.

'Ik?'

'Ja, jij,' zei Ylva.'

'Waarom? Of wat voor rol dan?'

'Dat weet ik niet,' zei Ylva.

'Dat weet je niet, doe jij dan niet mee?'

'We doen allemaal mee, iedereen in de filmclub, maar niemand mag weten hoe het gaat worden,' zei Ylva. 'En nu is hij dood!'

Ze nam weer een paar slokjes. Toen wreef ze haar ogen uit en vulde de glazen. Ze dronken in stilte.

'Denk je dat hij zelfmoord heeft gepleegd?'

'Ik weet dat hij zelfmoord heeft gepleegd,' zei Ylva.

Idun wist niet precies wat ze moest zeggen en zei niets. De wijn steeg naar haar hoofd en verdoofde alle emoties, maar ze was toch op haar hoede. Hoe kon Ylva weten dat Arvo Pekka niet vermoord was? Idun glimlachte flauwtjes en leunde met haar hoofd naar achteren, tegen het kussen. Niemand kon weten dat zij erbij was geweest.

'We hebben het erover gehad dat degene die ooit besluit om zelfmoord te plegen, een stuk vuil mee de dood in moet nemen,' zei Ylva.

'Hè? Iemand vermoorden?'

'Ja, iemand vermoorden die het verdient. Een stuk vuil vermoorden.'

'Maar Arvo Pekka heeft toch alleen zichzelf vermoord?'

'Ja, dat is het gekke,' zei Ylva. 'Misschien durfde hij niet.'

Idun leegde haar glas en wilde zich bijtappen uit het karton. Ze zat te prutsen met het tapkraantje en er liep wat over de sprei. Ylva pakte haar de wijn af en voerde de operatie uit.

'Wat zit je toch te klooien,' zei ze geïrriteerd. 'Jij doet ook nooit iets goed.'

'Sorry, hoor,' zei Idun.

'Ja, best!'

Idun probeerde te analyseren wat Ylva zojuist had gezegd.

Arvo Pekka zou een stuk vuil meenemen in de dood. Iemand die het verdiende. Maar hij had dus niet gedurfd. Ze sloot haar ogen en voelde de loop van het pistool tegen haar gezicht, daar in het zwembad. Was zij, Idun, het stuk vuil dat het verdiende om dood te gaan?

'Wie zou jij meenemen, als je kon kiezen?'

'Ik ga nooit dood,' antwoordde Ylva. 'Ik ben gelukkig. Ik heb Ulrik. Bij Appa lag het anders, en nu wil ik er niet meer over praten. Ik word er zo triest van!'

Het begon Idun te dagen. In haar hoofd werd iets wakker, en nu kwam het langzaam helemaal naar de oppervlakte. Die avond, na het indrinken. Ze had staan overgeven tussen een paar struiken beneden bij de weg toen Arvo Pekka eraan kwam zwalken. Hij was ladderzat. Zij was laveloos. Ze hadden elkaar vast gehouden. Daarna herinnerde ze zich niets meer tot het zwembad. Hoe ze erin waren gekomen wist ze niet meer. Ze meende dat Arvo Pekka een sleutel had. Ze hadden zich uitgekleed en waren gaan zwemmen. Toen wist ze het ineens weer. Hij had gezegd dat ze in zijn film moest meespelen. Zij zou de aardige tweelingzus spelen. Ylva zou de gemene spelen. Maar de aardige was eigenlijk de gemene. Dat had hij gezegd. Nu stond het haar weer voor de geest. Zo helder als wat.

Ylva zei iets tegen haar, en met een ruk keerde ze naar het hier en nu terug.

'Ik weet dat jij op Ulrik valt.'

'Hè?'

'Geef het maar toe. Iedereen ziet het, Idun, en iedereen lacht zich rot. Je hebt geen schijn van kans. Ulrik zelf lacht zich ook rot,' zei Ylva.

Idun verschrompelde tot een dwergje. Toen blies ze zich op.

'Als ik naar Ulrik kijk, dan is dat om een loser te bestuderen. Een crimineel stuk vuil. Je kunt beter bij hem vandaan blijven, Ylva. Denk maar niet dat ik niet weet dat hij met die figuren van de G-club omgaat.'

'Ja, wat jij allemaal niet weet, kleine Idun. Ga nou maar weg, ik ga slapen.'

Idun stond op en deed een paar stapjes opzij om haar evenwicht niet te verliezen. Ze trapte op een leeg colaflesje en moest steun zoeken bij het bureau.

'Weet jij trouwens wat er met mijn baljurk is gebeurd? Die beige, van het bal uit de vierde.'

'Die ligt in het fotolokaal op school. Als je wilt, kun je hem ophalen, maar ik betwijfel of je er nog in past,' zei Ylva.

Idun stampte de kamer door en schopte zo hard tegen een boek dat het tegen de muur knalde. Ze voelde een stekende pijn in haar grote teen. Op haar eigen kamer gooide ze zich op het bed en jankte geluidloos in haar kussen. De kamer draaide om haar heen. Toen boog ze zich over de rand van het bed en gaf over op de vloer.

Rechercheur Maiken Kvam woonde in een van de huizenblokken langs de Buerveien. Ze had voorgesteld om elkaar voor de kapsalon op Borgeåsen te ontmoeten. Mette had het rondje hardlopen met Peder geregeld. Hij zou de jongens meenemen naar de voetbaltraining in Pors. Eigenlijk hield Mette het meest van Nordic walking. Daar voer haar oude rugblessure wel bij, maar Maiken weigerde botweg om met stokken te lopen. Ze wilde alleen maar hardlopen, en Mette deed mee.

Ze hadden elkaar een klein half jaar geleden leren kennen in verband met hun werk. Ze gingen samen naar de kroeg om rode wijn te drinken, ze gingen naar de bioscoop en ze liepen een of twee keer per week hard. Meestal over Ballestadhøgda, waar een voetpad annex fietspad kilometers lang naast de Håvundweg liep, boven over de heuvelrug vanwaar je een panoramisch uitzicht had over het Gjerpensdal met zijn weidse velden, boerderijen en boomgroepen.

Maiken stond al te wachten toen Mette haar oude Golf op de parkeerplaats neerzette. Ze had zich verkleed op haar werk en ging energiek klaarstaan met haar joggingschoenen, haar nauwsluitende trainingsbroek en haar loshangende jack. Maiken droeg dezelfde outfit. Ze omhelsden elkaar even en liepen toen op een sukkeldrafje de parkeerplaats over naar het tunneltje dat naar het voet- en fietspad leidde.

'Vervelend, die heibel bij jullie thuis op zaterdag,' zei Maiken.

'Ja. Ik voel het nog steeds in mijn lijf zitten,' zei Mette. 'Axel houdt Peder over de gang van zaken op de hoogte. Hij wil liever niet met mij praten, omdat ik journaliste ben. Ik denk dat hij bang is dat ik werk en privé zal vermengen. Maar je weet dat Ylva, onze oppas, bevriend was met Arvo Pekka Samuelsen?'

'Ja. Maar ik werk niet aan jouw zaak, Mette. Er is een aparte groep geformeerd voor de G-club. Axel maakt daar deel van uit. Neem het liever met hem op,' zei Maiken.

'Ja, dat doet Peder al, zoals ik zei.'

Ze holden in stilte verder tot ze ter hoogte van de Buerschool waren. 'Ik heb een aanvraag ingediend om het laatste jaar op de politiehogeschool te mogen volgen,' zei Mette.

'Zo! Wat spannend, misschien worden we wel collega's,' riep Maiken vol enthousiasme. 'Wat vindt Peder daarvan?'

'Ik heb het nog niet gezegd. Jij bent de enige die het weet.'

'Mijn naam is haas,' zei Maiken veelbetekenend.

'Jouw naam is haas,' antwoordde Mette.

Ze lachten, voor zover het mogelijk was om tegelijkertijd te lachen en hard te lopen.

'Vertel eens over de moord op Arvo Pekka Samuelsen,' zei Mette toen het voetpad de Meensvegen kruiste en ze voor een tractor moesten stoppen. 'Mijn naam is haas!'

'De moord, of de zelfmoord,' zei Maiken. 'Hij heeft zichzelf doodgeschoten, met of zonder hulp, maar iemand heeft het bloed opgeveegd dat eruit gespoten moet zijn toen de kogel door zijn hoofd ging. Er moet iemand anders bij zijn geweest toen hij zich doodschoot, of er is naderhand iemand gekomen die de boel heeft schoongemaakt.'

'Wie heeft hem gevonden?'

'De conciërge,' zei Maiken. 'En dat maakt het allemaal een beetje problematisch, want aan die man is een steekje los. We kunnen niet uitsluiten dat hij de schoonmaker was, maar hij kan er niet bij zijn geweest toen de jongen zich doodschoot. Hij heeft een waterdicht alibi.'

'Geeft hij toe dat hij heeft schoongemaakt?"

'Nee, maar hij maakt een uitermate verwarde indruk. Misschien was het een schok voor hem toen hij de jongen vond en heeft hij geprobeerd om op te ruimen. Een dweilstok waarvan bewezen is dat die voor het schoonmaken is gebruikt, zit onder zijn vingerafdrukken. Het probleem is dat hij die dweilstok iedere dag gebruikt, dus is het niet zo vreemd dat zijn vingerafdrukken erop zitten,' zei Maiken. 'Een ander probleem is, dat er diverse mensen in het zwembad zijn geweest voordat wij ter plekke waren. Hij had er al buitenstaanders bij gehaald voor wij werden ingelicht. Daardoor zijn er een heleboel geruchten ontstaan, en de zaak stond al op het internet voordat wij de kans kregen daar een stokje voor te steken.'

'Wat hebben jullie verder nog om mee te werken?'

'Niet veel. We hebben met iedereen uit zijn kennissenkring gepraat, en het blijkt dat Arvo Pekka niet vreemd stond tegenover het idee om zelfmoord te plegen. Hij had met de gedachte gespeeld. Degenen waar hij mee optrok waren daar goed van op de hoogte.'

'De G-club?'

'Nee, ben je mal, daar ging hij niet mee om,' zei Maiken. 'De filmclub van het mediaprofiel aan de middelbare school van Klosterskogen. Volgens zijn leraar fotografie, een zekere Aron Storm, was hij bezig met een film over leven en dood.'

'Hebben jullie die film gevonden?'

'Nee, we hebben naar zijn computer gezocht, maar die was spoorloos verdwenen.'

'Is dat niet een beetje vreemd?'

'Heel vreemd zelfs, maar hij heeft hem misschien weggedaan omdat hij wist dat hij doodging. We zijn bij zijn tante thuis geweest. Een merkwaardig mens. Ze is een paar jaar geleden uit Finland gekomen om voor hem te zorgen nadat zijn vader zijn moeder had vermoord. Een nare kwestie,' zei Maiken.

Ze renden zwijgend verder naar de Ballestad-basisschool.

'Dus jullie zetten het onderzoek op een laag pitje?'

'Waarschijnlijk wel, als zich geen nieuwe feiten voordoen. Alles wijst tot dusverre op zelfmoord. Een paar dagen geleden hielden we het op moord, maar dat werd helemaal anders naarmate we meer informatie kregen,' zei Maiken.

'Wil je dan zeggen wanneer ik er een item over kan maken? Of het in elk geval kan melden, als het zelfmoord is. De mensen willen graag weten wat er gebeurt, en jullie hebben heel weinig losgelaten,' zei Mette.

Bij Hoels Tuincentrum stelde Maiken voor dat ze op wisselloop zouden overgaan. Drie minuten sprinten, drie minuten stevig doorstappen. Toen ze een aantal spurts verder bij het Statoil-tankstation in Bratsberg kwamen, waren ze allebei nogal afgepeigerd.

'Nu lópen we terug,' hijgde Mette.

'Mee eens, maar eerst wat aftrainen.'

Ze begonnen in stevig tempo aan de terugweg.

'Als je toegelaten wordt voor het laatste jaar op de politiehogeschool, moet je een jaar in Oslo gaan wonen,' zei Maiken. 'Hoe had je gedacht dat te regelen met de jongens, en met Peder? Gaan die mee?'

'Ik heb er nog niet zo over nagedacht,' zei Mette en plotseling leek het een hopeloze zaak.

'Je kunt toch door de week pendelen,' zei Maiken. 'De Grenlandexpres is in twee uur en een kwartier in Oslo. Je kunt zowat iedere dag heen en weer reizen.'

'Met een man die altijd en eeuwig ploegendienst in het ziekenhuis heeft? Dat gaat niet.'

'Nee.'

Ze liepen op een drafje verder. Tussen Hoels Tuincentrum en de Ballestad-basisschool bleef Maiken staan met haar handen op haar knieën gesteund. 'Ik zal je missen als je weggaat,' zei ze.

Mette stond rechtop en glimlachte flauwtjes. Maiken kwam overeind en sloeg haar armen om haar heen. Ze drukten hun voorhoofd tegen elkaar. Ze waren precies even lang, precies even blond en precies even oud. Maikens lippen vonden de hare en eigenlijk kwam haar dat helemaal niet vreemd voor. Ze kusten elkaar voorzichtig. Haar hart bonsde en haar oren suisden. Toen lieten ze elkaar abrupt los en schoten in de lach.

'Ik ga met Axel trouwen,' zei Maiken lacherig.

'Gefeliciteerd! Wanneer?'

'Van de zomer, op 24 juni. Wil jij mijn getuige zijn?'

'Vanzelfsprekend!'

'Het is geen ontrouw als je een vrouw kust,' zei Maiken.

'Absoluut niet,' zei Mette.

Toen renden ze de hele weg terug naar Borgeåsen, zonder verder nog iets van belang te zeggen.

Aron sloeg af van de Valebøvegen, de snelle route van Skien naar Notodden, en draaide de smalle grindweg naar Svanstul in. Die kronkelde ruim tien kilometer door het bos voor hij zeshonderd meter boven de zeespiegel uitkwam op de parkeerplaats van het loipe-net naar Løvenskiold-Fossum. Grote delen van dit enorme, beboste berggebied, dat zich door Luksefjell via Sauheradfjella tot aan Skrim bij Kongsberg uitstrekte, waren in handen van grootgrondbezitter Løvenskiold. Aron had 's zomers dagenlang in deze streek rondgetrokken zonder op iets anders te stuiten dan bosvogels, adelaars, lynxen, uilen, reeën, vossen en een enkele eekhoorn. Een keer had hij in het voorjaar berensporen in de dooisneeuw gezien, maar geen beer. Het was wel boven alle twijfel verheven dat hier beren zaten. In elk geval zo nu en dan een verdwaalde. De frambozenplukkers maakten elk jaar wel melding van een ontmoeting met Bruin. Dat kwam dan telkens op de voorpagina van de provinciale bladen.

Telemark had er twee, *Telemarksavisen* en *Varden*, die allebei hun hoofdkantoor in Skien hadden en allebei vol stonden met bruidsfoto's en foto's van pasgeborenen samen met hun trotse ouders en hun oudere broertjes en zusjes. Aron schudde zijn hoofd bij de gedachte aan dat werk, dat hij al lang achter zich had gelaten. Hij had uiteraard zijn camera in zijn rugzak gestopt, maar hij prees zich dagelijks gelukkig dat hij dat soort idiote foto's niet meer hoefde te maken. Het leraarschap was een zegen. Zijn leven had een nieuwe dimensie gekregen. De grote Toyota zwenkte de laatste steile gedeelten op en hij was blij met zijn vierwielaandrijving. Op de westelijke hellingen was de sneeuw op de weg gesmolten, dus het zand en de kiezelsteentjes lagen er glinsterend bij, een belofte van lente. Maar het zou nog weken duren voor de sneeuw in Luksefjell en Sauheradfjella wegsmolt.

Op de parkeerplaats stonden twee auto's. Het was vrijdag en tien over twee. Hij keek op zijn horloge en was alweer onder de indruk. Hij was een half uur geleden van het Lietorvet in het centrum weggereden en nu stond hij hier, als het ware midden in de wildernis. Van pure geestdrift controleerde hij zijn mobieltje en constateerde dat hij geen enkel bereik had. Aron tilde zijn ski's uit de box op het dak en liet ze op de heuvel ploffen. Hij kneep zijn ogen dicht tegen de zon en voelde de warmte als een liefkozing op de huid van zijn gezicht.

Toen begaf hij zich de loipen in. Zijn rugzak drukte zwaar tegen zijn rug en schouders. Hij koos zo lang mogelijk de gebaande loipen, maar al snel moest hij de losse sneeuw in, en dan zou het zwaar worden. Diverse soorten sparren stonden zwijgend en zwaar langs het dubbele skispoor. Als wachtposten, of toeschouwers. Als heya-roepers bij een wedstrijd. Heya Aron, als het ware. Als kind had hij gedacht dat gewone sparren mannetjes en fijnsparren vrouwtjes waren. Domme, kleine Aron.

Hij was al bij Fugleleiken, de blokhut van de toeristenvereniging. Daar kon je overnachten en in het weekend serveerden ze er pasgebakken wafels. De hut was hoog en vrij gelegen en bood in het zomerseizoen uitzicht op meertjes en veenmoerassen. Nu lag er een dik pak sneeuw overheen. Die zou algauw korrelig en glanzend worden en vervolgens slinken en helemaal verdwijnen, ergens in mei.

Hij bleef even staan om op adem te komen en keek om zich heen om het landschap rondom hem in zich op te nemen. Sneeuwwitte toppen achter sneeuwwitte toppen. Hij sloot zijn ogen en liet het gekwetter van de vogels in zijn hoofd neerstrijken. Aron was nooit gelukkiger dan op dergelijke momenten, maar nu was er een domper op zijn tevredenheid komen te rusten. Arvo Pekka.

Hij spande zijn spieren en plantte zijn stokken voor zich in de sneeuw. De ski's gleden goed. Wat later verliet hij de gebaande loipen en strompelde verder over moeilijk begaanbaar terrein. Zijn ski's zakten een eindje weg in de sneeuw. De sneeuwkorst was op geen stukken na sterk genoeg om hem en zijn rugzak te dragen. Hier en daar waren oude sporen te zien, als lange strepen over het terrein. Precies hier waren ze een paar weken geleden met de hele club langsgekomen. 's Zomers nam hij nooit deze weg als hij naar de hut ging. Dan reed hij over de weg langs de oostelijke oever van Fjellvannet, door de dorpskern van Luksefjell, en dan verder naar het noorden over mooie verharde wegen door het bos, bijna helemaal tot aan de hut. Hij had sleutels van de slagboom. Alle wegen waren met een slagboom versperd en je kon er met de auto onmogelijk bij komen als je niet tot de gelukkigen behoorde die over een sleutel beschikten. Voor zover hij wist had de jacht- en visvereniging sleutels. En het Rode Kruis, en misschien nog een paar verenigingen, maar veel waren het er niet. 's Winters was er geen doorkomen aan over de weg, omdat daar geen sneeuw geruimd werd, dus dan reed hij er via Svanstul heen. Onhandig, maar het was wel te doen.

Eindelijk ving hij tussen de bomen een glimp van de hut op. Aan de rand van de open plek bleef hij even staan om de aanblik in zich op te nemen. De kleine hut was in vroeger dagen door de houthakkers van Løvenskiold gebruikt.

Voor het raam aan de kant van de open plek waren de blinden gesloten. De kleine overdekte veranda voor de toegangsdeur was in later tijd gebouwd. Het was heerlijk om daar 's avonds een uurtje of twee in de schommelstoel te zitten, die je mee naar buiten kon nemen. Een klein eindje links van de hut stond het schuurtje waarin het hout opgeslagen lag, samen met visgerei en andere benodigdheden. Een kruiwagen bijvoorbeeld, en een paar teilen, en ander huisraad dat zich daar door de jaren heen had opgestapeld. Rechts, tussen twee dennen die een paar meter van de hut stonden, stond het wc-hokje. Er liepen geen skisporen over de open plek, maar hij kon de restanten van oude onderscheiden. Sinds de laatste keer was er sneeuw gevallen.

Al zo lang Aron zich herinnerde, huurde de familie Storm deze hut van Løvenskiold. Hij was hier als kind met zijn vader en moeder geweest. Later alleen met zijn vader, en ten slotte jarenlang in zijn eentje. Daarna met zijn leerlingen. Hier was de filmset. Hier draaiden ze de Film. Hoe moest dat nu verder zonder Arvo Pekka? Het was zijn project geweest. Zijn idee.

Toen zijn vader nog leefde, hadden ze een hond gehad. Een Zweedse staande hond, een drever, die zijn vader meenam als hij op jacht ging. De drever had oren zo dun als pannenkoeken en zo zacht als zijdehaar. Oren die hij in zijn hand kon nemen en over zijn gezicht kon leggen om eraan te ruiken. Aron maakte nieuwe sporen over de open plek, deed zijn ski's af en zette ze weg op de veranda, onder het dak. De oude sneeuw was van de vloer geveegd en de nieuwe had blijkbaar de weg naar binnen niet gevonden.

Aron wilde de deur van de hut van het slot doen, maar toen hij de sleutel omdraaide, ontdekte hij dat de deur helemaal niet op slot zat. Die schoof zachtjes open, en er ging een steek van ergernis door hem heen. Wie had tot taak gehad om af te sluiten toen ze weggingen? Ylva? Arvo Pekka? Ulrik? Of was hij het gewoon zelf geweest? Zijn ongenoegen dreef over. Geen kwaad geschied. Hij opende de blinden, luchtte de kamer en stak de oude ijzeren kachel aan. De pitten van de petroleumlampen waren vochtig, en weldra werd het oude houtwerk door een geel licht beschenen. Hij borg het eten in de kleine aardkelder onder het vloerluik op. Zijn slaapzak hing al aan een touw onder de zoldering te luchten. Hij zou het liefst met zijn benen uitgestrekt naar de kachelvlammen in de schommelstoel gaan zitten om uit te rusten na de vermoeiende tocht, maar hij wist wel beter. Hij greep de emmer en liep naar buiten. Op de veranda stond het breekijzer tegen de muur.

De beek achter het schuurtje was bevroren, maar onder het ijs op de plek waar hij in het voorjaar het eerste openging, was een kleine kolk te zien. Met het breekijzer maakte Aron een bijt die groot genoeg was, en hij dompelde de emmer erin. Toen hij zich omdraaide om in zijn eigen voetsporen terug te lopen, zag hij ze. Links van de hut, beneden bij de achterwand, waar de namiddagzon haar laatste stralen wierp. Skisporen. Diepe skisporen naar de wand van de hut toe. Onzichtbaar vanaf de voorkant, maar hiervandaan wel te zien. Zijn hart begon hard en onregelmatig te bonzen. Hij beende terug naar de veranda en zette de emmer water neer. Toen liep hij langs de wand van de hut, ook hier sporen, van voeten, vlak langs de wand. Ze konden nieuw zijn, maar ook oud. Nieuw, constateerde hij, toen hij bij de achterwand kwam. Verse skisporen, in elk geval verser dan degene die hij zelf een paar weken geleden aan de voorkant had gemaakt. Iemand moest uit het bos achter de hut zijn gekomen, zijn ski's hebben afgedaan en tegen de muur gezet, om vervolgens langs de wand naar de veranda te lopen. De deur was niet op slot, kon iemand zomaar de hut zijn binnengegaan? Nee, dat was niet het geval, voor zover hij had gezien. Het was hoogstwaarschijnlijk gewoon een skiër geweest die even had willen bijkomen op de heuvel. Morgen zou hij het spoor het bos in volgen. Nu was het te laat. Algauw zou alles in duisternis gehuld zijn.

Hij zette het breekijzer weg op de veranda en nam de em-

mer mee naar binnen, maar toen veranderde hij van gedachte en liep naar buiten om het ijzer te halen. Hij zette het aan
de binnenkant van de deur. Toen bleef hij even staan nadenken, pakte een krukje van onder de grenen tafel, klom er bo-
venop en bekeek de bovenste plank van het keukenkastje.
Zijn vingers sloten zich om het sfinxblik. Hij klom van het
krukje en haalde het deksel van het zwarte bonbonblik. Daar
lagen de schijfjes. De geheugenschijfjes met de voorlopige
opnamen voor de Film. Hij wilde ze weer terugstoppen,
maar bedacht zich. Het was onzin om ze hier te laten liggen,
vooral nu Arvo Pekka er niet meer was. Er kwam toch geen
film meer. Aron wikkelde de geheugenschijfjes in een servet
en stopte ze in een vakje van zijn rugzak. Toen haalde hij een
koud biertje uit de aardkelder onder de vloer van de hut,
ging in de schommelstoel zitten en staarde door het open
deurtje van de kachel in de vlammen.

Geen televisie, geen radio, en zelfs zijn mobieltje had geen
bereik. Geen stroom. De hut was zo primitief als je je maar
kon voorstellen. En toch zo perfect. Helemaal in de geest van
Thoreau. De Amerikaanse filosoof Henry D. Thoreau, die halverwege de negentiende eeuw zijn beroemde boek over het leven in de bossen had geschreven, *Walden, or Life in the
Woods*, over hoeveel gelukkiger de mensen zouden worden als
ze kozen voor een eenvoudig, zelfvoorzienend bestaan in de
bossen, zoals Thoreau zelf had gedaan. In elk geval had hij een
tijd lang in zijn dooie eentje in een zelfgebouwde hut bij Walden Pond in Concord gewoond. Aron had met zijn leerlingen
over de opvattingen van Thoreau gediscussieerd. Maar een enkeling zag in dat de opvattingen van de filosoof van waarde
waren. De meesten hadden overdreven geloeid of gekermd bij
de gedachte dat ze ook maar één enkel dagje geen televisie
konden kijken. En zonder mobieltje konden ze al helemaal
niet leven. Zelfs een uurtje zonder mobiel vonden ze al on-
voorstelbaar. Nee, dan Arvo Pekka, Ylva, Even en Ulrik. Die
begrepen het. Zij hadden inlevingsvermogen. Ze hadden in
vuur en vlam gestaan toen hij erover vertelde. Hier in de hut.

Het gesprek was ook over andere dingen gegaan. Over de Tweede Wereldoorlog. Arons grootvader had tijdens de oorlog in het verzet gezeten. Hij had zelfmoord gepleegd door een ampul met blauwzuur door te bijten toen de Duitsers een halve meter verderop waren. Een voorbeeld voor anderen. Ewald Storm, Arons vader, had lange redevoeringen tegen zijn zoon gehouden terwijl ze met de windbuks en de drever met de zachte oren door dit gebied zwierven. Over eer en moed. Over wat nobel en waardevol was. Dat je de juiste keuzes moest maken en de race moest uitlopen. Dat je niet moest weifelen. Dat je de dood onder ogen moest zien in de wetenschap dat je het recht aan je zijde had. Opa was zo'n groot man geweest dat Ewald Storm een heel leven op zijn daden had kunnen teren. Zelf was Ewald pathetisch genoeg door een boom geveld.

Een paar maanden geleden hadden ze hier voor het laatst gezeten en over de Zelfmoord gepraat. Arvo Pekka had Émile Durkheims theorieën over het verschil in zelfmoordcijfers tussen katholieken en protestanten gelezen. Hij had er een werkstuk over geschreven in het keuzevak politieke ideeëngeschiedenis. Hoe de traditie van de biecht en de nauwe banden tussen katholieken preventief werkten tegen zelfmoord. Ulrik was in beslag genomen door de islamitische zelfmoordterroristen en hun geloof in de heilige martelaarsrol en het leven na de dood. Ze hadden hier rond de haard gezeten met het kacheldeurtje open. De vlammen hadden hun gezicht een gouden kleur gegeven en door de warmte waren hun ogen gaan blinken. Ylva zei dat ze er iets van zou willen maken als ze zich om het leven zou brengen. Ze zou iemand mee willen nemen. Iemand die het verdiende. Maar ze zou niet om idealistische reden uit het leven stappen. Wel als ze de diagnose kanker zou krijgen. Een ongeneeslijke hersentumor. Dan kon ze zich indenken dat ze zich een kogel door het hoofd zou jagen, maar dan wilde ze eerst een goede daad doen door een stuk vuil mee te nemen in de dood. Ylva's ogen hadden gefonkeld in het halfduister. Ze zou de vader van Yvonne meenemen, de beste vriendin uit haar kindertijd. Die had een jaar en vier maanden celstraf wegens incest gekregen toen Yvonne dertien was. Ylva en Yvonne waren onafscheidelijk geweest voordat Yvonnes vader haar leven had verwoest. Hij verdiende de dood, vond Ylva, en de anderen waren het daarmee eens. Maar hij had zijn straf toch uitgezeten? had Aron daar tegen in gebracht. Die straf was veel te laag, was Ylva's antwoord geweest. Yvonnes vader verdiende de dood.

Ulrik vroeg zich af waarom Arons grootvader niet een paar Duitsers had doodgeschoten voor hij die ampul blauwzuur had geslikt. Dat wist Aron niet precies. Het was niet in Ewalds verhalen voorgekomen. Misschien was hij onbewapend geweest, opperde Aron. Ja, want zo niet, dan had hij wel geschoten, dat zat er dik in, dacht Ulrik.

Maar kun je eigenlijk iemand doodschieten die het verdiend heeft zonder daarna zelfmoord te plegen? wilde Ylva weten. Het werd plotseling heel stil, en Ylva kreeg een kleur. Ulrik trok een lelijk gezicht. Aron haalde met een gefrustreerde beweging zijn vingers door zijn haar. De enige die rustig bleef was Arvo Pekka, die een vader had die hij al bijna vijf jaar niet had gezien. Een moeder die hij voor altijd kwijt was geraakt, op wrede wijze doodgestoken en mishandeld door zijn eigen vader. En zijn vader had daarna geen zelfmoord gepleegd. Die moord was geen goede daad. Die was slecht.

Aron nam de laatste slok uit het bierblikje en stond op om uit de aardkelder een nieuw te halen. Buiten kwam het donker aankruipen. Hij liep naar het raam en bleef staan kijken naar de open plek voor de hut, waarop een maan die hij van daaraf niet kon zien haar blauwe licht op de sneeuw wierp. Hij maakte vier boterhammen met makreel in tomatensaus, ging aan tafel zitten en at ze op. Toen hoorde hij het geluid. Een merkwaardig geluid dat hij niet kon thuisbrengen. Aron bleef zitten met zijn hoofd scheef en zijn mond half open. Zijn lichaam verstijfde en hij wierp een blik op de windbuks aan de wand. Het probleem was alleen, dat er mijlenver in de omtrek geen patronen te vinden waren.

Aron had zelf nooit willen schieten. Hoe vaak Ewald hem ook had aangespoord, hij peinsde er niet over. Hij wilde nooit in de bruine ogen van een ree kijken om die vervolgens dood te schieten. Plotseling scheurde er buiten een langgerekt ffhom... ffhom door de lucht. Voorzichtig stond hij op. Ffhom... ffhom... ffhom... ffhom. Dat was het geluid van een oehoe, dacht hij opgelucht, terwijl hij glimlachte tegen zijn eigen spiegelbeeld in de donkere ruit. Maar toen klonk het onbestemde geluid opnieuw. Resoluut greep hij de beenkappen die bij de kachel te drogen hingen en trok ze over zijn broek, stak zijn voeten in zijn skilaarzen en knoopte de veters stevig dicht. Hij trok zijn jack aan en haalde de zaklamp die op een plank in een van de onderkastjes stond. Na een blik op het breekijzer drukte hij de klink omlaag en deed de deur langzaam open. De kou sloeg hem in het gezicht en de geluiden buiten werden sterker en helderder. De oehoe bleef zijn lokroep herhalen. Waarschijnlijk zat hij vlak in de buurt in een boomtop. Hij nam een beweging waar bij het wc-hokje. Twee vossen, of waren het veelvraten of lynxen? Dat was niet duidelijk. In het maanlicht was de vorm van de dieren niet zo makkelijk vast te stellen, maar het geluid dat ze maakten was doordringend. Een soort gekef, vermengd met een hard gesis. Aron sloop behoedzaam de verandatrap af en zette een paar verkennende stappen in de sneeuw. De korst kon hem bijna dragen. Hij zonk er tot zijn enkels in. De dieren kregen Aron in de gaten en als op commando zwegen ze allebei en verdwenen als grauwe schimmen uit zijn gezichtsveld. Zelfs de uil viel stil. Aron stond weer alleen in de stilte onder de maan.

Hij knipte de zaklamp aan en strompelde naar het wc-hokje. Toen hij bijna bij het kleine, groengeverfde huisje was, viel het licht van de lamp op roodgekleurde sneeuw. Ze moesten om een prooi hebben gevochten, dacht hij, en zocht met zijn ogen naar de restanten van veren of haren. Hij zag geen van tweeën, maar wel een paar bloederige stukken vlees. De sneeuw eromheen was roodgekleurd. Hij stapte in een boog om de bloedrode sneeuw heen en kwam bij de achterste hoek van het wc-hokje terecht. De lichtkegel viel op de plek waar de slachting kennelijk had plaatsgevonden. Geen enkele witte vlek. Hier moest de vos of de veelvraat of wat het ook was geweest, zijn prooi gegrepen hebben. Gezien de hoeveelheid bloed moest het wel een reuzenprooi zijn geweest. Hij wilde zich al omdraaien toen de lichtstraal op de achterwand van het wc-hokje viel.

Tussen de nachtzwarte dennen schreeuwde Aron zijn longen uit zijn lijf. In de lucht boven hem klapwiekten vleugels, waarna het weer stil werd. Hij had de lamp in de sneeuw laten vallen. De lichtstraal scheen fel op de achterwand, waar twee mensenbenen hingen, vastgespijkerd bij de enkels, terwijl de vlezige dijbenen omlaag hingen naar de grond. Veel dieren hadden zichzelf al bediend. Hij boog zich voorover om de zaklamp op te rapen. De makreel in tomatensaus kwam omhoog. Van de traansmaak moest hij nog eens overgeven. Toen wilde het er plotseling ook aan de andere kant uit. Zijn maag was compleet van streek. Aron kneep zijn billen samen en wist het wc-hokje in te komen. Hij smeet het ijskoude deksel opzij, trok zijn broek op zijn knieën en zonk op de rand neer. Hij kreunde van opluchting, en het zweet stond op zijn voorhoofd, terwijl zijn darmen krampachtig samentrokken. Naderhand bleef hij enigszins voorovergebogen met open mond zitten uithijgen. De kou merkte hij niet. Zijn lichaam voelde leeg aan en zijn hoofd vol. De gedachten maalden erdoorheen. Hij pakte de wc-rol. Het papier was vochtig. Hij had er net ruim een meter af gescheurd, toen hij een nieuw geluid hoorde. Het kwam uit de plee onder hem. Een soort borrelgeluid, zoals wanneer iemand onder water uitademt. Het pleespook, dacht hij doodsbenauwd. Domme, kleine Aron. Hij wilde opstaan, maar het leek of hij aan het gat vastgezogen zat. Toen klonk het geluid opnieuw: plop, plop, plop. Hij zoog met opeengeklemde kaken lucht in zijn longen, vouwde het papier, veegde zich af, ging rustig staan en trok zijn broek omhoog. Plop, klonk het uit de doos. Dat vond hij vreemd want wat zich daar beneden bevond, moest vrij stevig bevroren zijn. Hoe kan bevroren drekgeluid maken? Hij had het liefst het deksel op zijn plaats gelegd, maar dwong zichzelf met de lichtstraal in het gat te schijnen. Een hand en delen van een arm, goed zichtbaar daar beneden. De vorm was onmiskenbaar die van een arm. Aron was aan het einde van zijn Latijn. Hij was niet in staat om te schreeuwen. Hij voelde geen angst. Hij was alleen volslagen op. Leeg. Hij deed het deksel op het gat en sleepte zich als een slaapwandelaar de open plek over.

Het was al tamelijk laat toen Idun voor de vierde keer langs het huis van Aron Storm kwam. Misschien aan de late kant voor een bezoek, maar ze wilde zo graag met hem over de USB-stick van Arvo Pekka praten. Ze had alles wat ze wilde zeggen van tevoren bedacht. Ze wilde dat Aron haar zou aankijken en denken dat ze Arvo Pekka echt had gekend, beter dan het op school had geleken. Dat hij haar de USB-stick had toevertrouwd, maar dat ze die aan Aron wilde geven nu hij dood was.

Eigenlijk mocht ze Aron niet zo heel erg. Hij was absoluut niet in haar geïnteresseerd. Hij glimlachte nooit tegen haar. Gaf haar nooit een aanmoediging tijdens de les. Hij hield zich alleen bezig met degenen die goed waren in fotografie en film, met Ylva, Arvo Pekka, Ulrik en Ida Storemyr, Janne Rasmussen en Even Ivarstuen. De filmclub. Aron Storm was een slechte leraar, maar er ging desondanks een zekere aantrekkingskracht van hem uit. Hij was jong, in elk geval jonger dan de meeste andere leraren. En hij was stoer. Op een bepaalde manier zelfs cool. Hij vond het niet erg als ze op hun computers zaten te chatten als ze eigenlijk iets anders moesten doen. Hij schreef ze niet op als ze afwezig waren en hij keek opdrachten zelfs na als ze te laat ingeleverd werden. Maar hij was zelf ook nooit op tijd. Vaak moesten ze zeuren om een cijfer voor opdrachten die ze allang hadden ingeleverd. Aron stond stiekem achter het mediagebouw met de leerlingen te roken en speelde voetbal met ze in de pauzes.

Nee, Idun mocht hem niet erg, maar tegelijkertijd zou ze dolgraag bij die magische kring van coole types horen, ook al wist ze dat zij en Ylva nooit deel uit zouden kunnen maken van dezelfde club. Dan moest ze Ylva eruit concurreren, en dat kon ze wel vergeten. Maar ze zou zorgen dat ze Aron opviel. Hem laten zien dat ze iets betekende. Dat ze bij het project van Arvo Pekka betrokken was geweest. Dat ze een individu was.

Op de benedenverdieping scheen licht. Op de eerste etage was het donker. Het huis was mooi, vrij groot en pas geschilderd. De tuin had een hek en een lage, goed bijgehouden heg eromheen. De oprit was betegeld. Aan het einde stond een dubbele garage in dezelfde stijl als het huis. De garagedeur was dicht. Idun had bedacht dat Ylva er misschien zou zijn. Ze wist dat Ylva en de anderen in hun vrije tijd vaak bij Aron waren. Misschien kwamen ze niet bij hem thuis, maar in elk geval trokken ze met hem op. Aron was niet getrouwd en woonde niet samen. Dat wist iedereen. Voor alle zekerheid had ze Ylva en Ulrik eerder die avond geschaduwd op weg naar het huis van Even Ivarstuen. Ze wist dat ze daar waren.

Ze passeerde het huis voor de vijfde keer en nam abrupt een besluit. Liep met snelle passen naar de voordeur. Twee bellen. Dat was een beetje verwarrend, en ze keek met half dichtgeknepen ogen naar de naambordjes. *Aron Storm* op het bovenste. *Anna Storm Pettersen* op het onderste. Ze drukte op de bovenste bel, ook al had ze wel door dat hij niet thuis kon zijn. Hij woonde ongetwijfeld op de eerste verdieping, en daar was het donker. Ze had zich al omgedraaid om weg te gaan toen de deur openging.

'Ja,' schetterde een vrouwenstem.

'Ik zou Aron Storm graag spreken. Mijn leraar,' zei Idun.

'Kom binnen, het tocht,' zei de vrouw, die Anna Storm Pettersen moest zijn. Ze hobbelde naar binnen en Idun volgde haar, trok de deur achter zich dicht en bleef in de verlichte gang staan.

De vrouw voor haar leunde op een stok. Een dikke kat sloop om haar benen. Hij staarde Idun met kleine oogjes aan.

'Wie ben jij?'

'Ik heet Idun en ik doe het mediaprofiel op school. Ik moet Aron spreken,' zei ze.

'Je bent wel een beetje erg jong om achter hem aan te zitten,' zei de vrouw.

Idun kreeg zo'n kleur dat haar wangen er pijn van deden. Haar oren brandden onder haar haar. De vrouw glimlachte, een wrang klein lachje.

'Ik wilde hem alleen maar iets laten zien,' zei Idun kribbig. Ze kon wel huilen. Wat een teringwijf. Ze voelde zich woedend worden.

'O, dat zeggen ze allemaal,' zei de vrouw. 'Kom maar terug als je droog achter je oren bent, als hij dan nog vrij is, en het zou me eerlijk gezegd niks verbazen als hij dat dan nog was. Vrij.'

Idun liep achteruit naar de voordeur, zonder haar blik van de vrouw met de stok af te wenden. Ze zocht op de tast de deur, glipte naar buiten en smeet hem achter zich dicht. Toen zette ze het op een lopen. Ze bleef rennen, en ondertussen snikte ze het uit. Wat vreselijk pijnlijk. Stel je voor dat dat idiote wijf dit tegen Aron zei. Stel je voor dat hij dacht dat ze achter hem aan zat. Ze zou nooit meer naar school gaan.

Aron werd langzaam wakker. De zon scheen door het raam aan de oostkant naar binnen en likte hem in zijn gezicht. Hij draaide zich naar de muur toe om er vanaf te komen. In één klap kwamen de gebeurtenissen van gisteren weer bovendrijven, en hij ging met een ruk rechtop zitten. Met gefrustreerde bewegingen haalde hij zijn vingers een paar keer door zijn haar. Het was ijskoud in de hut. Aron stond op, stopte een paar houtblokken in de lauwwarme kachel en porde de sintels op. Het hout vatte vlam. Hij gooide water op het oude koffiedik in de ketel en had zijn kleren aan voor de koffie kookte. Toen schonk hij een mok vol met koffie en nam die mee de veranda op.

Met zijn handen om de kop staarde hij naar het wc-hokje. Nu hij het wist, was de rode sneeuw hiervandaan te zien. Hij rilde, dronk de koffie met een paar gulzige slokken op en ging weer naar binnen.

Hij was de halve nacht bezig geweest de situatie te overdenken. Zijn eerste ingeving was geweest, de politie te bellen, en als hij hier in de wildernis bereik had gehad, had hij dat gegarandeerd gedaan. Maar was dat bij nader inzien wel zo slim? Zou hij er dan zelf niet bij betrokken raken? Was het lijk in het wc-hokje Arvo Pekka's wraakneming voor die zelfmoord, of was hij ook vermoord? Aron kwam er niet uit. Als Arvo Pekka zelfmoord had gepleegd, waren de benen die aan de wand van het hokje vastgespijkerd hingen misschien van de vader van die Yvonne, de kerel die Ylva mee de dood in had willen nemen. Zouden die jongelui de theorieën waar ze die avond in de hut mee hadden gespeeld, werkelijk hebben uitgevoerd? En als een van hen aan de politie zou vertellen dat ze nog maar een paar weken geleden in Arons blokhut over dat thema hadden gediscussieerd en dat hij bij dat gesprek aanwezig was geweest, hield dat dan in dat hij wegens medeplichtigheid veroordeeld kon worden? Of dat hij misschien zijn baantje als leraar kwijtraakte? Dat de nauwe band met zijn leerlingen zou worden doorgesneden en hij gedwongen zou zijn weer het lege werk van portretfotograaf te doen, passief het geluk van anderen te bekijken en te vereeuwigen?

Maar als Arvo Pekka ook was vermoord, was er misschien iemand die ze allebei had vermoord. En die misschien plannen had om nog meer moorden te plegen? Aron had zich in foetushouding in zijn slaapzak opgerold en 's nachts met zijn tanden geklapperd. Hij kon daar niet gaan zitten en ze laten merken hoe onvolwassen hij was geweest. Domme, kleine Aron. Hij moest een uitweg zien te bedenken. Maar eerst moest hij de boel opruimen.

Gewapend met een schaar, een schop met een recht blad, een teil en een oude slee die hij in het schuurtje had gevonden, liep hij op de vindplaats af. Na de nachtvorst was de korst tamelijk stevig geworden. Hij ademde in en sloeg de hoek van het wc-hokje om. Wantrouwig staarde hij naar de achterwand. Er ontbrak een been. Aron tuurde rond, maar het been was niet te zien. Het was duidelijk wat er gebeurd was, en behoorlijk irritant. Een van de roofdieren moest erin geslaagd zijn het been van de wand los te rukken en er vervolgens met het karkas vandoor zijn gegaan. Verdomme. De volgorde van zijn werkzaamheden was ondertussen snel bepaald: eerst opruimen, dan het been zoeken. Hoe groot was de kans dat het door anderen gevonden werd? Terwijl de zenuwen door hem heen gierden, berekende hij dat die zo ongeveer nul was: in deze tijd van het jaar was dit een verlaten gebied.

Het eerste wat hij deed was het touw doorknippen waarmee het overgebleven been aan de wand was vastgemaakt. Aron probeerde wat minder hevig te trillen. Het been lag voor hem in de sneeuw: dij, knie, scheenbeen, enkel en voet, en tenen waaraan iemand had geknaagd en geknauwd. Muizen en vogels, vermoedde hij. Het was verrassend zwaar en er zat bijna geen huid meer om. Niet makkelijk vast te stellen van wie het geweest kon zijn, maar hij gokte dat dit een mannenbeen was. Daar wees de grootte van de voet op. Maar jong of oud? Met geen mogelijkheid te zeggen. Hij besloot de inhoud van het wc-hokje te onderzoeken wanneer de opruimingswerkzaamheden achter de rug waren. Waarschijnlijk lag daar de rest van het lichaam.

Aron werkte ingespannen en doelbewust. Het been verstopte hij zo lang onder een losgeschepte berg sneeuw. Daarna schaafde hij de rode sneeuw laag voor laag af en gooide die in de teil, die hij op de slee had gezet. Vervolgens sleepte hij het geheel naar de beek en leegde de teil in de ijsvrije kolk.

De ene lading na de andere werd over de open plek gezeuld. Al snel liep er een miniatuursnelweg door zijn tuin. De zon klom steeds hoger de hemel in en Aron moest zijn jack uitdoen. Het stuk grond achter het wc-hokje vormde een probleem. Een paar met bloed doordrenkte ijsklompen weigerden zich af te laten schaven. Aron haalde het breekijzer en hakte de klompen in kleine stukjes. Daarna haalde hij water uit de beek en goot dat over het ijs. Vele liters later was de rode kleur weg.

Op de veranda kwam hij op adem met een kop koffie. Gegeten had hij niet. Hij had graag een sigaret opgestoken maar had zijn tabak niet meegenomen. Ontzettend irritant. Toen hij opstond voelde zijn rug stijf en pijnlijk aan. Hij deed zijn ski's aan, bond de slee met een touw om zijn middel en begon het terrein achter het wc-hokje af te zoeken. Al snel trof hij pootafdrukken in de sneeuw aan, en een uitholling die erop kon wijzen dat daar iets zwaars was weggesleept. Hij volgde het spoor het bos in, steeds verder bij de hut vandaan. Na twintig minuten verdwenen de pootafdrukken onder een platte rots. Een bergplaats, constateerde hij verslagen. De vos had zijn buit kennelijk verstopt om zich er bij een latere gelegenheid aan tegoed te doen. Het was onmogelijk om naar binnen te kruipen op zoek naar het been. Voor hem, maar ook voor anderen. Plotseling hoorde hij het geluid van een motor. Niet ver bij hem vandaan startte een sneeuwscooter. Iemand liet de motor draaien en schakelde.

Aron dook in elkaar en trok de slee pal tegen zich aan. Hij drukte zich dicht tegen de platte steen aan. Het geluid kwam steeds dichterbij, totdat hij dacht dat de scooter zo over hem heen zou rijden, maar toen veranderde die plotseling van richting. Aron bleef nog even liggen; toen vatte hij moed en kwam hij op zijn knieën overeind. Tussen de bomen zag hij de scooter bij zich vandaan rijden. Een kleine, in het groen geklede gestalte zat er wijdbeens boven op met de rug naar hem toe. Wie het was viel onmogelijk te zien. Waarschijnlijk een werknemer van Løvenskiold. Een opzichter die het terrein verkende. Aron besloot om naar de beschaving terug te keren, maar eerst moest hij de inhoud van het wc-hokje afdekken. Het been dat hij onder de sneeuw had verstopt, moest ook de plee in. Daar zou het voorlopig veilig zijn.

Zijn plan van gisteren om de skisporen vanaf de achterkant van de hut te volgen, was definitief de wereld uit. Aron wilde hier weg, zo snel als hij kon. Toen hij terugkwam van zijn jacht op het dodemannenbeen lag de hut er geruststellend stil bij. Geen motorgeluid te horen. Aron liep vastberaden naar de schuur en haalde er een stuk plastic en wat oude kranten uit.

Een uur later skiede hij de open plek over. Hij was er vrij zeker van dat de arm, het been en eventuele andere lichaamsdelen niet zichtbaar zouden zijn als iemand het in zijn hoofd zou krijgen om naar beneden in de plee te kijken. Nader onderzoek moest maar tot later wachten. Hij had twee keer gecontroleerd of de deur van de hut op slot was. Een naargeestige stemming lag als een ijskoude deken over de plek, vond Aron. Voor het eerst van zijn leven was hij bang, hier, waar hij zich altijd het veiligst had gevoeld.

Met een oude joggingbroek aan stapte Mette op blote voeten rond. Ze had de benedenverdieping gestofzuigd en gesopt, en het hele huis rook naar groene zeep. In de open haard knetterde het achter de ruitjes van de gietijzeren deurtjes. Op de salontafel in de woonkamer had ze een grote vaas kleurige tulpen gezet, die de mensheid in al hun pracht van het voorjaar cadeau had gekregen. Alleen thuis op zaterdagmiddag. Beter kon het niet. Peder had tot zondagmiddag dienst in het ziekenhuis. Trym en Eirik waren bij de buurjongens.

In november hadden ze nieuwe buren gekregen, een paar huizen lager aan de weg. Een gezin met twee jongens, Kristian van acht en Bjørn van zeven, dezelfde leeftijd als de tweeling. Nu waren er vier jochies in de straat die voortdurend met elkaar optrokken, hetzij hier, hetzij daar. Vandaag waren ze daar.

Ze smeerde twee boterhammen met leverpastei, schonk een groot glas melk in en ging in de studeerkamer, die aan de woonmaker grensde, achter de computer zitten. De archieven van de regionale krant en de NRK bevatten een overvloedige hoeveelheid informatie over de oude moordzaak. Ze printte een paar artikelen uit, at de boterhammen, las belangrijke feiten uit het onderzoek en de rechtszaak door en noteerde die met de hand in haar ringbandschrift. De vierenveertigjarige Thor Magne Samuelsen had zijn vrouw Marija (38), van afkomst een Finse, in maart 2001 in de echtelijke woning met een mes doodgestoken. Hij was thuis aangehouden nadat zijn zoon de politie had gebeld en van de moord op de hoogte had gesteld. De veertienjarige zoon was op zijn kamer geweest toen de moord werd gepleegd. De politie was verscheidene malen wegens huiselijk geweld naar het huis aan Solves veg uitgerukt. De vermoorde Marija was twee keer samen met haar zoon naar het crisiscentrum gekomen omdat haar echtgenoot gewelddadig was geworden. Samuelsen werd in augustus van dat jaar tot vijftien jaar cel veroordeeld wegens de moord op zijn vrouw.

Mette zuchtte en dronk de rest van de melk op. Arvo Pekka had geen gemakkelijke start in het leven gehad, en nu was hij dood. Ze voelde woede in zich opwellen. Wat voor hulp had Arvo Pekka eigenlijk gekregen? Moest je gewoon maar accepteren dat de jongen het niet meer aankon en zich op een zaterdagavond in een zwembad een kogel door zijn hoofd joeg? Nee, dacht ze. Dit moest onderzocht worden. Hij moest door iets of iemand in de steek gelaten zijn. Appa was homo, had Ulrik gezegd, maar was dat op zich een reden om zelfmoord te plegen? Niet echt, constateerde ze. Het zat niet helemaal goed tussen zijn oren, had Ulrik gezegd. Maar jongeren waarmee het niet helemaal goed zat, die moest je toch zeker opsporen, observeren en helpen? Vertrouwenspersoon, schreef ze in haar schrift. Arvo had drie jaar op de middelbare school van Klosterskogen gezeten. Daar moesten ze een vertrouwenspersoon hebben.

Arvo Pekka vertegenwoordigde één jongerenprobleem, de G-club een ander. Het stond haar enorm tegen om zich in die problematiek te verdiepen. Die leek uitzichtloos. De kranten produceerden kilometerslange kolommen met verhalen over wat de clubs zoal op hun kerfstok hadden. Veel clubleden vielen nog onder het jeugdstrafrecht. De politie rekende ze in en liet ze weer lopen. Ze terroriseerden de buurten die ze uitkozen om in toe te slaan. Ze drongen binnen op feestjes van jongeren waarvan de ouders uit waren en pikten alles van waarde mee. Ze kaapten de scooters weg onder de neus van wanhopige jonge meisjes die geen aangifte durfden te doen. Ze pushten alle soorten drugs. Ze overvielen kiosken en bingolokalen. Ze slikten anabole steroïden en deden aan gewichtheffen. Schoolleidingen en werkers in de gezondheidszorg weigerden in te grijpen. Als iemand zich ermee bemoeide, werd zijn auto vernield of werden zijn ruiten ingeslagen. Bij een middenschooldirecteur was de brievenbus opgeblazen. Zijn vrouw, die de brievenbus had geopend, was aan een oog blind geworden en twee vingers kwijtgeraakt. Met die lui viel niet te spotten. En de grote baas, beweerde men, was Mathias Garmo. Die knaap was inmiddels negentien, levensgevaarlijk, en uit de stad verdwenen.

De voordeurbel ging en ze deed open. Buiten stond Anita, de moeder van Kristian en Bjørn, de nieuwe speelkameraadjes van de jongens verderop aan de straat. Ze had haar hond Tara bij zich, een baldadige, langharige vuilnisbak met lieve ogen.

'Hallo, kom binnen,' begroette Mette haar, maar Anita bedankte.

'Ik denk niet dat je Tara op dit moment binnen wilt hebben,' lachte ze. 'Kijk eens hoe ze eruitziet!'

Tara was smerig tot en met haar buik. De hond deed een verwoede poging om Mette te begroeten, maar Anita hield haar strak aan de riem.

'Nee, maar luister eens, we komen alleen iets vragen. Wij gaan met de paasdagen naar de blokhot in Gautefall en nu vragen we ons af of het goed is als Trym en Eirik meegaan. We gaan alleen maar van vrijdag tot zondag,' zei Anita. 'Dat duurt weliswaar nog even, maar ik wilde er op tijd bij zijn met vragen.'

'Oei, is dat dan niet een beetje zwaar voor jullie?'

'Nee, integendeel,' lachte Anita, 'want ze spelen zo heerlijk met elkaar. Wanneer die van jou ook meekomen, is dat juist prettig voor Bjørnar en mij. Als ze willen, natuurlijk.'

Mette twijfelde er geen seconde aan dat de tweeling mee zou willen naar de hut. Peder had het hele paasweekend dienst in het ziekenhuis, dus hier in huis zou het relatief saai zijn. Ze was half en half van plan geweest een paar dagtochtjes met ze te maken, maar verder niets. Dit aanbod was een geschenk uit de hemel. Anita mocht het ze zelf vragen.

Aron reed de Toyota de wasstraat van het Statoil-tankstation aan Nenset in. Hij bleef in de auto zitten, terwijl de grote borstels over de auto rolden en alle sporen van de grindweg naar Svanstul uitwisten. Zijn moeder zou uit haar humeur raken als hij thuiskwam met een smerige auto.

Wat later parkeerde hij de wagen thuis op de oprit en deed de huisdeur van het slot. Hij bleef even staan luisteren voordat hij besloot naar boven te sluipen, maar toen hoorde hij in zijn moeders appartement de stok dichterbij komen, en hij slaakte een diepe zucht. Ze deed de deur open en staarde hem nors aan.

'Gisteravond was hier een meisje dat naar jou vroeg,' zei ze.

Mons Mockery kwam tussen haar benen door aansluipen en sprong op hem af, zonder halsbandje.

'O. Wie was dat?'

'Ik weet niet meer hoe ze heette. Het was een blondje dat je iets wilde laten zien,' zei zijn moeder, met een blik alsof ze op uitleg wachtte.

Aron dacht aan de journaliste van de NRK, maar dat was toch eerder een vrouw dan een meisje.

'Nou, als het iets belangrijks was, dan krijg ik het nog wel te horen,' zei Aron, en hij liep de trap op naar zijn eigen appartement, gevolgd door Mons Mockery. Achter zich hoorde hij zijn moeders deur dichtslaan.

Hij ververste het water van Jaco en liet de vogel uit zijn kooi. Het beest was in een spraakzame bui en kletste er op los. Hij streek neer op Arons schouder en beet hem uit pure vreugde over het weerzien in zijn oor.

Aron begon de opnamen van de camera die hij beneden in de gang had geïnstalleerd te bekijken. Zijn hart bonsde. Gisteravond. Hij spoelde terug tot er in beeld beweging te zien was. Zijn moeder op weg naar buiten, zijn moeder op weg naar binnen, toen weer naar buiten, en naar binnen. En toen, om kwart voor tien 's avonds: zijn moeder het beeld uit, en toen achterwaarts het beeld weer in met iemand achter zich aan. Lang, blond haar. Ze stond heel stil. Hij zag alleen haar achterhoofd en de helft van haar lichaam, maar er viel desondanks niet aan te twijfelen. Ylva. Het gezicht van zijn moeder stond nors en chagrijnig. Aron werd er treurig van. Toen week Ylva achteruit, terwijl zijn moeder naar voren hobbelde. En dat was het. Zijn moeder verdween in haar eigen kamer.

Aron bleef met gefronst voorhoofd zitten. Wat was Ylva bij hem komen doen, op een vrijdagavond tegen tienen? Stom dat er geen geluid bij de opnamen zat, maar geluid was zijn sterke punt niet. Hij had een merkwaardig kriebelig gevoel in zijn maagstreek. Ylva hier, bij hem thuis.

Maart was april geworden en de winter was bezig zijn greep te verliezen. De dag dat Arvo Pekka om elf uur vanuit de Borgestadkerk begraven zou worden brak bewolkt en mistroostig aan, met een kans op regen. Idun werd met het eerste licht gewekt door vogelgekwetter voor haar open raam. Ze wist meteen welke dag het was. Met gesloten ogen luisterde ze naar het spektakel buiten. Een paar eksters maakten een geweldig kabaal. Ze hadden een nest in de ap-

pelboom gebouwd. Haar stiefvader had gedreigd de hele
boom om te zagen, maar dat was verkeerd gevallen bij Oliver. De eksters moesten eieren leggen in het nest! Oliver was
op dit moment een ijverige amateurornitholoog; zijn enthousiasme voor vogels was even vurig als dat voor cavia's. Ze
trok het dekbed over haar hoofd, maar het geluid verdween
niet. Wat gek eigenlijk, zelfs als er iemand begraven wordt
gaat alles gewoon door. Niets stopt. De wereld is er niet in
geïnteresseerd, dacht Idun, en ze begon te huilen. Het was
ruim een week geleden dat Arvo Pekka zich in het zwembad
had doodgeschoten. Het voelde aan als een heel jaar.

Het wolkendek was nog even dik toen her en der versprei-
de kluitjes mensen zich uren later naar de kerktrap begaven.
Allebei de examenklassen waren er en alle leraren. Idun liep
samen met Ylva en nog een paar andere meisjes. Ze hadden
allemaal een witte roos met een lange steel bij zich. Die zouden ze op het deksel van de kist leggen. Bij de ingang stonden
een in het zwart geklede man en dame programma's uit te delen. Idun nam er een en liep samen met de anderen de kerk
in. Ze gingen bijna helemaal vooraan zitten. Aan de andere
kant van het middenpad, op de allereerste bank, zat een
vrouw met een hoed op en een voile voor, helemaal alleen.
Arvo Pekka's tante, dacht Idun. Die helemaal uit Finland was
gekomen om voor hem te zorgen nadat zijn vader zijn moeder had vermoord. Idun had haar nooit ontmoet, maar ze
had het verhaal gehoord. Hierbinnen was het kil en de bruine houten banken waren hard. Er heerste een krampachtige
stilte. Niemand zei iets. Een enkeling fluisterde zacht. Het ge-
snuif, geschraap en gekuch werd door de stilte versterkt en
weerkaatste tussen de stenen muren. De meesten keken omlaag naar het programma, vanwaar Arvo Pekka's gezicht hen
stralend aankeek. Anderen, zoals Idun, bestudeerden de glas-
in-loodramen van het kerkgebouw. Af en toe zochten haar
blikken de vrouw op de voorste rij. Idun had nog nooit zoiets
eenzaams en verschrompelds gezien. Toen de vrouw even op-
zijkeek, ving ze een glimp op van het profiel onder de voile.

Toen begonnen de kerkklokken plotseling te beieren, en ze schrok zo erg dat haar hart er pijn van deed.

Mette ging op de achterste bank zitten toen de kerkklokken begonnen te luiden. De kerk was afgeladen vol. Schuin voor zich, een paar banken verderop, zag ze hoofdinspecteur Morgan Vollan. De bank zat volgepakt, dus zette ze haar handtas op de grond achter haar benen neer. Het licht van buiten werd gefilterd door de glasschilderingen van Emanuel Vigeland. Een kunstwerk van grote klasse, dacht Mette om er niet bij stil te hoeven staan wat een trieste begrafenis dit was. Allebei haar ouders waren bij een verkeersongeluk omgekomen en ze had nog steeds moeite met begrafenissen. De kerkklokken zwegen en na een paar tellen stilte bruisten de klanken van het orgel krachtig en indringend de kerk in. Boven op de galerij zong een mooie vrouwenstem het *Ave Maria*. Mette capituleerde, net als de meeste anderen. Ze gaf haar tranen de vrije loop. Hierbuiten, op het kerkhof, rust Arvo Pekka straks samen met zijn moeder, dacht Mette, en ze slikte stevig en langdurig.

Aron luisterde met gesloten ogen en gebogen hoofd naar de woorden van de dominee. Hij had zijn handen op zijn schoot gevouwen. Ze zaten dicht tegen elkaar aan. Aan de ene kant voelde hij Ulriks schouder en aan de andere kant die van Ylva. Ze zaten erbij alsof ze aan elkaar vastgemaakt waren. Hij had Ylva nog niet onder vier ogen gesproken. Het vooruitzicht haar te vragen waarom ze zo laat op de avond bij hem thuis was gekomen, was beangstigend en verheugend tegelijk. Hij had erover gefantaseerd. Verschillende redenen bedacht. De aanlokkelijkste was, dat ze ruzie had gekregen met haar ouders en een plek nodig had om te overnachten. Dat ze iemand nodig had om mee te praten, iemand bij wie ze zich veilig voelde. De dominee had het over vergeving en verzoening en over het grenzeloos onbegrijpelijke dat desondanks een bedoeling had, want Gods wegen zijn ondoorgrondelijk. Aron dacht aan het been dat door de vos was verstopt en aan wat in het wc-hokje verborgen lag. Zodra de dooi in de grond zat, zou hij een enorm gat achter de wc graven en de hele inhoud eruit halen en aan elkaar leggen, en die voor alle eeuwigheid met stenen en aarde bedekken. Hij werd dag en nacht door het idee gekweld. Hij moest erachter zien te komen wie de dode was. Waarom was er niemand als vermist opgegeven? En waarom was de politie zo zwijgzaam wat Arvo Pekka betrof? Een 'verdacht sterfgeval', zoals de politie het noemde. Er stond niets meer in de kranten. Aron was ervan overtuigd dat Arvo Pekka zelfmoord had gepleegd. Waarschijnlijk had hij het zo handig aangepakt dat de politie zich had laten verleiden tot de speculatie of het soms moord was. Maar waaróm hij zelfmoord had gepleegd was een raadsel. Aron had nooit kunnen voorspellen dat het zo zou eindigen. Al die gesprekken. Maar om het vervolgens ook te doen? Nee, dat sloeg nergens op. Maar wiens benen had hij aan de wand van het wc-hokje opgehangen? En waarom op die manier? Was het een boodschap aan de eigenaar van de wc? Aron voelde het rommelen in zijn maag. Hij had honger, maar waar hij het meeste zin in had was een sigaret. En dan was er het probleem van de paasvakantie. Hij zou met de filmclub naar Luksefjell gaan. Ze hadden de tocht al lang geleden gepland, maar nu Arvo Pekka dood was, leek het hem geen zin te hebben dat ze gingen. Maar de anderen wilden wel. Ivarstuen had het er op zijn laatst vandaag nog over gehad. Ulrik ook. Hoe moest hij zich eruit redden? Hij kon geen troep jongeren op sleeptouw nemen en ze dan op de lichaamsdelen in het wc-hokje laten poepen. Stel je voor dat er weer geluiden uit de plee zouden komen! Nee, hij moest iets zien te verzinnen. Ziek worden. Een been breken. Maar als ze zouden voorstellen om zonder hem te gaan? Kon hij het ze verbieden? Of zouden ze hem dan een onredelijke dwarsligger vinden? Zou dat iets van de magie in de groep verstoren? Aron zag zich voor meer dan een uitdaging geplaatst. Hij vouwde zijn handen met nog meer kracht.

Iedereen zong *Nader tot u, mijn God*, het laatste gezang voordat de kist naar buiten gedragen zou worden en in de grond zou zakken. Volgens het programma zou buiten bij het op de kist werpen van de aarde het gezang *Heer Jezus, neem mijn handen* worden gezongen. Een heel gebruikelijke afsluiting, dacht Mette. Iedereen stond op. Helemaal vooraan zag ze de stoet langzaam over het middenpad lopen. De kist werd door padvinders gedragen. Dat had Ulrik, Arvo Pekka-'s beste vriend, al gezegd. Alle zes, drie aan weerskanten van de witgeschilderde kist, droegen ze padvinderskleren en geruite halsdoeken. Achter de kist liep de tante van Arvo Pekka, in het zwart gekleed.

Mette liep een eindje achter Morgan Vollan het grauwe licht in. Toen het gezelschap bijna bij het open graf was, bedacht ze dat ze haar tas in de kerk had laten staan. Ze liet zich terugzakken, keerde zich langzaam om en liep terug. Ze hoorde stemmen en liep zachtjes het pad over naar de deur van de kerk.

Ze begreep het meteen toen ze hem zag. Een wat gezette man van gemiddelde lengte, achter in de veertig. Donker, kortgeknipt haar en een bril met een stalen montuur. Toen ze binnenkwam, bekeek hij haar met een lege blik. Zijn ene pols was door middel van een handboei verbonden met een cipier in uniform. Een tweede cipier stond naast hem, en voor de drie mannen stond de koster.

Ze liep naar het viertal toe en stelde zich voor, Mette Minde, NRK Zuidoost. Toen stak ze haar hand uit naar Thor Magne Samuelsen, Arvo Pekka's vader.

Zijn grote hand greep de hare en drukte die krachtig. Ze staarde naar de vuist die volgens Ulrik Steen-Jahnsen Arvo Pekka's moeder had afgetuigd voordat hij haar met een mes had doodgestoken.

'Gecondoleerd,' zei ze, terwijl ze kort haar hoofd boog.

Toen wendde ze zich tot de koster: 'Ik heb mijn handtas laten liggen. Die kom ik nu halen, en dan ga ik weer naar buiten.'

De koster knikte. Met de tas in haar hand bleef ze even staan kijken hoe het viertal naar de sacristie liep. Arvo Pekka's vader keek om en staarde haar na. Er is een achteruitgang, daar staat vast een auto te wachten, dacht ze.

Toen ze weer in het licht kwam, besloot ze meteen terug naar de redactie te gaan. Vanaf de begraafplaats klonk zacht gezang. *Heer Jezus, neem mijn handen en leid mij voort, langs steile afgrondranden naar 't hemels oord.* Arvo Pekka's vader en de cipiers hebben waarschijnlijk op de galerij gezeten, dacht ze, en weer vroeg ze zich af wat haar te doen stond. Ze moest met de tante van Arvo Pekka Samuelsen praten, met zijn voor moord veroordeelde vader en met de moeder van Ulrik. Ze moest erachter zien te komen wie de jongen Arvo Pekka was, de verwaarloosde Appa.

De dagen verstreken, maar Idun kon de gedachte aan Arvo Pekka's tante niet van zich afzetten, zoals ze daar alleen op de eerste bank in de kerk had gezeten. Ze had haar adres op internet opgezocht. Solves veg in Enggrav. Ze wist zo ongeveer wel waar dat was.

Ze nam de fiets. Eigenlijk had ze gehoopt de auto te mogen lenen, maar haar moeder had botweg nee gezegd. Ze had hem zelf nodig. Dat had ze altijd. Idun mocht haar moeders auto alleen lenen als Oliver naar de training gebracht of opgehaald moest worden, of als ze haar voor een ander rijklusje konden gebruiken. Dat was te onrechtvaardig voor woorden.

Het was twaalf uur 's ochtends, de dag na Palmpasen. Ze zouden natuurlijk weer niets bijzonders ondernemen in de paasvakantie. Alleen maar thuisblijven en ontspannen. Ylva zou een paar dagen naar Luksefjell gaan met de filmclub. Wat daarvan over was.

Toen ze Solves veg was ingeslagen, zocht ze naar het huisnummer. Oneven nummers aan de ene kant van de weg, even nummers aan de andere. Ze sprong van haar fiets en duwde hem de heuvel op. De heg was enorm hoog. Ze deed het smeedijzeren hek open en zette de fiets aan de binnenkant neer. Het huis was klein en grijs-wit, met grote, vierkante ramen. Het zag er doods uit, zonder tekenen van leven, en Idun huiverde. Daarbinnen was de moeder van Arvo Pekka met een mes doodgestoken. Hoe konden ze daar blijven wonen? Ze liep langzaam het grindpad op en sloeg de hoek van het huis om. Langs de muur voerde een klein trapje met een soort balustrade erlangs naar een bruingeverfde voordeur met een langwerpige ruit met geribbeld glas. Ze drukte met haar vinger op de bel en hoorde een klingelgeluid. Er gebeurde niets. Ze belde nog een keer en keerde zich om naar wat het keukenraam moest zijn, links van de voordeur. Daarbinnen bewoog zich een schim, en toen werd de voordeur geopend.

Idun wist niet precies wat ze had verwacht. De vrouw in de kerk had zwarte kleren gedragen en een voile aan de rand van haar hoed die haar gezicht bedekte. Ze had gedacht dat Arvo Pekka's tante oud zou zijn. Even oud als oma, misschien, maar dat was ze niet. Ze was niet ouder dan haar moeder, misschien zelfs jonger. Idun voelde zich plotseling verlegen. Zo had ze het zich niet voorgesteld. Ze had willen komen om aardig te zijn. Om troost te bieden en iets moois en verstandigs te zeggen. Ze had zin om zich om te draaien en hard weg te hollen, maar ze bleef als aan de grond genageld staan staren naar de vrouw in de deuropening, die plotseling uitriep: 'Ylva! Ylva!'

Haar stem was warm en hartelijk, alsof Ylva een geliefde en gewilde gast was. Haar haar was glad en blond, bijna wit, en bijeengebonden in een korte paardenstaart. Haar ogen waren blauw, met dichte wimpers waar duidelijk een paar lagen mascara op zaten. Haar huid was glad en wit. Ze glimlachte, een triest klein lachje.

Idun wilde zeggen dat ze Idun was, maar er kwam geen geluid over haar lippen. Haar woorden bleven in haar keel steken.

'Kom binnen, lieverd. Liisa, ik ben Liisa. Lieve Ylva.'

Ze sprak Zweeds. Natuurlijk. Ze was een Finse, en Finnen spreken Zweeds. Een raar soort Zweeds. Iduns benen slaagden er nog net in haar de trap op en de deur door te dragen. Ze wist niet meer wat ze hier te zoeken had. De deur viel met een klap achter haar dicht. Ze wilde haar joggingschoenen uittrekken, maar Liisa gebaarde van niet.

'Kom maar gewoon binnen!'

De woonkamer was klein. Op de vloer lag groene vloerbedekking. Een bruin leren bankstel nam het merendeel van de kamer in beslag. Langs de ene wand stond een meubel met planken en kastjes. Een paar boeken. Een heleboel foto's. Middenin een televisietoestel. Grote ramen keken uit op een terras met nog een heg eromheen. Voor de ramen hing vitrage in een lichte kleur. De gestreepte markiezen aan de buitenkant waren neer. De kamer maakte een donkere indruk en het rook er vreemd. Idun zou graag weggaan, maar dat ging absoluut niet. Een groot boeket stevige, bruin met roze gestreepte lelies stond op de salontafel. Daar kwam die lucht vandaan. Krachtig en scherp, walgelijk en doordringend. Op de bruine tafel was geel stuifmeel gevallen. Naast de bloemenvaas stond een laptop. Achter een geopende schuifdeur lag de keuken, die lichter leek.

'Arvo Pekka was zo verliefd op je.' Liisa's stem was zacht en treurig. 'Wil je zijn kamer zien?'

Nu kon ze helemaal niet meer zeggen dat ze Idun was. Ze liep achter Liisa aan naar een smalle gang waarin bruine deuren toegang gaven tot wat slaapkamers moesten zijn, en misschien een badkamer. Drie deuren. De achterste was die van Arvo Pekka. Liisa bleef in de gang staan, terwijl Idun de kamer inliep. Ze wist niet wat ze moest zeggen of doen. Zonder iets te zeggen liet ze haar blikken over de posters aan de muur gaan.

Filmposters. *Blade Runner. Apocalypse Now. Charlie Chaplin. The Lord of the Rings.* Een volle boekenplank. Een bed met een sprei. Harry Potter. Geen computer, waar was die? Iduns ogen stonden vol tranen. Vooral omdat ze naar huis wilde. Ze keerde zich naar Liisa toe, die een arm om haar schouder sloeg en haar mee terugnam naar de woonkamer.

'Ylva toch.'

Ze werd op de bank neergezet. Liisa verdween in de keuken en kwam terug met een glas cola.

'Drink maar wat, Ylva.'

Idun bestudeerde de foto op het scherm van de logge laptop op de salontafel. Er stond een huis van twee verdiepingen achter een hoge rietkraag op, genomen vanaf het water op de voorgrond van het beeld, vanwaar een witte zwaan bezig was op te vliegen. Ze keek op naar Liisa.

'Waar is dat?' vroeg ze, terwijl ze naar het scherm wees

Liisa's gezicht verstrakte enigszins. Toen sloeg ze met een snelle beweging de laptop dicht en trok die naar zich toe. 'Dat is het huis waar ik ben opgegroeid. In Vasa, in Finland, lang geleden,' zei ze.

Ze bleven zwijgend zitten. Idun voelde dat ze wanhopig graag weg wilde. De tante van Arvo Pekka was anders dan ze had gedacht. Niets was zoals ze het zich had voorgesteld. Ze dronk het glas leeg en stond op. Aarzelde even voor ze besloot haar plan uit te voeren. Ze stak haar hand in de zak van haar spijkerbroek en haalde de USB-stick eruit. De blauwe USB-stick die ze in het zwembad in Arvo Pekka's mond had gevonden. Ze gaf hem aan Liisa, die hem aanpakte. De vingers die zich om die van Idun sloten, waren ijskoud.

'Arvo Pekka had me gevraagd die te bewaren, een poosje geleden. Ik weet niet wat erop staat, maar wat het ook is, het lijkt me het beste als jij hem neemt,' zei Idun.

'Je weet niet wat erop opgeslagen is?'

Idun keek Liisa recht aan, maar moest haar ogen neerslaan.

'Nee. Misschien een werkstuk voor school, ik weet het niet. Ik wilde er niet in kijken. Dat zou verkeerd zijn geweest,' zei ze, en schoof om de salontafel heen, waardoor ze met haar gezicht recht naar de plek toe kwam te staan waar een paar ingelijste foto's haar toelachten. Ze leefde op toen haar ogen op een zwart-witplaatje vielen waarop twee mollige peuters met blonde krullen en strikken in het haar stonden. Ze lachten hun kleine, regelmatige melktanden bloot en in hun wangen zaten kuiltjes. Voor ze het wist had ze de foto gepakt en zich naar Liisa omgedraaid.

'Wie zijn dat?'

'Ik en mijn tweelingzus. Thuis in Finland, heel lang geleden.'

'Wat leuk,' zei Idun, en ze glimlachte met haar hoofd een klein beetje schuin, zoals de politievrouw had gedaan. 'Wat ontzettend leuk. We doen op school aan fotografie. Ik ben heel erg met fotografie bezig.'

Liisa's gezicht was uitdrukkingsloos. Leeg en vlak. Iduns gezicht verstrakte ook en ze zette de foto voorzichtig op zijn plaats terug.

Toen ze de weg weer af fietste, vond Idun dat ze zich er goed uit had gered na haar spontane reactie op het onderwerp van de foto. De tweelingzusjes op de foto waren dezelfde als in de film op Arvo Pekka's USB-stick. Ze had makkelijk kunnen verraden dat ze die bekeken had, als het haar niet was gelukt zich eruit te kletsen. Dat was goed gegaan, en ze had er juist aan gedaan, probeerde ze zichzelf onderweg naar huis wijs te maken.

Mette had op de redactie haar ochtenddienst tijdens de paasweek een half uur zitten overwerken, toen het telefoontje van Torkel Vaa kwam, de advocaat. Ze had een paar dagen daarvoor contact opgenomen met de gevangenis van Skien om toestemming te vragen voor een bezoek aan de wegens moord veroordeelde Thor Magne Samuelsen, de vader van Arvo Pekka. Vaa meldde haar dat het gesprek de volgende dag, dinsdag, om twaalf uur plaats kon vinden en dat hij er zelf bij aanwezig wilde zijn. Opgewekt beëindigde ze het gesprek, waarna ze linea recta binnenstapte bij Rita Rieber, die achter haar glazen wand ergens in verdiept was. Ze keek over de rand van haar databril heen en gooide haar dichte bos haar naar achteren. De vele armbanden die ze om haar dunne pols droeg, rinkelden.

'Ga zitten,' zei Rita uitnodigend, en ze glimlachte.

'Ben je bezig met de dienstroosters?'

'Ja,' zuchtte Rita, 'maar ik heb wel tijd voor je.'

'Moet je horen. Ik heb enorm veel zin om een documentaire te maken over het leven van Arvo Pekka Samuelsen,' zei Mette.

Rita fronste haar wenkbrauwen, en Mette stak van wal en deed haar best om haar plannen zo overtuigend mogelijk te presenteren. Ze betoogde vol vuur hoe belangrijk het was om aandacht te besteden aan zelfmoord onder jongeren en hoe veel verschillende instanties er duidelijk al jaren hun ogen voor sloten, en ze sprak over schooluitval en leefomgeving. Ze voelde dat haar gezicht onder het praten warm werd. Dit was echt belangrijk voor haar.

'Het probleem is dat we niet voldoende middelen hebben om de tijd vrij te maken die jij voor een dergelijk project nodig hebt, Mette,' zei Rita met haar brouwerige r op trieste toon. 'Ik snap je enthousiasme, maar met onze huidige personele bezetting zie ik geen mogelijkheid je uit het dienstrooster te laten. Sorry.'

Mette had niet op een wonder gehoopt, maar ze was toch teleurgesteld.

'Dan moet het in mijn vrije tijd,' zei ze. 'Want dit ga ik doen.'

'Je krijgt de tijd die ik voor je vrij kan maken, en ik zal Kvisle vragen om rekening te houden met waar jij mee bezig bent. Het kan zijn dat hij je zo nu en dan kan missen, maar ga er niet van uit,' zei ze. 'We moeten trouwens gauw dat personeelsgesprek houden.'

Mette zat te draaien op haar stoel. Als ze ergens liever geen tijd aan verspilde, dan was het wel aan personeelsgesprekken.

'Volgens mij werken jij en Tomas tegenwoordig beter samen,' zei Rita. 'Ik ben echt blij dat jullie schoon schip hebben gemaakt.'

Dat hadden ze helemaal niet gedaan. Zij en Tomas Evensen lagen nog steeds met elkaar overhoop, maar ze wisten hun onenigheid naar buiten toe vrij goed te verbergen. Ze mochten elkaar niet en dachten over allerlei dingen heel verschillend. De leiding had hun gezegd dat ze de vrede moesten bewaren, en dat deden ze. Ze praatten alleen niet met elkaar, tenzij ze ertoe gedwongen waren.

'Ik heb een aanvraag gedaan voor het laatste jaar op de politiehogeschool,' zei Mette. 'Als ik toegelaten word, ga ik verlof vragen.'

Rita trommelde een poosje met haar lange nagels op het blad van haar bureau. 'Wil je echt bij de politie, Mette? Ik vind dat je daar nog eens goed over na moet denken. Je bent journalist. Een van de beste die we hebben. Als ik jou was, zou ik zo'n talent niet weggooien. Als je je nu de gevangene voelt van het dienstrooster, is het niet onmogelijk dat zich op den duur andere perspectieven zullen openen. De NRK is een geweldig werkterrein voor mensen die van aanpakken weten, dat besef je toch wel,' zei Rita.

Mette voelde zich enorm schuldig. Ze liep het kantoor van Rita uit met de verzekering dat een cursus videojournalistiek binnen handbereik was. Er lagen leuke dingen in het verschiet, als ze maar een beetje geduld had.

Kvisle had haar genadiglijk een uurtje vrij gegeven van de ochtenddienst voor haar afspraak met Torkel Vaa. De advocaat stond op de parkeerplaats van de gevangenis van Rødmyr te wachten toen Mette de rammelende Golf een lege plaats op reed naast de auto die duidelijk van de advocaat was. Een glanzende, donkergroene Rover.

'Interessante auto die je daar hebt,' glimlachte Vaa, terwijl hij zijn hand uitstak. 'Toen ik studeerde had ik er ook zo een.'

Vaa's studententijd moest lang geleden zijn, dacht Mette, en ze glimlachte terug. Ze liepen samen naar de kleurrijke poort die midden in de grijze betonnen muur rondom de gevangenis net een psychedelisch schilderij leek.

'Voor zover ik begrepen heb, ga je met Samuelsen over zijn zoon praten,' zei de advocaat, terwijl hij een klein eindje voor de poort bleef staan. 'Ik wil je alleen wel aanraden, voorzichtig te werk te gaan. Hij heeft zijn zoon niet meer gezien of gesproken sinds hij vijf jaar geleden zelf gearresteerd werd, en nu zijn zoon dood is, heeft hij het daar natuurlijk ontzettend moeilijk mee. Maar hij wilde graag met je praten, dat is het punt niet.'

'Ik zal braaf zijn,' zei Mette. Ze had al vastgesteld dat ze de advocaat wel mocht. Hij was klein van stuk en had een kale schedel met een kransje zwart krulhaar erom en een bril met ovale glazen in een gouden montuur. Over zijn donkere pak droeg hij een lichtgrijze jas. Onberispelijk gekleed, in tegenstelling tot haarzelf: zij was gehuld in een oud leren jasje, een spijkerbroek en laarzen, maar dat leek hem niet te kunnen schelen. Zijn commentaar op haar auto was vriendelijk geweest, niet ironisch.

Een kwartier en een aantal formaliteiten later werden ze door een cipier naar een bezoekkamer begeleid. Vaa groette iedereen die ze tegenkwamen met een hoofdknikje. Hij was hier duidelijk bekend. Ze werden een lichte kamer binnengelaten en gingen zitten om op Samuelsen te wachten. Ze had toestemming gekregen om het gesprek op te nemen en haar apparatuur was al op de tafel opgesteld, maar ze haalde toch een notitieblok en een pen uit haar tas en ging wat rechter op haar stoel zitten. De zenuwen gierden door haar lijf. Niet omdat ze bang was voor de moordenaar met wie ze zo meteen kennis zou maken, maar omdat ze niet precies wist hoe ze haar vragen moest stellen.

Na een paar minuten ging de deur open en kwam Samuelsen binnen. De cipier knikte kort en deed de deur achter zich op slot. Vaa stond op en begroette zijn cliënt. Mette stond ook op en gaf hem een hand. En toen zaten ze daar, en ineens zat ze met haar mond vol tanden. Arvo Pekka's vader zag er nog aangeslagener uit dan toen ze hem na de begrafenis in de kerk had begroet. De advocaat nam het woord en bracht het gesprek min of meer op gang. Ze wierp hem een dankbare blik toe. Samuelsen zat er rustig bij met zijn handen in zijn schoot gevouwen en nam haar op van achter de bril met het stalen montuur. Toen wendde hij zijn blik af en schraapte zijn keel.

'Dus je wilt het over Arvo Pekka hebben. Dan heb ik je niet zo veel te melden,' zei hij langzaam. 'Ik heb geen contact meer gehad met mijn zoon sinds het gebeurd is. Het is nu vijf jaar, één maand en één dag na die keer dat ik zijn moeder heb vermoord. Mijn zoon werd dat jaar veertien.'

Er volgde een lange pauze.

'Maar kun je iets zeggen over de tijd daarvoor? Voordat het gebeurde?' zei Mette voorzichtig.

Samuelsen glimlachte flauwtjes en keek neer op zijn handen.

'Ja, dat kan. Ik kan bij het begin beginnen, als jullie tijd hebben.'

Hij keek onzeker van de een naar de ander. De advocaat knikte bemoedigend.

Thor Magne Samuelsen voer al een aantal jaren als machinist op een in Noorwegen geregistreerd vrachtschip op de internationale vaart toen de Finse Marija Beijar op een mooie herfstdag in Antwerpen als telegrafiste aanmonsterde. Het was 1985 en hun eerste ontmoeting stond hem nog steeds voor de geest. Hij was uit de machinekamer naar boven geklommen en aan dek gegaan toen Marija Beijar en de tweede stuurman gevolgd door een paar matrozen de loopplank opkwamen. De matrozen droegen twee koffers. Marija had een lichtblauw pakje aan met een nauwe rok. Haar jakje was kort en getailleerd, ze had blond haar met een enorme massa krullen die door een haarband van witte zijde in bedwang werden gehouden. Het geluid van haar hakken ratelde door de lucht toen ze over het dek liep en overstemde het lawaai van honderdduizend bezige hijskranen in een van de drukste havens ter wereld. De stoet kwam op hem af terwijl hij daar in zijn werkkleren stond, met overal olie uit de machinekamer. De blauwe ogen van Marija Beijar ontmoetten een seconde de zijne voordat de wind haar krullen greep en ze als een sluier voor haar gezicht blies. Ze bracht een tengere hand omhoog en streek ze opzij, glimlachte even en liep hem voorbij met haar gevolg achter zich aan. Hij wist daar en toen dat vanaf dat moment alles zou veranderen. En dat gebeurde ook.

Ze trouwden in 1987 in de zeemanskerk in Singapore. Korte tijd daarna monsterde Marija Samuelsen af, en in oktober van dat jaar werd Arvo Pekka geboren. In de tussentijd hadden ze het huis aan Solves veg gekocht, niet ver van zijn ouderlijk huis in Borgestad. Ze hadden onenigheid gehad over de keuze van de naam van het kind. Zij stond erop dat het Arvo Pekka werd. Hij wilde dat zijn zoon een Noors klinkende naam kreeg, maar Marija hield voet bij stuk en hij ging door de knieën. Samuelsen bleef varen tot 1990. Toen monsterde hij af en vond werk bij de Borgestadfabriek, beneden bij de Skienrivier. Dichter dan dat kwam hij nooit meer bij de echte zee, en van toen af begon het verkeerd te gaan tussen hen.

Misschien was hij niet voor landrot in de wieg gelegd. Hij verlangde naar golven en de zilte zee. Marija deed het beter. Zij had zich neergelegd bij een leven als huismoeder. Arvo Pekka ging een paar dagen per week naar de speeltuin annex kinderopvang in Borgestad. Marija hield het huis schoon, deed boodschappen en kookte eten, werkte in de tuin en ging vanaf het vroege voorjaar halfnaakt liggen zonnen op het terras voor het huis, achter de heg. Dat irriteerde hem mateloos.

De eerste keer dat hij haar sloeg was Arvo Pekka vier. Dat was in december. Het was vrij laat in de avond. Hij had sterke drank op, een slechte gewoonte die hij had aangeleerd sinds hij aan land was gegaan. Niet dat hij daarvoor niet had gedronken, terwijl hij op zee voer, maar nu deed hij het op een andere manier. Hij dronk veel en stevig als hij met verlof was, en verder geen druppel. Daar hield hij zich nauwkeurig aan. Aan land veranderde dat. Aan sterke drank was makkelijk te komen en het was goedkoop, vergeleken met de prijzen in de staatsdrankwinkels. Ze kochten het van de schepen die beneden aan de rivier laadden en losten. Sterke drank en sigaretten. Die decemberavond was de telefoon nog vrij laat gegaan. Hij nam op. Aan het andere eind was een man die met Marija wilde praten. Hij riep haar en reikte haar de hoorn aan. Ze kreeg een kleur als vuur en hing na een paar zinnetjes op. Hij voelde de razernij als een warme, rode gloeidraad door zijn lichaam gaan. Hij greep haar bij haar schouders en schudde haar heen en weer. Ze stribbelde tegen. Hij sloeg haar met de vlakke hand in het gezicht. Een keer, twee keer, drie keer. Hij sloeg met allebei zijn handen. Zij wankelde schreeuwend achteruit. Hij wilde weten wie die geile bok was. Ze snikte dat het haar broer was. Hij brulde dat ze loog. Ze had geen broer.

Marija had Arvo Pekka niet naar de speeltuin kunnen brengen. Haar gezicht was gehavend en geelgroen. Haar ene oog zat dicht en er liep vocht uit. Haar bovenlip was gespleten en lubberde over haar tanden. Hij kon haar aanblik niet verdragen en dronk dagenlang geen sterke drank. Zij schreef boodschappenbriefjes en hij deed de boodschappen. Hij fietste helemaal naar de kruidenier in Frogner om zich niet te hoeven vertonen in de buurtsuper, waar zij altijd boodschappen deed. Dan smokkelde hij een of twee flesjes pils mee, maar van de sterke drank bleef hij af. Arvo Pekka rende iedere middag als hij thuiskwam zijn kamer in en Samuelsen durfde geen poging te doen zijn zoontje er weer uit te krijgen. Op een avond hoorde hij Arvo Pekka met zijn moeder in de badkamer Zweeds spreken en werd er mismoedig van. Hij haalde de jerrycan met sterke drank, maar hij sloeg niet, die avond niet.

Vlak voor Kerstmis werd er een briefje bezorgd dat er een pakket op het postkantoor lag. Zij kon zich nog steeds niet buiten de deur vertonen, dus ging hij het voor haar halen. Ze opende het terwijl hij toekeek. Sinds die avond, veertien dagen daarvoor, hadden ze nog maar weinig met elkaar gesproken. Het pakket bevatte een brief, een fotoalbum en wat losse foto's, plus wat kinderkleertjes. Marija las de brief en gaf die aan hem. Hij begon de Zweedse tekst te lezen, terwijl hij over de rand van het papier naar haar gluurde. Ze bekeek de foto's en pakte een wit kinderrokje op, dat ze tegen haar gezicht drukte. Toen begon ze hysterisch te huilen. Ze draaide zich om, rende de badkamer in en deed de deur achter zich op slot. Daarbinnen hoorde hij haar snikken. Arvo Pekka kwam zijn kamer uit. Hij staarde zijn vader met lege ogen aan.

Lieve Marija,
Moeder is nu dood. Ze is een paar dagen nadat ik je had opgebeld overleden, en we hebben haar donderdag begraven. Nu vader en zij er geen van tweeën meer zijn, moeten we de erfenis verdelen. Liisa heeft contact opgenomen met een advocaat, en die wil contact met jou opnemen, zodat we de formaliteiten op de juiste manier kunnen afwikkelen. Liisa en ik denken allebei aan je, en we hopen dat we elkaar op een dag als vrienden kunnen ontmoeten. Als je ons wilt opzoeken, ben je te allen tijde welkom.

Hartelijke groeten van je broer,
Eero

Samuelsen had lang met de brief in zijn handen gezeten, niet in staat om ook maar iets te doen. Zijn geweten knaagde aan hem als een uitgehongerde rat. Ten slotte trok hij een jas aan en liep de zwarte decemberavond in. Hij liep naar beneden, naar Gregorius Dagsons gate, langs het kinderdagverblijf van Borgestad en vervolgens langs de speeltuin, die door het

Rode Kruis werd gedreven en waar Arvo Pekka niet meer kon spelen omdat zijn vader zijn moeder zo had toegetakeld dat ze zich niet onder de mensen kon vertonen. Hij schaamde zich en liep huilend naar het huis van zijn ouders. Hij kon zijn moeder in de keuken zien staan. Ze boog zich over haar bakwerk op de keukentafel. Hij was een afvallige, uitgestoten uit de vrijkerkelijke gemeenschap waarin hij was opgegroeid. Iemand voor wie ze zich schaamden. Zij kwam zo nu en dan langs, maar bleef nooit lang. Dan keek ze hem met van die treurige ogen aan, zodat zijn hart zich omdraaide in zijn lijf. Zijn vader zag hij nooit. Nu ook niet. Die zou wel op de pluchen bank zitten met de Bijbel op schoot.

Ze hadden niemand. Hij en Maria waren twee eenzame schepen in de nacht. De mast was gebroken en de motor was afgeslagen. Het zelfmedelijden stond aan het roer.

'Er zat tien jaar tussen die eerste klap en de veroordeling wegens moord,' zei Samuelsen, en ineens keek hij wat verrast. Alsof de gedachte aan dat feit nooit eerder bij hem was opgekomen. Zijn wangen waren rood van boosheid geworden.

'Heeft ze ooit contact gehad met haar familie in Finland?'

Samuelsen fronste zijn voorhoofd, deed zijn bril af en legde die op tafel.

'Jawel, jaren later. Ze wilde nooit over haar familie praten. In dat opzicht leken we op elkaar. Ik begreep haar wel. Maar een half jaar voordat... voor haar dood, ging ze op reis om Liisa te bezoeken, haar tweelingzuster in Vasa. Toen was haar broer overleden, geloof ik. Ze hielden ook telefoongesprekken en schreven elkaar e-mails.'

'Ze maakte ook een testament ten gunste van haar zuster,' merkte de advocaat op.

'Ja, ze wilde dat Liisa een deel van haar erfenis zou krijgen, en dat ze voor Arvo Pekka zou zorgen als zij stierf,' zei Samuelsen.

Misschien had ze geweten dat ze dood zou gaan. Misschien had ze begrepen dat de mishandeling op een dag fatale gevolgen zou kunnen hebben. Mette huiverde.

'Waarom is ze niet bij je weggegaan? Waarom hield ze het huwelijk in stand?' vroeg ze.

'Dat weet ik niet,' zei Samuelsen. 'Ze heeft een paar keer geprobeerd mij het huis uit te krijgen, maar dat weigerde ik, en zelf wilde ze niet verhuizen.'

'Hoe is het al die jaren met Arvo Pekka gegaan?'

'Slecht. Ik was een rotvader. Ik nam hem nooit ergens mee naartoe. Hij heeft niets van me geleerd. Ik praatte nauwelijks met hem. Vroeg soms hoe het op school ging, alleen maar om iets te zeggen. Hij antwoordde altijd beleefd dat het goed ging. Hij zat vaak op zijn kamer, bezig met die eeuwige camera van hem, of bij de buren. Bij de Steen-Jahnsens. Zonder hen was hij er vast aan onderdoor gegaan,' zei hij met een dun stemmetje, en hij liet zijn hoofd in zijn handen zakken. 'En dat is precies wat er met hem gebeurd is, zonder dat iemand het in de gaten had. Hij is er onderdoor gegaan!'

Het lichaam van Thor Magne Samuelsen schokte van het huilen. Een cipier stak zijn hoofd naar binnen en meldde dat ze het gesprek nu toch echt moesten afsluiten. Samuelsen stond op. Hij greep zijn bril en wendde zijn hoofd af.

'Bedankt dat je met me hebt willen praten,' zei Mette tegen de rug die de gang in verdween.

Een nieuwe cipier begeleidde hen naar buiten, de open lucht in.

'Hij bekende de moord meteen toen hij gegrepen werd,' zei Vaa. 'Ook al staat het hem niet meer voor de geest dat hij haar daadwerkelijk doodgestoken heeft. Hij lag stomdronken in zijn bed te slapen en werd wakker met een bebloed mes in zijn hand en een dode vrouw op de keukenvloer.

'Hoe bedoel je? Bespeur ik daar iets van twijfel?' zei Mette.

'Daar ben ik voor, om te twijfelen. Jij trouwens ook. Als ik iets heb geleerd van het leven tussen de criminelen, is het dat de dingen niet altijd zijn zoals ze lijken. Volgens mij heeft de politie die moord niet grondig genoeg onderzocht,' zei Vaa.

'Maar als je echt vindt dat er reden is om te betwijfelen of

Samuelsen haar vermoord heeft, wie denk je dan dat de dader is?'

'Ik denk niets, maar de rechtszaak heeft mij er niet van overtuigd dat Samuelsen de juiste persoon is. Intussen heeft hij wel zoveel mogelijk zijn best gedaan de jury ervan te overtuigen dat hij schuldig was, en daar is hij in geslaagd, al hadden zij ook moeten horen dat hij zichzelf tegensprak en zich het verloop van de gebeurtenissen tegen de klippen op probeerde te herinneren, iets wat hem domweg niet lukte.'

'Wacht nou eens even,' zei Mette, terwijl ze midden op de parkeerplaats bleef staan. 'In mijn oren klinkt dat alsof je zijn zoon verdacht maakt, Arvo Pekka. Dat is niet bepaald fatsoenlijk.'

'Nee, en ik ben er ook niet voor om fatsoenlijk te zijn. En jij ook niet. In theorie kan de zoon zijn moeder hebben vermoord, maar dat is niet erg waarschijnlijk. Hij had geen motief. Samuelsen daarentegen paste helemaal in het beeld. Hij was in staat om grof geweld te gebruiken. Hij was agressief, jaloers, bang om verlaten te worden en werd daarbij gesteund door de alcohol. Hij sloeg nooit als hij nuchter was,' zei de advocaat. 'En sta daar ook eens bij stil: Samuelsen sloeg. Hij gebruikte nooit messen of andere werktuigen tegen zijn vrouw. Het moordwapen was een jachtmes. Samuelsen is nooit op jacht geweest. Hij heeft nauwelijks een voet in het bos gezet, misschien met uitzondering van het bosje op Haugåsen waar hij als kind speelde. Daar staat tegenover dat hij een schietwapen in een afsluitbare la in zijn slaapkamer had. Een pistool en munitie. Waarom heeft hij dat niet gebruikt? Waar is dat mes vandaan gekomen?'

'En dus?'

'En dus komen we weer uit bij het feit dat alle mensen geheimen hebben. Wat weten we over de geheimen van Marija Samuelsen? Haar leven buitenshuis is tijdens de rechtszaak nauwelijks aan de orde gekomen. Ieder mensenleven heeft onvermoede aspecten. Als iemand in het leven van Marija zou graven, zou er misschien het een en ander bovenkomen.'

'Waarom ben je toen dan niet zelf gaan graven?'

'Vanuit het huidige perspectief gezien is die kritiek misschien terecht, maar destijds was het niet aan de orde. Voor mij ook niet. Ik was erop gericht de straf zo laag mogelijk te houden. Het schadelijke effect voor mijn cliënt te beperken,' zei Vaa.

'En dat is je gelukt?'

'Nee, hij werd veroordeeld voor moord met voorbedachten rade, en de rechtbank was van oordeel dat er geen verzachtende omstandigheden waren.'

'Zeg, dat pistool. Heeft Arvo Pekka zichzelf daarmee doodgeschoten?'

'Leuk dat je daarnaar vraagt. Ik heb die kwestie zelf gemeld bij het OM. Als het zo is, hebben we het over grof dienstverzuim. Het pistool had in beslag genomen moeten worden zodra het werd gevonden.'

'Is het niet vreemd dat Arvo Pekka geen brief heeft achtergelaten, als hij zelfmoord heeft gepleegd?'

'Nee. Veel zelfmoorden zijn opwellingen van het ogenblik, zoals de meeste moorden ook niet van tevoren beraamd zijn. Je hebt het dan over een moment van waanzin. De politie denkt dat het zelfmoord was. Een gecompliceerde zelfmoord. Dat onderstreept alleen maar wat ik al zei, dat de dingen niet altijd zijn zoals ze lijken,' zei de advocaat.

'Maar hij had het pistool toch meegenomen, en dat houdt dan toch in dat hij van plan was zichzelf dood te schieten?'

'Nee, dat bewijst niet dat hij dat van plan was. Hij kan het pistool uit zelfbescherming hebben meegenomen, of om iemand te bedreigen. Wat weten we eigenlijk over Arvo Pekka?'

'Over bedreigingen gesproken, weet je iets af van de G-club?'

'Dat is haast onvermijdelijk. Er zijn niet zo heel veel strafpleiters in Grenland. Ik heb ze in een aantal zaken verdedigd.'

'Heb je ook gehoord van Kenneth Anderson, van Mathias

Garmo ofwel Magga, en van iemand die Jogge wordt genoemd?'

'Jon Germund, ofwel Jogge, die ken ik. Geen fijne jongen, maar voor zover ik me kan herinneren had hij een paar minder ernstige feiten gepleegd. Magga, of Mathias Garmo, zou ik daarentegen onberekenbaar willen noemen. Ook al is hij nog jong, hij heeft al twee keer wegens geweldpleging gezeten. Ene Kenneth Anderson is mij niet bekend. Waarom wil je dat weten?'

Mette vertelde in het kort wat er bij haar thuis was gebeurd, diezelfde avond dat Arvo Pekka zich in het zwembad had doodgeschoten. Terwijl ze het vertelde, fronste Vaa zijn gladde voorhoofd. Zijn bruine ogen keken recht in de hare. Hij was net een tikje langer dan zij en misschien tien jaar ouder. Hij gaf haar een arm en nam haar mee naar de groene Rover. Daar liet hij haar los, deed de deur aan de passagierskant open, boog zich naar binnen en mompelde goedmoedig. Er kwam een bruinharige teckel naar buiten met sprankelende ogen en een woeste kwispelstaart.

'Zeg Acteur maar gedag,' zei hij opgewekt.

Een hond. Mette ging op haar hurken zitten en krabde het dier achter zijn oor. Acteur zette meteen zijn voorpoten op haar knieën en rekte zijn hals. Zijn snuit was wit en koud. Vaa maakte de riem aan zijn halsband vast en ze liepen naar het uiteinde van de parkeerplaats. Acteur tilde zijn poot op zodra hij het asfalt af was.

'Zei je dat je de club ervan verdacht dat ze het op Arvo Pekka gemunt hadden?'

'Ja, misschien,' zei Mette.

'Ik raad je heel dringend aan geen pogingen te doen met een van die lui in contact te komen,' zei Vaa. 'Als het niet anders kan, neem dan eerst contact met mij op. Probeer je niet op eigen houtje met die bende in te laten. Individueel kunnen ze best aardig zijn, vaak zijn het kinderen die aan zichzelf overgelaten worden, maar als groep zijn ze compleet onberekenbaar. Ze hebben dingen op hun kerfstok waarvan je je alleen met veel fantasie kunt voorstellen dat iemand ertoe in staat is. Een aantal daarvan is via de media bekend geworden, maar bepaald niet alles. Voor die types moet je oppassen, en dat meen ik heel serieus,' zei hij. 'Ze hebben van alles uitgedacht om mensen te bedreigen en lastig te vallen. Die club zou ik aan de politie en aan jeugdzorg overlaten.'

Ze slenterden terug naar de auto's. Hij schudde haar hand ten afscheid. Zijn hand was warm, droog en stevig. Toen stak hij zijn hand in zijn jaszak en haalde er een visitekaartje uit tevoorschijn.

'We zitten aan de Storgata in Porsgrunn. Geef gerust een belletje, of wip even binnen. Ik vind het prijzenswaardig dat je iets aan de zelfmoordproblematiek bij de jeugd wilt doen, echt waar. Ik verheug me er al op om te zien wat je ervan gemaakt hebt.'

Torkel Vaa had zijn Rover al achteruit gereden en was vertrokken voordat zij de Golf aan de praat kreeg. Bij de derde poging gaf hij zich gewonnen en begon nors te grommen.

Idun zat met nat, pas geverfd haar in kapperssalon Tango aan Glasshjørnet. De kapster, een volwassen vrouw die niet de hele tijd kletste, haalde een kam door het haar. Hun ogen ontmoetten elkaar in de spiegel en de kapster glimlachte.

'Hoeveel moet eraf?'

'Tot zover, misschien,' zei Idun, terwijl ze met haar wijsvinger het midden van haar hals aangaf.

'Prima, maar moet je pony ook opgeknipt, of laten we die zo lang als hij nu is? Ik denk dat een korte pony je wel zou staan, je hebt een heel mooi voorhoofd,' zei ze, terwijl ze het haar wat naar achteren kamde.

'Doet u maar wat u denkt dat het mooiste wordt, ik wil alleen maar wat verandering,' zei Idun.

Ze sloot haar ogen, terwijl de kapster aan het knippen sloeg. Haar moeder was eindelijk bereid geweest haar geld te geven om haar haar te laten knippen en verven. Idun had beloofd om het huis te stofzuigen en schoon te maken als haar moeder, haar stiefvader, Ylva en Oliver op Witte Donderdag op koopjesjacht naar Strömstad gingen om net over de grens met Zweden tegen lage prijzen vlees, snoep en drank in te slaan. Op de dag dat ze weg waren, mocht ze ook haar moeders auto lenen. Daar verheugde ze zich grenzeloos op. Idun had besloten alles op woensdag al grofweg schoon te maken, zodat ze met volle teugen van haar vrije dag kon genieten. Op Goede Vrijdag zou Ylva naar Luksefjell gaan. Zelf zou ze zoals gewoonlijk weer eens niets bijzonders doen.

De kapster zette de föhn aan en gaf het haar vorm met een borstel. Toen het droger werd, kwam de nieuwe kleur beter tot haar recht. Idun glimlachte flauwtjes en ontdekte dat haar nieuwe uiterlijk haar wel beviel. De bruine kleur paste bij haar donkere wenkbrauwen. Ze zou ze wat moeten uitdunnen. Onder het donker gekleurde haar leken haar blauwe ogen nog blauwer. Dankzij de korte pony oogde haar gezicht alerter. Levendiger. De kapster was ook tevreden met haar eigen werk. Ze glimlachte Idun toe in de spiegel.

'Zo ben je mooi,' zei ze.

Haar lichaam zong. Toen ze van haar stoel was opgestaan, liep ze op een nieuwe manier. Lichtvoetiger, sneller. Nu mocht de examentijd komen. Ze was een nieuwe Idun.

Ze stak het plein schuin over en liep winkelcentrum Arkaden in. Wat verder naar binnen hingen wat jongens van de G-club rond. Ze overwoog om rechtsomkeert te maken en weer naar buiten te lopen, maar beet op haar tanden en liep door, terwijl ze strak voor zich uit keek. Met bonzend hart passeerde ze de troep jongens en sprong de roltrap naar de eerste verdieping op. Ze keurden haar geen blik waardig, en ze ademde opgelucht uit. Wat later koos ze een andere uitgang, met een draagtasje met wat goedkope onderkleding van Lindex in haar hand.

Ze ging naar huis. De Ibsentrap beneden in Snipetorp op. Het Brekkepark en het grijze administratiegebouw van het Telemarkmuseum aan de Øvregate voorbij, omhoog over de Brekkegata en de Grensegata in, waar aan weerskanten van

de straat achter hagen en hekken grote, oude huizen opre-
zen.

Ylva en Ulrik zaten voor het tuinhekje allebei wijdbeens
op hun scooter. Ze waren druk aan het praten over iets wat
Idun niet kon horen. Toen ze dichterbij kwam, keken ze op.

'Jezus Christus!' barstte Ylva uit toen ze Idun in het oog
kreeg.

'Wow!' zei Ulrik, en voor het eerst sinds ze zich kon herinneren, glimlachte hij tegen haar.

Ze praatten wat heen en weer over Iduns nieuwe stijl, 'the
total makeover', zoals Ylva het noemde. Ulrik zei dat Ylva
hetzelfde moest doen als haar zuster. Ylva werd boos en Idun
liep naar binnen. Oliver was niet thuis. Ze liep naar zijn kamer boven en gluurde behoedzaam van achter de gordijnen
naar buiten. Ylva en Ulrik waren nog beneden bij het hek in
discussie gewikkeld. Ylva's lichaamstaal was nijdig en stacca-
to. Ze gebaarde met haar armen, en toen gaf ze Ulrik plotseling een keiharde zet. Hij greep haar bij haar arm, alsof hij
steun nodig had om niet te vallen. Ylva rukte zich los en wierp
een blik omhoog naar het huis. Idun deed als de bliksem een
stap naar achteren. Ze ging naar haar eigen kamer en keek uit
het raam, dat uitzag op de Øvregate. Schuin aan de overkant
zag ze haar eigen oude basisschool. Ketchup, hadden ze haar
die ene keer genoemd, Idun ketchup. Ze had rozige wangen
gehad. Dat kwam door de vorst, na uren in het koude winter-
weer. Hoe hadden haar ouders het in hun hersens gehaald
haar naar een ketchupmerk te noemen! Ze ging aan haar kaptafel zitten en bracht een nieuwe laag bruine make-up aan.

Solfrid Steen-Jahnsen stond in de deuropening toen Mette
haar Golf voor het huis aan Solves veg parkeerde. Ze had een
skibroek en skikousen aan. In de gang achter de kleine vesti-
bule stonden een koeltas, een rugzak en een reistas klaar.

'Zodra Johan klaar is op zijn werk gaan we de bergen in,
naar Øyfjell,' zei ze bij wijze van verklaring. 'We hebben
daarboven een hut.'

Het was woensdag en de dag was al tamelijk ver gevorderd. Mette had vanaf vijf uur 's ochtends achter de nieuwsdesk gezeten. Haar laatste werkdag voor de reeks vrije dagen die als een soort gele oase, beschilderd met kuikens, eieren en paasthrillers, lagen te wachten. Solfrid Steen-Jahnsen maakte een wat opgejaagde indruk. Met snelle bewegingen ging ze Mette voor naar een lichte en zo te zien pas schoongemaakte keuken, maar ze beweerde dat het niet nodig was dat Mette haar schoenen uittrok. Ze had nachtdienst gehad en was wat duizelig, had maar een paar uur geslapen, maar nu met Pasen kon ze uitrusten. Had pas later de volgende week weer nachtdienst. Ze werkte als ziekenverzorgster in het woon- en cultuurcentrum beneden in Haugåsen en kon te voet naar haar werk. Ze gingen aan de keukentafel zitten, die gedekt was voor twee personen, met theekopjes en iets wat eruitzag als zelfgebakken kaneelbroodjes. Het rook ook alsof ze pasgebakken waren. Solfrid schonk thee in en Mette bediende zichzelf.

'Het is nog niet tot me doorgedrongen,' zei ze. 'Dat ik Appa nooit meer zal zien. Dat hij voorgoed weg is. Het waren net broers, hij en Ulrik.'

'Arvo Pekka kwam hier vaak, heb ik begrepen,' zei Mette.

'Ja, vanaf de dag dat ze allebei naar de eerste klas in de Buerschool gingen, vlak hierboven. Voor die tijd hadden we Appa maar zelden gezien, ook al woonde hij verderop in de straat. Zijn moeder hield hem vaak thuis. Hij ging naar de speeltuin, terwijl Ulrik naar het kinderdagverblijf ging. Appa's moeder werkte niet, maar ik dus wel.'

'Kende je zijn moeder?'

'Nee, helemaal niet. Haar niet en zijn vader ook niet. Ze belde als er iets was, en ik belde als er iets was. Zij was mensenschuw en hij, zijn vader, was alcoholist. Zelfs als hij dagelijks naar zijn werk in de Borgestadfabriek ging, dronk hij veel in zijn vrije tijd. Het was een heel merkwaardig gezin,' zei Solfrid. 'Ik geloof dat ik Appa's moeder maar drie of vier keer in levenden lijve heb gesproken, en dan nog alleen in de loop van de eerste paar jaar, toen ze naar de basisschool gingen. Appa ging altijd met ons mee op vakantie. Ik geloof niet dat we ook maar één keer zonder hem zijn gegaan.'

'Wat ontzettend aardig van jullie,' zei Mette.

Solfrid nam een hap van haar kaneelbroodje en kauwde die helemaal op voordat ze antwoord gaf.

'Nee. Dat was niet aardig, het was puur eigenbelang. Zelfs een beetje egoïstisch, heb ik later wel eens gedacht, nadat hij haar had vermoord. Misschien hebben we Appa van ze afgepakt,' zei ze zachtjes. 'Met al onze luxe hadden wij meer te bieden dan zij. Wij hadden alleen Ulrik, en iedereen weet dat kinderen zich in de vakantie vreselijk kunnen vervelen. Appa verrijkte ons leven. Dat van Ulrik, en dat van mij en Johan. Het was fijn voor het hele gezin dat Appa meeging op zomervakantie, wintervakantie en paasvakantie. Maar misschien hebben we zijn ouders iets afgepakt. Als we echt hadden willen helpen, aardig hadden willen zijn, zoals jij het noemt, dan hadden we heel andere dingen gedaan.'

'Zoals?'

'Dan hadden we ingegrepen. Contact gelegd. Ze hier uitgenodigd. Gepraat. Hulp geboden. Het vuile werk gedaan,' zei ze. 'Appa praatte nooit over zijn vader en moeder. Met geen woord, en wij vroegen er niet naar.'

Solfrids stem trilde, en ze greep haar servet en drukte het voorzichtig tegen haar ogen.

'Weet je dat ze niet eens naar buiten kwamen om naar de optocht op Bevrijdingsdag te kijken? Wij waren degenen die Appa stonden toe te juichen en met vlaggetjes stonden te zwaaien. Na de toespraken, de ijsjes, de worstjes en de spelletjes beneden in Menstad ging hij altijd met ons mee naar huis. We gingen naar huis als een gezin van vier personen. Wat denk jij dat zoiets doet met een kleine jongen?'

'Het verbaast je niet dat hij zelfmoord heeft gepleegd.'

'Na de dood van zijn moeder bleef hij een jaar lang op zichzelf. Hier kwam hij niet meer. Zijn tante uit Finland hebben we ook nooit ontmoet. Die leek als twee druppels water op zijn moeder, van hetzelfde laken een pak. Appa ging wel

91

naar school, maar hij meed de andere leerlingen, ging na school meteen naar huis en bleef daar. Ulrik werd er wanhopig van en liet zich in met een club die een slechte reputatie had. Hij werd gepakt voor een inbraak in de Prix in Bølehøgda, waar hij sigaretten en bier had gestolen. Toen kwam Appa plotseling bij ons terug en werd alles weer normaal. Zonder dat we erover praatten,' zei Solfrid. 'Ben ik verbaasd? Ja en nee, het kan best zijn dat het hem tot hier zat, en dat het toen misschien overgelopen is.'

'Was het de G-club waar je zoon zich mee ingelaten heeft?'

'Ja,' zei Solfrid rustig. 'Ze dreigden Ulrik af te tuigen toen hij weer goeie maatjes met Appa werd. Ze hebben zowel hem als Appa bedreigd, maar voor zover wij weten is er niets gebeurd. Ik geloof dat het overgedreven is. Dat ze geen belang meer stelden in onze jongens.'

'Hoe was hij als persoon, Arvo Pekka?'

'Het was een rustige, bescheiden jongen. Beleefd. Prettig in de omgang. Welbespraakt. Hij las veel. Had hoge cijfers, zowel op de basisschool als daarna. Hij ging helemaal op in fotografie en volgens Ulrik had hij thuis in de kelder zijn eigen donkere kamer, waar hij zich bezighield met het ontwikkelen van foto's op de ouderwetse manier. Maar Ulrik is daar nooit geweest. Niemand mocht bij Appa thuis komen. Op de middelbare school is er een club ontstaan van allemaal leerlingen die in filmen geïnteresseerd zijn. Ze hebben een fantastische leraar, Aron Storm, die allerlei leuke dingen met ze onderneemt. Nu met Pasen gaat Ulrik naar Luksefjell. Ze zijn bezig met een filmproject,' zei ze.

Ze bleven een poosje zwijgend zitten. Solfrid schonk nog meer thee in en keek op de klok.

'Ging Appa nog met iemand?'

'Nee, niet dat ik weet, maar Ulrik gaat met Ylva. Ze zitten in dezelfde klas. Ze is heel lief. Ze is kortgeleden zelfs bij zijn tante op bezoek geweest. Op maandag, geloof ik. Ik stond buiten de heg te knippen toen ze hier op de fiets naar boven kwam trappen. Ik dacht nog hoe vreemd het was dat ze niet op haar scooter kwam, want dat doet ze altijd, nu de wegen weer sneeuwvrij zijn. Ze zette de fiets neer bij het hek en was ongeveer een half uur binnen. Ik ben vergeten Ulrik te vragen wat ze daar ging doen. Ik was een poosje binnen, en toen ik weer naar buiten ging, was de fiets weg. We kunnen het huis hiervandaan zien,' zei Solfrid, terwijl ze opstond en de weg af wees.

'Dat daar, met die hoge heg ervoor,' zei ze. 'Ik denk trouwens dat ze gaat verhuizen. Een van de buren heeft pas nog een makelaar van de Postbank voor het huis zien parkeren. Niet zo vreemd dat ze weer teruggaat naar Finland, na alles wat er is gebeurd.'

Ze zeiden buiten op de trap gedag. Mette keerde de Golf bij de eerste kruising en reed langs dezelfde weg terug. Ze parkeerde voor de hoge heg en liep het smeedijzeren hek door. Voor alle ramen waren de gordijnen gesloten. Nergens een kiertje. Ze liep om het huis heen en vond de voordeur, belde en bleef staan wachten. Er gebeurde niets. Voor het raam naast de trap waar zij op stond hing een neergetrokken rolgordijn. Arvo Pekka's tante was kennelijk niet thuis. Misschien was ze al verhuisd.

Ze pakte haar mobieltje, belde Inlichtingen en vroeg of ze meteen doorverbonden kon worden met de Postbankmakelaardij in Skien. De makelaar die antwoordde, wist te vertellen dat het huis aan Solves veg eind april op de markt zou komen. Ze was hartelijk welkom voor een rondleiding. Nee, hij wist helaas niet waar de eigenaar zich op dat moment bevond. Jawel, hij had het mobiele nummer van de eigenaar. Ze noteerde het nummer op haar notitieblok en belde. *De mobiele telefoon staat uit of heeft op dit moment geen bereik. Probeert u het later nog eens.* Einde verhaal, constateerde ze. Toen zocht ze het nummer van Ylva Oppas op, dat op haar mobieltje opgeslagen stond.

Idun en Ylva zaten aan de keukentafel yoghurt te eten, toen Ylva's mobieltje overging. Ze keek op het display en rolde met haar ogen.

'Mette Minde van de NRK,' zei ze. 'Wat wil die nou weer?' Ze bracht het mobieltje naar haar oor en zei: 'Ylva Hegge,' waarna ze bleef zitten luisteren, terwijl ze op haar lip beet.

'Nee, ik ben nooit in dat moordenaarshuis geweest,' zei ze. 'Echt, er is niemand naar Appa's huis gegaan. Ik kom er natuurlijk wel langs als ik naar Ulrik ga.' Ze zweeg weer even. 'Nee, dat weet ik niet.'

Ylva luisterde weer, terwijl ze met de nagel van haar wijsvinger op de grenen tafel tikte. 'Oké, dat is fijn,' zei ze, en ze klapte haar mobieltje dicht.

'Wat was er?' vroeg Idun.

'Mette Minde denkt dat ik Appa's tante heb opgezocht. Slaat nergens op. Er is niemand bij Appa thuis geweest. Zelfs Ulrik niet. Ik zou dat moordenaarshuis nooit in gaan,' zei Ylva, en ze liep de keuken uit.

Haar yoghurtbekertje stond nog op tafel. Idun stond op en gooide allebei de bekertjes in de afvalbak onder het aanrecht. Mette Minde moest met Liisa hebben gesproken, en nu dachten ze dat Ylva degene was die daar was geweest. Wat, als Liisa het over die USB-stick had gehad? Wat, als ze daar vragen over gingen stellen?

Idun haalde de stofzuiger om met de terugbetaling van het knippen en verven van haar haar te beginnen. Ze had plotseling bedacht waar die beelden van Ylva, gekleed in haar eigen baljurk uit de laatste klas van de middenschool, waren opgenomen. Ze zag het roze slot aan het einde van de lange laan achter het hoge smeedijzeren hek voor zich. De rozenperken en de oude bomen in het grote park, waar de tuinman op een zitmaaier doorheen reed om het gazon te maaien. De rivier die onder de brug door stroomde waar je overheen moest om het landgoed te betreden. Het landgoed van Løvenskiold, de grootgrondbezitter, maar een paar kilometer buiten de stad. Ze ging er morgen heen, als de anderen op strooptocht in Strömstad waren.

De berkentakken die ze een paar dagen geleden in het water had gezet, waren min of meer uitgekomen. Met kleine, lichtgroene muizenoortjes stonden ze in hun vaas de lente te beloven. Witte Donderdag. Terwijl ze de gele kuikentjes aan de takken ophing, proefde ze de woorden. De ontbijttafel in de keuken was voor vier personen gedekt. Blij en weemoedig tegelijk had Mette het oude paaskleed van haar moeder uit het dressoir in de woonkamer gehaald. Haar moeder had het tafelkleed met kleine kruissteekjes geborduurd. Dat moest een eeuwigheid hebben geduurd. Nu lag het kleed op de grenen tafel, zoals het met Pasen altijd had gedaan, zo lang ze zich kon herinneren. Ze schilde twee uien en deed de schillen in een pan, die ze met water vulde. Daarna legde ze de eieren erin. Over een poosje zouden er gele eieren in de eierdopjes op de ontbijttafel staan. Ze verheugde zich als een kind over de kleurverandering die de uienschillen bij de eieren teweeg zouden brengen.

Ze stond net vol verwachting in de pan op het fornuis te turen toen ze zijn armen om haar middel voelde. Ze schrok op en hapte naar adem, draaide zich om en barstte spontaan in lachen uit. Zachtjes sloeg ze met haar handpalm op zijn borst.

'Je maakt me aan het schrikken,' lachte ze.

'Dat was ook de bedoeling,' zei hij. 'Grrr...'

Ze leunde tegen hem aan en schoof haar handen onder zijn badjas. Warme morgenhuid onder haar vingers. Ze snoof zijn geur op. Neem de kans waar, dacht ze. Zet alle vervelende dingen van je af. We zijn hier en nu bij elkaar. Ze liet haar hoofd tegen zijn borst rusten en sloot haar ogen. De pan op het fornuis pruttelde.

'Boe!' De tweeling stond in de keukendeur. In pyjama en op blote voeten, met hun haar in de war. Eirik had Bruintje onder zijn arm.

'Zijn dat paaseieren?' vroeg Trym

'Ja,' lachte Mette. 'Paaseieren van de kip, niet van de paashaas.'

'Niet van chocola?'

'Niet van chocola. Die krijg je op zaterdag, de avond voor Pasen,' antwoordde ze.

'Dat duurt altijd zo lang,' zuchtte Eirik met een gaap.

Wat later zaten ze om de tafel en sloegen allemaal de dop van hun gele ei. Op tafel stonden twee potten, gemaakt van de onderste helft van doorgeknipte melkpakken, vol pas opgekomen tuinkers die Trym en Eirik van de naschoolse opvang hadden meegekregen. Peder plukte een flinke bos tuinkersblaadjes en strooide die over zijn boterham. Trym legde een piepklein blaadje op zijn tong om te proeven.

'Getver,' zei hij, met een van afkeer vertrokken gezicht. 'Het smaakt hartstikke vies. Niet proeven, hoor Eirik.'

Eirik glimlachte tegen zijn broertje en pakte wat tuinkers. Hij stopte het in zijn mond en kauwde lang en grondig met zijn ogen dicht.

'Mm, mm,' zei hij met een triomfantelijke blik op Trym. 'Ik geloof dat Bruintje ook wat wil.'

Mette en Peder glimlachten over de tafel heen tegen elkaar. Onder de tafel had ze haar blote voeten op de zijne gezet.

'Maar mamma,' barstte Erik plotseling uit. 'We gaan toch vanmorgen met Kristian en Bjørn naar de berg. Daar kan de paashaas ons vast niet vinden!'

'Jawel hoor,' zei Mette. 'De paashaas is hier al geweest om de eieren te brengen. Die weet alles.'

Eirik volgde haar blik naar de bergplaats boven op het keukenkastje.

'Ha, daar zijn ze! Dan kunnen we nu paaseieren eten!'

'Nee, dat gaat niet door. Die paaseieren gaan mee de berg op.'

Eirik zuchtte en at het kippenei op. Dat was zo te zien ook niet vies.

Peder ging na het ontbijt naar het ziekenhuis. Zij stond op de stoep terwijl hij de auto achteruit het hek uit reed. Haar lichaam schrijnde van pijnlijke begeerte. Ze stak haar hand op om te wuiven. Hij draaide het raampje neer, stak zijn arm naar buiten en wuifde terug. Toen toeterde hij en verdween.

Ze pakte de kleren in die de jongens mee zouden nemen naar de berg en keek of de ski's en de stokken in orde waren. De paaseieren legde ze voorzichtig boven in de reistassen, in allebei een. Er kwam een lichte treurigheid over haar. Voor het eerst zouden ze met de paasdagen niet bij elkaar zijn. Voor het eerst zou ze de vreugdekreten bij het openen van de paaseieren en het zichtbaar worden van de inhoud missen. Dat mag nooit meer gebeuren, dacht ze. Volgend jaar Pasen zijn we met ons vieren bij elkaar.

Ze zat alleen op de bank in de woonkamer toen de intro van het journaal over het scherm gleed. Het laatste item voor de sport was een reportage uit Strömstad in Zweden, waar een Noorse invasie van de staatsdrankwinkel aan de gang was. Op het trottoir buiten stond een lange rij kooplustigen. Dronken Noren hingen joelend uit de open ramen van auto's die door de hoofdstraat heen en weer sjeesden. De Zweedse politie had extra manschappen moeten inzetten om de situatie in de hand te krijgen. Nu wilden de Zweden een einde maken aan deze twijfelachtige paastraditie. Ze overwogen de staatsdrankwinkel op Witte Donderdag te sluiten. De Noren zorgden voor chaos en extra uitgaven. Het is niet altijd even leuk om Noors te zijn, dacht ze. Dit is alleen maar pijnlijk. Wie denken we wel dat we zijn?

Toen Aron op Goede Vrijdag wakker werd, was de hemel zo veelbelovend lichtblauw dat hij zijn eigen zorgen een ogenblik vergat. Luksefjell. De hut. De restanten van het lijk in het wc-hokje. Het been waar de vos mee aan de haal was gegaan. 's Nachts had hij de vos in nachtmerrieachtige dromen met het been in zijn bek over het schoolplein zien sluipen. Hij was verhit en bezweet wakker geschrokken met maar één gedachte in zijn hoofd: hoe ontkom ik hieraan? Ze hadden de

tocht tot in details voorbereid, vrijdag op school voor het begin van de paasvakantie. Ylva, Ulrik, Even Ivarstuen en Janne Rasmussen. Die had zich moeten afmelden, maar dat veranderde niets. De boodschappenlijstjes en taken waren
verdeeld. Het tijdstip en de afhaalronde lagen vast. Iedereen
was kort van stof geweest, maar vastberaden om te gaan.
Tegenwerpingen waren van tafel geveegd. Ze gingen naar de
hut. Ze gingen Arvo Pekka herdenken. Ze gingen erheen –
als een soort rituele handeling.

Nadat Aron Ulrik en Even had opgehaald en op weg naar
Kleiva was om Ylva op te pikken, zat hij met een soort
kunstmatige innerlijke kalmte achter het stuur van zijn
Toyota. Er viel niets aan te veranderen. Nu moest het lot
maar beslissen. Het was even na half tien 's ochtends.

Hij sloeg vanaf de Håvundvegen linksaf de Brekkegata in.
Iets later stopte hij voor het huis aan de Grensegata. Hij zette de motor uit en bleef zitten. Ulrik sprong uit de auto en
liep naar de voordeur. Het duurde een kleine eeuwigheid
voordat iemand opendeed. Eindelijk verscheen er een vrouw
van middelbare leeftijd met een gele ochtendjas in de deuropening. Toen verdween Ulrik naar binnen, en de deur sloeg
achter hem dicht. Aron wachtte in stilte, samen met Even
Ivarstuen.

Idun werd wakker doordat er hard op de deur werd ge-
bonsd. Het duurde een paar tellen voor ze besefte dat het
ochtend was en dat ze in haar kamer in bed lag. Iemand rukte aan de klink van de deur, die van binnen op slot zat. Ze
zwaaide haar benen over de rand van het bed en stond ver-
suft op, deed de deur van het slot en staarde recht in de ogen
van haar moeder. Die zag er geagiteerd uit, zoals ze daar
stond met haar haar in de war en haar gele ochtendjas aan.

'Weet jij waar Ylva is?'

'Nee, ik sliep,' antwoordde Idun. 'Wat is er aan de hand?'

'Ze zijn hier om haar te halen. Ulrik en de anderen die
naar Luksefjell gaan, maar Ylva is er niet,' zei haar moeder.

'O, nou, heb je gekeken of haar scooter er is? Misschien is ze weg om inkopen te doen?'

'Inkopen? Het is Goede Vrijdag, Idun, er valt vandaag niets te kopen. En ze heeft niet gepakt. Haar rugzak ligt leeg in haar kamer,' zei haar moeder, met een stem waaraan te horen was dat ze elk moment een aanval van hysterie kon krijgen.

'Bel haar mobieltje dan,' zei Idun. Ze wilde de deur dichtdoen, maar haar moeder duwde hem open.

'Dat hebben we al geprobeerd, maar we krijgen meteen de voicemail. Ze moet het uitgezet hebben,' zei haar moeder. 'En nu trek je iets aan en je komt ons helpen om te ontdekken wat er gebeurd is!'

Met een zucht probeerde Idun de slapers uit haar ogen te wrijven. Ze trok haar groene joggingbroek aan, en een witte trui die over de rug van de stoel voor de kaptafel hing.

Ruim een uur later was het iedereen die in de keuken in de Grensegata verzameld zat duidelijk, dat er maar één ding opzat: de politie bellen.

Niemand had Ylva sinds woensdagavond gezien, en nu was het vrijdagochtend. Er was ook niemand die haar had gemist. Ulrik had haar woensdagavond laat een sms'je gestuurd en antwoord gekregen. Hij dacht dat ze donderdag naar Zweden zou gaan en had die dag geen contact met haar opgenomen. 's Avonds had hij haar een bericht gestuurd, maar daar had ze niet op gereageerd. Hij had gedacht dat ze al naar bed was en verder geen pogingen gedaan om in contact te komen.

Hun moeder had woensdagavond met Ylva gepraat. Toen had haar dochter gemeld dat ze toch niet meeging naar Strömstad. Ze moest nog iets regelen voor de tocht naar Luksefjell, had ze gezegd, en haar moeder had niet gevraagd wat. Hun stiefvader en Oliver hadden haar niet gezien, en niemand had gemerkt of de scooter al dan niet op zijn plaats in de tuin stond – noch toen ze donderdagmorgen weggingen, noch toen ze 's avonds thuiskwamen. Niemand was donderdagavond naar Ylva's kamer gegaan om te kijken of ze thuis was.

Aron Storm had haar niet meer gesproken sinds de vrijdag voor de paasvakantie. Even Ivarstuen had haar voor het laatst afgelopen maandag gezien, toen Ulrik en Ylva bij hem thuis waren geweest om naar een film te kijken.

Idun was de enige in het huishouden die op Witte Donderdag thuis was geweest, maar zij kon ook geen licht werpen op het mysterie.

'Ik dacht dat ze met jullie mee naar Zweden was. Ik heb eigenlijk helemaal niet aan haar gedacht, en ik heb ook niet gezien of haar scooter hier was,' zei ze fel.

Het geval wilde dat de scooter echt weg was.

Dit alles zouden ze grondig doornemen en vervolgens aan inspecteur Lindgren vertellen, die een uur later bij het huis arriveerde. Voor de derde keer in korte tijd hadden ze in het huis aan de Grensegata de politie over de vloer.

Aron zat buiten op de trap te roken, terwijl hij zijn beurt af-wachtte om de politieman te vertellen wat hij wel of niet van Ylva's verdwijning afwist. In zijn hoofd deinde een lome ge-dachte rond. Nu gaat het tochtje naar Luksefjell toch niet door. De deinende gedachte kreeg een melodie die in hem be-gon rond te zingen. Een tamelijk vrolijke melodie in majeur.

Ze werd door haar mobieltje uit de slaap gerukt. Een paar uur nadat de jongens met de buren op weg naar Gautefall waren gegaan, was Mette op de sofa gaan liggen met een thriller. De volwassenen hadden alle bagage in de grote mini-van geladen, die plaats bood aan mens en hond en de hele rataplan. De buurjongens en de tweeling waren uitgelaten en wild geweest. Trym en Eirik hadden nauwelijks de tijd gehad voor een omhelzing voordat ze het avontuur boven in de bergen tegemoetgingen. Er was wel een klein steekje door haar hart gegaan toen de auto van de doodlopende weg ver-dween, maar dat was snel overgegaan. Ze zouden het knus hebben. Ze waren zeven, en al grote jongens, troostte ze zichzelf.

De beller was Rita Rieber, de redactiechef. Jensemann, die dienst had op de redactie van Østafjell, had Rita opgebeld om te melden dat een achttienjarig meisje, genaamd Ylva Hegge, uit haar ouderlijk huis in Kleiva verdwenen was. Mette was meteen klaarwakker.

'Wat zeg je? Ylva Hegge, dat is het meisje dat bij mij oppaste, die avond dat de G-club kwam. Daar heb ik je nog over verteld,' zei Mette verontwaardigd.

'Aha,' zei Rita. 'De naam deed wel een belletje bij me rinkelen, maar ik had hem niet in verband gebracht met die kwestie. Zie jij kans om in actie te komen? De politie is bezig daar in de buurt van deur tot deur navraag te doen.'

'Ja, ik kom er meteen aan om apparatuur halen,' zei Mette. 'Heb je het precieze adres?'

'De Grensegata in Kleiva. Parallel aan de Øvregata. Pal tegenover het Brekkepark. Je kunt erheen rijden via Ballestadhøgda en dan omlaag de Brekkegata in, dat is het snelste. Ik wil Jensemann graag hier achter de desk houden, en verder zal ik een fotograaf laten komen, maar ik weet niet wie dat wordt. Als er verdere ontwikkelingen zijn wil het journaal er vast ook iets aan doen. Stel je erop in dat je zowel voor de radio als voor de televisie verslag moet uitbrengen, dan zorgt Jensemann voor de internetpagina's en houdt ondertussen bij wat er gemeld wordt,' zei Rita.

'Ik ben al onderweg,' zei Mette.

*

Toen ze de redactie binnenliep, zat Jensemann te telefoneren. Ze begroetten elkaar met een kort knikje en hij legde een vinger tegen zijn lippen om aan te geven dat een gesprek niet mogelijk was. Daarna concentreerde hij zich op het notitieblok dat voor hem lag. Mette liep naar de materiaalkamer, pakte wat ze nodig had en stopte alles in haar tas. Toen ze de redactie weer binnenkwam, was Jensemann klaar met zijn telefoongesprek.

'Wat ziet je haar er goed uit,' merkte ze glimlachend op.

Jensemann had de lange bos haar waar hij altijd gel en andere haarstylingproducten in aanbracht, afgeschoren. Nu was zijn welgevormde hoofd bedekt met glad, gemillimeterd en glanzend donker haar. Hij was jaren jonger dan zij en daarom sprak het volkomen vanzelf dat ze naar hem toe trippelde en haar arm om zijn schouder sloeg.

'Mmm,' snoof ze. Hij was helemaal het kleine broertje dat ze vroeger graag had willen hebben omdat ze enig kind was. Ook Jensemann zei 'mmm'. Ze liet hem los.

'Rita heeft Jonas Vik te pakken gekregen, een freelancer die op dit moment aan de redactie in Vestfold verbonden is,' zei Jensemann. 'Hij vertrekt nu uit Larvik en zal je ter plaatse ontmoeten.'

'Ter plaatse? Is ze gevonden?'

'Nee, ze wordt alleen maar vermist. De familie heeft haar sinds woensdagavond niet meer gezien.'

'Woensdagavond? Dat is anderhalve dag geleden,' zei Mette. 'En ze is pas achttien!'

'In principe meerderjarig, en heus wel in staat om op zich zelf te passen en haar eigen keuzes te maken,' kaatste Jensemann nors terug. 'Ik wed dat ze onenigheid heeft gehad met haar ouders en 'm gesmeerd is om een huttentocht te maken met een kennis. Of met een geheime minnaar die tien jaar ouder is dan zij, en getrouwd.'

'Oké, we zien wel,' zei Mette. 'Ik ga ervan door. Bel me als er iets is,' voegde ze er over haar schouder aan toe.

Ze ging in haar dienstauto zitten en reed die zachtjes naar beneden vanaf het NRK-gebouw, dat boven op Borgeåsen stond, tussen hoge fijnsparren. Het vogelgekwetter was in dit jaargetij zo uitbundig dat de vaste ochtendprogramma's zo nu en dan buiten de deur werden opgenomen. Alleen de nieuwsberichten kwamen uit de studio. Die truc werkte zo goed dat de luisteraars het gevoel kregen dat ze midden in de natuur zaten. De programmamakers dempten automatisch hun stem om de meeslepende geluiden van hofmakerij, jaloezie, lokroepen, afwijzingen, geluk en wanhoop niet te overstemmen. Het leven van mensen en vogels heeft veel gemeen, dacht ze, terwijl ze de onzichtbare en betekenisloze gemeentegrens tussen Porsgrunn en Skien over reed. Nog geen tien kilometer van het ene gemeentehuis naar het andere. De beste lopers tijdens de Nieuwjaarswedloop legden die afstand ruim binnen het halve uur af.

Ylva. Ze zag haar voor zich zoals ze er die avond bij haar thuis had bijgezeten, met tranen op haar wangen. Ulrik. De G-club. De wanhoop op haar gezicht. Het sms'je dat Ylva haar had gestuurd: 'Voel me heel rot dat er een vriend dood is.' Arvo Pekka Samuelsen. Wat was er gebeurd? Had de G-club het op hem voorzien, die avond dat Ylva had opgepast? Diezelfde avond had hij zichzelf in het zwembad doodgeschoten. Ze dacht aan de moeder van Ulrik, die dacht dat Ylva bij Arvo Pekka's tante op bezoek was geweest, wat Ylva had ontkend. Mette had allang besloten dat ze op de observaties van Solfrid Steen-Jahnsen kon bouwen. De verpleegster maakte een honderd procent betrouwbare indruk. Waarom gaf Ylva het niet toe? Had ze nou echt reden om te ontkennen dat ze de tante van Arvo Pekka had opgezocht? Anderzijds kwam Ylva wel eerlijk over. Ze antwoordde zonder te aarzelen. Hoe had ze het ook alweer genoemd, o ja, het moordenaarshuis. Ze zou dat moordenaarshuis nooit in gaan. Wat kon er met Ylva gebeurd zijn? De meeste vermiste personen komen weer terecht, dacht ze. Jensemann heeft vast gelijk.

De Grensegata strekte zich in een rechte lijn voor haar uit. Een stukje verderop in de straat zag ze twee politieauto's geparkeerd staan. Ze zette de NRK-auto achter de tweede neer, pakte haar tas en stapte uit. Wat verder naar beneden zag ze diverse andere auto's langs de straat geparkeerd staan, en een clubje journalisten en fotografen van de regionale kranten *TA* en *Varden*. Die kende ze, en ze liep op het clubje af en begroette een videojournaliste van TV-Telemark die vorige zomer was ingevallen bij de NRK. Haar eigen fotograaf, Jonas Vik, was nergens te bekennen, maar het kostte dan ook een half uur om van Larvik naar Skien te rijden.

'De politie gaat op dit moment van huis tot huis om met de omwonenden te praten,' legde Jorunn uit, zoals de journaliste van TV-Telemark heette. 'Ze hebben beloofd ons straks een korte briefing te geven, en wij hebben beloofd ons gedeisd te houden.'

'In welk huis woont Ylva Hegge?'

'Dat witte daar,' zei Jorun en wees. 'Je staat er pal voor geparkeerd.'

'Zijn jullie nog iets te weten gekomen?'

'Nee, alleen dat ze verdwenen is,' zei Jorunn.

De journalisten en fotografen stonden over gemeenschappelijke onderwerpen te kletsen, zoals de arbeidsvoorwaarden op de diverse redacties, afspraken over overwerk, vakantieregelingen en compensatiemogelijkheden. Het duurde ruim een half uur voordat ze Jonas Vik naar hen toe zag lopen. Mette begroette hem, en ze gingen een eindje bij de menigte vandaan staan om te bespreken hoe ze het zouden aanpakken.

Jonas werkte freelance voor alle drie de radioredacties in de provincies ten oosten van de bergen: Vestfold, Telemark en Buskerud. Hij kende zijn vak en was creatief, en hij wilde absoluut geen vaste aanstelling, maar het ontbrak hem zelden aan opdrachten. Ze bracht hem snel van het probleem in kwestie op de hoogte. Na nog een half uur wachten kwam er schot in de zaak. Als door een zwerm bijen gestoken stormde het perskorps voorwaarts onder het gesuis van flitsers en het getrappel van afgedragen sportschoenen. De oorzaak van deze collectieve krachtsinspanning waren drie politiemensen, alle drie volledig geüniformeerd. Axel Lindgren stak afwerend zijn handen in de lucht om de stormloop af te remmen.

'Persbriefing op het politiebureau over een kwartier,' riep hij. 'Een kwartier. Dan horen jullie alles wat we hebben!'

De journalisten en fotografen maakten abrupt rechtsomkeert en renden naar hun auto's. Axel ging in een van de
dienstauto's zitten, samen met een politieman die Mette niet
kende, en reed weg. De derde politieman liep het huis in
waar Ylva woonde. Jonas Vik draafde naar zijn eigen auto
en keerde om achter de politieauto aan te rijden. Mette liep
rustig naar de NRK-auto terug. Ze nam Ylva's huis in zich
op. Het was een witgeschilderd jugendstilhuis van twee verdiepingen. Op de korte met grind bestrooide oprit naar een
dubbele garage in een onbepaalde stijl die helemaal niet bij
het huis paste, stonden twee auto's geparkeerd, een zwarte
Toyota Avensisstationcar en een rode Toyota Yaris. Man en
vrouw, dacht ze, en liet haar blik over de voorgevel van het
huis gaan. Achter een raam op de tweede etage zag ze een
jong gezicht. Het meisje had bruin haar en een pony, maar allemachtig, wat leek ze op Ylva. Het was niet Ylva, nee, maar
het moest een zuster van haar zijn. Mette bracht haar hand
omhoog en wuifde voorzichtig. Het meisje liep bij het raam
weg zonder terug te groeten.

Precies een kwartier nadat Lindgren van de Grensegata was
weggereden stond hij met de pers om zich heen in de hal op
de eerste verdieping van het politiebureau, normaliter de
wachtruimte voor degenen die een nieuwe pas nodig hebben,
om maar iets te noemen. Op een feestdag als deze zat er niemand achter het loket. Mette had even oogcontact met Axel,
en hij knikte vriendelijk maar formeel. De toekomstige man
van Maiken Kvam. Ze kende Axel goed na een vorige zaak,
en natuurlijk ook via Maiken. Zo'n prettige vent als hij
kwam je niet vaak tegen.

Het geluid in de ruimte werd gedempt door de betegelde
muren en het linoleum op de vloer, constateerde Mette toen
ze haar opname voorbereidde. Jonas had de camera op zijn
schouder in de aanslag gebracht. Ze wilde voor het radio-
item niet het geluid van de televisie gebruiken, maar zelf een
opname maken. Idealiter zou ze na de persbriefing ook zelf

een interview afnemen. In de regel lukte dat prima, maar voor alle zekerheid nam ze de bijeenkomst toch maar op. Terwijl Axel zijn keel schraapte om verslag te doen, kwam commissaris Morgan Vollan uit een van de roodbruine deuren die naar de kantoren leidden de hal binnen en ging naast hem staan. Dat gaf de situatie iets serieus, wat nog werd benadrukt door Vollans sombere gezicht. Axel Lindgren stelde zich kort voor en kwam direct ter zake.

'Er is aangifte bij ons gedaan van de vermissing van Ylva Hegge, geboren op 6 juni 1987. De vermiste is een leerlinge van de middelbare school Klosterskogen in Skien. Ze zit in de hoogste klas, profiel media en communicatie. De familie van de vermiste heeft het meisje niet meer gezien sinds woensdagavond en ook geen contact meer met haar gehad. Ze is om elf uur vanmorgen als vermist opgegeven,' zei Lindgren.

Hier en daar in het perscorps werd gemompeld, en een paar journalisten onderbraken Lindgrens verslag om vragen te stellen, maar hij legde ze direct het zwijgen op.

'Ik zeg het wel als er gelegenheid is tot vragen stellen,' zei hij kalm, en vervolgde: 'De oorzaak dat er maar liefst anderhalve dag verstreken is voordat de politie werd ingelicht, is dat een deel van de familie op Witte Donderdag de hele dag naar Strömstad was. We verzoeken u, op deze tijdskwestie geen speciale aandacht te vestigen om de op dit moment toch al zwaarbeproefde familie niet extra te belasten,' zei Lindgren streng.

Hij laste een korte pauze in, waarin hij zijn papieren doorbladerde.

'De navraag die we deze middag in de buurt hebben gedaan, heeft bepaalde resultaten opgeleverd,' hernam hij. We hechten grote waarde aan een waarneming van de vermiste Ylva Hegge die exact om tien uur op Witte Donderdag op de Grensegata is gedaan. Op dat tijdstip is ze gezien, terwijl ze op haar scooter in noordelijke richting reed, naar de Brekkegata dus, met andere woorden. Meer waarnemingen hebben we op het moment niet, en op het tijdstip dat ze voor het laatst is gezien, was de familie al onderweg naar Zweden.'

Hij pauzeerde nogmaals om zijn papieren te bestuderen, waarna hij een nauwkeurige beschrijving gaf van de scooter, die ook verdwenen was, en van de helm die Ylva had gedragen.

'Verder was ze gekleed in een donkere spijkerbroek, volledig witte sportschoenen en een kort, wit donzen jack. Ze droeg hoogstwaarschijnlijk donkere motorhandschoenen en had een knalroze sjaal om haar nek,' besloot Lindgren. 'Vragen?'

Een journalist van *Varden* mocht de eerste vraag stellen, en waarschijnlijk de vraag die iedereen zou hebben gesteld die als eerste aan de beurt kwam: 'Hoe serieus nemen jullie deze verdwijning?'

'Heel serieus. We hebben ervoor gekozen dit heel serieus te nemen,' zei Lindgren. 'Maar dat is geen reden om een crisissfeer te creëren. De meeste verdwijningen hebben een natuurlijke oorzaak en lopen goed af. Waar we bang voor moeten zijn, is bijvoorbeeld dat ze gewond is geraakt en er niet in slaagt contact met iemand te leggen. Dat ze ergens heen is gereden op haar scooter en dat soort dingen. Daarom is het van groot belang dat het publiek ons behulpzaam is. Hou jullie ogen en oren open, en meld het als je denkt dat je iets weet of gezien hebt, ongeacht hoe onbelangrijk je zelf denkt dat het is,' zei Lindgren vermanend.

'Mobiele telefoon?' vroeg de man van de *Varden*.

Lindgren zuchtte. 'Helaas. Haar mobieltje staat uit,' zei hij.

'Ylva zat in dezelfde klas als Arvo Pekka, van wie de politie nu zegt dat hij zelfmoord heeft gepleegd, nadat jullie het eerst een verdacht sterfgeval noemden. Is er een verband?' wilde een journalist van de *Telemarkavisen* weten.

'De link is ons duidelijk, maar absoluut niets wijst erop dat die twee dingen in verband met elkaar staan. Absoluut niets,' benadrukte Lindgren.

Mette stelde zelden vragen in het openbaar tijdens pers-conferenties. Dat had weinig zin. Tien minuten na afloop van de briefing had ze Lindgren zover gekregen dat hij alles her-haalde wat hij had gezegd, en nog meer. Alles stond nu opge-slagen op haar digitale recorder. Jonas had bovendien het ge-heel gefilmd, met eigen geluid. Hij zou de boel in het NKR-gebouw redigeren, maar eerst gingen ze terug naar de Grensegata om nog wat opnamen te maken, en een state-ment op de plaats waar Ylva was verdwenen.

Axel ging pas op de persoonlijke toer toen de journalisten en fotografen van de andere media de hal uit waren.

'Geweldig dat je Maikens getuige wilt zijn,' glimlachte hij.

'O, daar verheug ik me enorm op,' straalde Mette terug. 'Jullie worden een fantastisch stel. Gefeliciteerd!'

Ze had zin om hem te omhelzen, maar dat liet ze wijselijk achterwege.

Het was al na achten toen ze in de gang haar schoenen uit-schopte. Mette stelde vast dat Peder thuis was gekomen van zijn dienst in het ziekenhuis, maar de benedenverdieping lag er stil en verlaten bij. Ze gluurde door de deur van de slaap-kamer op de eerste verdieping. Hij lag op zijn rug met het dekbed opgetrokken tot zijn kin en snurkte onregelmatig. Ze deed de deur zachtjes weer dicht en liep naar de badkamer. Zijn kleren lagen op een hoop op de grond. Ze raapte het bo-venste kledingstuk, zijn spijkerbroek, op om op te vouwen en op het krukje te leggen dat de jongens toen ze nog kleiner waren hadden gebruikt om bij de wastafel te kunnen om hun tanden te poetsen. Er viel een doosje uit de zak. Ze raapte het op en wilde het er weer in stoppen, maar stokte. Het was een doosje medicijnen. 'Cipramil' stond erop, maar het etiket met de naam van de voorschrijvende arts en de patiënt erop ontbrak. Dan was het misschien een geneesmiddel dat zon-der recept verkrijgbaar was. Ze draaide het doosje om en las de achterkant. Eerst stond haar hart stil, om haar vervolgens in de schoenen te zinken. Ze stopte het doosje in de broekzak terug, vouwde de broek netjes op en legde hem op het kruk-je. De trui onderging dezelfde behandeling. Het ondergoed stopte ze in de wasmand, waarna ze omlaag sloop naar de benedenverdieping.

Ze ging naar de startpagina van de computer en typte 'Farmaceutische catalogus' in de zoekmachine Kvasir in. De pagina verscheen en in de zoekbalk typte ze de naam van het medicijn in. 'Cipramil'. Haar ogen gingen over de pagina. 'Anti-depressivum. Indicaties: depressie. Profylacticum tegen terugval in een depressie. Paniekyndromen met of zonder agorafobie. Dwangneurose (OCD).'

Ze greep het woordenboek. Agorafobie betekende 'plein-vrees, een ziekelijke vrees om alleen over een open ruimte te lopen'. Dat heeft hij in elk geval niet, dacht ze, maar dat hij depressief was kon wel kloppen. Dat had ze allang gemerkt. Tegenstrijdige gedachten gingen door haar hoofd. Misschien was het alleen maar een medicijndoosje dat hij in het zieken-huis van de grond had opgeraapt en zonder er bij na te den-ken in zijn zak had gestopt? Maar nee, ze moest het niet lan-ger van zich afschuiven. Ze had het allang gemerkt. Peder was depressief.

Het liefst zou ze naar de slaapkamer gaan en naast hem gaan liggen. Zijn gezicht tussen haar handen nemen en hem troosten. Zeggen dat alles in orde zou komen. Zeggen dat ze op vakantie konden gaan waarheen hij wilde, konden doen wat hij wilde, maar in plaats daarvan zette ze de televisie aan. De intro van het journaal gleed over het scherm.

Het laatste item voor de sport en het weerbericht was het hare. Ze zag haar eigen gezicht voor het huis waar Ylva woonde. De blonde krullen, de blauwe, ernstige ogen en de winterbleke huid. De sjaal die ze om haar hals had geknoopt. De bovenkant van haar leren jasje. Ze hoorde haar eigen stem vertellen dat de achttienjarige Ylva Hegge was verdwe-nen uit haar ouderlijk huis aan de Grensegata in Skien, en dat ze voor het laatst met zekerheid was gezien op Witte Donderdag om tien uur 's morgens. De rest van het item kwam voorbij zonder dat het tot haar doordrong. Ze dacht aan Peder.

Het was tweeënhalf jaar geleden begonnen, toen hij bij zijn werk op een huisartsenpost in Oslo bij een jong meisje een verkeerde diagnose had gesteld. Het meisje was aan een bloedprop in de longen overleden. Hij had zijn vergunning ingeleverd. Als zelfopgelegde boetedoening had hij twee jaar als ongeschoolde kracht in een verzorgingstehuis en bij de ambulancedienst gewerkt. Hij was vaak stil en naar binnen gekeerd, maar ze had gedacht dat dat wel over zou gaan wanneer hij zijn vak weer ging uitoefenen. Het was ook goed gegaan, de eerste maanden. Hij leek over te lopen van de energie en de arbeidsvreugde. Maar toen kwam de terugslag. Hij sloot zich steeds meer in zichzelf op, ging steeds harder werken. Ze zagen elkaar overdag nu nog maar weinig. Altijd die lange diensten. Ze had gevraagd of dat nodig was. Of ziekenhuisartsen echt zo hard moesten werken. Ze had erop gewezen dat dat onmogelijk gezond kon zijn, maar hij had het weggewuifd. Zo was het nu eenmaal. Iedereen werkte hard. Iedereen draaide lange diensten. Hij kon er niets aan doen. Dat moest ze maar begrijpen en accepteren.

Toen ze een paar uur later de moed had opgebracht om naar bed te gaan, hoorde ze Peder al snurken in de gang die de slaapkamers verbond. Ze slaakte een diepe zucht en liep de kamer van Trym en Eirik in. Daar ging ze in elkaar gedoken in het onderbed liggen en snoof de lucht van het beddengoed met het Spidermanmotief op. Zo ver is het al gekomen, dacht ze. Nou lig ik hier in mijn eentje. Peder lag aan de andere kant van de muur, maar het voelde alsof hij mijlenver weg was. Haar gedachten bleven tot diep in de nacht doormalen. Op zaterdagochtend, de dag voor Pasen, werd ze met een knallende koppijn wakker, alleen maar om te ontdekken dat hij alweer weg was. Net als zijn kleren en het doosje Cipramil.

Aron liep rusteloos te ijsberen, op zijn sokken, om zijn moeder op de verdieping daaronder niet te alarmeren. Jaco zat te kwetteren in zijn kooi. Mons Mockery lag opgerold in de leunstoel voor de televisie. Hij had een besluit genomen. Alles lag gepakt en wel in de auto. Gisteren, toen hij na zijn gesprek met de politie thuis was gekomen, had hij zijn tas niet mee naar binnen genomen. Hij ging naar de hut. De boel moest opgeruimd, en als hij daarvoor de lichaamsdelen in het pleehokje moest verbranden, dan moest dat maar. Misschien kon hij de hele rotzooi wel in de fik steken. Dat was een aanlokkelijke gedachte. Die was vannacht bij hem opgekomen, terwijl hij had liggen draaien zonder de slaap te kunnen vatten. Een sigaret zou brand in de wc kunnen veroorzaken. Of nog beter, een kaars. Die kon hij vergeten. De kaars kon omvallen en de stapel oude weekbladen aansteken die daar binnen op de plee lagen. Oude nummers van *Jacht en visserij* en een paar kurkdroge, vergeelde exemplaren van de regionale krant. Aron was opgetogen. Hij ging steeds sneller heen en weer lopen. Ten slotte begon hij te dansen van plotselinge, uitbundige vreugde. Mons Mockery knipperde met zijn ogen en wierp hem een minachtende blik toe. Wat waren mensen toch dom.

Het luide gerinkel van de deurbel ging door merg en been. Van het ene op het andere moment bleef Aron stokstijf stilstaan als een jachthond, een drever die gaat voorstaan, en hij luisterde. Toen schudde hij zijn inertie af en rende naar beneden.

De politieman van gisteren stond tegen de deurpost geleund. Axel Lindgren, heette hij. Zijn mond bewoog, en er kwam een lange tirade uit. Ze waren hem voor geweest. De deuren gingen dicht. De lift bewoog zich langzaam op de ondergang af. Aron voelde een zwavellucht in zijn neusgaten prikken. Hij brieste als een afgejakkerd paard. Het bloed trok uit zijn hoofd weg, met meeneming van zijn gedachten. Alles werd leeg en stil om hem heen.

Hij kwam bij doordat zijn moeder hem een glas water in zijn gezicht smeet, zoals ze altijd deed. Beelden uit zijn kindertijd zweefden als in een trage film voor zijn ogen langs. Ewald en de drever met de zachte oren. Aron kon wel huilen. Hij klampte zich aan de hond vast. Domme, kleine Aron.

'Dat is een kwaal van hem,' hoorde hij de stem van zijn moeder. 'Hij heeft altijd al aan bloedarmoede geleden. In zijn kinderjaren was hij wat je noemt anemisch. Hij viel om het minste geringste flauw. Nu is hij waarschijnlijk zo uit zijn bed gesprongen en naar beneden gehold om open te doen. Zie hem nou eens!'

Onder zijn badjas, die bij zijn val open was gegaan, was Aron naakt. Daar lag hij, als een spiegelei in een koekenpan met de zonzijde naar boven. In een badjas, met wollen sokken aan zijn voeten. Erger kon het niet.

Maar Axel Lindgren had duidelijk wel erger meegemaakt. Hij gaf geen krimp en ook geen commentaar, maar hielp Aron van de vloer overeind en zei dat hij op de trap moest gaan zitten. Zelf ging hij op zijn hurken naast hem zitten.

'Hoe is het ermee?'

Zorg, dacht Aron. Zorg, zo heet een schoenlepel van Ikea. Een lange schoenlepel van plastic. Hij had een groene Zorg boven in zijn appartement. Denk aan iets anders. Krijg jezelf in de hand.

Een uur later waren ze op weg naar Luksefjell. Hij reed in zijn eigen auto, of om precies te zijn in die van zijn moeder. De politie reed achter hem aan en voor hem uit. Voor het geval ze niet in de hut was, maar daar waarschijnlijk wel was geweest, zouden er vrijwilligers van het Rode Kruis worden ingeroepen. Die waren zoals gebruikelijk al op Svanstul gestationeerd om mede inzetbaar te zijn tijdens de paasdagen. De politie wilde naar Ylva zoeken. Misschien had ze de scooter genomen om alleen naar de hut te gaan. Misschien was ze daar nu, of was ze er geweest, dacht de politie. Dat was beter dan blindelings te werk gaan, vond Lindgren. Een concrete plek om te beginnen, had hij verklaard. Maar hoe had ze ski's moeten vervoeren op de scooter? Volgens Aron was het allemaal volstrekt onmogelijk, maar Lindgren hield voet bij stuk. Ze gingen de hut onderzoeken.

Ze reden ditmaal langs de oostkant van het Fjelvannetmeer. De zomerroute. Lindgren had bericht gekregen dat er sneeuw was geruimd op het hoger gelegen stuk van de autoroute door het bos. Hier en daar waren de diepe vorstgaten die van de winter waren ontstaan met nieuw zand gevuld. Grootgrondbezitter Løvenskiold was van hun actie op de hoogte gesteld, had Lindgren verklaard. Ze hadden de sleutels van de slagbomen ter beschikking gekregen om buitenstaanders van de boswegen te weren. Aangezien Ylva met de scooter was gegaan, zou zij er makkelijk langsgekomen zijn. Een scooter kon je prima langs de slagbomen manoeuvreren.

De kapel van Luksefjell werd zichtbaar op een landtong in het water. Het kleine houten kerkje zag eruit als een sieraad, zoals het daar op de oever rustte. Aron reed zijn auto de lage boogbrug over de houten huizen in het gehucht Luksefjell op. Oeroude huizen met bemoste dakpannen en ramen met kleine ruitjes, vitrages en ouderwetse potplanten met rode en roze bloemen op de vensterbank. Ze reden langzaam het gehucht door en vervolgden hun weg onderlangs Sætrekollen richting Bestul. Bij Åmot sloegen ze linksaf de weg naar Eiang in en bleven staan. Aron zag dat Lindgren uit zijn auto sprong om de slagboom van het slot te doen. Bij de slagboom bleef hij staan en wenkte Aron. Die reed naar hem toe en deed zijn raampje open.

'Het lijkt me beter dat jij voorop rijdt, jij kent het hier,' zei Lindgren.

De stoet reed in langzaam tempo voorbij de veenmoerassen van Åmot. Aron hield krampachtig het stuur omklemd. Al snel hadden ze de Riflesmaug links van zich en rechts de Tikronersberg. In deze hooggelegen bosgebieden barstte het van de verhalen over mensen die hier hadden gewoond en de grote daden die ze hadden verricht. Aan sommige gebeurtenissen ontleenden plaatsen hier in de buurt hun naam. Aron had de meeste van die verhalen gehoord toen hij hier als kind met zijn vader Ewald en de drever had rondgetrokken. In vroeger tijden waren de bergweiden van Luksefjell en Sauherad een en al leven en bedrijvigheid geweest. De Telemarkkoeien, met zilveren bolletjes op hun horens, waren nog maar een paar generaties geleden een bekend verschijnsel in deze omgeving. Dat gold ook voor de boerenknollen die 's winters de houtladingen versleepten. Te allen tijde zijn jagers en vissers door de eindeloze wildernis op enkele steenworpen ten noorden van het centrum van Skien getrokken, en dat doen ze nog steeds. Er bevinden zich honderden kleine en grote vennen en vele riviertjes, veenmoerassen en rotsplateaus in deze wonderbaarlijke hemel op aarde. Aron was alweer weggedroomd. Vaak hoefde hij alleen maar het sparrenbos te zien om betoverd te raken.

Hij reed de auto een kleine uitholling naast de weg in en stopte. Achter hem stonden de twee politieauto's ook stil. Hij stapte uit en rekte zich uit naar de boomtoppen, maar stokte midden in die beweging toen hij het dier in het oog kreeg. De herdershond had spitse oren en een lage achterflank. Zijn tong hing rood en breed uit zijn bek en zijn tanden waren scherp en geelwit. Het dier jankte en maakte een zwaai met zijn kop in de richting van zijn baas. Het schraapte met de voorpoten door de sneeuw, popelend om in actie te komen. Arons hartslag verdween van de radar, maar hij viel niet flauw.

Mette legde haar ski's in de houder, waar er al een paar lagen, en ging naast Jonas Vik op de passagiersstoel zitten. Ze had haar tas op de achterbank gegooid. De kaart had ze in haar hand. 'Skien Noord, Valebø, Svanstul, Luksefjell West' luidden de namen van de kaartbladen voluit. De plek diep in de wildernis was met blauwe inkt gemarkeerd.

'De politieradio?' vroeg Jonas zich af.

'Nee. Een welwillende bron,' antwoordde Mette, terwijl ze hem de kaart aanreikte. 'We beginnen populair te worden. Maar we hebben geen sleutels van de slagboom,' zei ze, wijzend naar de plek op de kaart waar de slagboom aangegeven stond. 'Aangezien ze die achter zich op slot hebben gedaan, moeten we een flink stuk lopen.'

'Oké, we stoppen op Wattenberg om wat te eten en te drinken te kopen,' zei Jonas. 'Ik had vanavond eigenlijk naar een etentje gemoeten met lamsbout op het menu, een diner ter ere van de veertigste verjaardag van een vriend, maar wie weet haal ik dat nog wel. Zo niet, dan hou ik een feestmaal met jou,' glimlachte hij.

'Met broodjes en chocola op het menu,' lachte ze. 'Nee hoor, de avond is nog ver. Dit duurt heus niet lang. Een paar uur maar.'

Ze hadden nergens een scooter gezien, maar Ylva zou natuurlijk de weg over Svanstul hebben genomen, als ze alleen naar de hut was gegaan. Ze kon onmogelijk weten dat Løvenskiold deze autoweg door het bos sneeuwvrij had laten maken. Aron had het zelf niet eens geweten. Hij was ervan overtuigd dat ze niet in de hut was. Hij kon de ademhaling van de hond, een teef, achter zich horen terwijl ze door het bos trokken. Met zijn ski's aan kwam hij snel en gemakkelijk vooruit. Hij moest stilstaan om op ze te wachten. Er waren vier politiemannen. Lindgren liep achter hem. De hondenleider, die daarachter liep, zag eruit alsof hij zo van een legeroefening kwam. Hij had een soort groenachtig camouflageuniform aan. De anderen droegen een politieuniforum. Een dik jack, stevige, militair ogende laarzen aan hun voeten, daaroverheen sneeuwschoenen en een muts op hun hoofd. De sneeuwkorst hield zo te zien prima onder de schoenen. Lindgren had een grote rugzak om. Aron had gezien dat hij er voor hun vertrek een rol plastic tape in had gestopt. Waarom? Wat dacht hij eigenlijk aan te treffen?

Ze bereikten de plek vanuit het noordoosten. Het wc-hokje ging schuil achter de hut. De skisporen die hij bij de achterwand van de hut had gezien toen hij hier de vorige keer was, waren verdwenen. Over alle oude sneeuw heen was een nieuw, dun sneeuwlaagje gevallen dat alle sporen had uitgewist. Hij liep naar de voorkant van de hut met zijn gevolg achter zich aan. De politieagenten verspreidden zich door de tuin en keken spiedend om zich heen. Geen spoor van Ylva, voor zover hij kon zien. Geen sporen op de open plek.

'Leuk optrekje,' riep Lindgren. 'Hoe lang heb je dat al?'

'Sinds ik een jongen was. Oorspronkelijk had mijn vader het. Ik huur het van Løvenskiold,' antwoordde Aron vanaf de veranda. Hij had zijn ski's afgedaan en ze tegen het rek gezet.

Hij voelde aan de deur. Die zat op slot. Hij maakte hem open. Het rook vochtig en een beetje bedompt. Zijn oog viel op de koffiepot, die vergeten boven op het plaatje op de kleine houtkachel stond. Hij liep erheen en deed het deksel open. Beschimmeld koffiedik. Hij was ook zo gestrest geweest toen hij hier de vorige keer weg was gegaan. En nu voelde hij zich geen haar beter. Zijn handen trilden toen hij de pot mee naar buiten nam om het koffiedik eruit te gooien en de pot in de beek om te spoelen. De beek waarin hij de bebloede sneeuw had weggewerkt. Stel je voor dat er nog bloed langs de randen zat. Stel je voor dat er nog bloed onder de sneeuw was blijven liggen.

Een van de agenten rommelde binnen in het pleehokje. De hond was in de tuin voor de hut losgelaten en liep met trage passen rond, snuit boven de grond. Lindgren kwam naar Aron toe, die de veranda weer had bereikt.

'Niets wijst erop dat ze hier is geweest, hè?'

'Nee. Alles ziet er nog net zo uit als toen ik hier vorige keer vertrokken ben, en de deur zat op slot. Ze heeft ook geen sleutel,' antwoordde Aron.

'Het was hoe dan ook het proberen waard,' zei Lindgren. 'Is het goed als ik de wc even gebruik?'

Aron slikte bijna zijn eigen tong in. Hij knikte bleekjes en ging meteen op de verandatrap zitten met de koffiepot tussen zijn benen, wijzend naar het pleehokje. Hij liet zijn hoofd in zijn handen rusten en zond een gebed op. Heel ver weg, als een echo uit een andere wereld, hoorde hij een van de andere agenten gekscherend roepen: 'Is het een twoseater? Ik moet ook!'

De politieagent beende met zijn sneeuwschoenen aan langs Aron en liep de hut in. Hij kon hem binnen horen rommelen. Stoelen schraapten en kastdeurtjes werden geopend en gesloten. Toen kwam hij weer naar buiten en liep naar de wc.

Aron tilde zijn hoofd een eindje op en gluurde tussen zijn gespreide vingers door. De teef was op weg naar de beek. Het dier bleef staan om water te slobberen uit het wak. Blijf! beval Aron inwendig. Blijf! Hij staarde ingespannen naar het achterhoofd van de hond en wenste dat hij over telepathische vermogens beschikte. Ik bestuur je brein, blijf waar je bent. Nee, ga naar huis en lig!

'Caro! Hier!'

De teef stoof met grote sprongen op haar baas in het groene camouflagepak af, die tussen het pleehokje en de schuur stond. Lindgren kwam fluitend het afstapje af. De volgende man ging naar binnen. De teef en de hondenleider liepen in een boog om het pleehokje heen. De herdershond snoof intensief aan een klein sparretje. Toen tilde ze haar achterpoot op. Aron stond op. Lindgren stond voor hem. De twee mannen keken elkaar recht in de ogen voordat Lindgren van wal stak.

'We zijn hier nu wel zo'n beetje klaar,' zei hij. 'Maar bedankt dat je meegekomen bent. We hadden deze plek zonder jouw hulp niet zo makkelijk gevonden. Hij ligt nogal verscholen, maar het is hier mooi. En jij blijft hier?'

'Ja, ik blijf,' antwoordde Aron snel.

Het pleehokje moet branden, branden, branden, zong het door hem heen.

'Oké, mannen,' riep Lindgren. 'Klaar voor de aftocht!'

Aron had Caro en haar baas uit het oog verloren. Ze bevonden zich een eindje achter het pleehokje. Hij kon ze daarvandaan niet zien. Kom op nou, godverdegodver nog aan toe! Jullie moeten naar huis!

Ze zagen de auto's toen ze een bocht in de smalle bosweg omsloegen. Twee politiewagens en een donkere Toyota-stationcar met trekhaak en een plakplaatje van een vogel op de achterruit. De politie was zo vriendelijk geweest de slag-boom niet achter zich af te sluiten.

'Wij parkeren een eindje verderop,' stelde Jonas Vik voor.

Een paar honderd meter verder vonden ze een geschikte plek, helemaal aan de zijkant van de weg, zodat er nog een auto langs kon. Buiten de auto bleven ze staan om de kaart te bestuderen.

'Er moet hier een pad lopen, 's zomers, wel te verstaan,' zei Mette, terwijl ze een dun stippellijntje op de kaart aan-wees.

Ze deden hun ski's aan en zetten zich in beweging, terug over de weg waarlangs ze waren gekomen. Honderd meter lager zagen ze links van de weg een spoor.

'Hier zijn ze erin gegaan,' zei Jonas. 'Sporen van ski's en sneeuwschoenen. Ik stel voor dat we ze gewoon achterna gaan.'

Ze gleden het bos in, Jonas voorop, Mette daarachter. Het sparrenwoud was hoog en dicht. Bij een dikke spar bleef Jo-nas staan en peuterde er wat hars af die hij in zijn mond stop-te.

'Smaakt het?'

'Mmm. De kauwgom uit mijn kindertijd, moet je ook eens proberen.'

Ze bereikten een open veld en bleven staan uithijgen na de helling waarover ze zich zojuist naar boven hadden gewor-steld. Onder de sneeuw lag waarschijnlijk een stuk grond waar hout was gekapt.

'We moeten die kant op,' zei Mette, terwijl ze naar het noordwesten wees. De sporen liepen ook inderdaad daar-heen.

'Akkoord.'

Ze strompelden verder en waren bijna het open veld over toen Jonas pal voor haar abrupt bleef staan.

'Kijk,' fluisterde hij, terwijl hij zich half naar haar omdraaide. 'Kijk, daar!'

Een eland met een gigantisch gewei stapte in rap tempo het boomloze veld over, maar een meter of tien voor hen.

'De koning van het woud,' fluisterde Jonas. 'Wat een joekel, hè?'

'Ja,' fluisterde ze. 'Ik heb nog nooit van zo dichtbij een eland gezien.'

'Løvenskiold laat ze 's winters voeren. Ik heb er vorig jaar een reportage over gemaakt. Voor *Noorwegen Rond*. Ze vreten bergen peen,' zei hij enthousiast.

'Ja, dat weet ik,' zei ze. 'Daarom hebben ze de bosweg waar we overheen gereden zijn nu in de winter al sneeuwvrij gemaakt. Ze hebben een nieuwe voederplaats voor de elanden aangelegd. Dat is een proefproject.'

De eland verdween tussen de bomen. Ze vervolgden hun weg in de verse sporen van sneeuwschoenen en ski's. Wat later stonden ze aan de rand van iets wat op de kaart als een veenmoeras stond aangegeven.

'We zijn er nu zo, als mijn bron de plek goed heeft aangegeven,' zei Mette.

Wat later schrokken ze op toen twee sneeuwhoenderen vlak naast hen opvlogen.

'Jee, wat is het hier druk,' zei Mette, en ze greep naar haar hals. 'Nu ben ik het echt zat om steeds maar onbekenden tegen het lijf te lopen.'

Jonas lachte. Op hetzelfde moment schalde het luide geblaf van een hond door de lucht, vanaf een plek dicht in de buurt. Ze wisselden een blik en zetten de sokken erin.

Aron, Lindgren, de hondenleider en de twee andere politiemannen stonden samen achter het pleehokje. De herdershond krabde koortsachtig aan de achterwand van de plee en blafte ondertussen als een idioot. Aron merkte dat hij zijn handen tegen zijn oren hield en zijn ogen dichtkneep. Toen ontmoette zijn blik die van Lindgren, en meteen liet hij zijn armen zakken en langs zijn lichaam hangen. Lindgren nam hem op.

'Wil je ons iets vertellen, Aron?'

Lindgrens stem klonk zacht en vriendelijk. In zekere zin begrijpend. Zo'n beetje als de stem van Ewald, vroeger. Niet zoals die van zijn moeder, hard en beschuldigend. Argwanend.

Alle hoop was de bodem in geslagen. De schaamte spoelde als een hete golf door hem heen.

'Wat heb je met haar gedaan, Aron? Wat heb je met Ylva gedaan?'

Aron staarde Axel met wijd opengesperde ogen aan. Toen begon hij te lachen. Onregelmatig en hysterisch.

'Het is Ylva niet! Het is Ylva niet!'

Zijn stem klonk hoog en schril. Volkomen onherkenbaar, zelfs voor hemzelf. Het was Ylva helemaal niet. Hoe konden ze denken dat het Ylva was? Plotseling voelde hij een zekere opluchting. Het was Ylva immers niet!

Hij kreeg de grof geweven deken om zijn schouders. Hij werd de hut binnengeleid. Iemand had de houtkachel opgestookt. De houtblokken knetterden. Hij trilde over zijn hele lichaam en klappertandde. Iemand had de koffiepot omgespoeld. Door de open deur zag hij de hondenleider in een microfoon praten. Hij had een koptelefoon op. Uit de doos die hij aan een riem over zijn schouder droeg, was een lange antenne getrokken. Vast een VHF, of een UHF, of wat ze dan ook gebruikten om contact te leggen met de beschaving. Aan een mobieltje had je hierboven immers niets. Denk aan iets anders. Dat ging niet. Het werkte niet meer. Hij zag alleen nog de lichaamsdelen in het wc-hokje. Het been dat de vos had meegenomen. De deur werd gesloten en de warmte verspreidde zich door de kleine ruimte. Uit de pot op de kachel steeg een koffielucht op. Zijn tanden waren tot rust gekomen. Hij kreeg een warme mok in zijn handen en zat in de schommelstoel zachtjes te schommelen. Lindgren zat enigszins schuin tegenover hem op een houten keukenstoel. Toen begon Aron te vertellen.

Mette en Jonas bereikten de hut op het moment dat Aron Storm met een grijze wollen deken om zijn schouders naar de kleine veranda werd geleid. Hij zag ze niet. Axel Lindgren, die zijn arm om de leraar fotografie heen had geslagen, zag ze ook niet. Buiten in de tuin stond een man met een groen camouflagepak in een zendertje te praten. Beneden, bij iets dat eruitzag als een wc-hokje, waren twee politieagenten bezig afzettape aan te brengen. Mette voelde hoe de schrik haar om het hart sloeg. Dus ze hadden haar gevonden. Waarschijnlijk dood. Ach meisje toch.

Jonas had zijn camera al op zijn schouder. Hij maakte een wijd shot van links naar rechts. Van de hut via de tuin met het pleehokje naar de schuur. Toen weer terug. De camera zoomde in op de tuin. De rug van de man in het groen. De politieagenten aan het werk. Het afzetlint. De herdershond, die plotseling in volle galop op hen afkwam.

De man in het groen draaide zich bliksemsnel naar hen om.

'Caro! Sta! Af!'

De herdershond kwam tot stilstand en bleef staan. De man liep op hen af. Zijn blik was donker en afhoudend.

'Mette Minde, Jonas Vik, NRK Zuidoost, zei Mette.

'Uit met die camera!' beval de hondenleider. 'Dat gedonder met de pers kunnen we nu al helemaal niet gebruiken. En, krijgen we zo meteen de hele horde op ons dak?'

'Nee hoor, tenzij jullie ze er zelf bij halen,' zei Mette. 'Onze informatie over deze actie is uit andere bronnen dan de politie afkomstig, en ik betwijfel of ander media ook over die contacten beschikken. Wat gebeurt hier? Hebben jullie Ylva Hegge gevonden!'

'We hebben haar niet gevonden.'

'Maar wel iets anders?'

'Wacht hier. Geen stap dichterbij. Begrepen?'

Hij wachtte niet op antwoord, maar keerde hun de rug toe. Op weg naar de hut gaf hij Caro een bevel. De hond antwoordde met een piepgeluid, ging liggen en kroop langzaam een paar meter naar hen toe. Daarna stopte het dier en bleef met waakzame blikken en gespitste oren naar hen liggen staren. Mette en Jonas wisselden een blik.

'Wat denk jij?'

'Ik weet het niet,' antwoordde ze. 'Er is wel iets.'

Na een kleine eeuwigheid kwam de baas van de hond de hut uit en beende op hen af. Vanaf het wc-hokje werd iets geroepen. De hondenleider draaide zich om. Een politieman daar beneden riep hem bij zich. Hij stak zijn handpalm afwerend naar Mette en Jonas op.

'Wacht.'

Hij verdween naar beneden en het hokje in. De deur bleef half open staan. Er lichtte een paar keer iets op, alsof ze daar binnen met een flitser aan het fotograferen waren. Een paar minuten later kwam de baas van de hond weer naar buiten, liep de hoek om en gaf over. Hij bleef dubbelgeklapt staan braken. Jonas, die het filmverbod had getrotseerd, zoomde op de man in het groen in. Opgetogen fluisterde hij:

'Allemachtig, wat is daar aan de hand?'

Met gerekte hals deed Mette een stapje naar voren. Caro gromde waarschuwend. Ze trok zich terug, en de hond zweeg. De deur van het wc-hokje stond half open. Toen werd hij helemaal geopend. Er kwam een politieman naar buiten met iets dat op een witte lap lag.

'Inzoomen op de plee, Jonas. Nu. O jee, kijk uit. De commandant komt eraan. Omlaag met die camera.'

De hondenleider was krijtwit. Op zijn voorhoofd glinsterden kleine zweetpareltjes. Hij veegde met de rug van zijn hand zijn mond af.

'Sorry,' en hij leek plotseling net een mens. 'We zijn gedwongen jullie hulp in te roepen om dit goed naar buiten te brengen. Ik laat me niet voor de camera interviewen. Jullie mogen het volgende van mij aanhalen: We hebben in dat wc-hokje de resten van een dode man gevonden. We weten niet wie de dode is en hoe lang hij daar heeft gelegen. De man is hoogstwaarschijnlijk vermoord. Of, als hij een natuurlijke dood is gestorven, is er in elk geval een poging gedaan hem na zijn dood te verbergen,' verbeterde hij zichzelf. 'We hebben er geen idee van hoe oud de man is. Ik ben Atle Sommer, politieagent, van de hondenpatrouille.'

'Wat bedoel je, de resten van een dode man?'

'Geen commentaar,' zei Sommer.

'Zien jullie een verband tussen deze vondst en de verdwijning van Ylva Hegge?'

'Nee!'

'Maar jullie waren naar haar op zoek?'

'Ja, maar niets wijst erop dat ze hier na haar verdwijning is geweest. We zoeken door.'

'Hier?'

'Dit is geen persconferentie,' zei Sommer kribbig. 'We zoeken waar volgens ons een reden is om te zoeken. Het belangrijkste is nu dat jullie de boel niet verkloten en zaken door elkaar halen die los van elkaar staan. We willen geen speculaties waar de direct getroffenen door van streek raken. Is dat duidelijk? Het enige wat naar buiten mag komen is datgene wat ik heb gezegd,' snauwde hij, terwijl hij op zijn polshorloge tuurde. 'Jullie mogen zelf kiezen. Hier blijven koekeloeren, of naar de stad rijden met wat jullie hebben, zodat jullie er een onderwerp van kunnen maken voor het journaal.'

'Welke rol speelt Aron Storm in deze kwestie?' vroeg Mette.

'Hij huurt deze hut hier en draagt bij aan het onderzoek. Punt uit.'

'Wordt hij ervan verdacht dat hij iets met de moord te maken heeft?'

'Einde verhaal,' zei Sommer, terwijl hij zich naar de teef toekeerde.

'We gaan ervandoor. Bedankt voor je praatje,' zei Jonas.

Atle Sommer gaf geen antwoord.

Toen ze teruggingen naar het bos, zagen ze dat de politie-mensen bezig waren een dun, wit zeil over het wc-hokje te spannen. Sommer had een rol afzettape gepakt en was bezig het verboden gebied uit te breiden. Ter voorbereiding op de horden, dacht Mette.

'Stond het geluid van je camera aan?'

'Ja, de hele tijd,' grijnsde Jonas.

'Mooi zo!'

Toen ze een eindje bij de hut vandaan waren, maar hem nog goed konden zien, bleef Jonas staan. 'Kunnen we hier een statement maken? Heb je alles in je hoofd zitten?'

Dat bevestigde Mette. Jonas drukte zijn ski's stevig in de sneeuw neer en ging pal voor haar staan met de camera op zijn schouder. Hij zoomde in van totaal tot halftotaal. Mette keek recht in de camera en sprak duidelijk en ernstig.

'Briljant!' zei hij na afloop van de opnamen. 'Briljant!'

De sneeuw verdween naarmate ze dichter bij het laagland kwamen. Pal ten noorden van het centrum, ongeveer bij Sommerfryd, kwamen ze een rode auto met het *TA*-logo tegen. De regionale krant van Telemark, een journalist en een fotograaf.

'Hebben jullie even pech,' grijnsde Jonas.

Idun zat op haar kamer naar het journaal te kijken. Het politiebureau had een uurtje geleden gebeld om haar moeder ervan op de hoogte te stellen dat er misschien een item zou komen over de vondst van een lijk in Luksefjell. Dat had niets met Ylva te maken, ook al was Ylva degene naar wie de politie daarboven op zoek was. De anderen zaten in de woonkamer. Haar moeder, haar stiefvader en Oliver. Idun wilde hier op haar kamer zijn, alleen. Ze zat in bed met haar dekbed om zich heen en haar paasei op schoot. Zij en Oliver hadden een paasei gekregen, ook al was Ylva er niet.

Het item werd vanuit de studio aangekondigd. De beelden van Luksefjell gleden over het scherm. Daar kwam de filmclub bij elkaar. Daar gingen ze naartoe. Ze zag de hut en de open plek daarvoor, met een laag witte sneeuw erop. Diverse politieagenten en een hond. Toen kwam Mette Minde, die vrouw waar Ylva bij oppaste, op het scherm en vertelde dat de politie de resten van een dode man in het wc-hokje had gevonden. De resten van een dode man! Idun trok het dekbed dichter in haar mond en stak een stukje chocola met bananensmaak in haar mond.

Toen het item afgelopen was, hoorde ze haar moeder op de benedenverdieping huilen. Ze wilde niet naar beneden. Ze wilde alleen boven blijven. Ze pakte haar laptop en opende een file die ze daarop had opgeslagen. Ylva danste voor het roze slot van Løvenskiold in Fossum over het scherm, gekleed in Iduns jurk van het eindbal van de middenschool. Het was niet ver naar Fossum. Vanuit het centrum hoefde je alleen maar een flink eind omhoog te rijden over de Mælagata, langs de atletiekbaan van Fossum, en dan linksaf voor het lange veld dat eindigde bij de brug van Hoppestad. Het roze slot lag aan het einde van de lange laan.

Ze sloot de file en opende een nieuwe, die met het gemene en het lieve tweelingzusje in zwart-wit. Arvo Pekka's moeder en zijn tante. Toen ze klein waren, thuis in Finland. Ze had Liisa de USB-stick gegeven, maar ze had alles op haar eigen computer opgeslagen. Er waren nog diverse files die ze niet had geopend. Ze wilde dat ze er nooit naartoe was gegaan. Liisa's ogen achtervolgden haar iedere keer als ze wilde gaan slapen. Eén keer meende ze haar ook in het echt gezien te hebben, beneden op de Øvregate, ongeveer ter hoogte van de school. Ze waren allebei de helft van een tweeling. Mette Minde heeft ook een tweeling, bedacht ze. Dat had Ylva gezegd. Het heeft iets speciaals om de helft van een tweeling te zijn. Je bent nooit helemaal alleen. Maar nu was Idun helemaal alleen. En Liisa ook.

'Help me even samenvatten,' vroeg Mette.

Ze zaten op de redactie, zij, Jonas en Jensemann. Het journaalitem was uitgezonden. De redactiechef en de eindredacteur hadden allebei opgebeld om hen met hun bijdrage te feliciteren. Zelfs de avondedities van de regionale kranten waren hen deze keer niet voor geweest.

'Dus: Aron Storm is leraar fotografie bij het mediaprofiel van de middelbare school van Klosterskogen. Een van zijn leerlingen, Arvo Pekka, wordt in het zwembad gevonden, doodgeschoten. De politie noemt het eerst een verdacht sterfgeval en vervolgens zelfmoord. Waarschijnlijk heeft de conciërge wat bloed opgeveegd dat hij niet op had mogen vegen. Een paar weken later wordt een van zijn andere leerlingen, Ylva Hegge, als vermist opgegeven. Vandaag is het tweeënhalve dag geleden dat ze voor het laatst is gezien. En vandaag worden ook de resten van een lijk dat niet van Ylva is in het pleehokje van Storm gevonden,' zei Mette. 'Wat denken jullie?'

'Arvo Pekka en Ylva waren allebei lid van die filmclub waar je het over hebt gehad,' zei Jensemann.

'Ja, dat klopt. Zij tweeën, plus Ulrik, een jongen die Even Ivarstuen heet, en nog een paar anderen,' zei Mette. 'Drie van de leden, als we de leraar meetellen, zijn de laatste tijd in aanraking geweest met geweld.'

'Als ik Ulrik was, zou ik bloednerveus zijn,' zei Jensemann.

'Tenzij Storm erachter steekt,' zei Jonas. 'In dat geval houden ze hem heus wel vast.'

'Denk je dat de politie een verzoek tot voorlopige hechtenis zal indienen?'

'Als hij niet met een geloofwaardige verklaring voor die vondst in het pleehokje komt, dan wel,' zei Jonas.

'Stel dat Ylva ook zelfmoord heeft gepleegd?' zei Jensemann. 'Dat ze dat met elkaar hebben afgesproken, of zo. Ik heb zoiets wel eens op internet gezien.'

'Helemaal onmogelijk is het niet,' zei Jonas. 'Maar wie hebben ze dan in Storms pleehokje gevonden? En waarom juist daar, dat hele pokkeneind weg in het grote, donkere bos, kilometers van de openbare weg vandaan? Degene die het lijk daar in gestopt heeft, moet van die plek afgeweten hebben. Hoogstwaarschijnlijk heeft Storm zelf de een of andere figuur uit de weg geruimd.'

'Maar er is toch niemand als vermist opgegeven? Afgezien van Ylva dan?'

'Nee,' zei Jonas. 'Ik hou er altijd een bruikbaar overzicht over dat soort dingen op na sinds ik als freelancer werk. Ik kan ook niemand bedenken in Vestfold of Buskerud.'

'Wacht eens even,' riep Mette. 'De G-club! Dat foute type, Magga. Mathias Garmo. Die is weg!'

'Die zou toch dienst nemen bij het Vreemdelingenlegioen? Op Corsica?' vroeg Jensemann.

'Ja, maar niemand kan feitelijk bevestigen of ontkennen dat hij dat ook echt heeft gedaan,' zei Mette.

'Hij is 'm toch gesmeerd na een aanklacht wegens verkrachting?'

'Inderdaad,' zei Mette. 'Na een gerucht over verkrachting. Er is nooit aangifte tegen hem gedaan.'

'Wie zeggen ze dan dat hij verkracht heeft?' vroeg Jonas.

'Weet ik niet, het zijn maar geruchten,' zei Mette.

'Dan moeten we daar achter zien te komen,' zei Jonas.

'Zoals jullie weten, of in elk geval jij, Jensemann, hebben de leden van de G-club herrie getrapt bij mij thuis toen Ylva een paar weken geleden op de kinderen paste. Dezelfde avond dat Arvo Pekka zichzelf in het zwembad heeft doodgeschoten. Veel wijst erop dat de bende het op iemand voorzien had die er niet was. Misschien maakten ze jacht op Arvo Pekka,' zei ze.

'Er is dus een duidelijk verband tussen de G-club en de filmclub aan de middelbare school van Klosterskogen,' zei Jonas. 'Ik heb vroeger een paar keer aandacht aan die bende besteed, maar ene Magga ken ik niet.'

'Er is misschien een verband. Ulrik is zelfs een poosje lid van die club geweest, een paar jaar geleden,' zei Mette.

'Ik verwed er mijn lottobriefje om dat degene in het pleehokje die legionair van het vreemdelingenlegioen is. In kleine stukjes gehakt,' zei Jonas.

'Dan moeten we degene zien te vinden die hij heeft verkracht,' zei Mette.

'Kan het Ylva zijn geweest?' zei Jensemann.

Mette zag Ylva's behuilde gezicht weer voor zich, die avond dat de G-club het huis binnen was gedrongen, en Ulrik die haar had getroost.

'Misschien,' zei ze.

Er vatte een andere gedachte bij haar post. 'Stel dat hij Arvo Pekka heeft verkracht. Die was homo,' zei ze.

'Nee zeg, doe me een lol, Mette,' zei Jensemann, en er verscheen een lelijke grimas op zijn gezicht. 'Daar moet je toch niet aan denken!'

'Maar dat zou wel die zelfmoord verklaren,' zei Jonas ernstig. 'Wie kunnen we op dat punt onder druk zetten? Iemand weet iets.'

'Ulrik Steen-Jahnsen,' zei Mette. 'Ik heb al met hem gepraat, maar het is een gladde. Ylva heeft ook een zus. Als Ylva iets wist, of iets had meegemaakt, is het niet onmogelijk dat ze dat onder vier ogen tegen haar heeft gezegd.'

Ze dacht even na en maakte toen een werkverdeling voor de volgende dag.

'Oké, we gaan morgen aan de slag. Jonas, jij pakt Ulrik Steen-Jahnsen en Even Ivarstuen bij de kop. Ik praat met de zus van Ylva, en jij houdt contact met de politie, Jensemann, en meldt je weer bij ons wanneer er iets nieuws opduikt. Afgesproken?'

'Afgesproken,' stemden Jensemann en Jonas met haar in.

Ze vertelde in het kort over het gesprek dat ze in de gevangenis had gehad met Arvo Pekka's vader en diens advocaat, en over haar poging om in contact te komen met zijn tante, Liisa Beijar. Ze zou een nieuwe poging doen om de tante te spreken te krijgen. Maar eerst wilde ze met Ylva's zus praten. Toen schoot haar plotseling nog een detail te binnen.

'Ulriks moeder zei dat Ylva maandag de tante van Arvo

Pekka had opgezocht, maar toen ik Ylva woensdag aan de telefoon had, ontkende ze dat ze daar was geweest,' zei Mette.

'Hm,' zei Jonas. 'Wat raar.'

Inwendig zingend reed ze op de vooravond van Pasen door het centrum van Porsgrunn naar huis. Nu vormden ze een team. Ze gingen dit samen uitzoeken, en wie weet kwamen er een paar hele goeie dingen uit. Ze hoopte dat Jonas het grootste deel van het verjaarsfeest nog zou meemaken en dat ze in elk geval wat lamsbout voor hem zouden bewaren. Plotseling voelde ze zich ontzettend eenzaam. Trym en Eirik komen morgen thuis, dacht ze. Maar hoe moet het met Peder?

Op Eerste Paasdag werd Mette om acht uur wakker. Het huis was nog steeds leeg. Ze nam een douche en bleef heel lang onder de warme straal staan. Paasmorgen verdrijft je zorgen, dacht ze. Maar daar klopte geen barst van. Toen bedacht ze, dat ze er geen idee van had hoe laat de jongens vandaag thuis zouden komen. Ze moest Anita maar bellen om het te vragen.

Beneden in haar studeerkamer bekeek ze de avondkranten. Geen ander nieuws dan het beetje dat ze zelf al wist. Ze haalde haar mobieltje tevoorschijn en zocht het nummer van Axel Lindgren. Hij antwoordde bij het tweede belsignaal.

'Je bent kennelijk niet meer in Luksefjell,' zei ze bij wijze van inleiding.

'Op dit moment niet,' antwoordde hij. 'We zijn daarboven de hele nacht in de weer geweest. Ik hoorde dat jij er ook bent geweest.'

'Hebben jullie het lijk al geïdentificeerd?'

'Daar kan ik niets over zeggen, Minde, dat snap je toch wel.'

'Natuurlijk, maar het is zeker niet toevallig Mathias Garmo, bijgenaamd Magga, van de G-club?'

Uit de lange stilte die volgde begreep Mette dat ze in de roos had geschoten.

'Als ik merk dat je een geintje uithaalt, gelast ik de bruiloft af, Minde. Als je dat op je geweten wilt hebben, mij best,' zei hij luchtig.

'Wat gebeurt er met Aron Storm?'

'Er wordt op dinsdag een verzoek tot voorlopige hechtenis ingediend,' zei Axel.

'Zijn advocaat?'

'Torkel Vaa. Ik had bijna gezegd: zoals gewoonlijk,' zei hij, en dus had hij het gezegd. Vaa trad in Grenland vaak als advocaat op in strafzaken. Daar waren er niet zo veel van, strafpleiters.

'Is er nog nieuws over Ylva Hegge.'

'Helaas niet,' zei Axel.

'Kan er verband zijn tussen het lijk van Mathias Garmo en de verdwijning van Ylva?'

'Alles is mogelijk, maar bedenk wel dat ik op geen enkele manier bevestigd heb dat het Mathias Garmo is die we in Luksefjell hebben gevonden.'

'Oké, bedankt. Ik ben niet van plan je bruiloft te verpesten, Lindgren, kalm aan maar,' zei ze, en hing op.

Ze bleef nog even vergenoegd bij zichzelf zitten glimlachen. Toen ging ze naar de startpagina van haar computer en zocht het telefoonboek op. Ze typte de naam Mathias Garmo in. Hij stond vermeld met een mobiel nummer dat ze langzaam op haar eigen mobieltje intoetste. Ze bracht de telefoon naar haar oor en schrok op toen ze aan het andere eind contact kreeg. Een metalige stem, als van een automatische telefoonbeantwoorder, verklaarde: 'De os is dood.' Ze hing op en bleef met open mond zitten. Toen belde ze nog eens. Er gebeurde precies hetzelfde. 'De os is dood.' Ze overwoog om Lindgren een sms'je te sturen met deze informatie, maar deed het toch maar niet. Hier kon hij zelf ook wel achter komen. In plaats daarvan belde ze Jonas Vik. Hij klonk brak, maar stond in vuur en vlam toen ze vertelde wat ze had ontdekt. Ze spraken af elkaar om twaalf uur op de redactie te ontmoeten.

Ze toetste het nummer van Anita in, die over de telefoon fris en sprankelend klonk. Op de achtergrond was geblaf en vrolijke kinderstemmen te horen. Ja, ze gingen ervan uit dat ze om een uur of vijf terugkwamen, als Mette dat goed vond. Ze wilden die dag graag nog in Gautefall doorbrengen. Mette vond het prima. Dan had zij ook de hele dag nog.

Ylva's zuster, of Arvo Pekka's tante? Die moest ze allebei zien te spreken. Ze keek op het display van het mobieltje hoe laat het was. Even na negenen. Jongeren liggen op een vrije dag lang in hun bed, dacht ze. Ze kon het beste op Solves veg beginnen. Ze had het nummer van Liisa Beijar op haar mobiel opgeslagen. Ze deed een poging om contact te krijgen, maar de mobiele telefoon stond nog steeds af. Ze ging weer naar *telefonkatalogen.no* en typte het adres aan de Grensegata in. Daar stonden vijf mobieltjes geregistreerd: Ylva Hegge, Idun Hegge, Oliver Hegge Svendsen, Margrethe Hegge Svendsen en Ole-Johannes Svendsen. De familieverhoudingen leken vrij duidelijk: Margrethe Hegge Svendsen moest Ylva en Idun samen met haar eerste man hebben gekregen. Daarna was ze als gescheiden vrouw of als weduwe met Ole-Johannes Svendsen getrouwd en had ze samen met hem Oliver gekregen. Heel normaal, dacht ze, en sloeg het nummer van Idun op haar eigen mobieltje op. Zij moest degene zijn die ze achter het raam had gezien op de dag dat Ylva als vermist was opgegeven. Op vrijdag. Twee dagen geleden. Er waren drie dagen verstreken sinds Ylva voor het laatst met zekerheid was gezien. Wat brengt een achttienjarig meisje ertoe, uit huis te verdwijnen en drie dagen weg te blijven zonder een teken van leven te geven? Dat kan veel oorzaken hebben, dacht ze, maar als ze uit vrije wil is verdwenen, moet er iets dramatisch achter steken. Er kwam een nieuwe gedachte bij haar op. Stel dat Arvo Pekka's tante ook was verdwenen? Niet uit vrije wil. Wie zou haar missen, eenzelvig als ze was? Waarom stond haar mobiele telefoon de hele tijd uit? Ze zag de in het zwart geklede vrouw voor zich die in de kerk achter Arvo Pekka's baar aan was gelopen. Haar gezicht was schuilgegaan achter haar sluier, en Mette bedacht dat ze er geen idee van had hoe Liisa eruitzag.

De buitendeur ging open. Ze stond op van achter de computer en liep de woonkamer in om hem te begroeten. Peder zag eruit als een wandelend lijk. Zijn gezicht was grauw en hij had wallen onder zijn ogen. Hij glimlachte vermoeid tegen haar.

'Daar ben je eindelijk,' zei hij. 'Telkens als ik thuis ben, ben jij weg.'

'Omgekeerd eveneens, Peder, maar anders dan jij heb ik altijd mijn mobieltje bij me. Je had me toch gewoon kunnen bellen,' zei ze, en ze hoorde dat haar stem scherper klonk dan ze eigenlijk bedoelde.

'Het is zo druk geweest,' zei hij. 'We hebben vannacht twee patiënten verloren.'

Peder was verbonden aan de ziekenhuisapotheek, waar hij als assistent-arts werkte. Hij was niet wat hij in het leven wilde zijn. Hij had het niet naar zijn zin, en dat zag ze. Ze zou hem steun moeten bieden. Moeten helpen. Met hem moeten verhuizen naar de plaats waar hij naartoe wilde. En vooral, met hem praten. Ze hadden een heerlijk diner gehad, die avond dat Ylva op de jongens had gepast. Ze hadden over andere dingen dan koetjes en kalfjes en praktische details gesproken. Maar in de weken daarna hadden ze nauwelijks een woord gewisseld. Ze had een paar pogingen gedaan, maar Peder was afstandelijk en onbenaderbaar geweest, en zij had het niet opgebracht om haar best te doen. En misschien was ze ook een beetje bang, omdat ze wist dat Peder graag naar het noorden wilde verhuizen, terwijl zij diep in haar hart wist dat dat voor haar onmogelijk was.

'Sorry,' zei ze, en ze liep op hem af en sloeg haar armen om hem heen. Zo bleven ze een kleine eeuwigheid staan en wiegden langzaam heen en weer, totdat hij zich losmaakte.

'Wanneer komen de jongens?'

'Om vijf uur vanmiddag,' zei ze.

'Mooi, dan kan ik een poosje slapen. Blijf jij vanmiddag thuis?'

'Ja,' zei ze. 'Maar ik ben bang dat we de pizza-expres of iets dergelijks moeten bellen. Het is nogal een rotzooitje in de koelkast.'

Hij lachte mat en futloos, haast een grijnslachje.

'Net iets voor jou, Mette, maar we overleven het wel.'

'Wanneer moet je weer opdraven?'

'Ik heb nu een aantal dagen vrij,' zei hij. 'Hoe veel, dat weet ik niet meer.'

Hij slofte de trap naar de eerste verdieping op.

'Moet je niet eten, Peder? Brood hebben we wel,' riep ze hem achterna.

'Ik heb een worstje gegeten in het Statoil-tankstation waar ik getankt heb,' zei hij, terwijl hij zich midden op de trap naar haar toekeerde.

'We moeten binnenkort eens praten,' zei ze. 'Echt praten,' voegde ze eraan toe.

'Ja, dat weet ik,' zei hij, en hij stak een hand in de zak van zijn spijkerbroek.

Daar zat het doosje Cipramil in. Dat wist ze gewoon. Ze draaide zich gauw om. Misschien wist hij ook dat zij het wist.

'Goeienacht,' hoorde ze achter zich.

'Goeienacht, Peder,' zei ze zacht. Het was half tien. Het zou eigenlijk goeiemorgen moeten zijn, maar tegenwoordig stond alles in dit huis op zijn kop.

Ze parkeerde haar Golf voor het huis waar Arvo Pekka zijn hele, korte leven had gewoond. Buiten bleef ze staan om de lentelucht op te snuiven. Die komt er nu aan, dacht ze. Het huis zag er net zo dicht uit als de vorige keer dat ze hier was geweest. Ze liep naar binnen, de hoge heg voorbij, stapte het grindpad over en kwam bij de voordeur. Het lichte rolgordijn voor het keukenraam was nog neergetrokken. Mette zette haar vinger op de bel en bleef er lang op drukken. Er gebeurde niets. Precies wat ze had verwacht, eigenlijk. Waar had ze eigenlijk zin in? Tja, als er iemand licht kon werpen op wat er met Appa was gebeurd, was het Liisa Beijar. Ze moest haar te pakken zien te krijgen.

'Hallo, wat doet u daar?'

De stem kwam bij de buren vandaan. Bij de hoek, waar de heg tussen de tuinen wat dunner was, ving ze een glimp van een oudemannengezicht op.

'O, hallo, ik loop even om,' zei ze, en ze liep op een sukkeldrafje het grindpad af.

De man had een bladerhark en was ergens in de zeventig. Zijn gezicht was verweerd door zon, weer en wind, zijn haar was dik en grijs, en hij droeg een geruit jack van het soort dat in de bossen van Canada wordt gedragen. Hij stond een poging te doen om bladeren onder een vruchtboom weg te harken zonder de krokussen te raken die in grote hoeveelheden op het bruine gazon waren opgeschoten. In het bloembed langs de muur van het huis verdrong zich een overvloed aan sneeuwklokjes, als een drom pinguïns die dicht tegen elkaar aan gaan staan tegen de wind.

'Eigenlijk zou ik de rustdag in ere moeten houden, maar dit is balsem voor de ziel, en ik maak er minder herrie mee dan wanneer ik binnen op de bank lig te ruften,' zei hij met een zweem van opstandigheid in zijn stem.

Mette glimlachte en zei dat ze het daar van harte mee eens was voordat ze vertelde waar ze voor kwam.

'Liisa Beijar, ja,' zei hij, en krabde aan zijn onbegroeide kin. 'Die is nu weg, ja, maar wanneer had ik haar nou nog gezien? Hm, es even kijken. Dat moet op Witte Donderdag zijn geweest, vrij vroeg in de ochtend. Ik ving maar een glimp van haar op, hier door de heg heen, maar ik hoorde haar praten. Waarschijnlijk in haar mobiele telefoon. Er waren in elk geval geen andere stemmen, dus als ze niet in zichzelf praatte, was ze aan het bellen. Ze zal wel met de paasdagen op reis zijn,' zei de man. 'Ik heb gehoord dat ze de auto startte en wegreed.'

'Dus ze rijdt auto?'

'Jazeker, ze heeft een grote Opel. Rood. Vrij nieuw. In elk

geval niet jaren oud. Goed onderhouden. Ik weet niet zo veel van auto's maar het is een Opel.'

'Heeft ze bagage meegenomen?'

'Dat heb ik niet gezien, maar het zal best wel, als ze op paasvakantie is,' zei de man.

'Kent u haar?'

'Nee,' zei de man. 'We groeten elkaar, maar ik heb nooit met haar gepraat. Ook niet met haar neef, die jongen. Een trieste zaak,' zei hij, en hij zag eruit alsof hij het meende.

'Dus u kende Arvo Pekka niet?'

'Nee.'

'Waarom denkt u dat Liisa met vakantie ging?'

'Geen idee, zoals ik al zei heb ik alleen maar een glimp van haar gezien, maar ze ging in elk geval niet de bergen in. Ze had een lange jas aan. En laarsjes. Gladde laarsjes met hakken,' zei hij. 'Ze kleedt zich anders als ze de bergen of de bossen in gaat, of iets in die richting. Ik zie haar soms met trekkerskleren aan. Dan gaat ze bessen en paddenstoelen plukken en zo, in het najaar.'

Mette dacht dat zij evenveel van haar naaste buren wist als wat deze man kennelijk van Liisa Beijar wist, een vrouw waar hij naar eigen zeggen nooit mee had gesproken. Daar kwam nog bij dat de tuinen gescheiden waren door een dikke, woekerende heg. Niet zo hoog als de heg langs de straat, maar hoog genoeg, behalve in die ene hoek. Misschien stond hij haar daar te bespioneren, dacht ze. Hij had duidelijk meer dan alleen maar een glimp van haar gezien.

'Krijgt ze veel bezoek?' wilde ze weten. Zou de man zo meteen niet achterdochtig worden en zich gaan afvragen waarom ze dat allemaal vroeg? Maar nee hoor, hij gaf bereidwillig antwoord.

'Niemand,' zei hij. 'Er komt nooit iemand bij ze op bezoek. Daarom vroeg ik me af waarom u daar stond aan te bellen, omdat ik wist dat ze niet thuis was.'

'Ik had graag met haar willen praten,' zei Mette.

'Ja, dat geloof ik best,' zei hij. 'Komt dit op de radio of op de televisie? Ik heb u in het journaal gezien, en ik hoor u bijna iedere dag op de radio.'

Terwijl ze tegen hem glimlachte, kreeg ze een idee. Op zulke spraakzame bronnen moest je zuinig zijn. Ze trok de portefeuille die plat in de achterzak van haar jeans geklemd zat tevoorschijn, deed hem open en trok er een visitekaartje uit, dat ze hem aanreikte.

'Belt u mij als u haar ziet,' zei ze. 'Het is belangrijk.'

Hij bestudeerde het visitekaartje en glimlachte sluw tegen haar. Op dat moment klonk er uit het huis een schrille stem: 'Arne! Arne, eeeten!'

'Dat ouwe wijf van mij,' zei hij verontschuldigend. 'Ik hou je op de hoogte, Mette!'

'Geweldig,' zei ze, en trok een veelbetekenend, vertrouwelijk gezicht. Daarna keerde ze zich om en liep terug naar de straat.

Ze parkeerde in de Grensegata, een eindje van Ylva's huis af. Wat was beter: het mobieltje van Idun bellen, of gewoon naar het huis lopen en aanbellen? Ze wist het niet precies. Eigenlijk had ze een beetje spijt. Het was zo opdringerig om ze op te zoeken terwijl ze wist hoe wanhopig ze moesten zijn, iedereen daar in dat huisgezin waar Ylva niet langer deel van uitmaakte. Hoe bang ze waren. Hoe ze zich het allerergste in hun hoofd haalden. En dan kwam er ook nog eens een journaliste. Als een indringster met een besmettelijke ziekte. Het stond haar helemaal niet aan, maar het was haar werk. En dat was belangrijk. Een journalist stond aan de kant van de direct getroffenen. Een journalist wilde onthullen, verklaren, analyseren en ophelderen. De samenleving was ervan afhankelijk dat de journalisten hun werk deden. Dit is belangrijk werk, dacht ze, en ze had net besloten er recht op af te gaan toen een jong meisje dat Idun moest zijn de voordeur uit kwam. Ze liep recht op de rode Toyota Yaris af. Ze opende het portier met de afstandsbediening en ging achter het stuur zitten, reed achteruit de oprit af en gaf gas in de richting van de Brekkegata.

Mette was blij dat ze haar Golf in zijn vrij kon zetten, zodat ze haar startproblemen kon omzeilen. Ze trapte op het gaspedaal en reed achter de Yaris aan, als in een film.

De film draaide zich in Iduns hoofd af. Ylva met die baljurk van het schoolbal voor het roze slot van Løvenskiold. Ze was er geweest, had gestaan waar Ylva had gedanst. De nieuwe files uit Arvo Pekka's USB-stick maakten haar nerveus. Er stond zoveel onbegrijpelijks op. De benzinemeter naderde het rode veld. Ze moest tanken. Haar moeder had gezegd dat ze moest tanken. Op eigen kosten, als ze de auto wilde lenen. Ze zuchtte en wierp afwisselend blikken op de weg, op de benzinemeter en in de spiegel, waarin de weg achter de auto te zien was. Haar rijleraar had haar ingeprent hoe belangrijk het was dat ze zowel het verkeer voor haar als achter haar in het oog hield. Er kon iemand tegen je op knallen als je niet vaak genoeg in de spiegel keek. Idun had net haar rijbewijs en voelde zich nog niet zeker genoeg om zich geen barst van de vermaningen van de rijleraar aan te trekken. De grijs-witte Golf was er nog steeds. Die had ze thuis in de Grensegata ook al gezien. Kansberekening, dacht ze huiverend. Hoe waarschijnlijk was dat, op een schaal van één tot tien? Een simpeler methode. Drie, besliste ze, en zwenkte het tankstation aan Wattenberg in. De Golf reed rechtdoor en sloeg linksaf richting Rising, zag ze. Idun tankte voor vijftig kronen en betaalde met haar bankpasje. Dan hoefde ze het tankstation niet in. Kutwijf, dacht ze. Ellendig, gierig kutwijf. Dat hielp een beetje.

Ze draaide de weg weer op en reed door in de richting waaruit ze gekomen was. De Golf was niet te zien. Op de rotonde bij het Statoil-tankstation sloeg ze af naar het station aan Nylende en reed langs het provinciegebouw verder richting Mælagata. Het noordelijke stadsdeel, dacht ze, en meteen was ze ook al op het platteland. Achter haar reed een soort Mercedes en daarachter een vrachtwagen. De weg strekte zich recht en fraai voor haar uit. Een eindje na de atletiekbaan van Fossum sloeg ze linksaf. Er zat nu niemand achter haar. Ze sloeg de eerste laan in, waar de bladerloze bomen zich als een soort tunnel over de zwarte aarde welfden. Een stevig stenen huis aan de linkerkant. Een bocht, en toen kwam het slot in zicht achter een smeedijzeren hek, aan de andere kant van de brug waaronder de kleine rivier als een soort slotgracht om het landgoed heen stroomde, diep in het park met de grote, oude bomen aan het einde van de tweede laan. Het roze slot van Løvenskiold. Idun sloot haar ogen en reed verder. Drukte het gaspedaal in alsof haar leven ervan afhing dat ze daar wegkwam.

Mette dacht dat ze haar was kwijtgeraakt, maar op de rotonde bij het Statoil-tankstation ving ze een glimp op van de rode auto toen die bij het spoor linksaf sloeg. Achter de Yaris reed een zwarte personenauto. Bij de ingang van ABB kwam er van rechts een vrachtwagen die achter de zwarte auto de weg op draaide. Ter hoogte van de atletiekbaan van Fossum zag ze de Yaris naar links afslaan. Toen ze zelf bij de kruising kwam, was de Yaris uit het zicht. Ze reed er achteraan onder een dak dat gevormd werd door duizenden kale takken. Fascinerend. Wat later zag ze ver voor zich uit het roze slot van Løvenskiold, maar geen rode Yaris. Ze reed verder over de smalle kronkelweg door het bos, terwijl ze naar links en rechts tuurde om te kijken of Idun soms tussen de bomen geparkeerd stond. Ten slotte kwam ze uit op de weg die naar Svanstul leidt als je een eindje na het badstrand bij Bliva in die richting afslaat. In tegenovergestelde richting voert de weg terug naar de stad. Ze keek op de klok en koos voor de stad. Ze had net genoeg tijd om naar de afspraak met Jonas en Jensemann in het NRK-gebouw op Borgåsen te rijden.

In het centrum van Skien bleef Idun ruim achter de grijs-witte Golf rijden. Er zaten diverse auto's tussen haar Yaris en de Golf in. Op de Bølevegen zat ze achter een vrachtwagen met oplegger. De Golf reed stug door richting Porsgrunn en sloeg nergens af, niet omhoog over Blåbærstien en later niet naar Ballestad of Borgestad. Op de rotonde bij het Hovengacentrum sloeg de Golf af naar de volgende rotonde en klom de weg naar Borgeåsen op. Idun reed in het wiel van een Landrover. Kat jaagt op muis, muis jaagt op kat, dacht ze. Boven op de heuvel splitste de weg zich in drieën. Ze stopte op de kruising en zag de achterkant van de Golf de heuvel van het NRK-gebouw op verdwijnen. Op de kruising stond een bord dat de richting aangaf. De Noorse Rijksomroep. Ze wachtte tot de Golf verdwenen was voor ze er achteraan ging. Het bovenste huis op de heuvel zag er leeg en verlaten uit. Paasstilte. Ze parkeerde op het met grind bestrooide voorterrein en liep het laatste, steile hellinkje te voet op. Precies toen ze boven kwam, zag ze een blonde vrouw langzaam naar de ingang lopen, terwijl ze de toetsen van een mobieltje indrukte. Op de parkeerplaats stond de Golf. Ze trok haar capuchon over haar hoofd. Mette Minde, dacht ze. Mette Minde heeft me achtervolgd. Waarom? De spanning gierde door haar lijf. Ze trok haar capuchon nog verder over haar voorhoofd en sloop het geboomte in toen er een nieuwe auto de heuvel op kwam.

Mette toetste de code in om het alarm te deactiveren en draaide de deur van het slot. In de redactieruimte heerste het diffuse daglicht dat door de groene kruinen van de naaldbomen sijpelde. De onmiskenbare lucht van papier en vers stof, tapijttegels en computers drong haar neusgaten binnen. Iedere plek heeft zijn eigen geur, dacht ze, een heel bijzondere geur die anders is dan op alle andere plekken. Dit was een aangename lucht. Een bekende, dierbare en vertrouwde lucht. Ze probeerde zich voor te stellen hoe het op het politiebureau rook, ze was daar vaak geweest, maar slaagde er niet in de speciale geur ervan te definiëren. Als ze ooit met dit baantje zou stoppen, zou ze het licht en de geur missen. Het alleen door de redactie lopen. 's Ochtends als eerste komen, of 's avonds als laatste weggaan. Ze deed de lampen aan en voelde iets van de magie verdwijnen toen de tl-buizen begonnen te knipperen.

Vanaf haar schuilplaats tussen de bomen zag Idun dat het een witte auto met het blauwe NRK-logo was. Een jonge vent met een nauwe spijkerbroek en een kort leren jasje aan sprong uit de auto en liep in snel tempo naar de ingang. Hij had een papieren doos van McDonald's in zijn hand. Idun voelde de honger knagen, maar nee, ze had geen geld om naar de McDrive beneden in Hovenga te gaan. Ze wilde al naar de wagen teruglopen toen er nog een auto de heuvel naar het NRK-gebouw op kwam. De donkere stationcar parkeerde naast de Golf. Ze zette van pure verbijstering grote ogen op toen ze zag wie er aan de passagierskant uitstapte. Jogge van de G-club. Jogge Hansen, geen twijfel aan, gevolgd door een volwassen man, door wie hij bijna naar de ingang werd geduwd. Er trok een ijskoude golf door Idun heen.

Toen Jensemann een paar minuten later binnenkwam stommelen, stond het koffiezetapparaat in de koffiekamer te pruttelen. Hij had een zak hamburgers bij zich waar hij zich onmiddellijk op stortte. Mette nam genoegen met een mok pasgezette koffie. De voordeur sloeg dicht, en ze hoorden stemmen in de foyer. Toen kwam Jonas Vik binnen. Hij duwde een onbekende, maar opvallende verschijning voor zich uit, een jonge knul met een spierwitte joggingbroek, al even witte sportschoenen en een veel te grote, zwarte *hoodie* aan.

'Dit is Jogge Hansen. Een berucht lid van de G-club. Of precies gezegd, en iets minder cool, Jon Gjermund Hansen,' zei Jonas. De ironische toon was vermengd met een zweem van trots. 'Hopelijk heeft hij ons iets te melden.'

'Kappen met dat gezeik over de G-club,' siste Jogge. 'Daar word ik goddomme toch zo pisnijdig van.'

Er was tijd nodig om Jogge Hansen op de rails te krijgen. Eerst wilde hij helemaal niet praten. Jonas lokte en dreigde, maar Jogge bleef zwijgen, met zijn armen over elkaar en zijn onderlip naar voren gestoken.

'Het is onwettig om mensen op die manier te kidnappen, tegen hun zin. Ik ga jullie aangeven,' zei Jogge nors,

'Ja, want je hebt zelf nog nooit iemand gekidnapt en tegen zijn zin dingen met hem uitgehaald,' zei Jonas op harde toon.

Dat werkte niet. De twee hertenbokken stootten met hun gewei tegen elkaar en kwamen nergens. Mette stond op. 'Wil je cola, of iets anders drinken?'

Jogge keek verrast naar haar op en zei dat hij voor cola ging, als die tenminste ijskoud was. Ze haalde er een uit de automaat en stak hem het flesje toe.

'Oké, zo kan-ie wel weer,' zei ze. 'Moet ik je Jogge of Jon Gjermund noemen, wat heb je het liefst?'

'Maakt mij niet uit,' zei Jogge.

'Oké, dan zeg ik Jon Gjermund,' zei Mette streng. 'Het interesseert me niet om te horen wat voor stommiteiten jij al dan niet in je leven hebt uitgehaald. Dit gaat niet om jou, Jon Gjermund. Ik wil alles weten wat jij over de volgende vier personen weet: Arvo Pekka Samuelsen, Ulrik Steen-Jahnsen, Ylva Hegge en Mathias Garmo,' zei ze.

Jon Gjermund Hansen zag er zowaar enigszins opgelucht uit. Hij ging wat rechter zitten in de stoel waarin hij onderuitgezakt hing, viste een snuifdoos uit zijn zak en duwde een pruim onder zijn bovenlip.

'Ik ken Ulla,' zei hij.

'Ulla?'

'Ja, of Ulrik, dan,' zei hij.

'Ulla is een meisjesnaam,' zei Mette op een zachte toon die niets goeds voorspelde.

Jon Gjermund kreeg een kleur. De hitte sloeg hem letterlijk uit het gezicht. Dus was hij al met al misschien toch niet zo cool.

'Waarom Ulla? Waarom? Waarom noemde je hem Ulla, Jon Gjermund? Ulla is een meisjesnaam!'

Hij dacht niet snel genoeg na. Hij was er niet op voorbereid om juist op dit punt een leugen op te dissen. Mette zag het met een half oog en drong aan. Hij bezweek en gaf toe.

'We haalden maar een geintje uit. Ulla en Appa. Het kwam doordat Appa een nicht was. Het was allemaal maar voor de gein,' zei Jon Gjermund gedwee.

'Hoe zo, een geintje? Wie zijn die "wij"? Wie haalden er een geintje uit?'

'Ik en Magga en een paar anderen. Dat is goddomme jaren geleden. Het was maar voor de gein!'

'Vertel op,' zei Mette. 'Vertel eens precies wat er is gebeurd.'

'Het gebeurde toen Ulrik bij de club was geweest. Hij had een keer ingebroken en zo'n beetje met alles meegedaan, en toen wou ie ineens niet meer vanwege die Fin, Arvo Pekka, die klerenicht. Magga werd kwaad. Ik ook. Iedereen werd kwaad, en toen hebben we een poos lang geintjes met ze uitgehaald. Maar dat is jaren geleden, zeg ik toch. Dat doen we nu toch verdomme niet meer, dat snappie toch?'

'Wat voor geintjes dan?'

Jon Gjermund zat te draaien op zijn stoel. Boog zijn hoofd helemaal naar achteren en liet de cola door zijn keelgat glijden.

'Wat voor geintjes dan, Jon Germund?' herhaalde Mette met een verbeten vasthoudendheid in haar toon.

'We hebben wat dingen op internet gezet. Foto's gemanipuleerd. Magga is heel goed in die computerdingen. Van Appa en Ulla, of Ulrik dan. En we hebben wat stront bij ze in de brievenbus gestopt. Echte stront, ter plekke geproduceerd. We hadden verschillende dingen gegeten om te zorgen dat de stront zacht werd, of hard, en dan gingen we ze pakken. We doken onverwachts op, en zo. Het was maar voor de gein,' zei Jon Gjermund. 'En op een keer had Magga een trui van Appa gejat en op een plek gelegd waar we hadden ingebroken, maar daar zijn de wouten verdomme niet eens achter gekomen. Er gebeurde niks met Appa. Als ik mijn trui bij een inbraak had laten liggen, waren ze er als de kippen bij geweest. Goddomme. Maar dat is jaren geleden.'

Er viel een broeierige stilte. Toen zuchtte Mette hoorbaar en stoomde weer door. 'Ylva Hegge,' zei ze. 'Wat weet je over Ylva?'

'Haast niks,' zei Jon Gjermund. 'Alleen dat ik haar samen met Ulla heb gezien, of Ulrik dan, en dat ze verdwenen is. Ik heb nooit met haar gepraat. Ik ken haar absoluut niet.'

Zijn stem was nu rustiger. Hij maakte haast een wat versleten en verslagen indruk. Mette besloot het onderwerp Ylva te laten rusten. Waarschijnlijk sprak hij de waarheid.

'Wat vind je ervan dat Arvo Pekka zichzelf doodgeschoten heeft?'

'Daar vind ik goddomme niks van,' stoof hij op. 'Wat heeft dat goddomme met mij te maken?'

'Ja, wat kan dat nou met jou te maken hebben?' brulde Jonas plotseling, en hij stond op en boog zich half over Jon Gjermund heen, met zijn vuist op het tafelblad geplant. 'Je hebt die jongen alleen maar getreiterd tot hij niet meer wist waar hij het zoeken moest, dus wat heeft dat goddomme met jou te maken?'

Jon Gjermund kromp in elkaar en keek Jonas angstig aan.

'Dat is jaren geleden, zei ik toch. Toen zaten we nog op de middenschool. Als hij om die reden zelfmoord wilde plegen, dan had hij het toch al veel eerder gedaan. Niet nu. Jezus nog aan toe.'

Mette greep in. 'Er bestaat zoiets als een nawerking, posttraumatische stress wordt het genoemd, maar dat is voor jou misschien een beetje lastig te begrijpen,' zei ze kalm. 'Vertel eens over Mathias Garmo. Waar is die nu?'

'Geen flauw idee,' zei Jon Gjermund onverschillig.

'Vertel eens over Mathias Garmo,' herhaalde Mette op diezelfde rustige toon.

Jon Gjermund zuchtte, hees zich weer overeind en stopte een nieuwe pruim in zijn mond. De oude legde hij in het doosje terug en het deksel ging erop. Hij spreidde zijn armen en haalde diep adem.

'Oké. Magga is bijzonder. Hij raakt helemaal van dingen

in de ban. Eerst waren het dinosaurussen. Hij wist alles van ze af. Alles over de Jura en het Krijt en de hele zooi, over de diverse soorten, de tyrannosaurus rex en de langnekken en noem maar op. Later raakte hij in de ban van Bonnie en Clyde, dat Amerikaanse gangsterpaar. Hij wist alles van ze af en ging zich kleden als Clyde, in echte pakken uit de jaren dertig, met hoed en al. Compleet gestoord, maar wel spannend om met zo'n type om te gaan. Je verveelde je in feite nooit. Toen raakte hij in de ban van inbreken. Las alles over beroemde treinrovers en zo, uit de ouwe doos.'

'Was dat in de tijd dat jullie bij de G-club gingen?'

'We zijn goddomme nooit lid geweest van die kloteclub! Ik ben het zo fucking zat om dat alsmaar uit te moeten leggen. Die wouten zijn zo verrekte stompzinnig. Als je iemand kent die iemand kent die omgaat met iemand die de status van lid bij die fucking club heeft, dan denkt de politie meteen dat je zelf lid bent. Dat is goddomme toch zo irritant. Alleen omdat je een inbraakje of vijf pleegt, hoef je nog geen lid van de G-club te zijn, jezus nog aan toe. Alleen omdat je neukt met de vriendin van de zuster van het liefje van de *fucking idiot* die aan het hoofd van die klerebende staat, hoef je zelf nog geen lid te zijn. Ik en Magga en nog wat anderen hadden onze eigen club, en een paar daarvan zitten nu inderdaad in de G-club, maar wij niet, leg dat de wouten maar uit. Leg dat maar uit aan die fucking kuttenkoppen beneden in de woutenkeet.'

Het schuim stond Jon Gjermund Hansen om de mond. Hij goot de rest van de cola naar binnen en boerde luid en opzettelijk. De drie anderen om de tafel waren niet onder de indruk.

'Wat is er eigenlijk mis met de G-club, als ik vragen mag?' zei Mette rustig.

Jon Gjermund leek net een vraagteken voor hij van wal stak. In een langzamer tempo ditmaal.

'Dope. Dat is er zo fout aan. Dope en kinderen. De harem van die *fucking idiot* zit vol minderjarigen. Ze beroven bijvoorbeeld ouwe bingovrouwtjes. Dat is goddomme zo laag. Magga kan niet tegen dope, en ik hou het in feite op drank en pruimtabak.'

'Hoe heet die *fucking idiot* die aan het hoofd van de G-club staat?' vroeg Mette.

Jon Gjermund Hansen glimlachte breed.

'Ik noem geen namen. Zelfs geen initialen. Die lui staan te popelen om een mes in je dij te steken als je kletst of iemand erbij lapt. Ik mag doodvallen als ik een stom woord zeg. Vraag het de wouten maar.'

'Wanneer heb je Magga voor het laatst gezien?'

Jon Gjermund zuchtte en zag eruit of hij nadacht. 'Het probleem op dit moment is dat Magga in de ban is van het Vreemdelingenlegioen,' zei hij. 'Hij is naar Frankrijk vertrokken om dienst te nemen. Hij heeft alles over het Vreemdelingenlegioen gelezen en nu wil hij daar de rest van zijn leven aan wijden. Hij is maanden geleden die kant op gegaan.'

'En je hebt hem sindsdien niet meer gezien?'

'*Nope.*'

'Hij is toch vertrokken nadat iemand aangifte van verkrachting had gedaan?'

Jon Gjermund werkte zich weer overeind. Hij gooide zijn armen op tafel. 'Wil je goddomme effe dimmen,' snauwde hij. 'Dat is gewoon lulkoek. Magge mankeert iets. Hij kan in feite niet tegen lichaamscontact. Hij heeft niemand verkracht!'

'Wie werd hij er dan ten onrechte van beschuldigd, verkracht te hebben?'

De vraag was van Jensemann afkomstig, en alle blikken richtten zich op zijn vragende, bijna trouwhartige ogen.

'Geen idee,' zei Jon Gjermund nors.

'Als zijn beste vriend weet je dat toch zeker wel,' zei Jensemann. 'Hij moet jou toch in vertrouwen genomen hebben over die valse aangifte?'

'Geen idee,' herhaalde Jon Gjermund.

'Het was Arvo Pekka, hè?' vervolgde Jensemann.

De twee jonge mannen staarden elkaar een kleine eeuwigheid aan. Toen boog Jon Gjermund zich over de tafel heen en liet zijn hoofd op zijn armen zakken. Niemand durfde hem aan te raken. Niemand durfde een klein, menselijk gebaar te maken door voorzichtig een hand op zijn schouder te leggen.

'Wanneer heb je Mathias voor het laatst gezien?' vroeg Mette weer.

'Een paar dagen voordat Appa zich in het zwembad doodschoot. Hij was een poosje thuis geweest voordat hij weer hierheen kwam,' zei Jon Gjermund.

'Wat was er gebeurd?'

'Niks. Hij had zijn familie opgezocht.'

'Maar je hebt hem wel gesproken.'

'Ja, min of meer. We zijn gaan bowlen in Falkum. Dat was vorige week vrijdag, de dag dat Appa zich doodschoot. Toen zei hij dat hij nog eens naar huis moest, en daarna zal hij wel gewoon vertrokken zijn. Waarom willen jullie dat allemaal weten?'

'Heeft hij Arvo Pekka nog gesproken?'

'Nee, dat kan ik me absoluut niet voorstellen,' zei Jon Gjermund mat. Er zat geen enkele fut meer in die knul.

Jonas Vik reed Jogge naar de stad en zou daarna naar het NRK-gebouw op Borgeåsen terugkomen. Niemand had de jongen verteld dat de resten die in Luksefjell waren gevonden, hoogstwaarschijnlijk die van Magga waren, en zelf leek hij geen enkele verdenking in die richting te koesteren. Misschien had hij het nieuws niet eens gevolgd.

'Goed werk,' zei Mette toen zij en Jensemann alleen waren. 'Je hebt Jogge mooi beentje gelicht. Volgens mij heeft hij met zijn reactie toegegeven dat er iets waars schuilt in die beschuldiging van verkrachting, en dat Arvo Pekka het slachtoffer was.'

'Eigenlijk wilde ik alleen maar dat hij het zou ontkennen,' zei Jensemann. 'Maar dat deed hij dus niet.'

'Nu zijn ze allebei dood,' zei Mette. 'Appa heeft zichzelf

doodgeschoten en Magga is vermoord, en Storm wordt hoogstwaarschijnlijk voor die moord aangeklaagd. Misschien is het gewoon zo dat Storm Appa heeft gewroken? Of misschien heeft Ylva hem gewroken en is ze ervandoor gegaan omdat ze wel doorhad dat het lijk ontdekt zou worden als ze met Pasen allemaal naar de hut zouden gaan?'

'Het is allemaal nogal verwarrend,' zei Jensemann. 'Maar het lijk is bij die leraar gevonden. Hij heeft er ongetwijfeld iets mee te maken. Misschien is Ylva ervandoor gegaan omdat ze bang is dat zij het volgende slachtoffer wordt?'

Toen Jonas op de redactie terug was, werd hij bestookt met vragen: hoe was hij erin geslaagd Jogge Hansen mee te krijgen? Hij bleek de jongen als anonieme bron gebruikt te hebben bij een paar reportages die hij een poosje geleden over de bendeproblemen in Grenland had gemaakt. Die stonden Mette en Jensemann inderdaad nog voor de geest. De manier waarop Jonas hem mee had gelokt was niet helemaal in de haak, maar ook niet echt verkeerd. Ze bleven zitten discussiëren over de nieuwe informatie die Jogge had aangedragen. Toen het gesprek een paar keer alle kanten op was gegaan, probeerde Mette een samenvatting te geven:

'Als de conclusie van het autopsierapport luidt, dat Mathias vermoord is voordat Arvo Pekka zichzelf in het zwembad doodschoot, is het niet onredelijk om aan te nemen dat Arvo Pekka hem vermoord en in stukken gehakt heeft om wraak te nemen.'

'Die gedachte zou mij in elk geval niet vreemd zijn,' merkte Jensemann op.

'Maar zijn leraar, Storm, kan het ook hebben gedaan. En Ylva, en Ulrik, of Even Ivarstuen. Ze kunnen er allemaal aandrang toe hebben gevoeld, als ze wisten wat Arvo Pekka was overkomen,' zei ze. 'Hij stond waarschijnlijk hoog aangeschreven in die zogenaamde filmclub, en volgens de andere leerlingen was de saamhorigheid daarbinnen heel groot.'

'En we weten niet wat er met Ylva is gebeurd,' zei Jonas. 'Of ze dood is of nog leeft.'

'Mijn indruk was, dat Jon Gjermund de waarheid sprak toen hij zei dat hij haar niet kende,' zei Mette.

'Ja, dat leek mij ook,' zei Jonas. 'En Arvo Pekka's tante heb je ook niet gesproken?'

Mette bracht verslag uit van de observaties van de buurman, en toen vertelde ze van haar mislukte poging om Idun Hegge te schaduwen. Jonas grinnikte.

'In de film zal het wel makkelijker zijn,' zei hij.

'Eigenlijk was het dwaasheid,' zei Mette. 'Ik bel haar wel op. Nu stel ik voor dat we vrij nemen. We kunnen de informatie waarover we nu beschikken toch niet in een nieuwsitem gebruiken. Voorlopig in elk geval niet. Is het jou gelukt met Ulrik Steen-Jahnsen of Even Ivarstuen te spreken, Jonas?'

'Ik heb ze allebei geprobeerd te bereiken op hun mobieltje, maar er wordt niet opgenomen,' zei hij. 'Ik zal het nog eens proberen.'

'En ik heb eerder deze dag contact met de politie opgenomen,' zei Jensemann. 'Geen nieuws, noch over Ylva, noch over de stukken van het lijk in de plee. Ik zal ze nog eens bellen voordat ik wegga.'

'De politie tast in het duister,' zei Jonas theatraal, en bewoog zijn armen heen en weer.

Toen dacht Mette plotseling aan Mathias Garmo's mobiele nummer. Ze legde het uit terwijl ze het intoetste en zette haar mobieltje op luidspreker. De telefoon ging langdurig over, en toen hoorden ze: 'De os is dood.'

'De os,' zei Jonas langzaam. 'Wat zou dat betekenen?'

'Een os is mannelijk, sterk en stoer. Kan het daar iets mee te maken hebben? Iets mythologisch?'

'De stem van de voicemail is jong,' zei Jensemann. 'Of in elk geval licht.'

'Hoe kan zijn mobieltje het nou nog doen als hij al een hele tijd dood is?' zei Mette. 'Zou de batterij dan niet leeg moeten zijn?'

'We zullen de lijkschouwing moeten afwachten,' zei Jonas.

'Waarom heeft niemand hem trouwens als vermist opgegeven?'

'Zijn familie zal wel gedacht hebben dat hij naar Frankrijk was, naar Corsica, of waar hij dan ook naartoe zou gaan,' zei Jensemann.

Niemand had zin om als laatste uit het NRK-gebouw te vertrekken. Mette en Jonas wachtten Jensemanns laatste telefoontje met de politie af voor ze in groepsverband naar de parkeerplaats togen, elk in hun eigen auto stapten en elk hun eigen kant op verdwenen. Nog één paasdag over. Overmorgen zou alles zijn gewone gang weer gaan en misschien zou Jonas nieuwe opdrachten in Vestfold of Buskerud krijgen, dacht Mette. Behalve de nieuwsitems over Ylva's verdwijning en het lijk in het wc-hokje, plus een paar korte radioverslagen over diezelfde onderwerpen hadden ze niets geproduceerd. Jammer als Jonas nu weer wegging, de teamgeest begon net zo goed te worden. En er moesten gegarandeerd nog veel meer items gemaakt worden. Dat wist ze gewoon.

Nadat ze de auto thuis op de oprit had gezet, toetste ze het nummer van Axel Lindgren in. Het duurde een eeuwigheid voordat er opgenomen werd.

'Het mobieltje van Axel Lindgren, met Maiken Kvam.' Ze klonk buiten adem.

'Hoi Maiken, Mette hier. Zijn jullie aan het joggen?'

'Nou, eigenlijk niet,' zei Maiken lachend. Ze klonk vrolijk.

'Even een tip, hebben jullie geprobeerd het mobiele nummer van Mathias Garmo te bellen?'

'Eh, nee. Voor zover ik weet niet,' zei ze.

'Probeer maar eens,' zei Mette. 'En succes met waar je mee bezig bent!'

Ze klapte het mobieltje dicht, deed het weer open en zocht het opgeslagen nummer van Idun Hegge op. Geen antwoord op zondagmiddag. Ze staarde omhoog naar het huis. Het zag er donker en gesloten uit. Daarbinnen lag Peder te slapen.

Over een uur zouden de jongens binnenstormen en waren ze weer een gezin. Ze moest maar eens kijken wat er in de vriezer zat. Daar moest ze toch wel iets van kunnen maken.

Op maandagochtend liep Idun de doodlopende weg naar Moldhaugen langzaam voor de tweede keer op. Ze had de capuchon van haar donzen jack opgezet en droeg een zonnebril. De eerste keer dat ze langs het huis liep, had ze gezien hoe Mette Minde buiten wasgoed aan de lijn hing. Kleine truien en broeken. Vast en zeker de kleren van de tweeling. De tweeling waarop Ylva had opgepast. Ze had nog steeds niet op al die telefonische oproepen van Mette gereageerd, maar dat zou ze heel binnenkort doen. Nu was ze voorbereid. De volgende keer dat ze belde, zou ze antwoorden. Misschien zou ze wel zelf bellen. Ze zou excuses maken omdat ze niet had gereageerd. Toen de weg ophield, draaide ze zich om en liep langzaam weer naar beneden, terwijl ze voorzichtig van de ene naar de andere kant keek. Als iemand iets vroeg, zou ze zeggen dat ze een zoekgeraakte kat zocht.

Toen ze ter hoogte van Mettes huis was, kwam de tweeling naar buiten. Ze smeten de deur achter zich dicht en renden het grindpad af en het hek uit. Twee blonde jochies. Ineens bleven ze abrupt staan om met elkaar te overleggen, toen draaide de een zich om en rende terug naar het huis, terwijl de ander bleef staan wachten. Idun kwam dichterbij. De jongen keek op.

'Hoi,' zei Idun.

'Hoi,' prevelde de jongen en keek omlaag naar de weg, terwijl hij met zijn sportschoen over een onzichtbare vlek op het asfalt schraapte.

Idun liep verder naar beneden. Algauw waren ze achter haar te horen. Ze liepen haar voorbij en gingen het hek in van een huis, een eindje verder naar beneden aan de weg. Ze besloot er geen gras meer over te laten groeien, bleef staan en belde Mettes nummer. Haar hart bonsde toen ze aan het andere einde de stem van de journaliste hoorde. Ze zei met verstikte stem dat ze een slecht geweten had omdat ze haar mobieltje niet had opgenomen. Dat ze zo nijdig op zichzelf was geweest dat ze 's nachts bijna niet had geslapen. Ze wilde wel binnenkomen, als dat Mette schikte.

Twee minuten later belde ze aan. Ze had haar zonnebril in haar zak gestopt en haar capuchon afgedaan. De deur ging open. Daar stond Mette met haar blonde krullen als engelenhaar om haar hoofd. Ze glimlachte tegen Idun, ging haar voor naar de keuken en vroeg haar of ze wilde gaan zitten. Idun kon kiezen tussen thee, koffie en frisdrank. Ze koos thee. Een lange man met borstelig haar stak zijn hoofd naar binnen en mompelde iets, waarna hij de trap naar de eerste verdieping op verdween. Volgens Ylva was hij arts, maar hij zag er niet uit als een arts.

Idun keek het vertrek rond. De keuken had zo'n ouderwetse grenenhouten inrichting die haar moeder en stiefvader al jaren geleden hadden weggedaan. De muren waren blauw geverfd. De tafel was ook van grenenhout. Net als de vloer.

Mette zette de mok thee voor Idun op tafel en ging aan de andere kant zitten.

'Heel fijn dat je contact hebt opgenomen, Idun,' zei ze.

'Ik snap wel dat je je werk moet doen. Ik doe zelf het mediaprofiel, en misschien word ik ooit ook wel journaliste, maar het is gewoon zo moeilijk,' zei Idun met een dun stemmetje. 'Wat wou je me vragen?'

'Wij allemaal, zowel de politie als de journalisten, willen alles doen wat we kunnen om Ylva te vinden,' zei Mette. 'Met z'n allen proberen we gegevens boven tafel te krijgen waarmee we haar op het spoor kunnen komen. Ik dacht dat ze jou misschien iets gezegd zou hebben waar we iets mee kunnen.'

'Ik heb alles wat ik weet al aan de politie verteld,' zei Idun.

'Ja, dat weet ik,' zei Mette. 'Ylva was goed bevriend met Arvo Pekka, kende je die?'

Iduns maag trok samen. 'Nee. We zijn dan wel een tweeling, maar we trekken niet met dezelfde mensen op,' zei ze.

'Ylva en Arvo Pekka zaten op school in de filmclub. Daarom waren ze bevriend.'

'Heeft Ylva wel eens met je gepraat over problemen met de G-club of andere vervelende figuren?'

'Nee,' zei ze, en ze keek Mette vragend aan.

'Heb je van Jogge gehoord, of van Magga?'

'Ja. Ik ken ze niet, maar iedereen weet natuurlijk wie ze zijn.'

Mette zuchtte geluidloos. Zo kwam ze niet verder. Het meisje tegenover haar zag er mat uit. Het was onzinnig om haar hier te zitten uithoren.

'Ik heb ook geprobeerd om Ylva te zoeken,' zei Idun. 'Ik ben overal heen gereden waar ik dacht dat ze kon zijn, maar ik kan haar niet vinden!'

Mette dacht aan het ritje naar Fossum. Misschien was Idun die dag op zoek geweest. Het was vier dagen geleden dat Ylva voor het laatst gezien was. Ze had medelijden met het meisje. Ze zag er zo klein en beteuterd uit zoals ze daar zat met haar handen om de mok thee heen. Ze waagde nog een laatste poging:

'Weet je of Ylva ooit bij de tante van Arvo Pekka thuis is geweest, nadat hij zelfmoord had gepleegd. Een buurvrouw op Solves veg denkt zeker te weten dat ze Ylva het hek heeft zien binnengaan van het huis waar Arvo Pekka woonde.'

Idun sloot haar ogen en omklemde de warme mok.

'Ja. Ze was erheen gegaan omdat ze met haar te doen had. Tegen jou heeft ze gezegd dat ze er niet was geweest, maar dat was wel zo. Meer weet ik niet. Ze vertelde mij niets,' zei Idun. 'Maar nu moet ik geloof ik maar eens gaan. Mijn moeder wordt hysterisch als ik te lang wegblijf.'

Ze stonden op. Idun bedankte Mette voor de thee en zette de mok op het aanrecht. Grote meid, dacht Mette.

'Zeg het maar als je een oppas nodig hebt,' zei Idun met een glimlach. 'Ik ben de jongens beneden op de weg tegengekomen. Ze zagen er heel lief uit. Een tweeling, net als ik en mijn zus.'

Mette knikte, bedankte voor het aanbod en volgde haar naar buiten. Geen haar op haar hoofd dacht eraan om nog eens een oppas te nemen. Nooit van z'n leven.

Toen Idun weg was, ging Mette aan de keukentafel zitten. Op de eerste verdieping hoorde ze Peder douchen. Gisteravond, toen de jongens naar bed waren, hadden ze ruzie gemaakt. Ze hadden een fles wijn opengetrokken. Dat hadden ze niet moeten doen. De bom was al gebarsten toen de fles half leeg was, en die ene fles waren er twee geworden voordat ze om vier uur 's morgens allebei in een andere kamer naar bed waren gegaan, Peder in de slaapkamer, zij in de studeerkamer. Ze was om acht uur opgestaan om de jongens niet ongerust te maken. Ze mochten niet zien dat hun ouders allebei in een andere kamer sliepen. Misschien zou het haar en Peder vergaan zoals zoveel anderen, ook al had Peder haar bezworen dat hij geen scheiding wilde. Hij had alleen wat tijd voor zichzelf nodig. Hij moest zijn levensvreugde terug zien te vinden. Het ging altijd over hem. Over wat hij nodig had. Ze waren uit Oslo hierheen verhuisd omdat hij weg wilde na dat ongeluk met het meisje dat aan een bloedprop was gestorven. Het meisje waarbij hij een andere diagnose had moeten stellen. Maar het was toch zeker niet aan Mette te wijten dat hij niet verder kwam? Ze had al het mogelijke gedaan om hem te helpen. Ze had er niet op zitten wachten om terug te gaan naar Moldhaugen, ook al was ze hier geboren en opgegroeid. In Oslo had ze het naar haar zin gehad, maar nu ze hier een paar jaar woonden, wilde ze niet nog een keer verhuizen, en al helemaal niet naar het noorden. Ze was afhankelijk van het licht en moest er niet aan denken om een half jaar in het pikdonker te zitten. De jongens gingen net naar school, ze hadden vriendjes, ze begon zelf net vrienden te maken. Ze wilde niet nog een keer de boel opbreken en opnieuw beginnen. Twee korte semesters op de politiehogeschool in Oslo was iets heel anders. Ze kon zelfs pendelen.

Dan ging hij wel alleen. Hij ging bij ze weg. Hij had al

twee sollicitaties verstuurd. Natuurlijk wist hij niet of hij beet zou krijgen. Eigenlijk geloofde hij er niet in. Hij had geen greintje zelfvertrouwen meer. Dat zag ze wel, maar ze kon er niets mee. Ze slaagde er niet in hem moed in te spreken, maar hij slaagde er prima in haar moedeloos te maken. Misschien was het zo gek nog niet als hij een poosje wegging.

Hij hield hardnekkig vol dat hij geen antidepressiva slikte. Die had hij een poosje gebruikt in de tijd voor hij een half jaar geleden weer als arts aan het werk ging. Nu liep hij ermee in zijn zak, zoals ex-rokers een pakje sigaretten hebben liggen. Alleen om zichzelf te bewijzen hoe sterk hij was. Alleen om er trots op te kunnen zijn dat hij zonder kon. De pillen zelf waren volkomen ongevaarlijk. Een hulpmiddel in een moeilijke situatie. In een moeilijke fase van zijn leven. Hij was toch verdorie arts? Wat dacht ze wel? Wat zij dacht? Helemaal niets meer. Hij wilde alleen maar naar het noorden om zijn levensvreugde terug te vinden, dat snapte ze toch wel? Toen hij een jongetje was, had zijn familie een paar jaar in Kirkenes gewoond. Zijn vader had voor een mijnbouwbedrijf gewerkt, Syd-Varanger of zoiets. Hij had er sindsdien altijd naar terugverlangd, had hij gisteren gezegd. Waarom had hij daar dan niets over gezegd toen ze destijds gingen samenwonen? Ze had nooit een stom woord over Noord-Noorwegen gehoord, alleen de laatste tijd pas.

Laat hem maar weggaan, dacht ze toen het water boven ophield met stromen. Dan moest zij een au-pair nemen, zoals hij had voorgesteld. Peder had alles duidelijk van tevoren overdacht. Hij had alleen een fles wijn nodig gehad om ermee voor de dag te komen, dacht ze boos, terwijl de hoofdpijn achter haar voorhoofd bonkte.

Ze nam haar kop thee mee naar haar studeerkamer en smeet de deur achter zich dicht. De politiehogeschool kon ze hoe dan ook wel vergeten als hij daadwerkelijk wegging. De tranen prikten achter haar ogen. Altijd maar Peder en zijn besognes.

Ze dwong zichzelf, weer aan de kwestie-Ylva te denken.

Ylva was dus volgens Idun bij de tante van Arvo Pekka geweest. Maar wat dan nog? Was het waarschijnlijk dat dat ook maar iets te maken had met het feit dat Ylva nu verdwenen was? Niet echt. Misschien had ze haar opgezocht om haar te condoleren. Naderhand had ze dat misschien stom gevonden en daarom ontkend dat ze er geweest was. Dat kwam Mettes malende hersens wel zinnig voor, maar er wrong iets. Ze kon de gedachte maar niet van zich afzetten dat Liisa ook wel eens verdwenen kon zijn. Ze was al een poosje door niemand meer gezien. Het huis was afgesloten en zou verkocht worden. Ze nam haar mobieltje niet op, en was dat niet een beetje eigenaardig als je bedacht dat ze bezig was een groot huis te verkopen? En wie zou haar eigenlijk missen? Niemand, dacht ze.

Ze toetste het nummer van de makelaar van de Postbank in. Hij nam meteen op. Nee, hij had geen contact gehad met Liisa Beijar. Ze hadden gisteren zelfs een afspraak gehad, maar ze was niet op komen dagen. Ja, inderdaad, in zijn branche werkten ze met de paasdagen gewoon door. Voor hen zat een vakantie er niet in. Om precies te zijn deden ze nu natuurlijk voor het merendeel bezichtigingen van berghutten, maar er waren ook eengezinswoningen bij, en binnenkort was het de beurt van de vakantiehuisjes aan de meren. Het wilde wel vlotten met het onroerende goed! Stijgende prijzen en zo.

Mette bedankte voor de informatie en hing op. Daarna belde ze het nummer van Axel Lindgren. Er werd niet opgenomen, alleen het antwoordapparaat. Ze probeerde Maiken, en die nam wel op.

'Hoi, met Mette. Hebben jullie na Witte Donderdag nog contact met Liisa Beijar gehad?'

'Nee, dat geloof ik niet, hoezo?'

Mette gaf uiting aan haar bezorgdheid, en Maiken beloofde het na te trekken.

'Wanneer krijgen jullie het autopsierapport van Mathias Garmo?'

Aan het andere eind werd het stil.

'Als je wilt weten wanneer we het autopsierapport verwachten van het lijk dat we in Luksefjell hebben gevonden, dan kan dat nog wel even duren,' zei Maiken. 'We houden jullie op de hoogte,' voegde ze er op uiterst formele toon aan toe. Alsof Mette absoluut niet haar trouwgetuige was.

In de loop van de middag belde Jonas. Hij had Ulrik en Even gesproken, Appa's vrienden bij de filmclub. Allebei hadden ze geen stom woord gezegd dat met Arvo Pekka te maken had. Geen van tweeën wilde ook maar iets kwijt over Mathias Garmo. Ze hadden hem geen van tweeën gezien toen hij in de week voordat Appa zich had doodgeschoten volgens zijn dikke vriend Jogge thuis was geweest.

Vlak voor negen uur zaten Mette en Peder allebei aan een uiteinde van de bank te wachten tot het nieuws zou beginnen toen Rita Rieber belde. Jensemann was opgenomen in het Telemarkziekenhuis op verdenking van voedselvergiftiging. Kon ze de dagdienst met de ochtenddienst verruilen en morgenvroeg komen? Dat sprak vanzelf. Mette Minde zei nooit nee.

De fantasie haalt het nooit bij de werkelijkheid. Het liep nog fouter dan ze had gedacht. Jensemann was opgenomen; inmiddels stond vast dat het voedselvergiftiging was. Hij was er behoorlijk slecht aan toe. Tijdens de ochtendbijeenkomst werd besloten dat Tomas Evensen de misdaadverslaggeving zou overnemen, Ylva Hegges verdwijning, de voorgeleiding van Aron Storm voor de districtsrechtbank in verband met de aanvraag tot voorlopige hechtenis, en de verdere ontwikkelingen inzake de vondst van het lijk in Luksefjell. De politie had om twee uur een persconferentie belegd. Evensen had een cursus videojournalistiek gevolgd en kon zowel voor de radio als de televisie verslag uitbrengen. Mette zou de hele week ochtenddienst hebben achter de nieuwsdesk. Jonas was ingehuurd door de redactie in Vestfold, die op dit moment zwaar onderbemand was. Kvisle presenteerde het dienstrooster met een gedecideerdheid in zijn stem die niet tot enigerlei vorm van protest noodde. Wel keek hij Mette aan met een zeker meegevoel in zijn blik, waarna hij de inzet prees die ze tijdens de Pasen hadden betoond.

Ze hield haar gezicht in de plooi. Eigenlijk was ze op. De problemen aan het thuisfront vraten aan haar lichamelijke weerstand en haar wilskracht. Plotseling was het niet meer zo belangrijk om de controle te hebben over de verslaggeving van de zaken die de hele Pasen haar aandacht in beslag hadden gehouden. Evensen mocht het best overnemen. Dat was een juiste inschatting van de leiding. Hij was opgeleid tot videojournalist. Het was hem gelukt zich naar voren te werken in de rij journalisten die hun vaardigheden tot meer terreinen wilden uitbreiden. Dat je als videojournalist zaken voor alle media kon verslaan met gebruik van tekst, geluid en beeld, was zo langzamerhand je reinste noodzaak. Zij stond ook op de lijst. Zij zou ook een cursus gaan volgen, maar het kostte tijd voordat iedereen door de opleidingsmolen heen was. Thomas Evensen was erdoorheen.

Ze zou goed werk leveren achter de desk. Om half een zou ze naar huis en naar bed gaan. Zo zou ze de hele week doorgaan. Ze zou een opzet maken voor de documentaire over Arvo Pekka. De geluidsfiles had ze in een aparte map opgeslagen. Het gesprek met Appa's vader. De verklaring die Jogge gisteren had afgelegd en die ze zonder zijn medeweten had opgenomen. Als ze daar überhaupt iets van wilde gebruiken dan moest ze zorgen dat hij anoniem bleef. Ze had de notities van haar gesprekken met Ulrik en Ulriks moeder. Na een poosje, als ze de onderdelen in elkaar begon te zetten, zou ze Ulrik en zijn moeder nog eens opzoeken, en misschien zelfs Jogge, en hen overhalen zich in beeld te laten interviewen. Het gebeurde zelden dat ze mensen niet wist over te halen wanneer haar besluit eenmaal vaststond, in elk geval niet bij de uitoefening van haar beroep. Die documentaire zou ze maken, maar eerst moest Ylva worden gevonden. Eerst moest duidelijk worden wat de rol van Storm was. Eerst moesten ze erachter komen wie die dode in Luksefjell was, en als het Garmo was, moesten ze zien te ontdekken wie het had gedaan. Alles hing met elkaar samen, en Tomas Evensen mocht best het grove werk doen.

Evensen was met Pasen in Thailand geweest. Hij had een bruin gezicht met korte, vieze baardstoppels. Het gaat hem de nodige moeite kosten om zich in de zaak in te werken, dacht ze, en hij zou haar niets vragen, zo diep zou hij echt niet zinken. Inwendig moest ze gniffelen. Evensen zou zich de pleuris werken, terwijl zij de documentaire van de eeuw maakte. Ze zou gegarandeerd de Prix Italia winnen. Hij wierp haar een triomfantelijk lachje toe, toen ze de ochtendbijeenkomst verliet. Zij glimlachte breed en hartelijk terug. Ze had vele uren compensatie tegoed wegens overwerk, en die zou ze weten te gebruiken.

Om half elf meldde Evensen zich vanuit de districtsrechtbank. De aanvraag van de politie was gehonoreerd: Aron Storm mocht veertien dagen worden vastgehouden, met post- en bezoekerscontrole. Ze zag de treurige, bruine ogen van de fotografieleraar voor zich en moest aan Acteur denken, de hond van Torkel Vaa. Het lukte haar zelfs nog een melding mee te nemen in het nieuwsbulletin van drie over elf. Later zond het ochtendnieuws van NRK Zuidoost Tomas Evensen live uit. Hij deed het goed, dat moest ze hem nageven. Evensen was geen slechte journalist.

Mettes dienst liep om half een af. Evensen zou de persconferentie van de politie om twee uur verslaan. Daar kreeg ze maagkramp van. De superioriteit die ze die ochtend had gevoeld, was spoorloos verdwenen. Ze haalde haar mobieltje tevoorschijn om het nummer van advocaat Vaa te bellen. Precies op dat moment belde hij haar. Twee zielen, één gedachte. Hij vroeg haar of ze naar de kade van Bratsberg wilde komen, als het kon meteen.

Ze parkeerde onder aan de Jerniawinkel en liep rustig voorbij de bloemenzaak langs het grachtje omlaag naar restaurant Jonas B. Gundersen. Torkel Vaa stond buiten bij het hek met zijn rug naar haar toe over de rivier uit te kijken, Acteur aan een leren riem naast hem. De hond zag haar het eerst, draaide zich om en kwispelde verrukt met zijn dunne staart. Mette ging op haar hurken zitten en herhaalde het begroetingsritueel van hun vorige ontmoeting. Ze kreeg een natte, ijskoude zoen.

Vaa begroette haar vriendelijk. Hij stelde voor om een wandeling over de oeverpromenade te maken. Ze liepen langs de Porsgrunnrivier omhoog. Het pas gebouwde, zes verdiepingen tellende appartementencomplex, waarvan de balkons uitzagen op het water en de zonsondergang, torende hoog boven hen uit. Aan de steiger lagen al een paar grote recreatieboten aangemeerd. Een Finse Targa en een wit-met-blauw geval in de vorm van een sigaar. Bij het Herdenkingspark bleef Acteur onder een dikke treurwilg staan en tilde zijn achterpoot op.

'Vertel eens iets over jezelf,' zei Vaa.

'Hoezo?' vroeg ze verrast.

'Omdat ik een nieuwsgierige vent ben, ik wil graag weten wie jij bent,' zei hij, terwijl hij zich naar haar toekeerde.

Wie ben ik? dacht ze. Dat zou ik zelf ook graag willen weten. Ze glimlachte dapper en vertelde dat ze in Porsgrunn was geboren en opgegroeid, op Moldhaugen, waar ze nu woonde. Dat ze in Oslo had gestudeerd, eerst aan de politiehogeschool, zonder die af te maken, en toen aan de hogeschool voor journalistiek.

Ze had Peder, die uit Bærum kwam, op een feestje ontmoet. Hij studeerde medicijnen in Oslo. Ze waren getrouwd en hadden een tweeling gekregen, of eigenlijk andersom. Ze hadden de tweeling gekregen. Toen waren haar ouders omgekomen bij een verkeersongeluk. Allebei. Op de terugweg van een vakantie op Lanzarote. Op de terugweg van vliegveld Torp. Op de E18. Tussen Larvik en Porsgrunn. Toen ze al bijna, bijna thuis waren. De tweeling was nog heel klein, nog in het zuigelingenstadium. Toen waren ze getrouwd. Later. Naderhand.

Er viel een lange stilte, alsof hij verwachtte dat ze verder zou gaan. Ze zei niets meer. Alsof haar levensverhaal daar ophield.

'En toen?'

Ze haalde lang en diep adem en ademde toen weer uit. Ze was naar de hogeschool voor journalistiek gegaan toen de tweeling klein was. Daarna was ze als invalster bij de redactie van het journaal gekomen, en toen waren ze tweeënhalf jaar geleden hierheen verhuisd en had ze een baantje bij NRK Østafjells gekregen.

'Waarom ben je terug naar huis gegaan?'

Waarom ben je terug naar huis gegaan? Er brak iets in haar. Ze voelde haar ogen prikken en wendde zich af, zodat hij haar tranen niet zou zien. Maar die waren onmogelijk te verbergen. Hij trok haar tegen zich aan. Ze waren even lang. Ze kon haar hoofd niet tegen zijn borst leggen, zoals ze altijd bij Peder had gedaan. Hij drukte haar hoofd tegen het zijne aan. Ze stonden wang aan wang midden op de oeverpromenade, op een dinsdag. Hij rook naar aftershave. Een licht gekruide geur. Zijn gezichtshuid was glad en zacht. In een flits dacht ze aan Maiken, die keer dat ze in Ballestadhøgda met hun voorhoofd tegen elkaar aan hadden gestaan. Ze trok zich een klein stukje terug en veegde haar gezicht af met de rug van haar hand. Hij leidde haar naar een van de bankjes in het Herdenkingspark.

Daar, onder de bladerloze bomen, tussen de grindpaden en de bloembedden vol met de eerste margrieten, krokussen en sneeuwklokjes en onder het toeziend oog van het beeld ter herdenking van de gesneuvelden, vertelde ze het verhaal van Peder en het gestorven meisje, en over de vlucht naar huis. En nu wilde hij weg. Naar Noord-Noorwegen. Naar het donker, de zee en de torenhoge bergen met hun pieken van poedersuiker. Naar de sneeuw en het noorderlicht, de middernachtszon, naar de koffie met een scheut sterke drank bij de buren en de eindeloze moerasgebieden vol dauwbessen. Naar een droomwereld uit een ander leven, gezien door de

bril van een bijziend kind van tien of elf dat zichzelf onderweg is kwijtgeraakt en koortsachtig probeert de weg terug te
vinden. Wat voorbij is, is een droom, dacht ze. Een boektitel
van Axel Sandemose. Ze haalde haar neus op.

'Je zou toch met hem mee kunnen?'

'Dat kan ik niet. En ik wil het niet,' zei ze.

'Dat is het niet waard? Jullie relatie?'

Ze bleef zitten nadenken. De stilte die tussen hen ontstond
daverde niet, maar ruiste zacht en onmerkbaar, zoals de vleu-
gelslagen van de houtduif die opvloog vanaf de bovenkant
van het standbeeld midden in het park.

'Nee. Het kan niet zo zijn dat de een altijd maar de richting bepaalt. Dat is het niet waard. Ik ben hier wanneer, of
als hij terugkomt, zei ze, en ze wist ineens dat hij inderdaad
naar het noorden zou gaan.

Acteur, die een tijdje had rondgesnuffeld, krabde ongeduldig aan het been van zijn baasje. Ze stonden op en slenterden
het park uit.

'En jij?' zei ze. 'Hoe is jouw leven?'

'Acteur en ik wonen daar,' zei hij, en hij draaide zich om
en wees naar het appartementencomplex aan de kade van
Bratsberg. 'Op de derde verdieping. En jij woont daar,' wees
hij over de rivier heen naar Moldhaugen. 'Ik kom uit Vinje
en verlang er vaak naar terug. Misschien ga ik er op een dag
wel heen, voorgoed. Voorlopig heb ik daarboven alleen een
hut.'

'Je spreekt het plaatselijke dialect niet?'

'Nee, mijn moeder heeft me meegenomen naar Oslo toen
ik zeven was.'

'Waarom?'

'Bekrompenheid,' zei hij alleen maar.

Ze wachtte op het vervolg, maar dat kwam niet, en zelfs al
was dit kennelijk een dag voor hoogstpersoonlijke vragen en
antwoorden tussen vreemden, ze vermoedde dat hier een grens
lag. Ze slenterden verder over de promenade. De rivier stroomde krachtig en vol naar haar monding in de Eidangerfjord.

'Jon Gjermund Hansen overweegt aangifte wegens vrij-heidsberoving tegen jullie te doen,' zei Torkel Vaa toen ze langs het roodgeverfde houten gebouw van Vesta Verzeke-ringen liepen.

'Ja, en?'

'Ik raad het hem af,' zei Vaa.

Ze liepen een eindje in stilte verder; toen nam hij het woord weer.

'Volgens Storm hielden de leerlingen die de kern van zijn filmgroep vormden filosofische discussies over het thema zelfmoord. Ze hadden onder andere een levendige discussie gevoerd over de vraag wat ze zouden doen als ze een onge-neeslijke ziekte zouden krijgen. Ze waren het er allemaal over eens dat het een passende afsluiting zou zijn om iemand dood te maken die het verdiend had en vervolgens zichzelf van het leven te beroven. En die discussies vonden plaats in zijn hut in Luksefjell, waar het lijk van Mathias Garmo is ge-vonden,' zei Vaa. 'Het is inmiddels bevestigd dat hij het was.'

Mette greep hem van pure geestdrift bij zijn arm.

'Had Arvo Pekka een ongeneeslijke ziekte?'

'Nee, dat had hij niet. Ze hebben een lijkschouwing ver-richt. Zijn alcoholpromillage was flink hoog, maar verder was hij lichamelijk gezond,' zei Vaa.

'Maar geestelijk was hij er niet zo best aan toe,' zei 'Met-te. 'Hij was door Garmo verkracht.'

'Arvo Pekka is niet verkracht in de precieze zin des woords. Hij is het slachtoffer geworden van wat je seksueel getinte mishandeling zou kunnen noemen.'

'Hoe weet je dat?'

'Mijn bronnen zijn net zo geheim als de jouwe,' ant-woordde hij.

'Maar wat houdt dat in, seksueel getinte mishandeling? En wanneer is dat gebeurd? En Waar? En was Garmo de da-der?'

Ze waren bij de achterkolk gearriveerd, vlakbij het zilver-kleurige monument dat een golf moest voorstellen. In de achterkolk draaide het rivierwater aan een stuk door rond. Alles eindigde in de achterkolk. Takjes en stukjes plank, plastic zakken, lege bekertjes en dergelijke dingen. En dat is geen grap, dacht ze. Het is meer dan alleen maar een bakerpraatje waarmee volwassenen vroeger hun kinderen bang maakten. Er zijn lijken deze achterkolk in gedreven.

'Ik denk niet dat je de details wilt horen. Of misschien heb ik geen zin om ze te herhalen,' verbeterde hij zichzelf. 'Die mishandeling heeft vier jaar geleden plaatsgevonden, achter het zwembad waarin hij zelfmoord heeft gepleegd. En volgens mijn inlichtingen was Mathias Garmo verantwoordelijk voor die mishandeling.'

'Alleen hij?'

'Volgens mijn bron wel.'

'Is die betrouwbaar?'

'Nee. De informatie is dermate gedetailleerd dat mijn bron onmogelijk alleen maar weergegeven kan hebben wat Garmo hem heeft verteld.'

'We weten allebei wie je bron is, Vaa, maar jij bent nu de mijne, en je geniet dezelfde bescherming als je bron,' zei ze.

Hun blikken ontmoetten elkaar en ze barstten spontaan in lachen uit. Ze lieten de achterkolk voor wat hij was en slenterden naar de kade, waar de Italiaanse schoonheid *Ile Flottante* aangemeerd lag, samen met een omgebouwde vissersschuit en een paar kleinere boten. Verder stroomopwaarts lag het landschap open, met uitzicht op Skien en helemaal tot aan de golvende, met wit besprenkelde blauwe bergen van Luksefjell en Sauherad.

'We hebben een theorie dat Arvo Pekka Garmo heeft vermoord voordat hij zelfmoord pleegde,' zei Mette. 'Om zich te wreken voor een verkrachting, dachten wij. Maar seksueel getint geweld is minstens even ernstig. Gezien die zelfmoorddiscussies in de filmclub waar je over vertelde, is zo'n theorie ruimschoots houdbaar,' zei ze vol vuur.

'Nee,' zei hij. 'Dat kan niet. Vooralsnog wijst de autopsie van Garmo erop dat hij kort voordat hij door Storm werd gevonden, vermoord is, waarschijnlijk niet langer dan acht-enveertig uur. En toen was Arvo Pekka al een paar dagen dood. Alle lichaamsdelen lagen in het wc-hokje, afgezien van een been dat een vos onder een overhangende rots in het bos had verstopt. Storm heeft de politie erheen gebracht, dus nu hebben ze het hele lichaam.'

'Dus er is inmiddels een autopsierapport?'

'Een voorlopig rapport. Gisteren gekomen,' zei hij.

'Dus hij is niet teruggegaan naar het Vreemdelingenlegioen?'

Torkel Vaa glimlachte. Toen grinnikte hij voorzichtig.

'Zelfs het Vreemdelingenlegioen zou Mathias Garmo niet willen hebben,' zei hij lacherig. 'Hij werd min of meer gevangen gehouden in de flat van zijn gepensioneerde grootouders in Antibes. Dat van het Vreemdelingenlegioen was een plaatje dat hij voor zijn vrienden afdraaide.'

Mette voelde zich idioot. Ze waren er flink ingetuind. Zij had dat verhaal over het Vreemdelingenlegioen nauwkeuriger moeten natrekken en contact moeten opnemen met Garmo's ouders. Nee, dat had ze niet. Dat was onmogelijk geweest. De politie had zijn naam nog niet vrijgegeven. Ze had niet binnen kunnen stieren bij nabestaanden die misschien nog niet op de hoogte waren gesteld. Het was nog niet bevestigd dat de persoon in de wc Magga was. Heel waarschijnlijk, maar niet geverifieerd. Verdomme nog aan toe! dacht ze nijdig.

'Dus dan was hij thuis? Voordat iemand besloot hem mee te slepen naar Luksefjell, in mootjes te hakken en in het wc-hokje te stoppen?'

'Nee. Hij was thuis in de week voordat Arvo Pekka zelfmoord pleegde. Op de zaterdag dat die zelfmoord plaatsvond, was hij op de terugweg naar zijn grootouders in Frankrijk. Maar vervolgens smeerde hij hem een paar dagen later weer naar Noorwegen. Waar hij geweest is in de periode voor hij werd vermoord, weet geen mens,' zei Vaa ernstig.

'Waarom hield zijn familie hem vast in Antibes?'

'Om te proberen hem op het rechte pad te krijgen,' zei Vaa. 'Zijn familie bestaat uit relatief bemiddelde mensen, maar aan Mathias hadden ze een probleem.'

Het zwarte schaap, dacht ze. Alle families hebben een zwart schaap. Maar wat nu? Terug naar af. 'De politie gelooft duidelijk dat Storm hem heeft vermoord. Wat geloof jij?'

'Ik geloof helemaal nooit iets. Ik neem uitsluitend een standpunt in ten opzichte van het bewijsmateriaal. De politie staat niet slecht in haar schoenen, maar ze gaan door met een breed opgezet onderzoek. Dat hebben ze mij verzekerd. Die zogenaamde filmclub wordt binnenstebuiten gekeerd en de zoektocht naar Ylva Hegge heeft een hoge prioriteit,' zei hij. 'En als ik Storm moet inschatten, dan vind ik hem heel geloofwaardig. Hij werkt mee. Hij geeft toe dat hij heeft geprobeerd te verbergen dat er een misdaad was gepleegd, hij heeft de vindplaats onbruikbaar gemaakt en dingen verwijderd die als bewijsmateriaal gebruikt hadden kunnen worden, maar hij ontkent dat hij Mathias Garmo heeft vermoord. Wanneer de autopsie een wat nauwkeuriger tijdsbestek oplevert waarbinnen de moord is gepleegd, is het zelfs niet onmogelijk dat hij een waterdicht alibi kan voorleggen. Hij woont in hetzelfde huis als zijn moeder.'

Ze hadden het Michel-Seylmagerhuis bereikt. Een restaurant in een piepklein, roodgeschilderd huisje uit de achttiende eeuw, vlak bij de plek waar de gemeente Porsgrunn bezig was een gigantische trap vanaf het raadhuisplein naar de rivier te bouwen. Als een amfitheater met de rivier als achterdoek. Precies als het amfitheater van Knut Buen in Tuddal. Ze liepen omhoog door het steegje tussen het Seylmagerhuis en het witgeschilderde stenen gebouw van boekhandel Dyring en kwamen uit in de Storgata.

'Over moeders gesproken,' zei Vaa. 'Ylva is een paar dagen voor ze verdween bij Storm geweest om iets te brengen. Die was niet thuis. Ylva heeft alleen zijn moeder gesproken. Hij heeft er geen idee van wat ze wilde brengen, maar het kan geen opdracht voor school zijn geweest, zegt hij zelf.'

Ze bleven voor Dyring staan en keken naar de uitgestalde boeken in de etalage.

'Wil je Acteur even vasthouden?' zei Vaa en gaf haar de riem. Hij ging de boekwinkel in en bleef aardig lang weg, toen hij weer buiten kwam, had hij een tas van de boekhandel bij zich. Bij de kruising met Stangs gate bleef hij weer staan.

'Waarom heb je me zoveel over het onderzoek verteld?' vroeg Mette.

'Omdat ik je vertrouw, en omdat je een documentaire gaat maken over die zelfmoord. Omdat je de geschiedenis van Arvo Pekka gaat vertellen,' zei hij ernstig. 'En omdat ik graag met je praat,' voegde hij er met een glimlach aan toe. 'Hier scheiden onze wegen zich. Ik moet naar de drankwinkel.'

Hij knikte in de richting van de staatsdrankwinkel, schuin aan de overkant, en stak tegelijkertijd een hand in de boekentas om er een ingepakt boek uit te halen.

'Niet openmaken voordat je thuis bent,' zei hij streng. 'We spreken elkaar nog.'

Hij draaide zich om en liep weg. Zij haastte zich de Storgata af naar de steiger van Bratsberg, waar Torkel Vaa met zijn hond, de teckel Acteur, op de derde verdieping woonde met uitzicht op Moldhaugen, waar Mette woonde met haar man en kinderen. Nog wel. Ze ging in de Golf zitten en peuterde het plakband van het pakpapier. Langzaam sloeg ze het papier opzij. *Wat voorbij is, is een droom* van Aksel Sandemose. Ze liet haar hoofd op het stuur zakken.

Mette deed goed werk achter de desk, zoals ze zichzelf had beloofd. Haar humeur was aan de beterende hand. Om vier uur vanochtend was ze godzijdank ongesteld geworden. Het laatste wat ze op dit moment kon gebruiken was een hindernis die ze niet konden forceren. Sloten en boeien die hen dwongen om pas op de plaats te maken. Peder moest maar naar Noord-Noorwegen vertrekken zonder dat ze hem het leven tot een hel maakte. Het zou voor haar en de jongens hoe dan ook niet moeilijker worden dan voor een gezin met een man en vader die op de Noordzee werkte. Er zijn duizenden van dat soort gezinnen in Noorwegen, probeerde ze zichzelf voor te houden. Duizenden, en al zou hij niet zulke lange perioden vrij krijgen als die anderen, hij zou toch nog een hoop vrije dagen hebben waarop hij naar huis kon. Maar Noord-Noorwegen is ver weg en vliegen is duur, had de stem van het pessimisme haar ingefluisterd. Hij zal niet vaak kunnen komen. Ze sloot de stem buiten en besloot dat het belangrijkste was dat Peder zijn levensvreugde hervond. Alle mensen hadden het recht hun eigen geluk na te jagen.

De maandag was een dinsdag geworden die vergleed in een woensdag. Jensemann had zich in eerste instantie voor de hele week ziek gemeld. De vorige dag hadden ze bericht gekregen over het voorlopige autopsierapport en was de naam van Mathias Garmo vrijgegeven. Ze had gisteren zelf de korte mededeling voor het nieuwsbulletin van drie over twaalf 's middags geschreven. 'Het moordslachtoffer dat op de avond voor Pasen bij een hut op een van de terreinen van Løvenskiold-Fossum in Luksefjell is gevonden, was de negentienjarige Mathias Garmo uit Skien. Volgens Andreas Skoger, de beheerder van Løvenskiold-Fossum, werd deze hut de afgelopen dertig jaar verhuurd aan een familie uit Skien. Uit de voorlopige autopsie van Garmo blijkt, dat hij ongeveer twee weken voor de vondst van zijn lichaam vermoord moet zijn. De politie vraagt iedereen die over informatie omtrent deze zaak beschikt, contact met het politiebureau van Grenland op te nemen.'

Op het criminele front was er vandaag weinig activiteit. De politie had nog steeds niets nieuws te melden inzake Ylva, en over het onderzoek naar de moord op Garmo lieten ze niets naar buiten komen. Ze zeiden niets over de tips die ze ongetwijfeld van het publiek hadden gekregen.

Tomas Evensen was naar Møsvatn in de gemeente Vinje gestuurd, waar een vader en zijn veertienjarige zoon na een skitocht vermist werden. De zoekteams van het Rode Kruis en de Noorse Humanitaire Hulpdienst, plus een Sea King-helikopter waren ingezet bij het zoeken. Mette wachtte tot de verslaggever zich zou melden.

Ze liep net de studio uit na het bulletin van drie over elf toen Kvisle op haar af kwam draven. 'De scooter van Ylva Hegge is gevonden! Op het terrein van Løvenskiold-Fossum. In Fossum. Anonieme tips. Waar is Line?'

Ze draaide zich om en deed een paar stappen de gang in terwijl ze naar Monica in de telefooncentrale riep: 'Waar is Line!?'

'Die zit een item voor Noorwegen Rond te redigeren!' riep Monica terug

'Haal haar onmiddellijk hiernaartoe!' riep Kvisle terug, terwijl hij Mette bij haar arm greep.

'Jij gaat met Line naar Fossum. Ik neem de nieuwsdesk over tot de avondploeg komt. Huppekee!'

Line kwam op een holletje aanlopen. Haar IJslandse trui zwabberde om haar magere lijf en haar lange haar hing als de oren van een Afghaanse windhond langs haar smalle gezicht. Mette glimlachte haar bemoedigend toe. Ze had al heel vaak met Line gewerkt. Line had ook een cursus videojournalistiek gevolgd. Ze was er zelfs in geslaagd om voor Thomas Evensen in de rij te komen. Wie het begreep, mocht het zeggen. Kvisle stelde haar van de situatie op de hoogte.

'Maar ik ben dat stuk over de lemmingen in Ordal voor Noorwegen Rond aan het redigeren,' protesteerde Line fel.

Kvisle vond het kennelijk niet de moeite waard haar meer realiteitszin bij te brengen. Hij had een verhoogde bloeddruk en een te veel slecht cholesterolgehalte, en hij nam bloedverdunners. Wijselijk keerde hij zich op zijn hakken om en marcheerde naar de redactie terug. Mette zei tegen Line dat ze over vier minuten klaar moest staan.

Het hoge smeedijzeren hek van het landgoed was dicht. Daarachter, midden op de brug over de rivier, stond een politieauto. Helemaal achterin, aan het einde van de oprijlaan, zagen ze het roze landhuis. Er waren weinig grootgrondbezitters in Noorwegen, maar Skien had er eentje, Løvenskiold van Fossum, wiens wortels honderden jaren terug in de tijd lagen. In vroeger tijden hadden er op het reusachtige terrein een ijzersmelterij, een houtzagerij en een pulpfabriek gestaan. Nu werd er hoofdzakelijk bosbouw bedreven en energie opgewekt, maar het was tegenwoordig niet eenvoudig om grootgrondbezitter te zijn; het bedrijf had vele benen nodig om op te staan. Het was een zware last om de grote hoeveelheid gebouwen te moeten onderhouden.

'Er loopt een weg naar de achterkant, laten we die maar proberen,' zei Mette.

Zij zat achter het stuur, en ze was hier al eens geweest. Ongeveer hier had ze gisteren Idun Hegge en de rode Yaris uit het oog verloren. Ze tufte verder over de Jernverksvegen, sloeg rechtsaf de Hynivegen in en kwam bij de Valebøveien uit. Ze ging richting Skien en reed door tot de afslag naar Løvenskiold-Fossum. De onverharde weg door het bos kwam uit bij de administratiekantoren, achter het hoofdgebouw. Daar lagen de boomstammen hoog opgestapeld, klaar om tot hout gezaagd te worden. In een enorm rood bedrijfsgebouw bevond zich de Wildslagerij, een van de nieuwe ondernemingstakken van Løvenskiold-Fossum. Ze reden door tot aan het parkeerterrein zonder dat ze door iemand werden tegengehouden. Mette parkeerde op een vrije plaats tussen twee auto's. Terwijl ze de handrem van de dienstwagen aantrok, viel haar oog op een politieauto die aankwam over de weg die zij zojuist waren afgereden.

'Ik geloof dat we aan een nieuwe wegversperring zijn ontkomen,' zei ze tegen Line. 'We moeten hier maar voorzichtig te werk gaan.'

Ze stapten uit. Mette informeerde Line dat ze het geluid van de televisie voor het radioverslag wilde gebruiken. Ze moesten het hier simpel houden; het ging erom dat ze niet werden tegengehouden. Hoe minder apparatuur, hoe beter.

Line moest zich op het filmen concentreren, Mette zou voor het praatje zorgen.

Op de trap van het administratiegebouw stonden drie mannen al pratend rond te kijken. Een van hen rookte. Mette en Line liepen vastberaden op hen af.

'Andreas Skoger?' vroeg Mette gedecideerd.

'Dat ben ik,' antwoordde een van de niet-rokers.

Mette stelde zich voor en gaf Line te kennen dat ze klaar moest staan. Ze pakte de microfoon die aan de camera gekoppeld was en liep op Skoger af, die met allebei zijn handen in zijn broekzakken het trapje afliep.

'Kunt u ons vertellen wat er gebeurd is?' vroeg ze toen ze dichtbij genoeg was.

Skoger was een en al welwillendheid. 'Jawel, het was vanmorgen vroeg. De hovenier hier zou de rivier daar beneden gaan schoonmaken. Nu het dooit verzamelen zich daar nogal wat takken en zo. En toen vond hij de scooter. Die lag in de rivier, bijna tegen de kant aan, tussen een paar stenen. Het is daar niet zo diep, dus er waren wat takken blijven steken, en die hadden zich opgehoopt. Het zag er bijna uit als een beverhut, en toen hij de takken wilde weghalen, ontdekte hij dat er een scooter lag. Een blauwe scooter,' zei hij, waarna hij er het zwijgen toe deed.

'Wat deed hij toen?'

'Hij heeft het hier gemeld, en toen kwam iemand op het idee dat de scooter van dat vermiste meisje, Ylva Hegge, nog niet was gevonden. Dus telden we een en ander bij elkaar op en belden de politie. Ze hebben het registratienummer nagetrokken, en alles klopt. De scooter die hier is gevonden, is van Ylva,' zei hij met een zweem van trots in zijn stem.

'Hoe kan die scooter in de rivier terechtgekomen zijn?' vroeg Mette.

'Goeie vraag. Waar hij werd gevonden is geen weg langs de rivier. Er loopt daar in de buurt wel een klein paadje, maar geen weg, nee. Dus is hij er misschien domweg in gegooid, of iemand heeft geprobeerd hem daar te verstoppen, weet ik veel. We hebben er wat over gediscussieerd. Wij denken dat hij hier gedumpt is.'

'Kan Ylva ermee de rivier in gereden zijn?'

'Nee, je kunt daar niet rijden. In dat geval moet ze hem geduwd hebben. Als zij degene is die hem heeft verstopt. Maar jongeren gooien hun eigen scooters toch niet in de rivier? Die dingen zijn duur. Als ze hem een poosje niet nodig had, zou ze hem wel ergens anders hebben verstopt, waar hij geen gevaar liep volkomen naar de knoppen te gaan.'

'Wat denkt u dat er is gebeurd?'

'Tja, wat moet je daarvan denken. Iemand heeft iets rottigs met haar uitgehaald.'

'Kan Ylva zelf in de rivier zijn beland en mee omlaag gesleurd zijn?'

'Ja, dat kan best. Als de dooi in het voorjaar inzet zwelt de rivier en stroomt hij heel snel, maar de politie onderzoekt het hele gebied, dus ze komen er heus wel achter.'

'De hovenier heeft geen spoor van Ylva gezien?'

'Nee, nee,' zei Skoger. 'Geen spoor.'

'Kunt u me wijzen welke kant het op is?'

Skoger wees omlaag en enigszins opzij. Mette bedankte hem en liep samen met Line in de richting die hij had aangewezen.

'Dat ging gesmeerd,' zei Line opgelucht.

'Ja, maar we hebben nog beelden van de betreffende plek nodig. En het liefst beelden van de scooter zelf,' zei Mette.

Ze liepen het geboomte in en zagen zonder moeite waar de scooter was gevonden. In de rivier waadden verscheidene politiemensen langs de kant. Op de oever herkende Mette Axel Lindgren. De scooter stond op een stuk zeildoek tegen een boom geleund. Naast het voertuig lag een helm, en een hardershond liep rond met zijn snuit boven de grond.

'Neem het hele tafereel op,' fluisterde ze tegen Line, die meteen haar camera aanzette, 'wijde shots, inzoomen, alles wat je maar kunt, maar zorg dat het erop komt!'

'Verdomme, Mette,' snauwde Line. 'Je hoeft me niks voor

te zeggen. Ik weet best wat ik moet doen. Soms kun je zo irritant zijn!'

'Sorry,' zei Mette braaf. 'Ik was gewoon een beetje over-
ijverig.'

'Vertel mij wat,' zei Line nors.

Na twee minuten zette Line de camera uit.

'Oké, we lopen erheen,' zei Mette. 'Als ze ons nu wegja-
gen, hebben we in elk geval onze slag al geslagen.'

Het gezicht van Axel betrok toen hij hen in het oog kreeg.

'Geen stap dichterbij,' zei hij kalm, terwijl hij zijn handen
omhooghield. Dat moet iets zijn wat ze in het derde jaar op
de politiehogeschool leren, dacht Mette.

'Ik zal kort zijn,' zei hij. 'Jullie zijn hier, jullie horen hier
niet te zijn, en ik wil jullie graag kwijt. Je krijgt twee minuten, Mette, en dan ingerukt, mars.'

Hij ging voor de scooter staan, en voordat Mette ook
maar één vraag had kunnen stellen, begon hij een lange tirade af te steken, je reinste statement, alsof hij, Axel Lindgren,
de verslaggever was. Mette was stom van bewondering. Hij
vertelde hoe de scooter gevonden was, hoe het met de rivier
gesteld was en wat de politie verder wilde ondernemen. Hij
wees en gesticuleerde. Twee minuten later was de tijd om en
ze had niets meer te vragen.

'Jullie vertrekken over de weg ten noorden van het landgoed,' zei hij streng, en hij stak zijn wijsvinger uit. 'Ik waar-
schuw nu de bewaker, en jullie verdwijnen meteen!'

'Bedankt,' zei Mette.

Ze reden langs de Wildslagerij. Løvenskiold-Fossum voerde het wild in de winter en slachtte het in de herfst. Het vlees
werd per hele of halve romp verkocht. Desgewenst in kant-
en-klare stukken. Er kwam een gruwelijke gedachte bij haar
op. Ze dacht aan de in stukken gesneden Garmo. Stel dat...?
Nee! Maar toch had het heel makkelijk gekund. Wie snijdt
zijn slachtoffer aan stukken? Een slager, bijvoorbeeld. Ylva
kon wel vermalen zijn, vernietigd, weggespoeld door een afvoer van de slachterij. Maar dan zouden ze toch verdorie de

scooter niet met nummerplaat en al in hun eigen achtertuin hebben weggegooid?

Ze deden wat hun was gezegd. Vlak voor ze met de auto de openbare weg op draaiden, passeerden ze de bewaker. De agent groette kort toen ze voorbijreden. Mette nam dezelfde weg terug. Toen ze bij de hoofdingang van het landgoed kwamen, zagen ze een aantal auto's langs de kant van de weg geparkeerd staan. Journalisten en fotografen verdrongen zich voor het gesloten smeedijzeren hek. Zo meteen zouden ze zich verspreiden en omhoog- of omlaagstiefelen langs de rand van het enorme terrein. Ze vond het opmerkelijk dat de NRK als eerste ter plekke was geweest. Dat was doorgaans niet het geval. De verslaggevers van de kranten, de meest fanatieke, sliepen met de politieradio onder hun hoofdkussen, en als zij indommelden waren er altijd nog genoeg fanatieke afluisteraars van diverse pluimage die de journalist waarschuwden voordat ze er zelf achteraan gingen. Maar dit was een anonieme tip geweest, had Kvisle gezegd. Dat was ook niet erg gebruikelijk.

Was het niet een beetje verdacht dat Løvenskiold-Fossum de eigenaar was van zowel de hut waar het lijk van Garmo was gevonden als het landgoed waar de scooter was opgedoken? Zelfs al bezat niemand in Skien meer grond dan Løvenskiold, dan was het nog steeds merkwaardig. Ze moest een lijst zien te krijgen van iedereen die in de Wildslachterij werkte. Als er ook maar één link bestond tussen die lui en iemand van de filmclub of Mathias Garmo, dan zou ze dat verband tot op de bodem uitzoeken. De politie dacht er vast ook zo over. Ze stopte langs de rand van de weg toen ze de oprijlaan uit waren en belde het nummer van Idun. Na twee keer overgaan nam het meisje op.

'Hallo, met Mette Minde,' zei ze.

'Ik zie het,' antwoordde Idun. 'Ik had je nummer opgeslagen, voor het geval dat.'

Mette kromp in elkaar in een aanval van medelijden.

'Hoe is het ermee?' vroeg ze.

'Gaat wel,' zei Idun. 'Ik ben op school. Dat helpt.'

Line trommelde geïrriteerd met haar vingers op haar camera, die in haar schoot lag. Het onderdeel voor Noorwegen Rond schreeuwde natuurlijk om de laatste hand, dacht Mette. Maar dan vergiste Line zich. Eerst moest ze het nieuwsitem redigeren, en Mette nam de tijd.

'Ik wil je graag iets vragen, Idun,' zei ze op vertrouwelijke toon. 'Had Ylva iets te maken met het landgoed in Fossum? Met Løvenskiold?'

Het was lang stil aan de andere kant.

'Idun, ben je daar nog?'

'Ja. Ylva vertelde eens dat ze daar waren wezen filmen. In verband met een film die Arvo Pekka wilde maken. Niet voor school, maar een film van hemzelf,' zei Idun. 'Ik ben er langsgereden om naar Ylva te zoeken, maar ik durfde niet naar het slot toe.'

'Heb je die film gezien? Weet je of Ylva die heeft?'

'Nee. Ik weet niet eens waar de film over zou gaan. Alleen dat ze opnamen maakten bij Løvenskiold. Het kan zijn dat Ylva de film op haar computer heeft staan, maar die is weg. De politie heeft ernaar gezocht, maar ik geloof niet dat ze hem gevonden hebben.'

'Maar heeft Ylva ook niet een computer op school?'

'Nee, we hebben laptops. Die gebruiken we zowel voor school als privé. We hebben alle programma's die we nodig hebben op dezelfde computer staan,' zei Idun.

'Oké, dankjewel, Idun.'

'Prima in orde hoor. En zeg het maar als je een oppas nodig hebt. Ik heb wel eens bij Monica Rui opgepast. Ik kan heel goed met kinderen omgaan,' zei Idun.

Mette bedankte voor het aanbod en hing op. Arme Idun, dacht ze. Straks krijgt de familie te horen dat ze de scooter in de rivier hebben gevonden. De politie is op dit moment vast naar ze onderweg. Ze bleef met gefronst voorhoofd zitten. Ylva's computer was weg. Datzelfde gold voor die van Arvo Pekka, dat had Maiken haar verteld toen ze aan het joggen waren. De film was weg. Ze startte de auto en reed terug naar het NRK-gebouw.

Line en Mette redigeerden een kort verslag voor het journaal en een langer voor de regionale uitzending van Østafjells. Op het landelijke journaal werd zo'n item in een halve minuut afgehandeld, maar het middagnieuws van NRK Zuid-oost zou een onderdeel van drie minuten uitzenden. En dat alles terwijl Tomas Evensen op de terugweg uit Møsvatn in Vinje was, waar vader en zoon gezond en wel waren teruggevonden, maar geen van tweeën een verklaring voor de media wilde afleggen. De Sea King vloog naar de basis terug zonder te landen.

'Op donderdag zijn ze langer open,' had Maiken over de telefoon gezegd. 'Je *moet* gewoon meekomen. Dat is nou eenmaal de plicht van een getuige. Net als het vrijgezellenfeest! En de toespraak tijdens het diner.'

Natuurlijk ging ze met Maiken mee om een bruidsjurk te kiezen. Die was al in diverse bruidsmodezaken wezen kijken, en nu ging de keus tussen twee jurken en kon ze de knoop niet doorhakken. Gelukkig hingen allebei de jurken in dezelfde boetiek in Skien. De bruiloft was al over twee maanden, dus er was natuurlijk haast bij.

Mette was op weg naar huis na een ochtenddienst die haar niet echt voor gigantische uitdagingen had geplaatst. Tussen haar gebruikelijke taken door had ze geprobeerd een lijst op te stellen van werknemers bij de Wildslagerij van Løvenski-old-Fossum. De lijst bestond uit één naam, en er was geen aantoonbare relatie tussen hem en degenen met wie zij hem graag in verband zou willen brengen. Ze zouden trouwens hun slagers wel inhuren al naar gelang het seizoen en de vraag. Nou ja. Voor alle zekerheid had ze van de gelegenheid gebruikgemaakt door Maiken uit te melken toen die belde en gevraagd of Mathias Garmo op een professionele manier in stukken was gesneden. Maiken had gezegd van niet, eerder integendeel. En toen voegde ze eraan toe: 'Ik weet dat je de

Wildslagerij nagetrokken hebt, Mette, je hebt een hoop fantasie, maar bedenk wel dat we hier in Grenland zijn, niet in Napels. Hier worden mensen niet zo snel tot salami verwerkt.'

Op de stoel naast haar ging haar mobieltje over. Ze zwenkte een bushalte in en stopte voordat ze opnam.

Even tastte ze in het duister. Eli Vikan?

'De verpleegkundige van de Klosterskogen-school,' zei de stem. 'Ik vond een paar gemiste oproepen van je. Sorry dat ik er nu pas aan toekom om je terug te bellen.'

Er ging Mette een licht op. Het was al een paar weken geleden dat ze contact met de school had opgenomen om met de verpleegkundige te spreken. Ze had ook een paar berichten op haar mobieltje achtergelaten, dat ze nooit opnam. Eli Vikan deelde haar mee dat ze in haar kantoortje ging zitten om wat papierwerk te doen. Als Mette wilde kon ze daar nu naartoe komen.

Ruim een kwartier later klopte ze aan bij Eli, een donkerharige vrouw van in de veertig met blozende ronde appelwangen die een groen-met-zwart broekpak van kreuklinnen droeg. Ze werd verzocht in de bezoekersstoel plaats te nemen, een lekker zittende rode stoel met een hoge rug en prettige armleuningen. Mette vertelde waarvoor ze kwam. Ze wilde weten of Arvo Pekka naar de schoolverpleegkundige was gegaan met wat hem zo duidelijk had dwarsgezeten. Eli vouwde haar armen en sloeg haar ene been over het andere. Ze bleef met haar voet in de lucht zitten wippen terwijl ze het soepele, hakloze Ecco-model bestudeerde. Toen keek ze op en richtte een strenge blik op Mette.

'Ik kan vanzelfsprekend geen mededelingen doen over afzonderlijke leerlingen. De zwijgplicht is heilig; op die pijler rust de vertrouwensrelatie waar ik van afhankelijk ben om degenen die dat nodig hebben te kunnen helpen,' zei ze. 'Maar in zijn algemeenheid kan ik wel zeggen dat er veel meer meisjes dan jongens naar de schoolgezondheidsdienst komen. En ik moet ook zeggen dat we slecht werk doen. Er

is een enorme behoefte aan de diensten van schoolverpleeg-
kundigen en een microscopisch klein aanbod. Dit is een klein
deeltijdbaantje. Ik ben hier twee keer per week een paar uur
aanwezig, maar ook met een volledige werkweek zou ik niet
iedereen kunnen helpen die dat nodig heeft.'

'Maar Arvo Pekka is dood. Hij heeft zelfmoord gepleegd.
Ik stel belang in zijn leven voordat het zover kwam dat hij
verkoos er een einde aan te maken,' zei Mette zachtjes.

Op de een of andere manier leek de herinnering aan Arvo
Pekka hierbinnen te leven, zelfs al was hij hier misschien
nooit geweest. Maar hij was op het schoolplein geweest, op
een steenworp afstand van het kantoor van de verpleegkundige. Drie jaar lang had hij hier op deze school zijn tijd doorgebracht. Ze richtte haar blik op een lithografie die aan de
muur achter Eli hing. Die stelde een clown met een glimlachend gezicht en een grote traan op zijn ene wang voor.

Eli schraapte haar keel. 'In zijn algemeenheid kan ik zeggen dat zelfmoord bij jonge mensen niet noodzakelijkerwijs
het gevolg van langdurige psychische problemen is. Het kan
evengoed wat je noemt een opwelling van waanzin zijn. Een
opwelling van jaloezie, gecombineerd met een mogelijkheid
in de vorm van een wapen. Voor degenen die achterblijven is
het zinloos, pijnlijk en onbegrijpelijk, maar toch gebeurt het,
is het gebeurd en zal het blijven gebeuren,' zei ze.

'Is het zo gegaan bij Arvo Pekka?'

'Dat weet ik natuurlijk niet. Maar het kan zo gegaan zijn.
Jongens en mannen kiezen vaak voor een dramatische methode als ze zelfmoord plegen. Ze gebruiken een vuurwapen,
of ze hangen zich op. Als je de trekker hebt overgehaald of
van de stoel bent gesprongen en voelt hoe het touw zich om
je hals snoert, is het te laat voor spijt. Het kost maar een seconde om het besluit te nemen, en als het eenmaal gebeurd is,
is het onherroepelijk. Meisjes en vrouwen daarentegen kiezen vaak voor de langzame variant. Als je een potje pillen
hebt geslikt, heb je nog tijd om spijt te krijgen. De drang tot
zelfbehoud kan je ertoe dwingen je te bedenken, ook al wil je

op het moment dat je slikt eigenlijk dood. Je hebt de tijd om iemand op te bellen. Tijd om te smeken om gered te worden. Vaak noemen we het een schreeuw om hulp als een meisje pillen slikt. Jongens vragen helaas niet zo vaak om hulp, noch op de ene, noch op de andere manier.'

De stem van Eli Vikan had iets hartstochtelijks, iets geëngageerds gekregen. Iedere zin klonk indringender en heftiger. Ze wipte weer met haar voet en zweeg even. Mette bleef zitten wachten.

'Dit is iets waar ik vrij lang over heb nagedacht. Wat we nodig hebben, is mannelijke verpleegkundigen. Vooral op de middenschool en de middelbare school. Er lopen zoveel jongens rond die geen mannelijk rolmodel hebben, geen volwassen man om mee te praten. Ze worden hun hele leven door vrouwen omringd: moeders, vaak alleenstaand, kleuterleidsters, onderwijzeressen op de basisschool, terwijl ze juist een man nodig hebben om mee te praten. We zouden meer mannelijke verpleegkundigen moeten opleiden en aanstellen, en ze op alle scholen in voltijd laten werken. Op elke school een halve baan voor een man en een halve voor een vrouw, en die zouden dan allebei voor twee scholen kunnen werken. Dat zou een zeker effect hebben.'

'Maar het zijn de meisjes die naar u toekomen? Houdt dat niet in dat de meisjes de grootste problemen hebben?'

'Ja, de meisjes zijn inderdaad in de meerderheid. Veruit in de meerderheid, maar dat wil niet zeggen dat de jongens nergens mee zitten. Zoals ik het zie, hebben we een groot, onzichtbaar jongensprobleem,' zei ze.

'En waar komen de meisjes mee?'

'Persoonlijke problemen, liefdesverdriet, pesterijen, problemen met leraren, ongewenste zwangerschappen, vragen over voorbehoedsmiddelen, eetstoornissen, ongewenste seksuele handelingen, zelfverminking, fobieën, depressies, slaapstoornissen. De lijst is lang en gevarieerd. Vanaf de simpelste kleinigheden tot en met zeer ernstige probleemsituaties. Dan verwijs ik door naar de reguliere gezondheidszorg, maar zoals bekend zijn de wachtlijsten daar lang, met name in de psychiatrie. Ik kan met de hand op mijn hart verklaren dat de hulp vaak te laat komt. Niet in die zin dat het meisje zelfmoord heeft gepleegd, maar er wordt meer schade aangericht dan nodig was geweest als er hulp was geboden toen ze daarom vroeg.'

'Maar Arvo Pekka is hier nooit geweest?'

'Wat wilt u eigenlijk? Vertelt u dat eens,' zei Eli.

'Ik wil een radiodocumentaire maken over leven en dood van Arvo Pekka,' zei Mette, en ze hoorde zelf hoe onmogelijk dat klonk.

Eli glimlachte, een triest klein lachje. Ze sloot haar ogen en declameerde: 'Een mens komt ter wereld, loopt rond in een stoffelijk omhulsel, leeft, spartelt en zwoegt een tijdje, gaat gebukt onder ziekte, onrecht en gemis. Dan sterft hij en wordt vergeten en zijn lijf vermengt zich in stilte met dat van de aarde. "Marcus", staat er misschien op zijn steen, wat was die Marcus voor iemand?' Zo begint *De bron* van Gabriel Scott. Dat lees ik iedere zomer om mezelf eraan te herinneren waar het leven ten diepste om draait,' zei ze zachtjes, terwijl ze opstond. 'Ik verwacht een volledige bronvermelding. Kan ik daarvan op aan?'

Mette knikte.

De verpleegkundige liep naar haar bureau en opende een la. Ze haalde er een groene kartonnen map uit, ging zitten en bladerde de papieren door die los in de map lagen. Na een poosje vond ze wat ze zocht en keek op.

'Begin maart kwam Ylva hier om te melden dat ze zich zorgen maakte. Ik moest Arvo Pekka, met wie ze goed bevriend was, en Ulrik, met wie ze een relatie had, bij me roepen. Ze hadden het zo vaak over zelfmoord dat ze bang was geworden. Aanvankelijk was het een filosofische of althans theoretische discussie geweest, geïnspireerd door een schoolwerkstuk dat Ulrik had gemaakt over zelfmoord als verschijnsel. Hij had politieke ideeëngeschiedenis als keuzevak, en hij had een essay over het onderwerp geschreven. Maar ze vond dat er te concreet over werd gesproken en ze was bang dat ze het ook echt zouden doen. In het begin had ze zelf meegepraat, maar zij was ermee gekapt, terwijl de twee anderen maar doorgingen.'

'Hebt u ze laten komen?'

'Nee, daar kwam ik niet aan toe,' zei de verpleegkundige. 'Het had geen prioriteit voor me, boven op al het andere. Verse snijwonden op armen en benen, anorexia en boulimie, beweringen over incest, ouders die zich laveloos zuipen, er speelden te veel andere kwesties waar haast bij was. Ik schatte de zorgen van Ylva helaas als minder dringend in dan al die andere dringende zaken die ik op mijn bord had. Maar toen Arvo Pekka het inderdaad had gedaan, liet ik Ulrik komen.'

'En?'

'Die zat hier te huilen. Volgens hem was het zijn schuld dat Arvo Pekka dood was, omdat hij dat essay over zelfmoord had geschreven en het onderwerp telkens weer had aangekaart. Arvo Pekka was geïnteresseerd geweest. Ze hadden erover gediscussieerd en erover gefantaseerd wat ze zelf zouden doen als ze eruit zouden stappen, maar hij had het niet gemeend, zei hij. Het was voor hem geen ernst geweest, alleen theorie. Een gedachtespel. Een spannend gedachtespelletje in het enigszins saaie leven van alledag.'

Mette dacht aan het gesprek dat ze zelf met Ulrik had gevoerd. Ze had hem harder moeten aanpakken. Hem op de kast moeten jagen. Dat had ze niet klaargespeeld, en ze had geen nieuwe poging ondernomen. Jonas Vik had ook geen contact weten te leggen. Ze dacht aan Ulriks moeder op Solves veg. Ulrik was de sleutel tot Arvo Pekka's leven. Ze moest hem aan het praten zien te krijgen, hoe eerder hoe liever.

'Hij heeft geen zelfmoordbriefje achtergelaten,' zei Eli. 'Dat verbaast me, want hij had die zelfmoord gepland. Hij had vrienden. De jeugd is ongelofelijk mededeelzaam en wil gezien, gehoord en begrepen worden. Ze willen opgemerkt worden, zelfs als ze dood zijn. Zoals ik het interpreteer is de afwezigheid van een zelfmoordbriefje een teken dat hij het niet van tevoren van plan was. Dat hij het in een opwelling heeft gedaan. Hij was dronken. Hij had een wapen. Dus deed hij het.'

Er volgde een lange pauze.

'Of misschien denk ik dat om mezelf te rechtvaardigen. Om goed te praten dat ik geen actie heb ondernomen zodra Ylva met haar zorgen bij mij kwam,' zuchtte Eli.

Mette bedacht dat Arvo Pekka aan seksueel getint geweld ten prooi was geweest. Ze dacht aan zijn vader, die zijn moeder had vermoord, aan het jaar dat hij binnenshuis aan Solves veg had doorgebracht. Aan zijn zelfmoord in het zwembad. Bij datzelfde zwembad was hij een paar jaar eerder mishandeld door Mathias Garmo, die door iemand in stukken was gesneden en in een pleehokje was gedeponeerd. Ze merkte dat ze trilde van verontwaardiging. Ze had er begrip voor gehad als Magga door Appa uit pure wraakzucht aan mootjes was gehakt, maar Appa kon het niet gedaan hebben. Hij was al dood toen iemand het mes in de kwelgeest Garmo zette. Hoe kwaad kan die leraar fotografie zijn geweest, die Storm? Is het mogelijk dat hij Appa wilde wreken? Aron had het kunnen doen. Ylva had het kunnen doen en Ulrik had het kunnen doen. Ze hadden het zelfs samen kunnen doen. Of stel dat het Liisa was. Tot hoeveel heilige verontwaardiging is een tante en pleegmoeder in staat? Of Solfrid Steen-Jahnsen, die toch ook een soort pleegmoeder van de opgroeiende Arvo Pekka was geweest? Maar wat wisten zij van de vergrijpen tegen Arvo Pekka af? Misschien alles, misschien niets. De politie komt er wel achter, maar nu moeten ze toch binnenkort eens spijkers met koppen slaan, dacht ze. Zo moeilijk kan dat verdomme toch niet zijn. Zij hebben overal en bij iedereen toegang. Ze kunnen iedereen op elk gewenst tijdstip inrekenen en aan een kruisverhoor onderwerpen. Ze hebben Storm achter slot en grendel. Ze hebben alles.

Toen ze binnen de gang in kwam rook ze van een afstand de gebakken vis. Peder stond in de keuken met een schort voor.

De tafel was voor vier personen gedekt en de aardappels stonden op het fornuis te koken. Op tafel stond al een grote schaal met komkommersalade, naast de glazen karaf met water en het zout- en peperstel. Hij had zelfs servetten gevouwen en netjes op alle borden gelegd. Hij glimlachte tegen haar. Zijn haar zat in de war. Ze glimlachte terug.

'Hebben we iets te vieren?'

Voordat hij antwoord gaf kwamen Trym en Eirik de woonkamer uit, Trym als eerste in volle galop, Eirik erachteraan met zijn oude teddybeer onder zijn arm.

'Mamma, pappa gaat naar Noord-Noorwegen en wij gaan hem opzoeken! Dat vind ik hartstikke fijn,' riep Trym. 'Maar Eirik denkt niet dat het leuk wordt. Het wordt toch wél leuk?'

'Ja, het wordt vast wel leuk, maar ook een beetje verdrietig,' zei ze. 'Want als pappa weggaat, zien we hem niet meer iedere dag.'

'Ik wil niet dat hij weggaat,' zei Eirik gemelijk, en hij drukte Teddy tegen zijn buik.

Mette trok de dichtstbijzijnde keukenstoel naar zich toe, ging erop zitten en hees hem op schoot.

'Pappa komt iedere keer als hij vrij heeft thuis en wij gaan hem zo vaak mogelijk opzoeken,' troostte ze hem dapper.

Peder goot de aardappelen af en zette de pan op tafel, samen met de koekenpan met de stukken gefileerde forel. 'Het eten staat klaar, iedereen aan tafel,' commandeerde hij op een overdreven opgewekte toon.

Tijdens het eten was het stiller dan anders. De volwassenen probeerden een normaal gesprek te voeren, maar dat wilde niet echt lukken. De tweeling voelde aan dat de stemming niet goed was en deed weinig moeite om ze te helpen. Zodra ze uitgegeten waren liepen ze van tafel en niemand probeerde ze tegen te houden, zoals de normale gang van zaken aan tafel vereiste. Meteen daarna was het geluid van de televisie te horen.

'We hadden ze dit samen moeten vertellen,' fluisterde Mette. 'Hoe haal je het in je hoofd?'

'Er kwam een telefoontje van het ziekenhuis in Alta, terwijl ik in de garage was,' zei hij. 'Trym kwam me mijn mobieltje brengen. Hij heeft het hele gesprek opgevangen, ik had geen keus, ik moest wel zeggen dat ik op zoek ben naar een nieuwe baan, en van het een kwam het ander. Het spijt me, maar zo is het nou eenmaal gegaan.'

'Dus je gaat naar Alta?'

'Ik ben uitgenodigd voor een sollicitatiegesprek. Volgende week vrijdag,' zei hij.

'Gefeliciteerd,' zei ze zonder enthousiasme. 'Maar we spelen het wel klaar. Alleen moeten we naderhand hoe dan ook een weekrooster opstellen. Ik heb de hele volgende week dagdienst.'

'Ik ook. Dan is het nog geen probleem, maar we moeten wel een goed functionerende oppasregeling zien te treffen.'

'Idun Hegge, de zus van Ylva, heeft zich als vrijwilligster gemeld,' gooide ze eruit.

Hij rolde met zijn ogen. 'Dat wordt niks. We hebben een volwassene nodig. Ik was van plan mijn moeder te bellen om te vragen of zij hier kan komen logeren wanneer jij ochtend- en avonddienst hebt.'

Ze stond met zoveel vaart op dat de stoel achter haar tegen de grond klapte.

'Nee. Geen sprake van,' snauwde ze. 'Ik wil niet dat je moeder hier komt wonen.'

Hij stond op en begon de tafel af te ruimen. 'Het zou misschien wel fijn zijn voor de jongens om haar hier te hebben,' zei hij met zijn rug naar haar toe.

'Het zou misschien wel fijn voor ze zijn als ze een vader hadden die bij zijn gezin wilde wonen,' kaatste ze terug.

Eirik stond met Teddy in de deuropening.

'Gaan jullie scheiden?' vroeg hij met een klein stemmetje.

Mette en Peder keken elkaar aan. Peder liep naar haar toe, sloeg zijn armen om haar heen en begroef zijn gezicht in haar krullen. Toen keek hij omlaag naar Eirik, stak een arm uit en woelde zijn haar om, waarbij hij oprecht lachte.

183

'Nee! We gaan niet scheiden. Ik hou van je moeder, en van mijn twee jongens hou ik meer dan van wie ook ter wereld. Maar soms hebben volwassenen ruzie, net zoals jij en Trym soms ruzie hebben,' zei hij. 'Ik ga een poosje ver weg werken, maar niet voorgoed. Dat zullen jullie moeten accepteren.'

Eirik leek genoegen te nemen met dat antwoord. Hij verdween weer naar zijn broertje voor de televisie.

'Ze gaan niet scheiden,' hoorde ze door de deur heen.

Peder trok haar tegen zich aan, en zij klemde hem vast. De tafel bleef alleen achter met de borden vol gestold visvet erop. Ze draafden de trap naar de eerste verdieping op, vonden de deur van de badkamer en deden die achter zich op slot.

Aron lag op zijn rug naar het plafond te staren. Voor de tweehonderdtweeënnegentigste keer telde hij op zijn vingers af hoeveel dagen, nachten en uren hij al in deze cel opgesloten zat. Het werd er niet beter of slechter door. Hij probeerde ook de minuten te tellen, maar gaf het op. Hij bedacht dat hij evenveel dagen, nachten en uren in volledige eenzaamheid in de boshut op de berg had doorgebracht zonder de tijd bij te houden, noch het aanbreken van de uren, noch het verstrijken ervan. De muren kwamen op hem af en de stilte werkte op zijn zenuwen. Hier binnen heerste een andere stilte. Een valse stilte. Een stilte zonder geluiden.

Hij miste zijn MP3-speler. Behalve muziek had hij diverse uitzendingen van het Buitenluchtmagazine van de NKR-netradio gedownload. Naar die programma's kon hij eindeloos luisteren. Een item over de hazenjacht had hem aan zijn vader doen denken, die het slachtoffer van een boom was geworden. De boom was vermolmd geweest. Opgevreten door de sparrenreuzenmier. Het renovatiewezen van het bos. En toen was die boom zomaar ineens, zwaar en verzadigd met water, op het hoofd van zijn vader Ewald gevallen toen die op pad was met zijn hagelgeweer en de drever met de zachte oren. De hond die nooit anders dan de drever werd genoemd, of alleen maar Drever. Aron had een heel eind achter zijn vader gelopen, zoals altijd in beslag genomen door alles om zich heen. Kijk eens, baardmos, een oudemansbaard, een trollenbaard! Het hing in repen aan de takken van de spar, zo lang als bij een oude kabouter. Een oude spar. Ouder dan Ewald. Ouder dan zijn grootvader Såmund, die dood was, maar deze spar leefde. Een oude spar in het oerbos uit de oertijd! Toen hij bij de plaats kwam waar zijn vader lag, doodgedrukt door een grote, oude boom, had hij zich aan de drever vastgeklampt. Domme, kleine Aron. Hij had heel lang gedacht dat de hond niet van hem hield, maar alleen verknocht was aan Ewald. Er was hem gezegd dat hij van verdriet was gestorven, vier dagen nadat zijn vader op de Noorderbegraafplaats was begraven. Jaren later bleek zijn moeder de drever naar de dierenarts te hebben gebracht. Toen had hij haar gehaat, in het ogenblik van de waarheid, maar dat was overgegaan. Alles gaat over.

Hij lag zich af te vragen of zijn moeder eraan zou denken om Jaco water te geven. Of de vogel wat rond zou mogen fladderen. Hij dacht van niet, maar water moest hij hebben. En eten. Dat kon ze hem toch niet onthouden? Of wel? Met Mons Mockery liep het zo'n vaart niet. Als Aron zijn ogen sloot, kon hij de kat op zijn moeders schoot zien liggen spinnen, terwijl hij met zijn kleine roofdierogen naar hem, Aron, loerde.

Hij had liggen bedenken waarom hij zo opgefokt was geweest toen het nieuws van Arvo Pekka's dood hem had bereikt, die zondag eind maart. Het was niet natuurlijk geweest. Nu ervoer hij het niet meer zo. Het was net alsof hij in een soort roes had verkeerd. In een zeepbel, samen met de filmclub. Ze waren net een familie geweest. Hij was een van hen. Ze hadden over zelfmoord gepraat. Ook al was hij het er niet mee eens geweest, hij was er niet tegen ingegaan. Hij had zich laten meeslepen door de fascinatie van die jonge mensen voor de echt grote thema's: leven, dood, het kwaad, de moraal. En hij had zich zo vereerd gevoeld dat hij de enige volwassene was aan wie ze die gedachten meedeelden. Hij was bang geweest om ze kwijt te raken. Bang om buiten die merkwaardige gemeenschap te belanden, bang om teruggeworpen te worden op een bestaan waarin hij niet langer iets voor een ander betekende, behalve als pispaaltje voor zijn moeder en gezelschap voor Jaco. Aron zou graag om zichzelf en zijn verlies willen huilen, maar hij bracht het niet op. Niets zou ooit nog hetzelfde worden als eerst. Alles was kapotgemaakt, en misschien was dat zijn schuld.

Zijn advocaat, Torkel Vaa, was een paar uur geleden hier geweest. Hij had gezegd dat Aron binnenkort zou mogen gaan; het Openbaar Ministerie had onvoldoende bewijs om hem vast te houden en hij had een waterdicht alibi. Hij probeerde vast te stellen wat hij voelde. Vreugde? Triomf? Absoluut niet. Opluchting misschien, maar geen hevige opluchting. Niets zou meer zijn als vroeger.

Pathetisch genoeg was het zijn eigen spionagecamera thuis in de gang beneden die hem van de galg zou redden. De exacte tijdstippen waarop hij het huis in- en uit- was gegaan stonden opgeslagen op de computer die de politie uit zijn appartement op de eerste verdieping had meegenomen. In combinatie met de rekenschap die zijn moeder van zijn doen en laten had afgelegd en de preciezere vaststelling in het definitieve autopsierapport van het moment waarop Mathias Garmo, wie dat ook wezen mocht, zijn laatste adem had uitgeblazen, zou dat hem zijn bevrijding bezorgen uit deze benauwende stilte, waarin alleen met onregelmatige tussenpozen het geluid van metaal op metaal te horen was. Maar dat was geen reden tot tomeloze feestvreugde. Hij had nog steeds een plaats delict overhoopgehaald. Hij had nog steeds geprobeerd te verbergen dat er een misdaad was gepleegd, en niet zomaar een, maar een moord. Hij kon nog steeds gestraft worden. Niet onredelijk. Om eerlijk te zijn was hij banger voor wat zijn moeder zou doen nu ze van die camera beneden in de gang afwist. Daarvoor zou hij harder gestraft worden. Domme, kleine Aron.

Hij kon het nog steeds niet allemaal op een rij krijgen. Tegen de politie had hij alles gezegd wat hij wist, telkens opnieuw. Maar hij kende Garmo niet, hij had hem nooit ontmoet en nooit van hem gehoord. Ja, hij had de naam Magga wel horen noemen, maar daar hadden ze niets aan. Hij kon ze niet helpen.

In de regel was hij verhoord door Lindgren. Een enkele keer was Morgan Vollan erbij geweest, maar die zei bijna nooit iets. Hij was ouder, en vast en zeker de baas. Een paar keer was Maiken Kvam aanwezig geweest, maar als zij in de kamer was, werd hij onzeker. Ze was mooi. Hij praatte het liefst met Lindgren. En met zijn advocaat. Die had ook een hond met zachte oren. Een teckel. Hij had meer tegen Vaa gezegd dan tegen enig andere sterveling.

Toch had hij het nog steeds niet op een rij kunnen krijgen. Gesteld dat alles toeval was? Dat iemand bij toeval de hut in Luksefjell had uitgekozen om Garmo in stukken te snijden? Nee, dat was natuurlijk onmogelijk, had hij gedacht. Volslagen onmogelijk. Bijna niemand wist van die hut af, en hij was in de winter moeilijk toegankelijk. Maar toen bleek het misschien toch niet zo onmogelijk te zijn. Løvenskiold-Fossum had de weg die dicht langs de hut liep de hele winter sneeuwvrij gehouden! Ze hadden een nieuwe voederplaats voor het wild aangelegd. Een proefproject. Het had zelfs in de krant gestaan. In *Varden*. Lindgren had hem het artikel laten zien. Daar stond een kaart in. Een kaart waarop zijn hut aangegeven stond. Iedereen kon van die sneeuwvrije weg afweten, maar Aron had er niets van afgeweten. Hij las de kranten nooit zo nauwkeurig en beperkte zich meestal tot de online-edities. Dit nieuwtje had niet op internet gestaan. Hij had aantoonbaar via Svanstul door de loipes en de losse sneeuw gezwoegd. Dat hadden ze allemaal gedaan. De hele filmclub. Als ze van die sneeuwvrije weg hadden afgeweten, zouden ze nooit via Svanstul zijn gegaan! Maar waarom had zijn moeder niets gezegd? Die zat iedere ochtend minstens twee uur met haar neus in de *Varden*. Ze had er geen stom woord over gezegd. Misschien had ze zich zitten verkneukelen bij de gedachte dat hij een flinke omweg nam? Domme, kleine Aron.

Vaa had hem verteld over de radiojournaliste Mette Minde, die een documentaire over Arvo Pekka en zijn tragische einde wilde maken. Toen had hij aan de geheugenkaarten gedacht. De geheugenkaarten met de filmfragmenten die Arvo Pekka had gemaakt. De geheugenkaarten die hij in een servet had gewikkeld en in het zijvakje van zijn rugzak had gestopt. De kleine rugzak die hij bij zich had gehad toen hij de lichaamsdelen van Mathias Garmo had gevonden. Niet de grote rugzak die hij had gepakt toen ze er met Pasen heen zouden gaan, waar niets van gekomen was. Niet die, maar de kleine. Degene die thuis boven aan de keldertrap aan de muur hing. Als Mette Minde iets kon vinden waar ze iets aan had, moest ze die geheugenkaarten maar gewoon meenemen. Ze kon toch alleen de geluiden gebruiken van wat een film over het leven van Arvo Pekka had moeten worden. Niemand wist hoe die film eruit zou gaan zien, maar het had een serieuze film moeten worden. Arvo Pekka was daar heel zeker van geweest. Vaa had hem lang aangekeken. Toen had hij gezegd dat hij toch met zijn moeder, met Anna Storm Pettersen, zou moeten praten over die keer dat Ylva langs was gekomen en had gezegd dat ze Aron iets wilde brengen. Iets voor hem. Vaa wilde zelf op onderzoek uit. Hij was Arons verdediger. Hij kon er niet blindelings op vertrouwen dat de politie haar werk zou doen. Wat dat betrof was hij door schade en schande wijs geworden, had hij gezegd. Maar nu zag het ernaar uit dat de politie hem hoe dan ook moest laten lopen, dus misschien waren al die onderzoeken niet nodig.

Hij had Lindgren verteld van de sneeuwscooter die hij had gezien toen hij naar het been zocht dat de vos onder het rotsblok had verstopt. Er had op dat tijdstip niemand van Løvenskiold-Fossum buiten op een scooter rondgereden. Dus wie kon dat geweest zijn? Nee, dat kon Aron niet weten. Hij had ook van de skisporen bij de wand van de hut verteld, en van de deur die niet op slot had gezeten. Lindgren had hem aangestaard en Aron wist dat hij niet werd geloofd. Dat was onaangenaam. Hij wilde niet doordrammen, dat zou alleen maar dom zijn en het nog ongeloofwaardiger maken. Hij zei het gewoon zoals het was. Die scooter en die skisporen had hij gezien, en de deur van de hut had niet op slot gezeten.

Dat de familie Steen-Jahnsen een sneeuwscooter had, vertelde hij er niet bij. Die stond op een aanhanger in de garage toen hij Ulrik op Goede Vrijdag 's ochtends had opgehaald. Ze gebruikten hem in Øyfjell, waar ze een berghut hadden. Dat had Ulrik lang geleden eens verteld. Voor deze hele affaire. Op Goede Vrijdag had hij op een aanhanger in de garage gestaan. Aron had hem gezien toen Ulrik de garagedeur open moest doen om zijn ski's te pakken. Als de politie niet in die scooter en die skisporen geloofde, zou hij zeker niets zeggen dat Ulrik verdacht zou maken. Hij kwam toch binnenkort vrij, als het ging zoals Vaa dacht.

Aron rolde zich op tot een balletje en greep de hoek van het donzen dekbed. Hij hield hem onder zijn neus. Zacht, bijna als het oor van een drever.

Mette had in tijden niet zo'n goed humeur gehad. Ze had een douche genomen. Haar haar was nog vochtig toen ze in het centrum van Skien een zebrapad overstak om Maiken in de bruidssalon te ontmoeten. Van achter de ruit bezagen de etalagepoppen haar met koele blik, gehuld in creaties van lichte stof. Onschuld. Onschuld werd overschat.

Maiken stond midden in de winkel voor een klapspiegel met leeuwenvoetjes. Haar blauwe ogen hadden een warme gloed. Een zomerbruid. Door haar winterbleke huid was de jurk minder flatteus dan hij zou zijn wanneer de zon eenmaal op haar pigment had ingewerkt.

'Zij is mijn getuige,' zei Maiken, naar de eigenares toegekeerd.

'Fantastisch,' zei Mette, terwijl ze verrukt naar de bruid staarde.

'En dan laat je je haar groeien, zodat je het kunt opsteken. Je mag er voor de bruiloft geen centimeter van afknippen,' drong de eigenares aan, een donkere, knappe vrouw van in de vijftig, wier stem in mineur getoonzet was.

'Ik wil parels in mijn haar,' zei Maiken lacherig. 'Maar nu moet je de andere ook bekijken, ik ben heel erg aan het twijfelen. Ik ga me nu verkleden.'

Mette en de eigenares wisselden een blik en lachten elkaar instemmend toe.

'De getuige moet ook een mooie jurk aan,' zei de mineurstem achter haar.

Mette glimlachte gegeneerd en enigszins onzeker. Uiteraard moest ze een jurk hebben. Ze had waarschijnlijk niets hangen wat bij een dergelijke gelegenheid gedragen kon worden.

'Je moet iets groens nemen,' zei de eigenares. 'Ik heet Elsa, en ik weet dat jij Mette bent. Jij moet groen dragen, want in die kleur worden je blauwe ogen gereflecteerd, zodat ze een weerschijn van iets vreemds krijgen. Je hebt iets van een bos. Een bos en waterlelies. Ga hier eens staan.'

Elsa nam Mette mee naar de klapspiegel. Ze ging achter haar staan, greep haar haren vast en drukte het haar aan de zijkant dichter tegen haar hoofd. Daarna zette ze het vast met een klem.

'Jij kunt het hebben als het dicht langs je oren en ver naar achteren zit. Je moet het niet opsteken; het moet tegen je hoofd aan liggen en niet wijd uitstaan en opbollen, zoals nu. En lippenstift, waarom gebruik je geen lippenstift? Je kunt ook best wat scheutiger zijn met de mascara, dat kan nooit kwaad, zei Elsa zacht. 'Nu ga ik je jurk uitzoeken.'

Ze verdween achter een rek met witte dromen en kwam terug met iets groens van een glanzende stof.

'Thaise zijde,' zei Elsa eerbiedig. 'Alsjeblieft, ga maar passen.'

Mette durfde niet te protesteren. Toen ze daar stond met de jurk aan, zag ze dat Elsa gelijk had. Haar ogen waren niet blauw meer, maar groen. De jurk was van boven getailleerd en liep vanaf de heupen recht omlaag. Ze viel tot iets boven de enkels, dus haar schoenen zouden te zien zijn. Het decolleté was ruim, maar niet te diep. Ze had dunne spaghettibandjes die bijna bij de armsgaten begonnen. Van achteren had ze een grote strik als een ouderwetse queue, met lange banden, waardoor haar achterste er gevulder uitzag dan het eigenlijk was. Deze jurk moest ze hebben, wat die ook kostte. In de paskamer ernaast gaf Maiken te kennen dat ze hulp nodig had bij de ritssluiting. Elsa schoot toe. Mette en Maiken kwamen tegelijk de paskamers uit en bleven staan om elkaar te bekijken, waarna ze elkaar met complimenten overstelpten. Maikens jurk viel tot op haar voeten, was nauwsluitend, klassiek en eenvoudig. Recht afgesneden boven de buste. Zonder bandjes. Qua snit zou hij goed bij die van Mette passen, en bovendien beviel deze haar duidelijk het allerbeste. Dus hadden ze allebei hun droomjurk gevonden.

'Caffè latte?' vroeg Maiken toen ze op straat stonden.
'Graag.'
Ze zochten een tafeltje uit bij Kaffe Kopp beneden aan het plein. Zodra ze zaten, barstten ze los. Over Mathias Garmo in het wc-hokje en over Ylva Hegge. Maiken vertelde dat ze het hele etmaal doorwerkten. Dat ze de uitnodigingen voor de bruiloft nog niet had geschreven, maar dat ze de huwelijkssluiting en de feestzaal al hadden geregeld. Ze zag bleek en was minder sprankelend dan normaal. Als Mette dacht dat werken bij de politie leuker was dan in de journalistiek moest ze nog maar eens goed nadenken. Het was pezen en zwoegen geblazen, en nog voor een tamelijk slecht salaris ook, als ze dat maar wist. Inmiddels hadden ze de omgeving van Garmo in kaart gebracht. Hij had vijanden in overvloed.
'En jij,' zei Maiken. 'Jij hebt naar de tante van Arvo Pekka gezocht, Liisa Beijar. Die woont gezond en wel in haar vaderland. De Finse politie heeft haar verhoord als getuige in

verband met Ylva Hegge en Mathias Garmo. Het is maar dat je het weet, dan maak je je niet onnodig ongerust.'

'Mooi,' zei Mette, en ze greep naar haar slaap, waar het zijhaar nog steeds met Elsa's klem tegen haar hoofd aanzat. 'Is er nog iets uit dat verhoor gekomen?'

'Nee. Ze zit uiteraard ontzettend in de put. Ze denkt niet dat ze ooit nog teruggaat naar Noorwegen. Haar huis komt in de verkoop,' zei Maiken. 'Stel je toch eens voor dat je een tweelingzuster hebt die door haar eigen man wordt vermoord, en dat het neefje dat je hebt opgevoed, zelfmoord pleegt. Allemaal binnen een paar jaar, en in een vreemd land.'

'Was het een tweeling? Marija Samuelsen en Liisa Beijar?'

'Ja,' zei Maiken. 'En dan nog iets. Een stukje informatie waar je uiteraard niet mee naar buiten komt, maar we hebben Garmo's mobieltje gevonden. Het lag bij zijn ouders thuis in de kelder, tussen twee kussens. Het mobieltje was aan de oplader gekoppeld. Daarom raakte de batterij nooit leeg. We hebben het opgespoord nadat jij had gebeld.'

'Juist ja, en wat maak je daaruit op?'

'Ik maak niets op, we gaan het controleren. Hij is door een heleboel mensen gebeld en door een paar mensen niet gebeld die dat misschien wel hadden moeten doen. De vraag is dan ook, waarom ze niet hebben gebeld, en het antwoord luidt mogelijk dat ze niet gebeld hebben omdat ze wisten dat het geen zin had. Gesnopen?'

'*Yep.*'

Zodra ze hou je haaks hadden gezegd en elk hun eigen weg waren gegaan, begon Mette over haar eigen bruiloft na te denken. Maiken had verteld dat ze bijna honderd gasten zouden uitnodigen. De bruiloft van Peder en Mette was uiterst bescheiden en informeel geweest. Na de huwelijkssluiting hadden ze met zijn zessen geluncht. De getuigen, een stel uit hun straat in Majorstua en de tweeling, toen nog in de kinderwagen. Mette had geweigerd een conventionele bruidsjurk te dragen en een eenvoudig mantelpakje van oudroze katoen aan gehad. Peder had tijdens de lunch een fantastische toespraak voor haar gehouden; veel van zijn zinswendingen stonden haar nog steeds voor de geest. Dat Mettes ouders dood waren, was een van de redenen waarom ze geen groot feest wilde. Haar schoonouders voelden zich gekwetst, maar zij en Peder vonden dat het in de eerste plaats hun dag was, en dat ze moesten doen wat hun juist leek.

Bos en waterlelies, had Elsa van de bruidsmodezaak gezegd in haar te zien. Dat was mooi, dacht Mette, maar niet waar. Ze was absoluut geen bosnimf, maar juist een typische stadsmeid. Het had een fijn gevoel gegeven om weer door een soort moederlijke zorg omringd te worden. Een vriendelijke stem en oog voor het mooiste in haar. Had ze nog maar een moeder gehad die zulke dingen tegen haar kon zeggen.

Die gedachten schudde ze van zich af, en ze belde de makelaar van de Postbank. Ze wilde het huis zien waarin Arvo Pekka had gewoond, maar dat zei ze niet. De makelaar was een en al gedienstigheid. Hij zag waarschijnlijk een gretige koper voor zich en een potentieel eenvoudige transactie. Morgen, vrijdag, om één uur aan Solves veg. Graag gedaan! Piepjong, en een hoop poeha, dacht ze.

De dag daarop werd ze een half uur voor het einde van haar ochtenddienst door Torkel Vaa gebeld. Haar hart sprong op toen ze zijn stem hoorde, en ze beet geërgerd op haar onderlip. Ze vertelde hem dat ze het huis aan Solves veg ging bezichtigen. Hij vroeg of ze op de terugweg naar Moldhaugen bij hem langs wilde komen op zijn kantoor aan de Storgata. Hij wilde haar iets laten zien.

De auto van de makelaar stond bij de heg geparkeerd toen zij aankwam. Hij glimlachte breed en was precies zo jeugdig en jongensachtig als ze uit zijn telefoonstem had opgemaakt. Hij ratelde aan een stuk door, gesticulerend met een paar magere, bleke kantoorhanden. Wat zou het mooi worden als je de heg knipte. Licht en lucht, met die grote ramen naar het terras. Van die heg daar zou trouwens ook best een stuk af kunnen. Maar natuurlijk! En de oprit kon je plaveien en dat plaatsje bij de ingang voor het keukenraam kon een fantastisch ontbijtterras worden. Hier kwam de ochtendzon al in alle vroegte, je zat er heerlijk uit de wind en je had bijna geen inkijk. Ze liet haar blikken over het hoekje naast buurman Arne met zijn ouwe wijf gaan, maar hij was niet te zien. De teleurstelling sloeg toe toen ze het huis betraden. Alles was weg. Geen enkel meubelstuk, geen enkele foto aan de muur. Alleen gordijnen voor de ramen en een paar plafondlampen. Het rook naar zeep en leegte. De muren waren vlekkerig, met de rechthoekige omtrekken erop van alles wat er tegenaan had gestaan maar er niet meer stond. Ze liep alle kamers af. Waar Arvo Pekka had geslapen, was niet meer te zien. In de kleinste slaapkamer, waarschijnlijk. Hier zaten nog gaatjes van punaises en spijkers in de wand, maar er stond geen bed. Geen bureau. De kastdeuren stonden open. Daarbinnen was het leeg. De makelaar praatte nog steeds, maar ze luisterde niet. Ze dacht aan alles wat er in dit huis was gebeurd.

Ze liep de woonkamer in en trok de gordijnen opzij. Het licht stroomde de kamer binnen. Ze bleef even staan en keek naar het terras waar Marija Samuelsen in de zomer had liggen zonnen, in de beschutting van de heg. Ze trok de gordijnen weer voor de ramen en slenterde rond in de kamer, alsof ze zich afvroeg hoe ze die zou meubileren. De makelaar praatte maar door.

'Alles staat in de opslag,' hoorde ze. 'Als het niet al weggehaald is. Het hele huis is door een schoonmaakbedrijf gereinigd. Ze komt niet meer terug. Wat een vreselijke toestand. Jasses. Het arme mens. Maar dit is een veilige, leuke buurt en je kunt hier met wat eenvoudige ingrepen een tophuis van maken.'

De kelder was al even leeg als de rest van het huis. Hier beneden moest Arvo Pekka volgens Solfrid Steen-Jahnsen zijn eigen donkere kamer hebben gehad. Nu was alles weg, als het er al was geweest.

'Mag ik de garage zien?'

'Maar natuurlijk!'

De garage was ook leeg. Geen enkel stuk gereedschap. Niet eens een achtergebleven liter motorolie of een fles onkruidverdelger. Leeg, opgeruimd, schoongemaakt.

Toen ze bij de heg afscheid namen, pakte ze plichtmatig de envelop aan waar de prospectus en het biedingsformulier in hoorden te zitten. Ze bleef een poosje zitten nadenken voor ze uit haar auto stapte, die afsloot en door de straat omhoog liep naar het huis van Steen-Jahnsen.

Solfrid deed open, met een glimlach van herkenning. Mette vertelde waarvoor ze kwam. Ze was bezig met een radiodocumentaire over Arvo Pekka Samuelsen. Wilde Solfrid te zijner tijd voor de microfoon over hem praten? Konden ze een afspraak maken. Ja, vanzelf, daar was ze zonder meer toe bereid. Mette zei dat ze ook met Ulrik moest praten. Ze wilde graag iedereen spreken die Arvo Pekka goed had gekend.

'Ulrik en Idun zitten op dit moment beneden in het souterrain,' zei Solfrid.

'Idun Hegge?'

'Ja. Ik geloof dat ze elkaar zitten te troosten. Ze missen Ylva allebei. Net als wij allemaal,' zei ze.

'Maar dan wil ik niet storen,' zei Mette. 'Ik moet Ulrik alleen spreken. Ik neem later wel contact met hem op.'

Ze spraken af dat Mette de week daarna zou komen, op woensdagmiddag.

'Weet je,' zei Solfrid, 'nadat jij vlak voor de paasvakantie langs was geweest, heb ik veel nagedacht. Ulrik en Arvo Pekka zijn zo'n beetje als tweeling opgegroeid. Dat is echt zo. Net als Ylva en Idun. En nu zijn ze allebei de andere helft van de tweeling kwijt. Ylva en Arvo Pekka zijn weg, terwijl Ulrik en Idun alleen achterblijven. Ik bid iedere dag tot God dat ze haar zullen vinden. Die onzekerheid is afschuwelijk. En dan die scooter die ze in Fossum hebben gevonden. Ze is dood, denk je ook niet?'

'Het is al meer dan een week geleden sinds iemand haar heeft gezien,' zei Mette. 'Het is niet zo raar om te denken dat ze dood is.'

'Geloof jij dat die leraar er iets mee te maken heeft? Degene die vastzit voor de moord op die Garmo?'

'Dat weet ik niet, maar daar komt de politie wel achter,' zei Mette.

'Laten we het hopen,' zuchtte Solfrid.

Ze parkeerde bij Hotel Vic in een zijstraat van de Storgata en liep het kleine stukje naar het drie verdiepingen hoge gebouw waarin Vaa op de eerste etage zijn praktijk had. Voor een kledingzaak op de begane grond had iemand een tafel en twee stoelen neergezet. Het krioelde van de voetgangers in de Storgata, de voornaamste winkelstraat van Porsgrunn, die eenrichtingverkeer had en vanaf Osebakken tot het winkelcentrum Down Town parallel liep aan de rivier.

Ze liep met twee treden tegelijk de trap op en merkte dat haar dijspieren stijf waren. Voor de massieve, donkerhouten deur bleef ze staan en las de geelkoperen naamplaat die vermeldde wie daar was gevestigd voor ze op de bel drukte. Over de intercom klonk een vrouwenstem, Mette zei wie ze was, en de deur ging open. Ze stapte een tamelijk grote hal binnen. De ruimte werd door een balie in tweeën verdeeld. Voor de balie bevonden zich een kleine garderobe en een paar stoelen. Het zou wel de bedoeling zijn dat je daar ging zitten wachten, zoals bij de tandarts. Voor de klanten stond een tafeltje met kopjes en een koffiekan klaar. Achter de balie zat een vrouw met een donkerblauw mantelpakje en een witte blouse aan. In haar oren, die goed zichtbaar waren onder haar korte haar, droeg ze parels.

'De heer Vaa verwacht u, u kunt gewoon naar binnen,' zei ze formeel, en met een keurende blik op Mette stond ze op om de deur naar Vaa's kantoor te openen.

Hij stond midden in de kamer met zijn handen op zijn rug, gekleed in een grijs pak en een wit overhemd met een streepjesdas in verschillende tinten grijs. Zijn schoenen waren zwart en glanzend gepoetst. Zijn bril lag op zijn bureau, bij het raam dat op de rivier uitkeek. Hij deed haar denken aan een slankere versie van de detective Poirot, zonder snor, voor zover zoiets voorstelbaar is. Acteur keek op vanaf zijn plek in de rieten mand onder het raam. De hond rekte zich uit, schudde zich en liep op haar af om haar te begroeten.

'Hier ben ik,' zei ze, om maar iets te zeggen, terwijl ze tegelijkertijd aan haar slapen voelde of haar haarspelden zaten zoals ze hoorden. Ze was vandaag scheutiger geweest met mascara dan gewoonlijk en haar lippen waren voorzien van een dun laagje lippenglos.

'Mooi, luister dan maar,' zei hij, terwijl hij zijn wenkbrauwen enigszins optrok.

Vaa had een bezoek gebracht aan de moeder van Aron Storm, Anna Storm Pettersen. Zijn moeder was pertinent van mening dat haar zoon niets met de moord op Garmo te maken had. Hij is niet eens in staat om een aangeschoten haas dood te slaan, had ze snuivend gezegd.

'Maar ik kreeg deze mee,' zei hij, terwijl hij een servet met een bloemetjesmotief openvouwde.

In het papier lagen twee geheugenkaarten van hetzelfde type dat de televisiemensen gebruikten voor het opslaan van filmopnamen.

'Hierop staan scènes uit de film die Arvo Pekka over zijn leven wilde maken,' zei Vaa. 'Storm heeft die geheugenkaarten bewaard en zegt dat je ze wel mag gebruiken als je er iets aan hebt bij het maken van je documentaire.'

Ze staarde hem een paar tellen ademloos aan en wilde ze net pakken toen hij met een glimlach zijn hand om het servet sloot.

'Nee, we gaan die film samen bekijken. Ik koop wel popcorn,' zei hij.

'Heb je hem al gezien? Weet je wat erop staat?'

'Nee, ik weet niet wat je met zulke dingen doet. Ik heb de apparatuur niet om ze op af te spelen,' zei hij kalm. 'Maar ik weet dat jij die wel hebt.'

'We kunnen naar de NRK gaan en ze daar meteen afspelen,' zei ze enthousiast.

'Nee, dat gaat niet, ik ben tot en met zondagochtend bezet. We kunnen om twaalf uur op Borgeåsen afspreken, als dat jou schikt.'

Ze haalde diep adem en bevestigde dat het prima was. Hij boog zich naar voren om een kleine safe te openen, legde de geheugenkaarten erin en gooide de deur weer dicht.

'Anna Storm Pedersen is heel scherp,' zei hij. 'In meer dan een opzicht. Volgens mij is die dame behoorlijk intelligent. Dat merk je wanneer je met haar praat, ze heeft dingen heel snel door. En zelfs al kan ze als moeder waarschijnlijk een beproeving zijn, ik geloof dat ze ook haar zachtere kanten heeft. Ze zei dat Ylva een tijdje voor haar verdwijning bij Aron langs was geweest, maar dat Aron toen niet thuis was. En Ylva was echt wel aardig geweest, maar Anna had die dag een rothumeur gehad en zich van een nogal onbeleefde kant laten zien. Daar dacht ze vaak aan, zei ze, nu Ylva verdwenen was.

Mette zag weer voor zich hoe de leraar fotografie die dag in Luksefjell de hut binnen werd geleid.

'Hoe gaat het met hem, met Aron Storm?' vroeg ze.

'In voorlopige hechtenis zitten voor iets wat je niet hebt gedaan is voor iedereen een hard gelag,' zei Vaa. 'Aron houdt zich er goed onder, maar ze zullen hem moeten laten gaan. Het is bewezen dat hij Mathias Garmo niet vermoord kan hebben.'

'O ja? Bewezen?'

'Ja. Ik kan niet in details treden, maar we zien elkaar zondag,' zei hij opgewekt.

Het examenbusje stond bij Even Ivarstuen buiten op het erf. Het boerenbedrijf lag aan de rand van de bebouwing, aan drie kanten omgeven door akkers en weiden. Om haar heen rook het naar vochtig voorjaar. De kruinen van de eiken boven op de heuvel waren inmiddels bedekt met een zwak groen waas. Over een paar weken kwamen de blaadjes uit en werd het echt lente. Nu scheen eindelijk de zon, dus dat schoot lekker op. Idun had een penseeltje in haar hand. Voorzichtig bracht ze het laatste streekje wit aan bij de letters die de namen vormden van degenen die meereden in het examenbusje 'Clockwork Orange'. ULRIK, EVEN, JANNE, IDUN, ARVO PEKKA, YLVA, IDA.

Ze hadden er langdurig over gediscussieerd of ze de namen van Arvo Pekka en Ylva moesten laten staan. Ulrik en Even hadden begin maart al twee rode strepen op de Ford Transit geschilderd, toen het busje nog in de hooischuur stond. Ylva en Janne hadden kort daarna met behulp van wit karton de namen aangebracht. Voordat Arvo Pekka zichzelf had doodgeschoten. Even had ten slotte aangevoerd dat het een eerbewijs jegens Arvo Pekka was als ze zijn naam lieten staan. De anderen waren het daarmee eens. Idun had zich niet in het gesprek gemengd. Ze kende geen van hen erg goed, maar na Ylva's verdwijning waren ze allemaal achter haar gaan staan. Het gaf een goed gevoel om zoveel steun te krijgen. De moeder van Even Ivarstuen had zelfs een arm om haar heen geslagen toen ze een paar uur geleden met een mand pasgebakken broodjes naar buiten was gekomen, en Ulriks moeder was ook heel lief voor haar. Gisteravond had ze samen met zijn ouders pizza gegeten. Zij en Ulrik hadden zij aan zij aan tafel gezeten, alsof ze daadwerkelijk met elkaar gingen. Niemand zou die avond uitgaan. Over een paar dagen vond de aftrap plaats en dan kon de examentijd zelf, zowel gevreesd als langverwacht, beginnen. Idun merkte dat ze kriebelig was van opwinding. Haar examenjurk lag thuis klaar op haar kamer, versierd met symbolen, parels en noppen.

Een paar weken geleden, in het zwembad met Arvo Pekka, had ze gedacht dat ze nooit examen zou doen. Nu was Ylva degene die nooit examen zou doen. Nadat ze in Fossum haar scooter hadden gevonden, was haar moeder pas goed ingestort, en aan de Grensegata viel bijna niet te leven. Haar moeder schuifelde de hele dag rond in haar lelijke gele och-tendjas. Ze had zich ziek gemeld. Eten koken zoals anders deed ze niet meer, en ze deed zelfs geen boodschappen. Haar stiefvader moest alles doen, maar om de een of andere reden had hij geen grote bek meer tegen Idun en Oliver. Niemand verlangde nog iets van ze. Olivers cavia was doodgegaan. Gisteren had hij op zijn rug gelegen met zijn pootjes in de lucht, morsdood. Ze waren vergeten hem water te geven.

Idun verfde Ulriks letters wit. Ze ging staan en keek naar hem, zoals hij met zijn rug naar haar toestond. Zijn armspie-ren bolden op onder zijn T-shirt. Ze dacht aan wat Ylva had gezegd, die middag dat ze witte wijn hadden gedronken op haar kamer. Wie zou Ulrik hebben meegenomen in de dood? Nee, hij zou nooit sterven. Haar hart zwol op. Alsof hij merkte dat ze naar hem keek, keerde hij zich met vragende ogen naar haar om. Haar wangen begonnen te gloeien. Idun ketchup! Snel draaide ze zich naar de ongeploegde akker om.

*

Mette had besloten dit weekend helemaal niets te doen wat met haar werk te maken had. Nu was het zaterdagochtend, en tot dusverre was het haar uitstekend gelukt. Ze waren naar Kragerø gereden en hadden de veerpont naar Jomfru-land genomen om de bosanemonen te zien bloeien en naar de golven te kijken die over de kiezels van het morene-eiland aan de uiterste rand van de scherenkust spoelden. Zij en Pe-der hadden allebei de auto's genomen, zodat er plaats zou zijn voor Trym, Eirik en hun vriendjes Kristian en Bjørn. Nu toerden ze in langzaam tempo vanaf de Tårnbrygga-steiger via de uitspanning van Haga in de richting van de twee vuur-torens, de nieuwe en de oude, die vanuit grote delen van de eilandgemeente te zien zijn.

Ze praatten over van alles en nog wat en probeerden het gevaarlijke onderwerp zo goed mogelijk te mijden. Dat Peder helemaal uit vrije wil bij hen weg zou gaan naar een verafgelegen plek. Hij was degene die het ter sprake bracht, alsof hij zich er zo geweldig op verheugde dat hij het niet voor zich kon houden. Hij zinspeelde erop dat ze een weekrooster voor de volgende week moesten maken, want hij nam immers het vliegtuig naar het noorden om vrijdag dat sollicitatiegesprek te hebben. Het beste kon hij op donderdag vertrekken. Ze antwoordde dat ze het daar misschien morgen over konden hebben. Ze hoefden het toch zeker niet te bespreken tijdens hun dagtochtje? Hij zei dat zijn moeder best op de jongens wilde komen passen. Dus hij had haar uitgenodigd. Mette merkte dat haar irritatie toenam. Ze had niet echt iets tegen haar schoonmoeder, maar ze was ook niet dol op haar. Donderdag en vrijdag had ze avonddienst. Hij had vast haar dienstrooster gecheckt, dat in haar werkkamer hing. Ze bracht het niet op om bezwaar te maken. Hij had het ongetwijfeld met de beste bedoelingen gedaan, de boel willen regelen en rechtbreien. Daar zou ze eigenlijk blij om moeten zijn, maar dat was ze niet. Ze had het gevoel dat het juist nu belangrijk was dat Peder en zij wat tijd voor elkaar hadden, zonder dat haar schoonmoeder rondslofte.

Onder de bladerloze eikenbomen golfde het anemonentapijt over de grond. Het moesten er miljoenen zijn, en ze groeiden heel dicht op elkaar. De getande blaadjes hielden elkaar als handen omvat, terwijl de bloemkronen zich uitstrekten naar het licht. Het was tot dusverre de warmste dag van het voorjaar. De zon scheen aan een hemel die bezaaid was met kleine plukjes wolk, terwijl de lentewind tikkertje speelde in de kale takken en ze bij iedere vlaag vrolijk tegen elkaar aan liet klapperen. Hij pakte haar hand en ze liet toe dat hij die vasthield. In stilte liepen ze door naar de kiezelstenen aan de buitenrand van het eiland, waar de wit schuimende branding op het land afkwam. Ze dacht aan de film van Arvo Pekka.

De donkergroene Rover stond onder de takken van een enorme treurberk geparkeerd toen ze op zondagochtend aan kwam rijden. De spanning zinderde wild en warm door haar heen. Het leven van Arvo Pekka. De groene ogen op de foto die op het kleine altaartje op school had gestaan. Een eeuwigheid geleden, toen het nog winter was geweest. Nu was het lente. Ze parkeerde de Golf demonstratief naast zijn donkergroene slee. Zij had de sleutel en zij wist hoe de apparatuur werkte, zelfs de montagetafel, ook al had ze geen cursus videojournalistiek gevolgd.

Vaa glimlachte. Acteur moest in de auto blijven. De hond stond op de voorstoel met zijn poten op het stuur en keek hen na toen ze de deur van het NRK-gebouw van het slot deden en naar binnen gingen. Het was te vroeg voor de weekenddienst, wie die taak ook had. In elk geval niet Jensemann. Die was nog steeds ziek gemeld. Ze moest hem eigenlijk bellen, bedacht ze. Ze had helemaal niet meer aan Jensemann gedacht. Vaa had geen popcorn gekocht.

De filmfragmenten van Arvo Pekka waren lastig te begrijpen, maar toen Mette na het vertrek van Vaa in haar eentje in het grote NRK-gebouw zat na te denken over wat ze zojuist had gezien, bleef deze veelzijdige jongen haar nog net zo fascineren. Haar hoofd liep over van de vragen. Enigszins afwezig zette ze een televisie aan. NRK2 zond een film van Ari Kaurismäki uit. Plotseling stond het haar duidelijk voor ogen wat ze moest doen. Ze toetste het nummer van redactiechef Rieber in. Na wat onderhandelen kreeg ze erdoor dat ze drie opgespaarde vakantiedagen mocht opnemen. Het was van vitaal belang, een privékwestie, maar ze zou terug zijn voor de avonddienst op donderdag.

De SAS vloog vanaf Gardermoen via Stockholm op Vaasa. Via internet boekte ze een enkele reis. Als ze eenmaal in Vaasa was, zou het haar vast wel lukken om Liisa Beijar op te sporen. Peder had de eerste drie dagen van deze week dagdienst. Daarna zou hij voor zijn sollicitatiegesprek naar Narvik vliegen. Ze hadden het weekrooster vandaag meteen na het ontbijt opgesteld. Zijn moeder zou op de tweeling passen. Alles was geregeld voor die drie eerste dagen van de

week. De school, de jongens daarna naar de naschoolse opvang, en Peder in de dagdienst.

Ze moest gewoon meteen weg. Nadat ze de dienstregeling
van de vluchten had bekeken, boekte en betaalde ze. Vervolgens printte ze alles uit, en ook de bevestiging van het hotel
in Vaasa waar ze voor twee nachten een eenpersoonskamer
had gereserveerd. Ze zocht de benodigde opnameapparatuur
bij elkaar en deed er wat extra batterijen bij. Haar oog viel
op een van de kleinste handcamera's. Wel of niet? Ze woog
het ding op haar hand en besloot van wel. Vond een oplader
en wat geheugenkaarten en stopte alles in haar handtas. De
geheugenkaarten van Arvo Pekka zaten daar al in, die kon ze
rechtstreeks op deze camera afspelen. Vaa had er niet op gestaan ze te houden. Ze waren van haar.

Op weg naar buiten kwam ze degene die ochtenddienst
had tegen; die was op weg naar binnen. Tomas Evensen. Ze
groette hem relatief vriendelijk, zoals Rita Rieber haar had
opgedragen. Hij groette haar ook, heel normaal, zoals je een
plaatsgenoot die tien jaar geleden in de parallelklas van je
broer heeft gezeten, best gedag wilt zeggen. Ze wisselden
geen woord.

Ze zette haar handbagage naast haar stoel en nipte van de
warme koffie. Het meisje achter de bar had kort, blond haar
en een frisse, innemende glimlach. Ze deed aan Annie Len-
nox ergens aan het eind van de jaren tachtig denken. Door de
grote ramen zag ze een vliegtuig van de grond komen en op-
stijgen. De *gate* lag vlak achter de bar, maar het boarden
voor Vaasa begon pas over een kwartier. Ze was nog nooit
eerder op Arlanda geweest, maar merkte dat het haar hier
wel beviel. Het gevoel op reis te zijn, onderweg van de ene
plaats naar de andere. De vrijheid, de koffie, de kranten, al
die anderen, onbekenden die ook onderweg waren. Het was
helemaal niet vreemd om hier alleen te zitten. Liisa Beijar,
dacht ze. Wie ben je? Marija Samuelsen. Wie was je? Een
tweeling, net als haar jongens. Een tweeling zoals Idun en

Ylva. Zoals Ulrik en Arvo Pekka net een tweeling waren. En in alle gevallen ontbrak er een. Nee, niet in alle gevallen. Mijn jongens zijn bij elkaar. Trym en Eirik, dacht ze vol tederheid toen ze opstond om in de rij bij de *gate* te gaan staan.

Het was een vliegtuig met propellers, en vrij klein vergeleken met het SAS-toestel, een Boeing 737, waarmee ze van Gardermoen naar Arlanda was gevlogen. 'Blue1' stond er met blauwe letters op de witte vliegtuigromp. Ze stapte uit de bus die hen naar het toestel had gereden. Ze waren maar met weinig. Ongeveer twintig, misschien. Voornamelijk mannen, die naar hun kleding te oordelen voor zakelijke doeleinden op weg waren, en een paar meisjes die er als studentes uitzagen. Vaasa had een universiteit, had ze op internet gelezen. Verder was de stad tweetalig, met zo'n tachtig procent Finstaligen en twintig procent Zweedstaligen. Vaasa is de Finse naam, Vasa de Zweedse. Het ligt aan de westkust van de Botnische Golf, ongeveer halverwege Finland, ter hoogte van Trondheim of daaromtrent. In deze stad, die omstreeks zestigduizend inwoners had, moest ze Liisa Beijar vinden.

Ze liet zich op de blauwe leren stoelzitting zakken en strekte haar benen voor zich uit. Er was verbazend veel plaats voor haar benen. Toen ze in de lucht waren, verkondigde de kapitein in vloeiend Zweeds dat de vliegtijd naar Vaasa vijfenveertig minuten zou bedragen. Mette sloot haar ogen en zweefde weg in de wereld van de droom. Geen turbulentie, alleen maar tuleachtig roze. Een jurk. Maar er zat geen lichaam in de jurk. Ze schrok met een ruk wakker van de stem uit de luidspreker en vroeg zich af of ze gesnurkt had, of gekwijld. Ze begonnen aan de landing in Vaasa. Beneden haar zag het eruit als Noorwegen of Zweden. Boomschorsgrauwe velden met kale loofbomen en hier en daar groene plukjes naaldbomen. Meren. Akkers, een paar al omgeploegd, zwart en vet, andere vaalbruin, met de verdorde halmen van vorig jaar erop. April, dacht ze. Binnenkort komt alles pas echt tot leven.

Het vliegveld was aangenaam klein en overzichtelijk. Kleiner dan Torp in Sandefjord. Misschien net zo groot als Geiteryggen, het kleine vliegveld van Skien, maar het vliegverkeer was hier vast drukker. Aan de voorkant stonden de taxi's in een rij. Ze ging in de eerste zitten en vroeg of ze naar het Radisson Hotel in het centrum kon worden gebracht.

Ze had gelogen tegen de redactiechef, dus moest ze haar reis- en verblijfkosten zelf betalen, maar zodra de documentaire goed en wel geredigeerd was en op het uitzendschema van P2 stond, zou ze Rita Rieber vragen of de kosten gedekt konden worden. Voorlopig maakte ze gebruik van haar erfenis.

De kamer bevond zich op de vierde verdieping en keek uit op het station, een laag gebouw van licht hout met de obligate klok aan de muur hoog boven de ingang. Ze zag dat het bijna vier uur 's middags plaatselijke tijd was. Thuis was het drie uur, en haar jongens zouden zo meteen uit de naschoolse opvang komen. Nadat ze die paar spulletjes had uitgepakt die in haar handbagage zaten, stortte ze zich allereerst op het telefoonboek dat ze in een la in het bureau had gevonden.

Ze zocht het nummer van het politiebureau op en toetste het in op de telefoon op het bureau. Aan de andere kant nam een vriendelijke stem op. Ze zei waarvoor ze belde, en werd doorverbonden met een stem die iets minder vriendelijk was. Maiken had verteld dat de Finse politie met Liisaa Beijar had gesproken. Zij moesten weten waar ze zich bevond. Nee, helaas. De politie gaf geen adressen door, maar als ze wilde, kon ze haar eigen nummer achterlaten. Dan kon de politie contact met Beijar opnemen en haar vragen of ze de journaliste uit Noorwegen wilde bellen. Mette beet op haar onderlip. Nee, dat was geen goed idee. Haar komst moest een verrassing blijven. Ze bedankte voor de hulp en hing op.

Beijar. Met haar wijsvinger liep ze de bladzijden van het telefoonboek na. Dertien personen die Beijar heette. Niemand die de voornaam Liisa had, maar dat had ze ook niet verwacht. Liisa zou in die vijf jaar in Noorwegen echt haar telefoonabonnement in Finland niet hebben aangehouden. Mette begon bovenaan en belde het eerste nummer op de lijst.

Idun pakte haar mobiele telefoon en keek naar het nummer op het display. Niet iemand van wie ze de naam had opgeslagen. Ze wachtte even voordat ze opnam.

'Idun Hegge,' zei ze met een kunstmatig diepe en enigszins vragende stem.

'Hallo, Idun, met Peder Haugerud, de man van Mette Minde. Luister eens, ik zit met een probleem en ik heb hulp nodig. Ik vroeg me af of jij me kon helpen,' zei hij.

Toen ze het gesprek een paar minuten later beëindigden, had ze kriebels in haar maag. Ze ging oppassen bij de tweeling van Mette Minde. De jongetjes op wie Ylva had gepast. Mettes man moest met het vliegtuig naar Kirkenes, waar dat ook lag. Hij moest naar een sollicitatiegesprek waar hij plotseling voor was opgeroepen, en Mette was op reis. Ze was naar Finland om de tante van Arvo Pekka op te zoeken. Die laatste mededeling beviel Idun niet, maar anderzijds had ze nu niets te vrezen. Liisa dacht dat het meisje dat met die USB-stick was aangekomen Ylva was, en Ylva was weg, weg, weg. Ze had zich er al die tijd al uit weten te redden. Ze had van niets en niemand iets te vrezen.

Idun pakte haar toiletspullen en wat kleren in een kleine tas. Haar schooltas liet ze staan. Ze wilde morgen niet naar school. Ze wilde in Mettes huis blijven. Ze wilde ergens anders zijn, een hele dag, zonder iets anders te doen dan daar te zijn.

Toen ze beneden kwam, hoorde ze het geluid van de televisie. Haar stiefvader was naar zijn werk. Hij maakte tegenwoordig lange dagen. Oliver was nog niet thuis van school. Het stonk naar sigarettenrook. Haar moeder was weer gaan roken en alsof dat nog niet genoeg was, rookte ze binnenshuis. Ze at niet en zei bijna niets. Idun zuchtte toen ze de boterhammen die ze een paar uur geleden zo ijverig had gesmeerd nog op de salontafel naast de overvolle asbak zag staan. Ze liet haar tas op de grond ploffen en beende de woonkamer in, pakte de asbak, zocht in de keuken een plastic zak en gooide de peuken erin. Toen liep ze weer naar binnen en zette de asbak op tafel neer. Haar moeder tilde haar hoofd op en keek haar aan. Ze had die gepijnigde blik in haar ogen. Ze deed denken aan een dier dat wist dat het zou worden afgemaakt. Idun verbrak het oogcontact. Ze schreef een briefje voor Oliver en legde dat op het aanrecht.

Ze pakte de sleutels van de Toyota die op het dressoir in de gang lagen. Het had geen zin om haar moeder te vertellen waar ze naartoe ging. Haar moeder hoorde of zag toch niets, en de auto zou ze ook niet nodig hebben. Wie reed er nu rond met een gele ochtendjas aan!

Een kwartier later reed ze de doodlopende weg naar het huis van Mette in. Peder Haugerud stond al klaar naast zijn auto, een blauwe stationcar. De tweeling was nergens te bekennen.

Mette had de eerste tien personen met de achternaam Beijar gebeld. Ze hadden op één na allemaal opgenomen. Een sprak er geen Zweeds, maar heel redelijk Engels. Niemand kende een Liisa Beijar die vijf jaar geleden naar Noorwegen was verhuisd. Ook herinnerde niemand zich Marija Beijar. Ze zuchtte. De honger knaagde. Ze noteerde de laatste namen en nummers op haar schrijfblok en nam de lift naar de begane grond. Het hotel had kamers in twee aparte gebouwen aan weerszijden van twee smalle straatjes waartussen een laan met hoge bomen was aangelegd. Zo'n beetje als Unter den Linden in Berlijn, maar dan een maatje kleiner. De receptie en het restaurant Fransmanni bevonden zich in het gebouw aan de overkant. Ze liep de receptie door en nam een plattegrond en een krant mee voordat ze het restaurant binnenging. Aan diverse tafeltjes zaten mensen. Ze zocht een plaatsje uit aan het raam, met uitzicht op de laan met bomen.

Het lukte haar om nog een Beijar te bellen voor de ober met het menu kwam. Alweer mis. Ze bestelde Duitse biefstuk met ui en een cola light. Moedeloosheid nam bezit van haar. Wat had ze eigenlijk gedacht? Dat ze alleen maar naar Vaasa hoefde te reizen, waar Liisa vijf jaar geleden had gewoond, en haar dan zomaar een, twee, drie zou vinden? Ze had hier natuurlijk geen huis meer. Misschien woonde ze wel bij een vriendin, of bij familie in Helsinki, of heel ergens anders. Dit was volslagen idioot, dacht ze, terwijl ze het volgende nummer op de lijst belde. Er werd niet opgenomen.

Toen het eten werd gebracht, spreidde ze het *Vasablad* uit, een Zweedstalige krant in groot formaat die de halve tafel besloeg. De biefstuk was verrukkelijk, en haar humeur steeg een paar graden. Ze had morgen de hele dag nog, en het grootste deel van de volgende dag. Opnieuw pakte ze haar mobieltje. Tien minuten later was het zo klaar als een klontje dat geen van de mensen die onder de naam Beijar in het telefoonboek stonden, Liisa kende. Ze bestelde chocoladecake en koffie als dessert en bestudeerde de plattegrond die ze had gekregen. Het hotel lag tussen de Vasaesplanaden en de Hovrättsesplanaden, twee hoofdstraten. Vlak in de buurt lag ook het Salutorget, dat een heuse bezienswaardigheid scheen te zijn. Toen kreeg ze plotseling een inval. Het *Vasablad*! Natuurlijk. Ze moest een collega te pakken zien te krijgen. Ze keek op pagina twee. De redactie bevond zich aan Sandögatan 20. Ze bestudeerde de plattegrond nog eens. De Sandögatan lag op een steenworp afstand van het hotel. Ze vroeg de ober om de rekening op haar kamernummer te zetten, pakte haar boeltje bij elkaar en liep de laan in.

De redactie van het *Vasablad* was open tussen negen uur 's ochtends en half twaalf 's avonds. In de receptie glimlachte de dame achter de balie vriendelijk onder de krijtwitte designlampen aan het plafond. Mette vertelde langzaam en duidelijk waarvoor ze kwam. De dame begreep het. Ze fronste peinzend haar voorhoofd. Toen klaarde ze op en vertelde Mette in zangerig Zweeds dat ze het beste met Jacob Norrgård kon praten. Of ze even wilde gaan zitten om te wachten. En er zat koffie in de kan, als ze daar zin in had.

Mette ging op de turkooisgroene bank zitten en wachtte een paar minuten, waarna er een lange man van midden veertig opdook. Hij had een pet op, een goedverzorgde, zwarte snor en een bril met een stevig montuur en ovale glazen die op het puntje van zijn neus rustte. Hij stak zijn hand op bij wijze van groet en vroeg of ze mee naar de redactie wilde komen. Ze kwamen in een grote, open kantoortuin waarin de werkplekken van de journalisten als kleine eilandjes over de blauwe vloer verspreid lagen. Aan het plafond hingen dezelfde witte lampen die ze in de receptie had gezien. Diverse van de eilandjes waren bevolkt. Ze voelde hun nieuwsgierige ogen in haar rug terwijl ze samen met Jacob Norrgård naar het midden liep. Ze kreeg een stoel aangeboden en hij ging tegenover haar zitten.

Ze vertelde zo eenvoudig en duidelijk mogelijk over de documentaire waar ze aan werkte, en over haar behoefte om in contact te komen met Liisa Beijar, die dus ruim vijf jaar geleden uit Vaasa naar Noorwegen was verhuisd. Hij hoorde haar ernstig aan, terwijl hij met zijn duim en wijsvinger over zijn snor streek, allebei de andere kant op. Toen ze uitgesproken was, glimlachte hij breed. Dat is nogal wat, verklaarde hij, en het heeft zeker nog haast ook? Die haast bevestigde ze. Hij schreef wat feiten op het notitieblok dat voor hem lag, vroeg om haar mobiele nummer en schreef dat ook op. Toen zocht hij in de bovenste la van zijn bureau naar een visitekaartje en overhandigde dat haar. Naam, foto en mobiel nummer.

Jacob verzocht haar of ze een wandeling naar de Hovrättsesplanaden en het Salutorget wilde maken, terwijl hij onderzoek deed. Hij werd er zenuwachtig van als iemand zat te wachten. Het is het beste als ik weet dat iemand aan het wandelen is, zei hij enigszins verontschuldigend, en hij trok aan zijn snor. Een uurtje, meer had hij niet nodig. Hier kwam hij wel achter. De bronnen hingen zij aan zij, als pas gestreken overhemden in de kast, beweerde hij. Hij deed voor de krant de bedrijfsjournalistiek, met inbegrip van de bedrijfscriminaliteit. Als hij beet kreeg voor het uur om was, zou hij haar bellen.

Toen ze op straat was, belde ze Peders nummer. Hij nam niet op. Ze hadden hun vaste telefoon al lang geleden opgezegd, dus een alternatief was er niet.

Ze wilden niet naar het kinderprogramma op de televisie kijken en ze wilden niet spelen. De tweeling wilde dat mamma en pappa thuiskwamen, en als mamma en pappa niet konden, dan moest Ylva komen. Idun merkte dat haar irritatie toenam. Het ging niet zoals ze had gedacht. Verwende rotjochies waren het. Ze zeurden en ze lagen dwars. Bovendien deed Trym lelijk tegen Eirik. Hij pakte Teddy af en gooide de knuffel in de lucht. Eirik huilde van woede. Zij zou nooit kinderen nemen. Ze moest Trym een lesje leren. Dergelijk gedrag kon ze domweg niet door de vingers zien. Maar eerst moest ze hen zien te kalmeren. Waar haalden ze al die energie vandaan?

'We gaan pannenkoeken bakken!' riep ze enthousiast.

Ze keken allebei een paar tellen lang sceptisch. Toen barstte het gejuich los.

'Ja! Pannenkoeken!'

Eindelijk, dacht Idun. Eindelijk komt er rust in de tent.

Alles stond klaar om de eerste pannenkoeken te bakken, toen haar mobieltje ging. Het was Peder Haugerud. Ze verzekerde hem dat alles goed was. Prima in orde. Hij was zojuist in Værnes geland, waar dat ook was, en zou over een uur verder vliegen.

'De jongens zijn zo leuk. Er is niks aan de hand hier, en ik krijg ze vast wel om half acht in bed,' kwetterde ze.

Trym en Eirik wisselden een blik, maar bemoeiden zich er niet mee. Ze vroegen zelfs niet of ze met hun vader mochten praten, ook al moesten ze hebben gemerkt dat Idun hem aan de telefoon had.

De vader van de tweeling herhaalde zijn vermaning dat niemand, absoluut niemand anders dan Idun tijdens zijn afwezigheid het huis in mocht. De deuren moesten op slot en alle ramen moesten dicht. Hij klonk gestrest. Zemel, zemel, zemel, dacht ze.

'Hier gaat het uitstekend en alles is op slot en dicht, je kunt van me op aan,' zei ze met grote stelligheid.

Aan het andere einde kwam Peder tot rust. Eirik stak een vinger in het beslag. Ze zou hem het liefst een klap geven, maar kwam op het laatste moment tot bezinning. Ze sloot haar ogen en bedacht dat de pannenkoeken gebakken zouden worden. Een smerige wijsvinger kon onmogelijk kwaad.

Het wemelde van de jonge mensen rond het Salutorget, al was het maandag en eind april. Het was zacht voor de tijd van het jaar, maar niet zo zacht dat ze zich tot een pilsje op een terras liet verleiden. Veel anderen hadden dat wel gedaan. Het gedeelte van de Hovrättsesplanaden bij het Salutorget was een autovrije zone, en de horecagelegenheden waren dik gezaaid. Langs de muren waren bankjes, tafels en stoelen neergezet. In de vroege voorjaarsavond vermengden gelach en sigarettenrook zich met het gerinkel van glazen. Ze liep net het plein over naar een winkelgalerij toen haar mobieltje overging. Ze schrok op. Nu al? Nee, het was Peder. Ze had gebeld, zei hij. Thuis ging alles goed. Hij en de jongens hadden naar een kinderprogramma gekeken en zo meteen zou hij het bad vol laten lopen, en tot slot gingen ze havermout eten, had hij bedacht. Een goeie herinnering aan zijn kindertijd, die havermout. Nee, ze kon niet met ze praten, want ze waren naar boven om zich om te kleden. O ja, en om te voorkomen dat ze zich ongerust zou maken, moest ze weten dat hij wat problemen met zijn mobieltje had. Hij moest het laten nakijken. Het ging soms vanzelf uit. Dat was vandaag al twee keer gebeurd, en hij had er geen idee van wat het kon zijn. Ze beëindigden het gesprek.

Twee minuten later werd er weer gebeld. Ze bekeek het display. Torkel Vaa.

'Hallo, met Mette,' zei ze, terwijl ze naar het standbeeld liep dat op een voetstuk op het plein stond.

'Met Torkel Vaa,' zei hij. 'Weet je nog dat ik het over Anna Storm Pettersen had, de moeder van Aron?'

'Ja?'

'Ze heeft me zojuist gebeld. Ze herinnerde zich plotseling dat het meisje dat Aron die avond kwam opzoeken om iets te brengen, geen Ylva heette. Ze heette Idun.'

'Idun?'

'Ja.'

'Idun Hegge, Ylva's tweelingzus?'

'Dat zal wel,' zei hij. 'Ze kwam erop toen ze in Arons koelkast een fles ketchup zag staan. Idun ketchup.'

'Maar hoe kun je die nou door elkaar halen? Ze zijn heel verschillend. Ylva is blond en Idun donker. Dat snap ik niet,' zei ze.

'Nee, ik ken ze geen van tweeën, maar ik kan het even natrekken. Ik heb alleen de foto van Ylva Hegge in de kranten gezien, maar dat heeft iedereen.'

Haar mobieltje bliepte. Er stond al een volgend gesprek in de wacht. Ze was bang dat het de journalist zou kunnen zijn, Norrgård, en ze sloot het gesprek met Vaa vrij abrupt af. Het was inderdaad Norrgård. Nog terwijl ze opnam, zag ze hem al over het Salutorget komen aanlopen. Hij wuifde en ze staken allebei tegelijk hun mobiel in hun zak. Hij keek opgewekt en bood haar een kop koffie aan op de hoek van het plein.

Ze kreeg een fleece-plaid over haar knieën en een groot glas caffè latte in haar handen. Hij stopte moeizaam zijn pijp, stak hem aan en pufte ijverig. Het rook naar een ouderwetse Kerst.

Jacob had het eigendomsregister bekeken. Dat was eenvoudig geweest, maar toen hij eenmaal bezig was, had hij ook een aantal andere dingen nagetrokken. Terwijl ze van haar koffie nipte, wachtte ze vol spanning. Jawel, vertelde hij met een klein lachje. Hij had een fantastische bron. Namelijk Liisa Beijar zelf.

'Wat? Hoe dan? Ze neemt toch nooit haar mobieltje op!' kreunde Mette, en ze voelde zich tegelijkertijd de grootste idioot van de wereld en de onbenulligste journaliste van het universum.

Hij werd serieus en streek zachtjes over haar arm. Ze moest het zich niet aantrekken. Liisa had alle banden met Noorwegen doorgesneden. Ze praatte alleen nog met haar makelaar.

'Heb je haar over mij verteld?' vroeg ze ademloos.

'Nee, absoluut niet,' antwoordde hij.

Hij verzekerde haar dat hij begreep dat dit Mettes project was, en hij had er met geen woord over gerept dat ze door een Noorse journaliste werd gezocht. Ze moest zelf contact met haar opnemen, maar hij wilde haar wat achtergrondinformatie geven. Als camouflage voor het gesprek had hij de indruk gewekt dat hij bezig was aan een artikel over huizenbezit. Liisa stond geregistreerd als eigenaar van een groot huis in Korsholm, of Mustasaari, zoals het in het Fins heette, de buurgemeente van Vaasa. Korsholm lag als een hoefijzer om Vaasa heen, vertelde hij. Beijars huis lag aan de Karperöfjord, een meer, niet ver van de stadsgrens met Vaasa. Korsholm had een plaats gekregen op de wereldkaart, omdat er plannen bestonden om Kvarken, het unieke scherengebied ten noordwesten van Vaasa, op de werelderfgoedlijst van de Unesco te zetten. Dat zou waarschijnlijk al van de zomer gebeuren. Jacob Norrgård klonk trots. De Karperöfjord was een groot, idyllisch meer, een rietkreek die ten noorden van Vaasa in de Botnische Golf uitkwam. De laatste tijd was het gerucht gegaan dat het huis te koop zou komen, maar voor zover hij dat vanavond had kunnen vaststellen, zou dat pas in het najaar gebeuren. In augustus of september misschien.

'Is ze daar nu?'

'Ja,' antwoordde hij.

'Kun je de plek voor me op de kaart aangeven?'

Dat kon hij. Hij kon haar ook een goede beschrijving geven van de weg erheen.

'Kan ik een taxi nemen? Of kan ik beter een auto huren, wat denk jij?'

Hij klopte de as uit zijn pijp. Ze mocht zijn auto lenen. Hij had hem niet nodig, want hij had avonddienst. En in geval van nood beschikte de krant over dienstauto's. Maar wilde ze daar echt vanavond naartoe? Was het niet beter om tot morgen te wachten? Jawel, ze wilde er meteen heen. Ze had haar opnameapparatuur in haar tas, ze kon zo weg. Hij protesteerde toen ze de rekening wilde betalen. Geen sprake van. Een collega uit Noorwegen was in zijn land te gast. Ze slenterden terug naar het *Vasablad*.

De auto was een grijze Saab, een vrij recent model met een automatische versnellingsbak. Mette slikte en kreeg een zenuwachtig gevoel in haar maagstreek. Ze had nog nooit in een automaat gereden. Dat moest ze tegen hem zeggen. Hij keek sceptisch. Misschien had hij al spijt dat hij haar de auto had geleend, maar nee, hij gaf haar een paar instructies en beweerde dat het echt niet moeilijk was, ze moest alleen maar een beetje voorzichtig zijn met de rem. Ze bestudeerden de plattegrond nog eens. Op de E8 moest ze uitkijken naar het bordje richting Fågelberget en dan de tegenovergestelde kant op gaan, naar links, de Sidländsvegen in. Dat was een smalle grindweg, voor zover hij wist een eigen weg, maar ze moest er gewoon maar in rijden. Er lagen veel recreatiewoningen aan dat uiteinde van de Karperöfjord, vertelde hij. Beijars terrein moest aan een strandje liggen, daar waar het landschap weidser werd. Het huis moest op een heuvel staan met uitzicht over het water. Het kon niet moeilijk te vinden zijn, want voor je bij dat strandje kwam, groeiden de bomen dicht langs de oever. Bovendien zou ze waarschijnlijk licht in het huis zien branden. Misschien wel alleen daar, nu in dit jaargetij. Hij dacht dat daar nu weinig mensen waren.

Het ging gesmeerd. Gas geven, remmen, gas geven, remmen en geen koppeling. Perfect! P voor parkeerstand, D voor drive of wel rijden, R zoals altijd voor achteruit. Eenvoudiger kon het niet. De auto reed weg. Ze passeerde de gemeentegrens van Korsholm, ontdekte het bordje richting Fågelberget en reed de Sidländsvegen op, waarna ze linksaf sloeg, de smalle grindweg in. Ze kwam langs een rek met brievenbussen en kroop verder. Aanvankelijk zag ze licht in een paar huizen tussen de kale bomen, maar na een poosje waren alle ramen donker. De koplampen gleden over de boomstammen en de lege huisjes langs de weg. Daar tussenin zag ze de fjord, die in het flauwe licht glansde als olie. Zo meteen is het pikdonker, dacht ze. Plotseling werd het landschap weidser, zoals Norrgård had gezegd. De fjord lag groot en open voor haar. Ze minderde vaart, zwenkte naar de kant en stopte. Iets verderop zag ze een Opel met een Noors nummerbord. Ze stapte uit de auto en keek omhoog naar het grote, roodgeschilderde huis, dat op de heuveltop oprees en uit een beneden- en een zolderverdieping bestond. Achter de paneelramen op de begane grond scheen licht. Ze draaide zich om en deed een paar stappen naar het strandje. Een steiger op palen stak in het water uit. Aan weerskanten van het strand was de oever dicht begroeid met riet. Een uitstekende rots stak steil de lucht in. Wat er achter die rots lag, kon ze niet zien. Mette ging weer in de auto zitten en voelde de spanning in haar lichaam stijgen toen ze over de smalle weg omhoog reed naar het huis.

Bij de ingang zat geen bel. Ze bonsde met haar knokkels op de voordeur.

Idun had de tweeling in bed weten te krijgen. Ze had na het pannenkoekenbakken de keuken opgeruimd. Alles was prima gegaan. Ze had Ulrik een sms'je gestuurd om te vertellen waar ze was, maar hij had niet gereageerd. Peder Haugerud had gezegd dat er een pizza in de vriezer lag. Misschien later, als ze honger kreeg, dacht ze, want ze was niet van plan om al te laat naar bed te gaan. Ze liep de werkkamer in. Op het bureau stond een computer. Ze zette hem aan. Niemand zou het merken. Ze surfte wat rond op internet en vroeg zich af of ze het aan zou durven om de e-mails te bekijken. Dat was enigszins op het randje, maar wel spannend. Op school zat iemand die zich vermaakte met het versturen van valse e-mails en MSN-berichten vanaf onbeschermde computers. Deze hier was ook niet met een wachtwoord beschermd. Idun glimlachte en voelde dat ze opgewonden werd. Ze kon in elk geval even kijken. In de woonkamer ging haar mobieltje over. Haar hart sloeg een slag over. Ulrik misschien. Ze liep erheen en had al opgenomen voordat ze het nummer in het display had bekeken.

'Idun Hegge.'

'Met Torkel Vaa,' zei een stem. 'Ik ben de advocaat van Aron Storm, en ik wilde je een paar dingen vragen. Jij hebt les van hem, nietwaar?'

'Ja?'

'Ben jij in de week voor Pasen bij Aron thuis langs geweest om hem iets te brengen.'

Idun kneep haar ogen dicht, terwijl de vlammen haar uitsloegen. Ze wilde snel op normale toon nee zeggen, maar de adem stokte in haar keel. Ze kon geen woord uitbrengen.

'Idun,' zei de advocaat. 'Dit is belangrijk!'

'Nee, ik ben nooit bij Aron thuis langs geweest,' zei ze, en ze hoestte zo hard dat haar keel net schuurpapier leek.

'Je hebt je haar geverfd,' zei hij. 'En geknipt. Eerst leek je op Ylva, je tweelingzus, maar nu niet meer. Is dat niet zo?'

De advocaat bleef maar doordrammen. Steeds weer diezelfde vragen. Ze wist niet wat ze moest antwoorden en ze kreeg het gevoel dat ze moest overgeven. Hij geloofde haar niet. Hij dacht dat ze bij Aron thuis was geweest. Idun klemde haar mobieltje nog steviger vast. Waarom zei ze niet gewoon *ja*, dat kon toch geen kwaad? Er was niets gebeurd. Ze zou ja, ja, ja moeten zeggen.

De advocaat zeurde verder, hij dacht ook dat ze bij Arvo Pekka's tante was geweest, bij Liisa Beijar. Was de ernst van de zaak dan niet tot haar doorgedrongen? Wilde ze dan niet alles doen wat ze kon om te zorgen dat Ylva gevonden werd? Hij zei dat zij op plaatsen was geweest waar mensen dachten dat Ylva was geweest, en nu was Ylva verdwenen. Snapte ze niet dat het ernst was?

'Wat denk je dat er gebeurt als iemand ontdekt dat jij op al die plaatsen bent geweest, in plaats van je zus? Je hindert het onderzoek door geen open kaart te spelen en informatie achter te houden,' bulderde de advocaat.

Idun verbrak het gesprek. Ze zette haar mobieltje helemaal uit en stopte het onder een kussen van de bank. Hij kon niet weten waar ze was. Niemand kon weten waar ze was. Alleen Peder Haugerud en Ulrik. Niemand kon mobieltjes opsporen die uit stonden. Dat had ze van de politie, toen die na Ylva's verdwijning bij hen thuis was geweest. Ze stond op, trok de gordijnen voor de ramen en dempte het licht in de kamer. Toen ging ze met opgetrokken benen op de bank liggen. Liisa Beijar, dacht ze. Zij was de enige die had gedacht dat zij Ylva was. En dat kwam niet eens door Idun zelf, niet echt. Dat stomme mens van Beijar had maar een eind weg geleuterd over die mooie, knappe Ylva. Als Arons moeder dacht dat ze Ylva was, dan was dat Iduns schuld niet. Ellendig rotmens. Ellendig, seniel kutwijf! Hinkepoot!

Mette was op de trap gaan zitten. De deur werd niet opengedaan. Ze begon al moedeloos te worden, toen haar mobieltje bliepte. Een sms'je van Vaa. 'Idun heeft pas haar haar geknipt en donker geverfd. Eerst had ze lang blond haar, net als Ylva. Wat dat betekent is niet duidelijk, maar dit verstoort het beeld van Ylva's bewegingen voor haar verdwijning. Idun zelf liegt. Bel je later.' Ze klapte haar telefoon dicht op het moment dat de deur achter haar opening. Beduusd kwam ze overeind en keek aan tegen een lange man met een dikke buik en een kaal hoofd. Hij zei iets in het Fins, wat ze uiteraard niet verstond. Ze probeerde iets in het Engels te zeggen, maar hij schudde zijn hoofd.

'Liisa Beijar,' zei ze. 'Liisa Beijar?'

Hij riep een paar Finse woorden het huis in. Een vrouwenstem gaf antwoord, en een blonde dame van een jaar of veertig verscheen in de deuropening. De Fin was twee keer zo groot als zij. Ze streek hem over zijn arm, en hij trok zich terug. Liisa glimlachte Mette vriendelijk toe en stak haar hand uit. Mette stelde zich voor.

'Kom binnen,' zei ze.

Mette liep achter de tengere vrouw aan een smalle gang in, waar een fraai afgewerkte trap, geschilderd in twee kleuren groen, omhoog draaide naar de bovenetage. Ze liepen door naar een grote woonkamer met een geelgeschilderde schroot-jeswand. Overal hingen landschapschilderijen in kleine en grote gouden lijsten. De schilderijen toonden water, bos en rotsen. Op een paar ervan waren kleine bootjes op het water aangebracht. Liisa volgde Mettes blik en verklaarde dat haar vader deze schilderijen had gemaakt. Het meer hier, de riet-kreek, de Karperöfjord, stond overal op. Naast de open haard in het midden van de kamer stond een opgezette vos op de grond. Mette was onder de indruk van de behaaglijk-heid van deze mooi ingerichte kamer. Het licht was zacht en geelwit. In de open haard brandden wat langwerpige hout-blokken. Liisa trok een met leer beklede stoel onder de eet-kamertafel uit. Heel anders dan het huis aan Solves veg, dacht ze. Volslagen anders. Ze moest aan de lelijke, groenige vloerbedekking en de kale muren denken. Ze zaten recht tegenover elkaar aan tafel toen de Fin aankwam met een dienblad. Terwijl hij voorzichtig een paar theekopjes van wit met blauw porselein voor hen op tafel zette, bestudeerde ze zijn grote vuisten. Hij schonk in uit een theepot met hetzelf-de motief, en zette schaaltjes met suiker en schijfjes citroen neer. Hij maakte een lichte buiging.

'Bedankt, Nikolaij,' zei Liisa.

Dus wat bracht haar helemaal uit Noorwegen hiernaar-toe, wilde Liisa weten. Ja, ze wilde een radiodocumentaire over Arvo Pekka Samuelsen maken, haar neefje. Daar kwam ze voor. Ze wilde graag met Liisa over Arvo Pekka praten, over de jongen die de dood boven het leven had verkozen. Over zijn lot, over zijn leven voordat hij was gestorven. Ze had al heel wat materiaal verzameld, maar Liisa Beijar was de belangrijkste persoon. Wilde ze met Mette over haar neefje praten? Na de zelfmoord was er ook nog een heleboel gebeurd. Verschillende dingen die misschien verband hielden met elkaar. Het ging erom, te ontdekken in hoeverre. De politie deed natuurlijk haar eigen werk, en vroeg of laat zouden ze alle stukjes aan elkaar kunnen passen, maar Mette wilde de documentaire over Arvo Pekka maken, die zowel Ylva als Mathias Garmo had gekend.

'Jij bent toch van al die dingen op de hoogte?' zei Mette. 'Voor zover ik weet, heeft de Finse politie je gesproken.'

Liisa hield haar theekopje met beide handen vast. Ze had geen ringen aan haar vingers. Haar witblonde haar was tot een paardenstaart in haar nek bijeengebonden. In haar oren droeg ze kleine, witte parels. Haar ogen namen Mette over de rand van haar kopje op. Ze zette het op het schoteltje. Ze wilde graag een bijdrage leveren, zei ze. Vol ijver boog Mette zich naar voren, pakte haar tas van haar schoot en haalde haar opnameapparatuur eruit, maar ze had zich te vroeg verheugd. Liisa hief haar handen op, de handpalmen naar Mette toegekeerd. Nee, niet vandaag. Nu vanavond kon ze dat niet opbrengen. Morgen misschien, maar niet nu. Ze wilde graag de vragen horen die Mette van plan was te stellen, maar ze wilde geen antwoorden geven als die werden opgenomen. Niet nu. Mette glimlachte tegen Liisa. Een warme glimlach. Dat begreep ze best, zei ze.

'Dus, wat ga je vragen?'

'Ik wil graag meer horen over de tijd na je komst naar Noorwegen. De tijd nadat Arvo Pekka's vader zijn moeder had vermoord. De tijd dat jullie samen waren,' zei Mette.

Liisa's ogen liepen over. De tranen stroomden over haar bleke wangen. Haar gezicht was bijna wit, zelfs in het gele licht in de kamer. Ze wist niet of ze dat klaar zou spelen, zei ze. Ze was hierheen gegaan om aan de herinneringen te ontkomen. Ze miste hem zo verschrikkelijk. Ze jammerde het uit en sloeg haar handen voor haar gezicht. De grote man,

Nikolaij, kwam de kamer inlopen uit wat de keuken moest zijn. Hij zei iets in het Fins tegen Liisa, die in diezelfde taal antwoordde. Hij verdween weer en kwam terug met een zakdoek, die hij haar toestak. De Fin staarde Mette aan met iets van razernij in zijn blik. Liisa streek hem over zijn arm en hij verdween weer. Ze bleven zwijgend zitten, Liisa met het stuk stof tegen haar gezicht gedrukt, Mette een en al slecht geweten. Wat had ze dan gedacht? Dat er geen verdriet bestond? Dat alles overging? Dat Arvo Pekka geen groot, pijnlijk gat had achtergelaten bij degenen die hem het naast waren? Ze wilde opstaan en weggaan, maar kon zich er niet toe brengen. Nikolaij had op dit huis gepast, terwijl zij in Noorwegen woonde, vertelde Liisa met gedempte stem. Hij werkte met riet, en daar was genoeg van in deze kreek, zei ze, terwijl ze naar een grote, gevlochten mand bij de open haard wees.

Mette wilde weg, maar Liisa praatte door. Hij had zoveel vrienden, de kleine Arvo. Hij was haar oogappel geweest, al vanaf zijn geboorte. Hij was zo mooi, zo edel en zo intelligent. Ze zweeg even. Toen sloeg ze haar blik op en keek Mette met roodomrande ogen aan. Haar zus, Marija, had haar foto's gestuurd. Veel foto's, van de kleine Arvo. De kleine, mooie Arvo.

'Hij had Ulrik en Ylva,' zei Mette. 'En Ylva heeft je opgezocht om je te condoleren, nietwaar?'

'Jazeker,' zei Liisa, en ze glimlachte zwakjes. 'Naar, dat ze verdwenen is.'

Ze praatte verder over Ylva en haar bezoek. Ze vond het een hartverscheurende gedachte dat ze verdwenen was en dat haar misschien iets vreselijks was overkomen. Ze was de enige geweest die naar Solves veg was gekomen om haar te condoleren. Zo zorgzaam. Nu stroomden Liisa's tranen weer. Mette schraapte haar keel en zette zich schrap. Nu werd het buigen of barsten. Zo heel belangrijk zou het nu ook weer niet zijn.

'Zei Ylva dat ze Ylva heette?'

Liisa keek onthutst. 'Ja, nee, dat wist ze niet meer, maar ze had Ylva herkend zodra ze haar zag. Arvo had foto's van haar. Een heleboel foto's.

'Veel wijst erop dat je die dag bezoek hebt gehad van Idun, haar tweelingzus,' zei Mette. 'Idun, niet Ylva.'

Liisa staarde Mette aan.

'Idun, niet Ylva?'

'We weten het niet zeker, maar we denken dat je bezoekster Idun geweest kan zijn,' zei Mette.

Maar dat kon onmogelijk kloppen, was Liisa van mening. Arvo kende geen Idun.

Er kon geen Idun bij haar zijn geweest. Geen Idun! Haar stem werd steeds schriller. Mette begreep niet waarom ze zich zo enorm opwond. Deed het er iets toe wie er geweest was? Als je nooit bezoek kreeg, maakt het dan veel uit wie er als eerste kwam opduiken zodra het wel gebeurde? Niemand ging dat moordenaarshuis binnen, had Ylva gezegd. De buurman met het ouwe wijf en Ulriks moeder hadden verteld dat ze nooit bezoek kregen. Misschien was het van grote betekenis voor Liisa dat een van Arvo Pekka's vriendinnen, namelijk Ylva, daadwerkelijk was komen aankloppen om haar medeleven te betuigen. En nu had Mette dat beeld van zorgzaamheid en medemenselijkheid de grond in geboord. Nikolaij kwam de kamer weer in en ging met zijn armen over elkaar geslagen staan. Hij deed nog het meeste aan een lijfwacht denken. Tegelijkertijd klonk er een harde bons op de verdieping boven hen. Nikolaij zei iets in het Fins tegen Liisa, liep de gang in en deed de deur achter zich dicht. Zijn moeder, legde Liisa uit. Ze is oud en ziek en woont boven op zolder.

'Ik ga nu,' zei Mette. 'Maar ik kom morgen terug, als je me met mijn documentaire wilt helpen.'

Liisa knikte. Ze spraken af dat Mette om één uur zou komen. Aan de late kant, vond Mette, maar ze durfde niet moeilijk te doen over het tijdstip. Ze moest haar kaarten hier verstandig uitspelen en mocht niets doen waardoor Liisa de afspraak zou afzeggen. Morgen zou ze haar naar Mathias

Garmo vragen, het lijk in het wc-hokje van Aron Storm. Misschien kreeg ze dan meer te horen over de kwellingen die Arvo Pekka had doorgemaakt.

Buiten was het pikdonker. Ze schuifelde voorzichtig vanaf het huis de heuvel af. Voor haar glinsterde het meer in het flauwe schijnsel van een maan die hoog aan de hemel stond. Ze draaide zich om en keek nog eens. Achter de ramen op de benedenverdieping scheen een warm, behaaglijk licht. Op de eerste verdieping was het donker. Ze liep langs Liisa's auto. Daarin moest ze helemaal uit Noorwegen gekomen zijn. Dat zou wel tijd hebben gekost, maar tijd was iets wat Beijar waarschijnlijk in overvloed had.

Ze prutste wat met de automatische versnelling, maar na een poosje wist ze de Saab in zijn vooruit te zetten. De auto stond al met zijn neus de goede kant op voor de terugweg naar de stad, toen ze nog een laatste blik op het huis boven op de heuvel wierp. Plotseling ging het licht op de eerste verdieping aan. Bovenin stond een silhouet tegen de ruit geplakt; toen ging het licht abrupt weer uit. Verbouwereerd liet ze het rempedaal los en de auto rolde naar voren. Met bonzend hart drukte ze het gaspedaal in. De auto reed rustig de grindweg over. Stond Liisa Beijar haar in het donker na te kijken? Waarom? Of was het die oude moeder? Nee, dat klopte niet. Het silhouet dat ze had gezien was niet van een oud mens. Liisa stond haar na te staren. Ze had een paar honderd meter gereden. Hier klopte iets niet.

Ze stopte, vond de achteruitstand en reed de auto een flink eind de oprit van een blokhut tussen de bomen op. Het donker sloot haar aan alle kanten in. Ze deed het autolampje aan en haalde haar kleine camera tevoorschijn. Daar zat nog een van Arvo Pekka's geheugenkaarten in. Die had ze meermalen afgespeeld. Mette deed het licht uit en staarde naar het zwart-witfilmpje waarop de kleine tweeling danste totdat de ene de andere omduwde. De film was opgenomen in het huis waaruit ze zojuist vertrokken was. Het waren Liisa en Marija als kleine kinderen, heel zeker. Ze zag de beelden van

Ylva die danste voor de buitenplaats van Løvenskiold in Fossum, en het gezicht van Arvo Pekka in het filmpje waarin hij over zijn moeder vertelde. 'Mijn mamma,' zei hij, en ze kreeg een brok in haar keel. Hij moest de camera op een statief hebben gezet. Zelf zat hij buiten, in de schaduw van een paar bomen. Het was zomer. Misschien was het boven bij de hut van Storm. Een citroengele vlinder fladderde langs hem. Hij volgde hem met zijn blik en glimlachte. 'Mijn mamma,' zei hij. 'Mijn mamma is de mooiste mamma, de meest verwaarloosde tweeling ter wereld en de minst beroemde heks van het universum.' Dat was alles wat hij over zijn mamma zei, en ze begreep niet wat hij bedoelde. Het was Vaa ook niet gelukt chocola van zijn woorden te maken, toen ze het filmpje samen in het NRK-gebouw hadden bekeken. 'Alle mensen koesteren de wens om gezien te worden. Ook een mens die niet gezien wordt, droomt ervan als een ster aan de donkere nachthemel te stralen, die avond dat alle ogen omhooggericht zijn, op het licht van die ene die zo mooi fonkelt. Maar dan komt de maan aanzeilen, verlicht de hemel met zijn ijskoude glans en strooit zand in de ogen van alle toeschouwers. Wat moet je met die maan? Sommige mensen lijken op sterren. Anderen lijken op de maan.'

Ze zette de camera uit, gaapte en probeerde haar ogen open te houden. Er kwam een vreemde slaperigheid over haar. Merkwaardig dat een achttienjarige zoiets zegt, dacht ze, en ze viel in slaap.

Ze werd langzaam wakker van de geluiden. Om haar heen was alles grijs. Haar lichaam deed pijn. Ze zat in de auto. De ruiten waren helemaal beslagen. Ze moest plassen, en ze had een gevoel alsof haar mond vol zaagsel zat. Ze wilde de deur openen, maar die gaf niet mee. Hij zat op slot. Mette bestudeerde het dashboard van de auto en ontdekte na een poosje de van een sleuteltje voorziene knop van de automatische deurvergrendeling. Er klonk een klik, en alle deuren waren open. Die moest ze gisteravond voordat ze in slaap viel op

slot hebben gedaan. Maar waarom was ze zo plotseling inge-
slapen? Was ze echt zo bekaf? En waarom voelde ze zich zo
duizelig?

Ze deed de deur open en stapte uit de auto. De geluiden
die ze had gehoord waren afkomstig van een miljoen vogels
die in de boomtoppen riepen, lokten en ruzieden. Het was
heel vroeg in de ochtend, daarvoor hoefde ze niet op de klok
te kijken. De grindweg, althans wat ervan te zien was, liep
een eindje voor haar uit. Achter haar lag de rietkreek. Ze liep
het geboomte in. Tegelijkertijd hoorde ze het geluid van een
naderende auto. In een soort reflex dook ze in elkaar. Tussen
de boomstammen door zag ze een stukje van de weg. De
auto die met hoge snelheid voorbijkwam, was rood. De auto
van Liisa, zonder enige twijfel. Maar wie erin zat, kon ze niet
zien. De auto verdween en ze hurkte om te plassen.

Water, al moest ze rechtstreeks uit het meer drinken. Ze
moest water hebben. Wat zou Jacob wel niet denken, nu ze
de auto niet teruggebracht had? Ze moest zich haasten. Zijn
avonddienst was ongetwijfeld allang afgelopen. Maar hij
had haar niet gebeld. Misschien miste hij zijn auto niet. Misschien lag hij thuis te slapen. Ze stapte met haar ene been in
een drassige plek. De grond onder haar voeten was verzadigd
met water en ze had er spijt van dat ze de weg niet op was gegaan en had geprobeerd een geschikte plek te vinden om van
daaruit het meer te bereiken. Maar voor haar uit was vaste
rotsgrond. Ze klampte zich vast aan een boomstam, balanceerde op een wankele graspol en wist de uitstekende rots te
bereiken. Het riet groeide metershoog langs de oever van het
meer. Naast de rots liep de rietkraag ver door in het water.
Toen ze bleef staan, voelde ze dat het vocht haar schoen
binnengesijpeld was. Ze moest naar de stad terug zien te komen. Terug naar het hotel. Ze had honger, maar vooral
dorst. Ze tuurde in oostelijke richting, waar de hemel roze
gekleurd was. Zo meteen zou de zon boven de boomtoppen
uitkomen. Het was windstil, en het meer was spiegelglad. Ze
boog zich voorover, maakte een kommetje van haar handen,

vulde dat met ijskoud water en dronk gretig. Toen ze overeind wilde komen, ving ze een schaduw in het riet op. Ze verstijfde en keek langzaam om, maar de schaduw was weg. De rillingen trokken door haar lijf. Ze deed een paar stappen achteruit. Achter haar sneed een doordringend geluid het vogelgekwetter aan flarden. Op de tast keerde ze zich om, wiebelend op de oneffen rotspunt.

Het gebeurde heel snel. Haar haar waaide zwiepend voor haar gezicht. Ze voelde een verzengende pijn aan de zijkant van haar hoofd. Er stond iemand achter haar, en door haar haren heen zag ze een lang, puntig metalen voorwerp. Een heggenschaar of zoiets. Ze kneep haar ogen dicht, draaide zich met een ruk om en stootte de gestalte uit alle macht van zich af. Wankelde naar de vaste grond en liep zo hard ze lopen kon. Met haar hand tegen haar hoofd gedrukt schreeuwde ze het uit van de pijn. In paniek keek ze om. Hij lag op zijn rug in het riet met de heggenschaar naast zich. De geluiden waren gestopt. Ze hoorde niets. Zijn gezicht was tot een lelijke grimas vertrokken. Nikolaij. Haar hand zat vol bloed. Het liep in stromen tussen haar vingers door. Terwijl ze naar de weg holde, of waggelde, drukte ze haar hand tegen haar oor. De richting. Welke richting? Terug naar de auto. Ze rende puur op instinct, of iets anders. Niet terug naar het moeras, de weg op! Naar de auto, naar de auto. Achter haar brulde hij. Hij stond weer op zijn benen. Er was iets losgeraakt. Haar haar was losgeraakt. Ze rende. Er kwam bloed in haar mond. Ze drukte haar hand tegen haar oor. Het oor zat los. Ze wilde overgeven, maar ze was aan het rennen. Hij kwam haar achterna, wist ze, maar hij was groot. Zij liep heel hard. Hij was heel zwaar. Ze kon hem eruit lopen, met groot gemak. Geloof in jezelf, geloof in je zelf, niet twijfelen nu, hardlopen! Kotsmisselijk. Haar oor bungelde erbij. Het bloedde. Het rook naar bloed. Het rook naar vers bloed. Ze rende er bijna voorbij. De auto was die kant op, die kant op, die kant op. Ze maakte een achterwaartse draai. In haar hoofd galmde het. De sleutels zaten nog in de auto. Ze had ze er niet uit gehaald. De deur ging open. Ze plofte op de stoel en trok de deur dicht. De condens op de voorruit had grote druppels gevormd. Er sijpelden er een paar naar beneden die streepjes uitzicht vrijmaakten. Ze zag hem. Zag zijn schaduw. Hij kwam op de auto af. De vergrendeling! De vergrendeling? Waar zat die? Ze drukte op de knop. Een klikgeluid. Alle deuren gingen op slot. Ze jankte het uit. Het stroomde. Ze liet haar hoofd los en dwong haar hand om het stuur te grijpen. Haar hand was traag en zat vol haar en geronnen bloed. Nu al net lijm.

Start de auto. Nu de auto starten! Hoe? Hij hamerde met zijn vuist op het dak. Hij schopte tegen de deur. Zij staarde naar de automatische versnelling. Haar tanden klapperden. Ze kon ze niet laten stoppen. Haar lichaam rilde alsof ze naakt in een ijswoestenij stond. Nu de auto starten! Langzaam zette ze haar voet op de rem. Draaide de sleutel om en haalde de pook van P naar D. Haar been trok alsof ze kramp had. Ze moest met haar handpalm op haar dij drukken om het omlaag te houden. De auto rolde naar voren. Hij sloeg met de heggenschaar tegen de zijruit. De ruit brak zonder te breken. De voorruit. Dauw. De weg was niet te zien. Waar zitten de ruitenwissers? Het bloed liep over haar hals en in haar trui. Ze draaide één voor één alle schakelaars om. Panisch. In paniek. Daar! Zicht. Ze moest nu een bocht maken als ze niet recht in de greppel wilde rijden. Ze zwenkte en gaf gas. Achter zich hoorde ze niets. Achter zich zag ze niets.

Ze kon niet stoppen. Ze was vergeten waar de rem zat. Haar voet had alleen nog de kracht om het gaspedaal in te drukken. De frontale botsing vond op de Sidländsvegen plaats, voor zonsopkomst.

Aron snoof de geur van de vrijheid op. De felgekleurde poort van de gevangenis ging achter hen dicht. Hij liep naast zijn advocaat. Diens auto was groen als het bos. Er ging een steek door zijn hart. Hij moest zo snel mogelijk naar de hut. Eerst naar huis om met zijn moeder te praten en te kijken of Jaco water had gekregen, en dan naar de hut. De politie had haar onderzoek afgesloten. Hij was vrij om te gaan. Vrij om erheen te gaan. Er liep nog een aanklacht tegen Aron wegens diverse strafbare feiten, maar niet wegens de moord. Hij moest er rekening mee houden dat hij daar nog voor moest zitten, maar dat trok hij wel. Hij had nu in de gevangenis gezeten en hij moest er weer heen, maar in de tussentijd was hij vrij. Vaa had beloofd met hem mee te gaan naar zijn moeder. Alleen durfde hij niet, want hij was bang. Hij was nergens zo bang voor als voor haar.

'Acteur moet even een luchtje scheppen voor we erheen rijden,' zei Vaa, en hij liet de hond van de chauffeursstoel.

Aron boog zich naar de hond toe. Die stond op zijn achterpoten met zijn voorpoten in Arons hand te kwispelen. Aron pakte het zachte oor en snoof aan de vacht van de hond. Toen gingen alle sluizen open. Hij zonk op zijn knieën op het asfalt, omhelsde de hond en wiegde die snikkend in zijn armen.

Idun had de dinsdag gebruikt om niets te doen. De tweeling was op school. Daarna gingen ze zoals altijd naar de naschoolse opvang. Ze had haar mobiel weer aangezet. Niemand had haar een bericht gestuurd. Ulrik niet en verder ook niemand. 's Morgens had ze wat op internet gesurft. Ze had zich afgevraagd of ze Mettes e-mail nu wel of niet zou openmaken. Niet, had ze besloten, en met het gevoel dat ze een goed mens was, ging ze naar de keuken om een boterham voor zichzelf te maken. Ze ging op de bank liggen en zapte heen en weer tussen de zenders. Wat een saaie boel allemaal. Wat moest het saai zijn om aan een stuk door thuis te zijn. Waarom ging haar moeder niet weer aan het werk? Waarom zat ze daar maar met haar gele ochtendjas aan sigaretten te roken? Begreep ze dan niet dat ze zo helemaal in de vernieling raakte. Ylva kwam heus niet terug, alleen maar omdat haar moeder daar maar zat te zitten. Zo zag je wat er met een mens gebeurde als iemand zomaar verdween. Als je kind verdwijnt, hou je op met leven. Je bestaat alleen nog, dacht Idun, terwijl ze daar lag en de beelden over het scherm zag flitsen. Zou haar moeder het net zo akelig hebben gevonden als zij, Idun, verdwenen was? Ze wist wat het antwoord was.

Ze kroop in elkaar op de bank. De zon wierp zijn stralen door de ramen tot diep in de woonkamer. Een vlieg was uit zijn winterslaap ontwaakt en zoemde over de vensterbank op jacht naar de vrijheid. Van het ene op het andere moment viel ze in slaap en sliep zoals alleen tieners kunnen slapen, diep en langdurig.

Ze werd wakker van de bel. Haastig stond ze op en haalde haar vingers door haar haar. Buiten op de stoep stonden Trym en Eirik.

'Idun,' zei Eirik. 'Kunnen we vandaag ook pannenkoeken eten? Alsjeblieft!'

Voor het eerst noemden ze haar Idun. Ze smolt helemaal. Ze waren pas zeven. Met een glimlach zei ze: 'Natuurlijk, als we genoeg meel hebben. Zo niet, dan moet ik even weg om het te kopen.'

Ze stormden naar binnen en smeten hun schooltassen in de gang neer. Idun zuchtte geluidloos en deed de deur achter ze dicht.

'Gaan jullie nu allebei je handen wassen, dan kijk ik wat er is,' zei ze gezaghebbend.

Ze gehoorzaamden zonder protest. Er was niet genoeg meel en er waren te weinig eieren. De dichtstbijzijnde supermarkt was beneden in het winkelcentrum. De tweeling beloofde bij hoog en bij laag dat ze braaf op de bank televisie zouden kijken terwijl zij gauw naar het winkelcentrum ging om het benodigde te kopen. Ze nam de auto.

In de supermarkt waren een heleboel mensen die na hun werk boodschappen deden. Idun had meel, melk en eieren in haar winkelmandje gelegd. Bij alle kassa's stond een rij en ze tuurde ongeduldig de rij langs waarin zij stond. De ene wagen was nog voller dan de andere. Ze zuchtte. In de zak van haar spijkerbroek ging haar mobieltje over. Oliver. Ze nam op. Haar broertje klonk humeurig. Er had een mevrouw naar haar gevraagd. Een mevrouw die heel raar praatte. Hij had gezegd dat ze oppaste bij Mette Minde, maar hij wist natuurlijk niet waar dat was. Het was maar dat ze het wist. Haar gezicht werd warm. Nee! Ze werkte zich met haar winkelmandje bungelend aan haar arm langs de rij, wrong zich langs de kassa en rende naar de uitgang. Iemand riep haar iets na en iemand greep haar bij haar arm.

Toen ze zich omdraaide keek ze in het gezicht van een norse bewaker.

'Kom jij maar eens mee,' zei hij.

Idun staarde naar de bewaker en toen naar het mandje met etenswaren dat nog aan haar arm hing. Nee, hè!

'Sorry,' stamelde ze. 'Ik raakte in paniek. Ik kreeg een telefoontje. Van huis.'

Ze zette het mandje op de grond. Er kwamen mensen om hen heen staan. De bewaker bleef haar in een ijzeren greep houden.

'Kom jij maar eens mee,' herhaalde hij.

'Nee, dat kan niet,' riep ze. 'Ik kan niet. Er is iemand in gevaar.'

Hij glimlachte neerbuigend en probeerde haar mee te trekken. Idun begon te huilen.

'Ik ben Idun Hegge,' jammerde ze. 'De zus van Ylva, het verdwenen meisje. U moet me loslaten. Het ging per ongeluk.'

Een volwassen vrouw stapte de kring kijklustigen binnen. Ze liep naar de bewaker en trok zijn hand los.

'Laat haar gaan! Ik betaal die spullen wel, als het daar om gaat,' zei ze.

'Best,' zei hij. 'Wegwezen!'

Idun baande zich een weg uit de kring en rende naar de Yaris. Haar ogen liepen over en ze was in alle staten. Ze reed omhoog door de doodlopende weg. De auto knarste het grind voor het huis op. Ze rende naar binnen, zette de televisie uit, greep de tweeling allebei bij een arm en trok ze van de bank overeind.

'Naar buiten, snel, de auto in, nu!'

Ze keken haar geschrokken aan, maar trokken gehoorzaam hun sportschoenen aan. Ze pakten hun jacks en buitelden het huis uit, de trap af en de rode auto in. Idun had de voordeur achter hen dichtgeslagen, maar kon de sleutel niet vinden en had ook geen tijd om te zoeken. Ze startte de auto, reed achteruit, schampte met haar rechter achterlicht het paaltje van het hek, vloekte, en reed de weg op. Omlaag over de doodlopende weg. Leeg en stil. Geen verkeer op straat. Haar blik ontmoette die van Trym in het spiegeltje. Dat is het gezicht dat hij trekt voor hij begint te janken, dacht ze. Nee! Van de andere kant kwam een auto aan. Een zilvergrijze auto.

'Liggen! Ga op de bank liggen,' riep ze.

Ze gehoorzaamden. De weg was smal. Ze minderde vaart. De zilvergrijze auto reed midden op de rijbaan. De rode en de grijze naderden elkaar in slow motion. Ze moest erlangs. Ze móést er domweg langs. Idun zwenkte een grasveldje op, draaide haar gezicht naar de passagiersstoel toe en gaf gas. De woorden van de advocaat galmden in haar oren: 'Wat denk je dat er gebeurt als iemand ontdekt dat jij op al die plaatsen bent geweest, in plaats van je zus? Je hindert het onderzoek door geen open kaart te spelen en informatie achter te houden.'

In de spiegel zag ze dat de zilvergrijze auto aan het keren was. Zoek de kleine straatjes op! We moeten ons verstoppen, we moeten verdwijnen, dacht Idun.

Mette zat op de achterbank van de politieauto. Naast haar zat Jacob Norrgård, de journalist van het *Vasablad*. Ze had een verklaring afgelegd, op één voorwaarde: dat ze mee terug mocht rijden naar de plaats delict. Als je van het paard valt, is het belangrijk om meteen op te stijgen. Doe je dat niet, dan kan het gebeuren dat de angst zich in je lichaam nestelt. Ze was vaak van het paard gevallen, maar was altijd weer opgestegen. En ze was niet bang. De politieman had haar glimlachend aangekeken. Dat zou geen probleem zijn. Ze mocht erbij zijn als Nikolaij Beijar gegrepen werd. Hij was Liisa's neef. Een licht zwakzinnige man over wie de familie zich had ontfermd toen hij eenmaal volwassen was. Het grootste deel van zijn jeugd had hij doorgebracht in een instelling voor geestelijk gehandicapten, maar hij kon zich heel goed zelf redden. Hij was enigszins onhandelbaar, maar als je wist hoe je hem aan moest pakken, ging het prima, vertelde de politieman. Zijn impulscontrole was gestoord. Het belangrijkste was, dat hij zijn medicijnen nam. Er waren geen problemen met hem geweest, op een paar uitingen van gewelddadig gedrag in zijn jeugd na. Niet in zijn latere leven.

Ze voelde aan haar hoofd. De rechterkant was bedekt met een groot verband. Het bovenste deel van haar oor was voorgoed verdwenen. Misschien lag het stukje van haar lichaam bij de rietkreek, of misschien lag het hier ergens op de weg.

Haar hoofd was in een trommel onderzocht. Alles functioneerde naar behoren. De vleeswond op haar schedel was gehecht. Het haar opzij van haar hoofd was afgeschoren. Haar oor, of wat ervan restte, was opgelapt. Alles was onder plaatselijke verdoving gebeurd. Ze was niet flauwgevallen. De botsing had plaatsgevonden met een snelheid van twintig kilometer per uur. De auto's hadden bijna stilgestaan. De bestuurder van de auto waarmee ze in botsing was gekomen, was Jacob Norrgård geweest. In een dienstauto van het *Vasablad*. Hij had haar naar het ziekenhuis in Vasa gereden. De behandeling had bij elkaar verscheidene uren geduurd. Hij was al die tijd gebleven, behalve toen hij naar het hotel was gereden om andere kleren voor haar te halen. De kleren van vanmorgen vroeg zaten onder het bloed. Ze had te eten gekregen en wat geslapen. Toen had ze geprobeerd om Peder te bellen, maar hij nam zijn mobiel niet op. Zo meteen zouden Trym en Eirik van de naschoolse opvang thuiskomen. Ze had het gevoel alsof ze hier al een eeuwigheid was. Ze staarde uit het raam. Achter de kale bomen blonk de rietkreek. Ze keek opzij en kneep haar ogen dicht toen ze langs de plek reden waar de Saab vannacht geparkeerd had gestaan. Ze moest weer naar die uitstekende rots, ze moest de plaats aanwijzen waar Nikolaij haar had aangevallen. Ze moesten de sporen op de plaats delict zekeren.

Zonder succes probeerde ze Peder nog eens te bellen, toen haar mobiel overging. In het display lichtte een vreemd nummer op. Ze bracht haar telefoon naar haar linkeroor en antwoordde.

'Hallo, met Arne van Solves veg. Nu is er leven in de brouwerij bij Liisa Beijar,' zei hij. 'Ik had beloofd je te bellen, weet je nog? Ze is er nu!'

Verslagen vroeg ze zich af: wat doet ze daar? Ze hadden toch een afspraak in verband met die documentaire! Wist Liisa dat Nikolaij geprobeerd had haar te vermoorden? Ze moest voor dag en dauw zijn opgestaan, als ze nu in Skien was. Ze moest vertrokken zijn toen Mette haar rode auto zag. De gedachten maalden door haar gehavende hoofd. Ze bracht een hand naar haar slaap, terwijl ze Arne met het ouwe wijf bedankte en zijn informatie aan de politieman voorin doorgaf. Liisa was in Noorwegen.

De politieauto parkeerde bij het zandstrandje. De zon stond in het westen, achter het huis op de heuvel. Er was nergens enig teken van leven. Kleine golfjes rolden over het strand en langs de oever, tussen het riet, waadden een paar eenden stilletjes rond. Achter de eerste politieauto kwam nog een andere tot stilstand, waar twee agenten uit stapten. Nikolaij is een forse vent, dacht Mette. De stoet liep omhoog naar het roodgeschilderde huis, de vier politiemannen voorop, Mette en Jacob achteraan. Hij had een camera in zijn hand en maakte foto's onder het lopen. Ze bleef staan en haalde de kleine camera die ze had meegenomen tevoorschijn. Ze legde het hele tafereel vast op haar geheugenkaart. Het meer, waarop een heel eind verderop, bijna bij de andere oever, een bootje dobberde, het strand, de weg met de twee politieauto's, de bomen, het riet en het huis dat op de heuvel verrees. Toen ze de anderen inhaalde, waren ze al bij de voordeur. Die zat op slot, en niemand deed open.

'Er zit iemand in een boot op het meer,' zei ze.

Met zijn allen liepen ze terug naar de auto's. Een politie-agent haalde een verrekijker uit een koffertje in zijn achter-bak. Hij bracht hem naar zijn ogen.

'Nikolaij Beijar,' zei hij.

Nikolaij was riet aan het snijden alsof er niets was ge-beurd. Oud riet van vorig jaar, viel daar werkelijk nog iets zinnigs mee te doen? Misschien gebruikte hij zijn elektrische schaar. De schaar die vol met bloed en blond krulhaar moest zitten. Haar haar. Haar bloed. Ze voelde weer aan haar hoofd. Een politieagent sprak in het Fins in de portofoon in zijn auto. Er moest een boot het water op, begreep ze uit het gesprek tussen de anderen. Hier konden ze op dit moment weinig doen. Een man als Beijar midden op het meer oppak-ken was geen kinderspel. Er kon veel misgaan. Voorzichtig. Nu ging het erom, dat ze voorzichtig te werk gingen. Ze keek omhoog naar het huis. De ramen blonken haar zwart en leeg tegemoet. Op het meer was de boot verdwenen in het riet aan de andere oever. Er viel niets meer te doen. Eén auto zou hier blijven. De anderen moesten zo zoetjesaan naar Vasa terug, maar eerst moest Mette de plaats aanwijzen waar Nikolaij haar vanmorgen had aangevallen en had geprobeerd haar hoofd af te snijden. Ze ging gehoorzaam in de politieauto zit-ten en deed de veiligheidsgordel om. De auto draaide achter-uit de oprit op en gaf gas.

'Nee, stop,' zei ze ineens.

Er schoot haar iets te binnen. De moeder van Nikolaij! Ze vertelde de politieman van de gebeurtenissen van gister-avond. Van de geluiden op de bovenverdieping. Maar Niko-laij Beijar had geen moeder, wist hij te vertellen. Daarom had hij in een instelling gezeten. Hij had op zijn tiende zijn ouders verloren. Er kon onmogelijk een moeder op de eerste verdie-ping zitten.

'We moeten terug,' zei Mette. 'Dat huis moet nu door-zocht worden. Nu!'

Idun reed over de Porsgrunnsveien, de hoofdweg tussen Porsgrunn en Skien, aan de westkant van de rivier. In haar achteruitkijkspiegel zag ze dat de zilverkleurige auto haar volgde, maar er zaten nog verscheidene auto's tussen hen in. Ze moest hem afschudden, maar ze durfde de woonwijken links van de weg niet in te rijden. Die buurt kende ze niet en ze was als de dood dat ze op een doodlopende weg terecht zou komen, of op een ringweg. Op de rotonde bij de Menstadbrug stond het verkeer muurvast. Spitsuur. Ze was onlangs bij Løvenskiold-Fossum aan Mette ontkomen. Daar boven had ze een schuilplaats, maar dat was nog een eind weg. Een ontzettend eind. De auto voor haar reed de rotonde op en sloeg rechtsaf, de brug over. Ze gaf plank gas en schoot rechtdoor, richting Skien. De auto achter haar stopte voor het verkeer van links. Ze ademde uit. Nu nog een paar slome ouwe taarten, en dan was ze veilig. Ze tuurde onafgebroken in het spiegeltje en moest op haar rem gaan staan toen een auto vaart minderde om af te slaan naar het tankstation. De tweeling op de achterbank jammerde.

'Veiligheidgordels om,' commandeerde ze.

'Ik wil naar huis,' zei Eirik met boze stem. 'Ik wil naar huis en ik wil Teddy. Ik ga aan papa vertellen hoe stom jij bent.'

Idun klemde haar kiezen op elkaar. Op de rotonde bij het Tuftecentrum kreeg ze de zilvergrijze auto weer in het oog. Een mevrouw die raar praat. Dat kon alleen maar Liisa Beijar zijn. Ze had haar nooit die USB-stick van Arvo Pekka moeten geven. Alle files stonden thuis op haar computer. Het geheim. Als ze Beijar die USB-stick niet had gegeven, was er niets gebeurd. Ze had hem weg kunnen gooien. In elk geval had ze alles moeten bekijken wat erop stond voordat ze hem naar Beijar bracht, en als ze dat had gedaan, zou ze hem nooit uit handen hebben gegeven. Nooit, nooit, nooit. Nu was ze zelf verstrikt geraakt in dat geheim. In de spiegel zag ze de zilvergrijze auto halsbrekende toeren uithalen bij het passeren. Achter haar klonken diverse boze claxons. Ze was

op de rotonde linksaf geslagen en reed langs het verkoop-
punt voor bier aan de Burmavegen. Nu was het buigen of
barsten. Ze schakelde terug en drukte het gaspedaal in. Op
het rechte stuk reed ze twee auto's in een ruk voorbij. Haar
hart bonkte. De afstand met de zilvergrijze auto nam aan-
zienlijk toe. Zou ze Liisa Beijar nu misschien ontkomen? Wat
zou er de volgende keer gebeuren? Ze zou voor eeuwig tot
prooi worden. Wat was wijsheid? Wat moest ze doen? Op dit
moment was ze alleen maar bang. Ze moest zien te verdwijnen. Zo moest ze denken. Haar blik gleed over de benzinemeter, die plotseling rood oplichtte. Er ging een steek door
haar hart, maar toen herinnerde ze zich dat het rode lichtje al
ging branden als de tank nog lang niet leeg was. Maar had
het de hele tijd al niet gebrand? Had het gisteren al niet gebrand?

Een van de agenten stak het voordeurslot open. De deur ging
open, en ze verspreidden zich door het huis. Beneden was
niemand. Ze stond in de woonkamer waar ze gisteren thee
had gedronken terwijl ze met Liisa zat te praten. Ze voelde
zich leeg. Had Liisa van die thee gedronken? Of had ze alleen
de kop naar haar mond gebracht en haar over de rand heen
aangestaard? Op dat moment vatte de overtuiging bij haar
post dat ze haar vergiftigd hadden. Ze hadden een slaapmiddel of iets dergelijks in de thee gedaan. Er moest haar iets
overkomen. Ze had weg moeten rijden. Over de snelweg met
honderdtwintig kilometer per uur. Ze had dood moeten
gaan.
   Een politieagent liep de groene trap naar de bovenverdieping op. Ze liep achter hem aan. Aan drie kanten van de
overloop waren gesloten deuren. Ze opende de eerste en
kwam in een lichte slaapkamer. Een smal bed met een witte
sprei en een commode van donker hout, landschapsschilde-
rijen aan de lichtblauwe wanden. De rietkreek. Het rook
naar gedroogd riet. Onder het raam stonden verscheidene
rieten manden opgestapeld. Ze trok de deur weer dicht. De

agent stond in de deuropening van de kamer daartegenover. Ze ving een glimp op van geel geschilderde muren. De derde deur zat op slot, en er zat geen sleutel in. De agent riep een paar woorden in het Fins naar beneden. De man met de slothaak kwam naar boven. Een paar tellen later was hij binnen.

Ze wist niet precies wat ze had verwacht.

Het blonde haar lag over het kussen gespreid. De ogen waren gesloten. De mond was met zilverachtig tape dichtgeplakt. Ze lag op een hoes van blauwachtig plastic die om de matras zat. Daar droop iets vanaf. Op de vloer bij het bed had zich een plasje gevormd. Ze had een slipje aan. Een klein, nat slipje. Haar blote benen waren bij de enkels met tape aan elkaar gebonden. Om haar polsen, die gekruist over haar buik lagen, zat dezelfde tape. Haar T-shirt vormde een prop onder haar handen. Ze zag eruit alsof ze sliep. De politieman met de slothaak had twee vingers op haar hals gelegd. Hij hield zijn hoofd schuin, zijn mond open en zijn ogen groot. Toen zei hij iets in het Fins tegen de anderen die zich buiten bij de drempel hadden verzameld.

'Dat is Ylva Hegge,' zei Mette. 'Die wordt in Noorwegen sinds Witte Donderdag, deze Pasen, vermist. Dat is Ylva Hegge!'

De politieman die bij Ylva stond knikte. Hij had het begrepen.

Ze wilde het hem vragen, maar ze kon het niet. Ze kon de waarheid niet verdragen. Nog niet. De wanden waren groen. De ingelijste schilderijen stelden geen landschappen voor. Het waren portretten. Acht stuks. Ze telde ze één voor één. Allemaal stelden ze een meisje met blond haar en een witte jurk voor. Om haar hals hing een ketting met een hanger, een lichtblauw hartje. Haar ogen waren net zo blauw. Ze glimlachte met kleine, witte melktandjes. Alle portretten stelden hetzelfde meisje voor. De hele kamer hing vol met dat meisje. Wie was het? Liisa, of Marija, of allebei? Hadden ze zo op elkaar geleken? Door het raam zag ze het strand en de rietkreek. De Karperöfjord.

De politieman had de tape van Ylva's mond gehaald. Daaronder kwamen lelijke rode vlekken tevoorschijn. Op het tafeltje naast het bed stond een half opgegeten kom pap. Er zat een dikke bruine korst op. Op de rand van de kom was een vlieg neergestreken. Een agent nam haar voorzichtig bij de arm en leidde haar de trap af.

'Ze leeft nog, hè?' zei Mette met een dun stemmetje.

De agent kneep voorzichtig in haar arm. Op hetzelfde moment hoorden ze de sirene.

Idun staarde weer naar de benzinemeter. Bij de kruising ter hoogte van de Falkumbrug reed ze door rood licht, sloeg linksaf, glipte door een opening in de file aan de andere kant heen en klom de weg naar Strømdal op. Rondom haar werd getoeterd, maar daar trok ze zich niets van aan. Door de verkeersdrempels was ze gedwongen om langzaam te rijden, maar ze zag geen auto's achter zich. Misschien was het haar eindelijk gelukt om Liisa Beijar van zich af te schudden.

Toen waren ze buiten op het platteland. De Hynivegen strekte zich recht voor hen uit, met de ongeploegde velden aan de ene kant en het bos aan de andere. Even later draaide ze de Jernverksvegen op, naar de buitenplaats van Løvenskiold toe. In de zak van haar spijkerbroek rinkelde haar mobieltje. Het rinkelde de hele tijd al, maar ze kon niet opnemen. Ze kon het niet en ze wilde het niet. De tweeling zat zwijgend op de achterbank. Toen ze het bruggetje over de Bøelva over was, begon de auto te sputteren en te haperen voordat hij rustig en stilletjes de geest gaf. Hij rolde geluidloos nog een paar meter door, om midden op de weg tot stilstand te komen.

Idun bleef een paar tellen sprakeloos zitten, voordat de paniek haar naar de keel vloog.

'Eruit,' commandeerde ze. 'De auto uit, snel!'

Ze nam de jongens bij de hand, een aan elke kant, en haastte zich de weg op. Ze keek om en tuurde naar de Hynivegen. Daar verderop glom iets zilverkleurigs. Ze zette het op een lopen. De jongens holden mee. De smeedijzeren poort door. Het roze buiten schitterde aan het einde van de oprijlaan. Naar de elektriciteitscentrale, dacht ze. Naar de centrale.

Mette had de batterijen van haar kleine handcamera verwisseld. Ze filmde tegelijkertijd met de camera en haar mobieltje, terwijl de draagbaar met Ylva het rode huis op de heuvel werd uitgedragen. Ze filmde de omgeving, de ambulance, de politiewagens, de rietkreek en Jacob Norrgård van het *Vasablad*. Ze nam een kort interview op met de politieman die de leiding van de actie had. Wat er was gebeurd, waarom en hoe, wist natuurlijk niemand, maar Ylva, het vermiste meisje uit Noorwegen was in het huis achter hen gevonden. In leven. Ze werd voor behandeling naar een ziekenhuis in Vasa gebracht.

Ze had Kvisle, de eindredacteur gebeld. Zodra ze de directe familie aan de Grensegata hadden gewaarschuwd, kon ze meteen in een willekeurige uitzending, van de radio of de televisie. De adrenaline raasde door haar aderen. Ze klapte bijna uit elkaar van vreugde en opluchting. Het uitzonderlijke was gebeurd. Het onmogelijke. Waar niemand nog in had geloofd. Ylva leefde nog, ze was niet dood. Niemand had haar in stukken gesneden. Ze was op een of andere manier, vrijwillig of onder dwang, uitgerekend naar Finland gebracht. Maar waarom? Liisa Beijar, die inmiddels teruggegaan was naar Noorwegen, vormde de sleutel.

De eindredacteur was natuurlijk verrast. Hij had er geen idee van gehad dat Mette naar Finland was gegaan. Hij had er geen idee van gehad dat ze freelance werkte, zoals hij het noemde. Maar hij was wel opgetogen en klonk blij. Rita Rieber belde haar kort na afloop van het gesprek met Kvisle. Mette vertelde hoe belangrijk het voor haar was geweest om deze documentaire te maken. Dat ze domweg naar Finland had moeten gaan om Arvo Pekka's tante te zoeken. En toen waren er veel onverwachte dingen gebeurd. Ze vertelde niemand van de aanval bij de rietkreek. Dat moest maar wachten tot ze weer thuis was.

Mette toetste het nummer van Maiken Kvam op het politiebureau van Grenland in, kreeg haar aan de lijn en vertelde het verhaal in korte trekken nog een keer.

'Liisa Beijar is terug in Noorwegen,' zei ze. 'Het is van groot belang dat jullie haar vinden. Zij vormt de sleutel tot al deze dingen. Het hoe en waarom weet ik niet, maar ze moet snel gevonden worden.'

Er kwam een agent naar haar toe. Het werd tijd om de plek aan te wijzen waar die ochtend de poging tot moord had plaatsgevonden. Nikolaij Beijar had haar aangevallen en een stukje van haar oor en het haar aan de zijkant van haar hoofd afgesneden. Ze voelde aan haar slaap en liet haar vingers over het verband glijden. Plotseling was ze zelf het onderwerp van een interview. Jacob zou voor het *Vasablad* natuurlijk verslag uitbrengen van de gebeurtenissen in Korsholm.

Kort daarop werd er over de portofoon gemeld dat Nikolaij aan de overkant van de Karperöfjord was aangehouden. Een nieuwe golf van opluchting. Zo'n bericht zou ze ook graag uit Noorwegen krijgen. Het bericht dat Liisa gevonden was. Maar dat kwam niet.

Ze hadden een paar uur rondgereden. Vaa leek te begrijpen dat Aron er nog niet aan toe was de werkelijkheid onder ogen te treden. Hij had dagenlang in afzondering gezeten. Hij was bang en wanhopig geweest. Nu moest hij een beetje op gang komen voor hij naar huis ging om zijn moeder te ontmoeten. Aron was daar dankbaar voor. Hij had het liefst gezien dat ze naar het bos gingen. Niet verder dan Lensmansseter, Jarseng, of waar dan ook in de nabije omgeving, maar de advocaat had nette schoenen, een pak en een overjas aan. Niet echt kleren voor een wandeltocht. Daarom waren ze naar Brevik gereden, een oud stadje ten zuiden van Porsgrunn. Een klein vakantieplaatsje met een beroemde ijssalon.

Ze hadden de auto op het marktplein neergezet, dicht bij de tandartspraktijk waar hij ooit een verstandskies had laten trekken. Ze hadden wat rondgelopen in de smalle straatjes op Øya, het eilandje voor de kust, tussen de oude houten huizen die zij aan zij stonden en kleine voor- en achtertuintjes hadden. Ze hadden boven op de heuvel bij de kerk op een bankje gezeten en over de Eidangerfjord uitgekeken. Bij de graven stonden bloempotten met gele narcissen. Tijdens het lopen had hij Acteur aan de riem mogen houden. Dat was fijn geweest. Nu waren ze op de terugweg, terug naar Arons huis.

Toen ze het Lietorvet in het centrum van Skien voorbijreden, ging Vaa's mobieltje over. Hij zwenkte de bushalte voor het winkelcentrum op en stopte om op te nemen. Aron zag dat de hand die de advocaat nog om het stuur hield, steviger dichtgeknepen werd. De aderen op de rug van zijn hand trokken strak en de kleur verdween uit zijn grote knokkels.

Ze hadden de elektriciteitscentrale bereikt, het grijze stenen gebouw bij de stuw, midden in de rivier. Al balancerend waren ze via een smal betonnen paadje de dam over gelopen. Iduns hart had in haar keel geklopt toen de tweeling er overheen balanceerde. Eén misstapje en ze waren in het water onder aan de centrale gevallen. En als ze er aan de andere kant in waren gevallen, in het bekken, hadden ze de turbines in gestuwd kunnen worden, dacht ze.

Idun zat met haar rug tegen de grijze stenen muur geleund met aan weerskanten een tweelingbroertje. Ze zaten dicht naast elkaar. Om hen heen schuimden de watermassa's, maar het zachte gebrom van de energieproductie was desondanks te horen. Ze had haar mobieltje in haar hand. De laatste drie telefoontjes waren van Peder Haugerud afkomstig. Ze scrolde er langs en zocht het nummer op dat in de inbox voor ontvangen oproepen stond. Het nummer van gisteravond. Van de advocaat die haar had gebeld omdat hij kwaad op haar was. Nu had ze hem nodig. Ze had een advocaat nodig. Toen ze hem eindelijk te pakken kreeg, zat ze te hakkelen en te stamelen. Ze probeerde het uit te leggen. Om het gebrom van de centrale en het gedruis van de watermassa's te overstemmen, moest ze haar stem verheffen, maar anderzijds was het belangrijk dat ze zachtjes sprak. Dat had ze tegen de tweeling gezegd, dat ze stil moesten zijn, dat ze zich moesten verstoppen.

'Idun,' hoorde ze de stem van de advocaat. 'Idun, niet ophangen. We komen er meteen aan. Hou vol. Nu komt je leraar, Aron Storm. Hij blijft contact met je houden tot wij bij je zijn. Niet zo hard praten. Je moet fluisteren, gewoon fluisteren, we kunnen je prima verstaan. Niet ophangen, wat er ook gebeurt,' zei hij.

Idun verstijfde. Aron Storm? Nee, niet Aron! Ze had het liefst opgehangen, maar durfde de verbinding met het land der levenden niet te verbreken. Ze waren onderweg.

Vaa gaf zijn mobieltje aan Aron en vroeg of hij diens mobiel mocht lenen. Aron reikte het hem aan. Hij deed wat hem gezegd werd en sprak zacht en geruststellend in de telefoon, zoals de advocaat had gedaan. Met kalme stem herhaalde hij wat Vaa had gezegd. Waar het over ging wist hij niet, maar hij had wel in de gaten dat er iets goed mis was. Vaa belde de politie, zoveel ving Aron wel op van het gesprek op de chauffeursstoel. Vaa reed de bushalte uit en gaf gas met Arons mobieltje nog aan zijn oor.

Huiverend zat Idun op de koude steen. Haar schoenen waren doorweekt. Ze had een arm om Eirik heen gelegd, die naar huis wilde, naar zijn Teddy. Ze gingen ook naar huis. Gauw, had ze hem beloofd. Hij snikte onregelmatig. Met haar vrije hand drukte ze haar mobieltje tegen haar oor. Aron praatte nog steeds, maar ze hoorde niet wat hij zei. Ze klappertandde. Het rivierwater kwam bruisend en schuimend op hen af en verdween daarna in de turbines van de centrale achter hen, onder hen, rondom hen.

241

Trym probeerde op te staan. Ze trok hem met een ruk neer.

'Stilzitten,' snauwde ze.

Hij begon te huilen. 'Ik wil naar huis. Ik wil nu naar huis!'

'Sst! We moeten hier blijven zitten tot we gered worden,' fluisterde Idun.

Hij stond weer op en ging koppig voor haar staan. Ze stak een hand naar hem uit. De hand met het mobieltje. Hij keek haar boos aan. Toen sloeg hij uit alle macht tegen haar hand. Haar mobieltje vloog met een klein boogje door de lucht, viel met een plons in de rivier en verdween in de diepte. Het werd Idun zwart voor ogen. Ze greep hem bij de kraag van zijn jack en drukte hem tegen de stenen muur. De wanhoop vloog haar naar de keel. Rotjong! Nou loopt het verkeerd af! Ze zag beweging op de oever en liet Trym los. Opluchting nam bezit van haar. Ze wilde roepen, maar haar stem wilde niet.

Ulrik! Wat een geluk. Ulrik was gekomen om haar te redden. Ze staarde naar zijn gezicht, zoals hij over de smalle stenen rand balanceerde, de stuwdam, waar het rivierwater overheen klotste en zijn schoenen drijfnat maakte. Het gezicht onder de gele hoofdband die Ylva had gebreid. Zijn gezicht stond strak. Hij glimlachte niet maar zag er boos uit. Nu was hij bijna bij de centrale. Hij naderde de plek waar ze tegen de muur gedrukt stonden, zij en de tweeling. Nu was hij zo dichtbij dat ze zijn blik kon interpreteren. Die was kil. Even kil als het rivierwater dat zich door de turbines heen perste voordat het achter hen en onder hen werd uitgespuugd.

'Ulrik,' zei ze behoedzaam.

Hij gaf geen antwoord. Hij zei niets, maar staarde haar alleen maar strak aan.

Ze hadden het contact met Idun verloren. Er hadden boze stemmen geklonken, zoals bij een ruzie, en toen een klap. Daarna was de verbinding verbroken. Aron zat met zijn handen in elkaar geklemd op de passagiersstoel. De advocaat was gestrest, zag hij. Hij reed zo hard dat het beslist verkeerd zou gaan als er onderweg iets onverwachts gebeurde. Aron was bang. Idun had verteld dat ze bij een energiecentrale op het terrein van Løvenskiold in Fossum was. Aron wist niet waar al die centrales lagen. Het terrein was groot. Enorm groot. Maar ze kon niet erg ver gelopen zijn. De auto was er een eindje voorbij de Hynivegen mee opgehouden, had ze gezegd. Met andere woorden, ten westen van het landgoed.

'Er zijn meerdere energiecentrales op het terrein,' zei Aron somber.

Ze bereikten het landgoed vanuit het zuidoosten, reden de geopende smeedijzeren poort door en verder over het bruggetje over de rivier, die naar hij meende als een ouderwetse slotgracht om het landgoed liep. Aan het uiteinde zagen ze het roze gebouw met de witte zuilen en de vele ramen. Er waren geen auto's te zien, en ook geen mensen.

'Stop,' zei Aron toen ze de brug over waren. 'We proberen de centrale die ik ken.'

Ze stapten uit. Aron liep een paar meter omhoog langs de slotgracht en keerde zich naar de advocaat toe, die zich achter hem aan haastte.

'Daar,' riep hij en wees.

Tussen de bomen, waar nu een zacht groen waas overheen lag, zagen ze het grijze gebouw, de energiecentrale en de stuwdam. Er stonden mensen op de stuwdam. Kleine en grote mensen. Aron begon te rennen, en zijn hart bonsde.

Idun zag alles als in slow motion. Ze had het onwezenlijke gevoel dat ze uit zichzelf was getreden. Haar voeten prikten. Het rivierwater liep over de stuwdam. Ze stond midden op de smalle betonnen rand die tussen de oever en het grijze stenen gebouw van de centrale zelf liep. Tussen haarzelf en Ulrik in stond de tweeling. Trym en Eirik. Ze zag Aron en iemand die de advocaat moest zijn. Met wapperende overjas holde hij enkele tientallen meters achter de leraar fotografie aan.

Het ging heel snel, ook al gebeurde het in slow motion.

Trym wilde langs Ulrik. Hij wilde naar de oever. Zijn benen moesten wel slapen en pijn doen, net als de hare. Hij gaf Ulrik een zet. Ulrik verloor zijn evenwicht en greep naar het dichtstbijzijnde houvast. Trym. Idun hoorde gebrul. Ze wist niet van wie. Zelf schreeuwde ze. Trym kantelde over de rand en verdween met zijn hoofd naar voren in het schuimende rivierwater dat zich vermengde met het afvoerwater van de turbines. Ze greep Eirik bij zijn hand en klemde die zo stevig vast dat hij kermde van de pijn. Ulrik was achterover in het stuwbekken gevallen. Hij klampte zich aan de betonnen rand vast. Ze wierp een blik op hem voordat ze stapje voor stapje met Eirik naar de oever liep.

Aron rende een paar meter naar beneden langs de rivier. Hij tuurde met zijn hand boven zijn ogen. Zijn lichaam kromde zich als bij een roofdier dat een prooi besluipt. De advocaat stond stokstijf stil. Zijn hoofd keerde zich stroomopwaarts en stroomafwaarts. Zelf stond ze op de oever met haar armen om Eirik heen. De jongen gaf geen kik. Ulrik, dacht ze. Iemand moest hem uit het water vissen voordat hij doodvroor. Ergens in de verte hoorde ze sirenes. Ze zag dat Aron zich in de rivier wierp. Hij dook in een langgerekte boog naar beneden. De advocaat liep omhoog naar de dam, naar Ulrik. Alles gebeurde binnen een paar tellen. Ze zakte op het dorre gras van vorig jaar in elkaar en trok Eirik mee in haar val. Ze drukte hem huilend tegen zich aan en snikte het uit in zijn haar.

'Sorry, sorry, sorry,' huilde ze.

'Kijk,' riep Eirik plotseling, en hij worstelde om los te komen. 'Kijk! Hij heeft Trym gevonden!'

Eirik stond op en liep bij haar vandaan. Ze keek op en zag Aron de oever op klimmen. Trym bungelde in zijn armen. Aron schudde hem. Trym hoestte en sloeg naar hem. Bleef hem maar slaan met zijn kleine vuistjes.

Ylva was rechtop gaan zitten in het ziekenhuisbed. Mette zat aan de rand van haar bed. Ze voelde aan haar hoofd en probeerde zich te krabben onder het verband dat haar halve schedel bedekte. Het deed merkwaardig genoeg geen pijn, maar het jeukte wel. Ylva was wakker en verbazend goedgehumeurd. Het slaapmiddel was uit haar lichaam verdwenen. Misschien hadden ze haar iets opwekkends gegeven, een soort tegengif. Mette had er niet naar gevraagd.

'Ze is al die tijd heel aardig voor me geweest,' zei Ylva. 'Maar toen jij gisteravond kwam – het was toch gisteren?'

Mette knikte. Het was gisteravond geweest, en ze kon er met haar verstand niet bij.

'Toen jij kwam, werden ze ontzettend bang. Ik moest meteen naar boven, naar dat kamertje. Liisa zei dat ik in gevaar verkeerde en dat ik stil moest zijn. Ik werd heel bang,' zei Ylva.

'Maar hoe ben je in Finland gekomen? Wat is er gebeurd?'

'Ik denk dat ze gestoord is, maar wel prettig gestoord,' zei Ylva. 'Ze leeft in een fantasiewereld waarin alles anders is dan in de werkelijkheid.'

'Maar wat is er gebeurd, Ylva?'

Ylva ging weer op het kussen liggen. Ze leek net een engel, zoals ze daar lag met haar haar als een wolk rond haar hoofd. De blauwe ogen staarden naar het plafond. Nee, dacht Mette, geen engel. Ze lijkt op de portretten in het huis aan de rietkreek. Het kleine meisje met het ijsblauwe hartje om haar nek. Toen begon Ylva te vertellen.

'Weet je dat ik alles van haar erf als ze doodgaat? Want ze gaat dood,' zei Ylva, en haar ogen werden vochtig. Ze knipperde, en de tranen liepen haar over de wangen.

Ze hadden een afspraak voor Witte Donderdag gemaakt. Een geheime afspraak! Ylva had gezegd dat ze toch niet met haar ouders mee naar Strömstad ging. Toen ze op haar scooter was weggereden, had ze overgelopen van vreugde en verwachting. Ze zou de regisseuse ontmoeten. De regisseuse had beelden van haar gezien die boven bij Løvenskiold in Fossum waren gemaakt, en ze was er heel enthousiast over. Ze had zo overtuigend geklonken tijdens dat mobiele telefoongesprek. En Ylva had gedaan wat haar gezegd was. Ze had haar laptop meegenomen, zodat ze de beelden ook op haar computer konden opslaan.

Toen ze elkaar ontmoetten op het terrein van Løvenskiold had Liisa gedaan alsof ze oude bekenden waren. Ze bedankte voor de USB-stick die ze de vorige keer had gekregen, en waar ze enorm blij mee was. Ylva had geen protest aangetekend tegen wat Liisa zei. Ze had gedacht dat regisseurs nu eenmaal excentrieke mensen waren. Kunstenaars. Lichtelijk onberekenbaar. Ze hadden op school in de filmclub vaak over zulke types gepraat. Appa wilde toch regisseur worden? Als hij zichzelf niet had doodgeschoten, was dat ook gebeurd. Het was duidelijk geweest dat Liisa Arvo Pekka kende, maar het was pas veel later tot Ylva doorgedrongen dat ze zijn tante was en eigenlijk helemaal geen filmregisseuse, maar meer een amateurfotografe, een hele goede.

Liisa nam een heleboel foto's van haar langs de rivier. Op één locatie, de laatste, hadden ze de scooter in de rivier gerold en hem op de bodem gelegd. Liisa had haar een flesje cola gegeven waar ze op een speciale manier uit moest drinken, terwijl ze gefotografeerd werd. Dat was leuk geweest. Ze hadden de hele tijd gelachen en Liisa was enorm blij met de manier waarop ze poseerde.

Het volgende wat Ylva zich kon herinneren was dat het bijna donker was. Ze lag op de achterbank van een auto. Liisa reed. Ze was blij toen Ylva wakker werd. Ze waren gestopt om worst en aardappelpuree te kopen bij een snackbar langs de weg. Daarna had ze voorin op de passagiersstoel gezeten, maar ze moest wel een hoofddoek om haar haar, en dat vond Ylva prima. Ze had zich wel wat duizelig en vreemd gevoeld. Ze zouden een lange reis maken, vertelde Liisa. Ylva was niet bang. Over het geheel genomen niet. Misschien wat bezorgd over wat ze thuis zouden denken, maar niet bang. Het was paasvakantie en ze had vrij van school. Toen bedacht ze dat ze hadden afgesproken om met de filmclub een tochtje naar Luksefjell te maken en was ze wat treurig geweest. Ze had zich daar zo lang op verheugd. En nu Appa dood was, had het haar de beste therapie van de wereld geleken om in Arons hut bij de kachel te zitten en over alle mogelijke dingen te praten. Ze had overwogen Liisa te vragen of ze haar weer naar huis wilde brengen, maar toen was ze van gedachte veranderd. Als Appa iets had gewild, dacht ze, dan was het wel dat ze in haar leven op reis zou gaan om zo veel mogelijk van de wereld te zien, om indrukken en kennis in zich op te nemen.

Trondheim, stond er op de borden langs de weg. Dus ze waren onderweg naar het noorden. Ze reden Zweden binnen. Er dwars doorheen naar de kust. Op de ferry tussen Zweden en Finland had Ylva in de bagageruimte moeten liggen.

'Toen ze zei dat ik daar in moest gaan liggen, werd ik behoorlijk bang,' zei Ylva. 'Maar Liisa gaf me het gevoel dat ik dom was, dat ik zo bang werd. Ze lachte en maakte grapjes en zei dat we die scène ook zouden fotograferen. En toen maakte ze een lange fotoserie terwijl ik in elkaar kroop in die kleine ruimte. Maar eerst moest ik weer van die cola drinken.'

Ylva zweeg en sloot haar ogen. Mette wachtte. Er kwam een verpleegster de kamer binnen om te melden dat er eten was. Ze vroeg of Mette ook wilde. Dat wilde ze best. Ze aten zwijgend. Smørrebrød met kaas en worst, augurken en tomaat. Thee met suiker en citroen. Ylva had tijdens de reis naar Finland onder de dope gezeten. Daarom had ze zich niet verzet, dacht Mette. Ze was op dezelfde manier verdoofd als zij toen ze gisteravond bij Liisa thuis die thee had gedronken.

'Ik begrijp nu wel dat ik weg had moeten lopen,' zei Ylva ten slotte. 'Ik heb mama aan de telefoon gehad. Ik ben bijna twee weken weggeweest, en iedereen dacht dat ik dood was.'

'Waarom ben je niet weggelopen?'

'Dat ging niet. Ten eerste hield Nikolaij me de hele tijd in de gaten, en ten tweede zou... zou Liisa dan erg verdrietig zijn geworden. We hadden het zo gezellig samen. We filmden en fotografeerden buiten in het bos, en we maakten ook olieverfschilderijen. We stonden met onze ezels beneden bij het meer als het weer daar goed genoeg voor was. Wist je dat Liisa's vader kunstschilder was? Hij heeft het haar geleerd, en zij heeft het weer aan mij geleerd, en volgens mij is ze beter dan hij. Haar schilderijen zijn veel mooier,' zei Ylva.

'Waarom was je vastgebonden en verdoofd toen we je vonden, Ylva?'

'Dat had Nikolaij gedaan. Liisa bond me nooit vast. Ik mocht de hele tijd vrij rondlopen, binnen en buiten. Dat was Nikolaij.'

'Wanneer werd het je duidelijk dat Liisa Arvo Pekka's tante was?'

Ylva glimlachte voor zichzelf, alsof ze naar iets keek dat alleen zij kon zien. 'Ik zeg niks meer voordat ik Liisa heb gesproken,' zei ze.

'Liisa is in Noorwegen,' zei Mette.

'Nee! Ze hoort hier te zijn! Ze moet hierheen komen. Ze mag niet dood!'

'Waarom denk je dat ze doodgaat?'

'Ze gaat dood omdat zij dat zegt,' zei Ylva dwars. 'En nu wil ik hier weg. Ik wil naar huis, naar Ulrik.'

Ze gooide het dekbed opzij en schoof haar benen over de rand van het bed. Mette trok aan het koordje om een verpleegster te roepen.

'Je kunt niet weg, Ylva. Ze hebt rust nodig, en je ouders zijn onderweg. De vliegreis van Oslo naar Vasa duurt niet lang, dat beloof ik, het gaat verrassend snel,' zei Mette.

Ze zette het opnameapparaat uit. Erg veel had dit interview niet opgeleverd, behalve dat duidelijk was dat Ylva tijdens haar gevangenschap niet aan geweld blootgesteld was, afgezien van die laatste dag, toen Nikolaij haar had vastgebonden en slaappillen had gegeven. Wederrechtelijke vrijheidsberoving, maar geen geweld. Dat gaf een zekere opluchting, maar er was nog een heleboel dat ze niet begreep.

'Ylva, waar is je laptop?'

'Dat weet ik niet. Die heeft Liisa genomen. En mijn mobieltje ook. Ik mocht ze geen van tweeën gebruiken,' antwoordde Ylva.

De kleine Trym en Aron werden met de eerste ambulance afgevoerd, Ulrik met de tweede. Idun had het mobiele nummer van Peder Haugerud aan een agent gegeven, die het had opgeschreven op de blocnote die hij in zijn handen had. Terwijl ze bij de advocaat in de auto ging zitten, zag ze dat er een reddingswagen aan kwam rijden met de Yaris op sleeptouw. Daarachter kwam een tweede reddingswagen met een zilvergrijze auto erachter. Ze verdwenen allebei de Fossumvegen op. Ulriks auto.

Ulrik. Wat was er eigenlijk gebeurd? Idun begreep er niets van. Ze was als de dood geweest voor Liisa Beijar, vanwege die USB-stick. Toen was Ulrik plotseling opgedoken. Een ongeluk, had ze tegen de politie gezegd. Ze dacht dat iemand haar had achtervolgd. Iemand waar ze bang voor was. En toen was het Ulrik maar. Iemand met wie ze op school zat. De politieagent had zijn wenkbrauwen gefronst. Ze zouden dit allemaal op het politiebureau vastleggen. Zij kon wel met de advocaat meerijden, dat was prima. Eirik mocht mee in de politieauto. Zo eindigde haar oppasbaantje dus: één tweelingbroertje in een politieauto, het andere in een ambulance. Idun sloeg haar handen voor haar gezicht.

Vaa had zijn autoradio aan. De herkenningstune van de regionale uitzending van de NRK riedelde er vrolijk op los. Hij draaide het volume omhoog. 'Dit is het nieuws van NRK Telemark. De achttienjarige Ylva Hegge uit Skien, die sinds de donderdag voor Pasen vermist werd, is ongedeerd in een stad in Finland aangetroffen. We geven het woord aan onze verslaggeefster Mette Minde, die ter plaatse in Vasa is, waar het meisje enkele uren geleden werd gevonden.'

De advocaat parkeerde langs de kant van de weg. Mette Mindes ernstige stem vulde de auto en deelde mee dat Ylva was gevonden, dat ze niets mankeerde en dat ze binnenkort naar Noorwegen terug zou komen. Haar ouders waren naar Finland onderweg. Het verslag bevatte ook een kort commentaar van Ylva zelf, alsof de twijfelaars ervan overtuigd moesten worden dat ze echt nog leefde: 'Het gaat prima met me en ik heb het hier niet slecht gehad, maar ik verheug me er enorm op om weer naar huis te gaan,' hoorden ze Ylva met heldere, vaste stem zeggen voordat Mette weer verder verslag deed. Ze meldde dat het heel onduidelijk was wat er eigenlijk was gebeurd, maar dat zowel de Finse als de Noorse politie de kwestie elk vanuit hun eigen standplaats nader zouden onderzoeken.

Idun staarde recht voor zich uit. Wat ze had gehoord, was gewoon niet te geloven. Ylva was in leven. Niet dood. In leven, niet dood. Ze keerde zich naar de advocaat toe. Hij keek haar ernstig aan en vroeg haar om rustig te blijven zitten. Toen stapte hij uit en smeet de auto dicht. Hij bleef voor de motorkap staan en praatte in zijn mobieltje, terwijl hij al die tijd oogcontact met haar hield. Idun deed haar ogen dicht om hem niet meer te hoeven zien. Haar schoenen en de onderkant van haar broekspijpen waren drijfnat en haar voeten prikten. Op de achterbank zat het hondje te janken. Het duurde een eeuwigheid. Ze gluurde naar buiten en zag dat Vaa weer een nummer intoetste en maar buiten de auto bleef staan praten. Toen stapte hij eindelijk weer in, ging achter het stuur zitten en startte de auto.

'Je ouders en je broer zijn onderweg naar Finland om Ylva te halen,' zei Vaa. 'Dat houdt in dat jij geen enkele bescherming hebt, Idun. Je moet mee naar het politiebureau om een verklaring af te leggen, maar ik geloof dat we maar via een omweg gaan.'

Zijn stem was hard en er klonk geen enkele bezorgdheid in door. Zo meteen werd het avond en nacht, en zij was helemaal alleen op de wereld. Waarom hadden ze niet gebeld? Waarom had niemand haar gebeld om te zeggen dat Ylva gevonden was? Waarom dachten ze niet ook aan haar? Idun drukte haar handen tegen haar gezicht. Toen bedacht ze dat haar mobieltje in het stuwmeer lag. Haar mobiel lag in het water. Trym had het uit haar handen geslagen. Misschien hadden ze wel gebeld. Natuurlijk hadden ze gebeld.

'Heb je een huissleutel bij je?'

Zijn stem klonk iets milder. Idun knikte.

Mette stond op Arlanda. Het vliegtuig voor Gardermoen stond klaar en de rij bij de *boarding gate* groeide. Ze probeerde de inhoud van het gesprek met Vaa te analyseren. In haar hoofd was het een chaos, maar ze had hem streng geïnstrueerd om op Idun te passen. Hij mocht haar geen seconde uit het oog verliezen. En hij moest haar laptop te pakken zien te krijgen. Er was Liisa veel aan gelegen geweest dat Ylva haar laptop mee zou brengen naar de ontmoeting bij Løvenskiold-Fossum op Witte Donderdag. Als het klopte wat Mette dacht, namelijk dat ze de tweeling Ylva en Idun had verwisseld, dan was het misschien wel Iduns laptop waar ze belang in stelde, maar waarom?

Peder belde toen ze het toestel in stapte. Ze bleef in de middengang staan, niet in staat nog een stap te verzetten. Wat hij zei, al die verontschuldigingen, en die opgejaagde stem van hem. Hij was in het ziekenhuis, en het ging prima met Trym. Ze begreep niet waar hij het over had. Idun was wezen oppassen, hij was in Kirkenes geweest voor een sollicitatiegesprek. In Kirkenes? Hij moest toch aan het eind van de week naar Narvik? Jawel, maar dit aanbod had zich plotseling voorgedaan. Hij moest er gewoon naartoe. Een vrouw tikte haar voorzichtig op haar schouder en vroeg haar of ze naar haar zitplaats wilde gaan. Ze plofte op de verkeerde stoel neer en moest weer opstaan. Vaa had met geen woord over haar jongens gerept toen hij haar op de hoogte stelde van de gebeurtenissen in Fossum. Misschien had hij haar willen beschermen tegen een wetenschap waar ze toch niets mee kon nu ze op Arlanda zat, ettelijke uren van huis. Wat er met Trym en Eirik had *kunnen* gebeuren, daar wilde ze niet aan denken. Niet nu.

Ze merkte dat ze ontzettend kwaad op Peder werd. Hoe had hij zo egoïstisch kunnen zijn? Had hij zelf niet gezegd dat ze nooit meer een jongere als oppas zouden nemen? Was dat sollicitatiegesprek in Noord-Noorwegen echt belangrijker geweest dan de veiligheid van zijn eigen kinderen? Toen het vliegtuig opsteeg, werd haar lichaam naar achteren gedrukt in de stoel. Haar oor deed pijn. Ze voelde aan haar hoofd.

Aron had de jonge politieman uitgelegd dat Idun dacht dat ze door Liisa Beijar werd achtervolgd, en toen was het Ulrik maar, die probeerde haar in te halen om haar te vertellen dat Ylva gevonden was. Ulrik had bevestigend geknikt. Idun was ontzettend bang geweest, had Aron verklaard. Hij was de hele tijd over de telefoon met haar blijven praten, terwijl hij met de advocaat naar het landgoed van Løvenskiold reed om haar te helpen. De politieman had het allemaal begrepen. Het was niet zo vreemd dat Idun bang was, aangezien Beijar haar zus had gekidnapt. Waarom, en wat er eigenlijk met Ylva was gebeurd, dat wisten ze op dit moment niet zo goed, maar dat Liisa Beijar zich nu in Noorwegen bevond, dat leed geen twijfel. Toen verdween de politieman en waren ze alleen.

Ulrik zat knorrig en gesloten in zijn ziekenhuisochtendjas op de eerste hulp. Aron deed zijn best om hem op te beuren, maar slaagde daar niet in.

'Maar snap je dan niet dat alles goed afgelopen is, Ulrik?' probeerde hij. 'We zijn nat geworden en hebben het koud gekregen, maar er is niemand gewond geraakt en het was jouw schuld niet.'

Ulrik zat met gebogen hoofd zijn nagels te bestuderen. Hij zei niets. Ze wachtten op zijn moeder, die droge kleren zou komen brengen. Aron zou wat mogen lenen. Zijn eigen moeder durfde hij niet te bellen. Hij was als de dood om naar huis te gaan.

'Stel je voor dat Ylva ongedeerd is teruggevonden,' zei Aron. 'Dat moeten we vieren! Dit is toch een dag om je te verheugen, Ulrik!'

Die gaf nog steeds geen antwoord. Er ging een traag gevoel van treurigheid door Aron heen. Over een paar weken
was het schooljaar afgelopen. Ylva, Ulrik en de anderen zouden zich naar alle windrichtingen verspreiden. Het was afgelopen. De filmclub werd opgeheven. Het hielp niet om te bedenken dat er nieuwe leerlingen zouden komen, want de
unieke leden van de filmclub waren onvervangbaar. Misschien mocht hij niet eens zijn baan als leraar houden na alle
onnadenkende dingen die hij had gedaan.

Ulriks moeder kwam binnen door de deur tussen de dok-
tersdienst en de eerste hulp. Ze zag er nerveus uit en haar
stem klonk gehaast. Ulrik keek opgelaten. Aron stak zijn
hand uit om haar te begroeten. Ze nam hem op alsof ze in-
schatte of de kleren in haar tas hem zouden passen. Daarop
gingen ze zich verkleden, hij en Ulrik. Toen ze de gang weer
op kwamen, stonden er naast mevrouw Steen-Jahnsen twee
politieagenten te wachten.

'Ulrik Steen-Jahnsen,' zei de oudste, 'wil je met ons meekomen?'

De moed zonk Aron in de schoenen. Wat was er aan de
hand? Ulriks moeder had een gekwelde blik op haar gezicht.
Ze stak haar arm uit alsof ze haar zoon wilde tegenhouden.
Ulrik schudde haar af. Hij staarde Aron aan, zijn ogen leeg
onder de gele hoofdband.

Idun deed de buitendeur van het slot. Het huis lag er donker
bij en er hing een zure lucht van sigarettenrook. Ze zuchtte.
De advocaat liep achter haar aan naar binnen. Ze deed het
licht in de keuken aan en sloot haar ogen. Toen draaide ze
zich om en trok de deur achter zich dicht voordat ze naar de
woonkamer liep. Binnen brandden wat kleine lampjes. Op
de salontafel stond een asbak met meerdere peuken erin.
Idun werd nijdig. Wat was het toch beschamend dat ze de
boel niet netjes konden houden. Nu stond de advocaat daar
achter haar en zag de hele troep.

Ze ontdekten het tegelijk. In de deur naar de veranda was

een ruitje kapotgeslagen. De glasscherven lagen over het parket verspreid. Idun keerde zich naar Vaa toe. Hij fronste zijn voorhoofd, waardoor het op een ingedrukte accordeon leek.

'Idun. Waar is je laptop?'

Het is afgelopen, dacht ze berustend. Alles komt aan het licht. Ze draaide zich om en liep de trap naar de eerste verdieping op. De advocaat liep vlak achter haar aan. Ze duwde de deur van haar kamer open en deed het licht aan. Hierbinnen was alles opgeruimd, maar de laptop lag niet zoals altijd op de sprei. Ook niet op het bureau. Ze had hem niet meegenomen toen ze bij Trym en Eirik ging oppassen. Daar had ze de zin niet van ingezien, want ze had verondersteld dat ze geen draadloos modem hadden. Bovendien had ze besloten om niet naar school te gaan. Haar laptop was thuisgebleven, en nu was hij weg.

'Hij is weg,' zei ze ademloos.

'Weet je dat zeker?'

Ze deed de ronde door de kamer.

'Ja, hij ligt altijd daar,' zei ze, wijzend naar het opgemaakte bed met de rode sprei.

De advocaat viste zijn mobiel uit zijn zak en toetste een nummer in. Tien minuten later parkeerde de politieauto voor het huis.

Idun ontdekte met tegenzin dat ze Vaa wel aardig begon te vinden. Toen de politie in huis was, stond hij plotseling aan haar kant. Hij sprak namens haar. Hij legde de politie uit hoe bang ze was geweest toen ze dacht dat Liisa Beijar, de vrouw die haar tweelingzus in Finland gevangen had gehouden, achter haar aanzat. Idun had gedacht dat Beijar haar ook te pakken wilde nemen, verklaarde Vaa. En nu had Beijar kennelijk ingebroken en Iduns laptop gestolen. Mette Minde, die in het ziekenhuis in Vasa met Ylva had gesproken, had gezegd dat het belangrijk was om Iduns laptop veilig te stellen. Waarom kon ze niet verklaren, maar ze zou het ongetwijfeld uitleggen als ze thuis was. Ze was nu op dit moment onderweg naar huis. Vaa eiste dat de politie al het mogelijke zou doen om Beijar, die duidelijk kwaad in de zin had, te grijpen. Idun moest keer op keer herhalen dat ze niet wist waarom Beijar haar laptop had meegenomen. Ze snapte het niet, zei ze, maar ze was bang. Misschien was de tante van Arvo Pekka gek geworden na die zelfmoord, of misschien was ze altijd al gek geweest. Idun wist het niet. Ze kende Liisa Beijar niet, vertelde ze.

Toen Idun uitverteld was, ging ze naar de badkamer om droge kleren aan te trekken. Daar bleef ze een paar minuten rusteloos zitten. Ze wist natuurlijk dat ze bang was vanwege die USB-stick. Zou Liisa tevreden zijn nu ze die laptop in haar vingers had, of zou alles nog veel erger worden? Ze had zin om alles tegen Vaa te zeggen, maar ze wist dat ze zich daar niet toe zou kunnen brengen. Er was te veel wat ze niet had verteld. Al sinds die nacht in het zwembad had ze gelogen en dingen achtergehouden. Als ze alles nu vertelde, zouden de mensen denken dat ze gek was. Ze zouden haar vast in een inrichting stoppen. Waarom was Ulrik haar naar de stuwdam gevolgd? En waarom had hij zo boos gekeken? Terwijl hij normaal altijd grappen maakte en goedgehumeurd was, was Ulriks blik ijzig kil geweest. Ze stond op. Ondanks haar warme kleren had ze het koud. Alsof de vorst zich in haar lichaam had genesteld.

Het was zonneklaar dat Idun 's nachts niet alleen in het huis aan de Grensegata kon blijven. De politiemensen vroegen of ze hier in de buurt familie had. Toen greep de advocaat weer in. Hij zou het wel regelen. En de politie moest ook weten dat Idun geen mobieltje meer had. Dat lag in Fossum in het water. Ze konden hem bellen. Idun maakte nergens bezwaar tegen. Ze voelde zich volslagen leeg.

Toen de taxi voor het huis vlak bij het einde van de doodlopende weg op Moldhaugen stopte, was het midden in de nacht. Alles was donker. Alleen de buitenlampen wierpen hun zachte licht over trappen en paden. Mette betaalde de chauffeur en stapte uit. In de tuin stond de donkergroene Rover van Torkel Vaa geparkeerd met de voorkant naar haar toe. Terwijl de taxi gas gaf en omlaag naar de stad reed, ging het autoportier open en kwam Vaa haar tegemoet.

'Hoe gaat het ermee?'

Ze voelde aan haar hoofd. In dat laatste telefoongesprek voor ze op het vliegtuig naar Oslo stapte, had ze hem alles verteld.

'Redelijk,' glimlachte ze in het donker. 'En hier, is hier nog iets nieuws gebeurd?'

'Nee, alleen wat ik je verteld heb. Idun slaapt bij jullie, en met de jongens gaat het prima. Je man is een sympathieke vent. Hij heeft mij ook aangeboden om te blijven slapen, maar het leek me veiliger om hier buiten de wacht te houden. Hij is heel bezorgd over jou, Mette, en het spijt hem bijzonder dat hij naar Kirkenes is gegaan zonder jou op de hoogte te stellen.'

Mette klemde haar kaken op elkaar.

'Je hoeft hem niet te verdedigen,' zei ze koeltjes. 'We gaan naar binnen, ik heb het koud.'

'Heb je nog wat geslapen?'

'Ja, in de trein.'

In de hal bleef ze staan om naar haar eigen spiegelbeeld boven de commode te kijken. Het verband leek net een onscherpe koptelefoon en de huid bij haar slaap was paarsblauw tot aan haar oog. Ze zag er zonder meer verschrikkelijk uit. Ze sloeg haar blik neer en schopte haar schoenen uit. Vaa maakte aanstalten om zijn bruine Italianen met de leren zolen uit te trekken, maar ze maakte een afwerend gebaar. Met een advocaat op sokken wilde ze liever niet geconfronteerd worden.

Mette verplaatste het koffiezetapparaat en deed de keukendeur dicht om de slapers niet te storen. Peder was niet wakker geworden toen de taxi voor het huis was gestopt. Hij kwam niet naar beneden om te kijken hoe het met haar ging. Ze slikte de brok in haar keel weg en deed de broodtrommel open.

'Een boterham?' vroeg ze.

'Ja, graag.'

Ze gingen naast elkaar bij het aanrecht staan om hun brood te smeren. Hij wilde kaas, zij leverpastei. Op tafel kwam melk en koffie te staan. Ze aten in stilte.

'Wij zijn nu een team, dat je dat weet,' zei hij plotseling en keek naar met ernstige bruine ogen aan van achter zijn ovalen bril met het gouden montuur.

Ze glimlachte hem over de rand van haar koffiekopje toe. Hij zat eruit als een oude professor, of op een poppenmaker, een personage dat ze eens in een film had gezien. Een film uit Hongarije, of was het Tsjechië geweest?

'Wij zijn nu een team,' herhaalde ze, terwijl ze hem over de tafel heen haar hand toestak. Hij greep hem en gaf er een klein kneepje in.

'Maar waar is Acteur? Die is toch zeker ook lid van het team?'

'Hij zit in de auto,' zei Vaa.

'Meteen halen!'

'Zeker weten?'

'Zeker weten!'

Mette was niet bijzonder dol op honden, maar Acteur was geen gewone hond. Hij was klein, lief, en goed opgevoed, en het stond haar tegen dat hij helemaal alleen buiten in die koude auto lag.

Vaa verdween naar buiten. Mette sloop de woonkamer in en trof een plaid aan op de bank. De deur naar haar studeerkamer stond op een kiertje. Ze duwde hem voorzichtig open. Idun lag op de divan te slapen. Mette trok de deur dicht en liep op haar tenen terug naar de keuken. Daar stond Vaa met Acteur in zijn armen. De hond spartelde om op de grond te komen en haar te kunnen begroeten. Ze bood hem het kleed aan en zette een schaal water neer. Acteur snuffelde aan het water en ging opgerold op het kleed liggen.

'Ter zake nu, Vaa. Wat doen we? Ik heb het gevoel dat er zo langzamerhand haast bij is,' zei Mette.

Vaa keek op zijn horloge.

'Je hebt gelijk,' zei hij. 'We hebben geen tijd te verliezen. De nacht, of de vroege ochtendschemering, is de beste tijd om de waarheid uit iemand te krijgen. We moeten Idun nu onder druk zetten. Haal jij een paar kaarsen?'

Daar keek ze van op, maar ze deed wat hij vroeg.

Hij arrangeerde de dikke rode kaarsen die nog van de Kerst waren overgebleven op de keukentafel en stak ze aan met een glimmende aansteker die hij tevoorschijn toverde uit de zak van zijn colbertje. Toen deed hij de lamp boven de tafel uit. Het levende licht zette de houten keukeninrichting in een warme gloed. Hij leunde naar achteren op zijn stoel. In het schijnsel van de kerstkaarsen zag zijn gezicht er zachtaardig en mooi uit.

'Ga jij haar wakker maken?'

Ze knikte. Idun was niet moeilijk te wekken. Ze ging meteen rechtop zitten toen Mette de lamp op het bureau aanknipte. Ze hapte naar adem en keek Mette met wijd opengesperde ogen aan, waarna ze ze tot spleetjes kneep tegen het licht.

'Sorry, Idun, ik wilde je niet aan het schrikken maken, maar je moet opstaan,' zei Mette met een strenge stem.

Idun wreef haar ogen uit en kwam als een slaapwandelaarster overeind. Ze had met haar kleren aan geslapen.

'Wat is er met u gebeurd?' vroeg ze met een dun stemmetje.

'De neef van Liisa heeft geprobeerd me te vermoorden met een heggenschaar, of iets wat geloof ik dient om riet te snijden,' zei Mette.

Idun stelde geen vragen meer, maar liep achter Mette aan de keuken in. Het donker zat tegen de ruiten geplakt, net als die nacht in het zwembad. In de keuken flakkerden vier dikke rode kaarsen. Het leek wel Kerst. De advocaat was er ook. Hij zat aan tafel met een koffiemok in zijn hand. Hij stond op en trok een stoel voor haar naar achteren. Ze ging zitten. Nu was het afgelopen. Dat voelde ze. Ze trok het niet meer. Ylva was in leven, niet dood. Alles zou hoe dan ook wel aan het licht komen, toch?

'Wil je iets drinken, Idun? Een kop thee?'

Idun knikte futloos tegen Mette. Die vulde de waterkoker en zette hem aan. Deed een theezakje in een mok en goot het kokende water er overheen. Idun kreeg de mok voor zich op tafel. Ze greep hem met beide handen. De warmte beet in haar handpalmen. Dat deed lekker pijn. Het gaf een raar gevoel om hier in een vreemde keuken te zitten die desondanks niet vreemd was, aan een kant van een tafel met aan weerskanten een volwassene. Twee grote mensen die zich met haar, Idun, bezighielden. Ze wilden horen wat ze had meegemaakt. Ze wilden haar horen. Het deed er niet toe dat Mette een microfoon voor haar op de tafel had opgesteld. Niets deed er nog toe.

'Alles, vanaf het begin, Idun,' zei de advocaat zacht. 'Helemaal vanaf het begin.'

'Dat was die avond in het zwembad,' begon Idun. 'Die avond dat Arvo Pekka zichzelf doodschoot. Of eigenlijk begon het een paar uur eerder.'

Meestal was ze vrijdags en zaterdags thuis, maar die zaterdag niet. Ze was op een feestje, of eigenlijk bij het indrinken. Ze was niet uitgenodigd, maar ze was toch gekomen, en niemand had er iets van gezegd. Ulrik was er. En Arvo Pekka. Ulrik ging bijna meteen weg. Hij ging naar Ylva, die hier oppaste, op Trym en Eirik.

'Toen ik in de gang kwam, zag ik dat Ulrik en Arvo Pekka ruzie hadden,' zei Idun. 'Ulrik zei dat Appa moest oppassen, omdat ze hem wilden pakken. Magga was weer actief. Magga is zo'n type uit de G-club. Hij is degene die ze in het pleehokje van mijn leraar hebben gevonden, van Aron Storm. Maar Arvo Pekka wilde niet luisteren. Hij gaf Ulrik een zet en zei dat het niet boeide. Het is over, Ulrik, zei hij alsmaar. Het is over. Dat bleef hij maar herhalen. Ulrik werd nijdig en liep weg. Arvo Pekka bleef op het feestje. Hij dronk wodka, zo uit de fles, en werd behoorlijk zat. Ineens was hij zomaar weg.'

Idun dronk uit haar mok en keek de journaliste en de advocaat aan. Ze zagen er allebei ernstig uit. Ze schraapte even haar keel en vervolgde:

'Ten slotte was er bijna niemand meer in huis en ik besloot om ook maar eens te gaan. Ik had geen ander feest waar ik heen kon, dus was ik van plan om naar huis te gaan, maar dat was een probleem, want ik was nogal dronken. Ergens, bij een heg, moest ik overgeven, en toen was Arvo Pekka er ineens. Toen ik had overgegeven, kletsten we wat en toen zei hij dat ik in zijn film moest spelen. Ik moest de lieve tweelingzus spelen die eigenlijk slecht was, of andersom. Ik weet niet helemaal zeker wie ik eigenlijk moest spelen, maar er was in elk geval een lieve en een slechte tweelingzus. Het moest een film over zijn leven worden.'

Vaa en Minde wisselden een blik. Idun zag het, en ze vroeg zich af of ze iets wisten wat zij niet wist. Enigszins onzeker vertelde ze verder. Ze herinnerde zich niets meer voor ze in het zwembad waren. Ze wist niet meer hoe ze er binnen waren gekomen, alleen maar dat ze er waren, dat ze hadden gezwommen, en dat de ramen groot en zwart waren. En dat ze naakt waren. Op een bepaald moment was Arvo Pekka iets uit zijn jas gaan halen, dacht ze.

Mette voelde de spanning door haar lijf gieren. Idun was die avond samen met Arvo Pekka in het zwembad geweest. Ze wierp een blik op Vaa. Hij zat er doodkalm bij en bekeek Idun met een onbevooroordeelde blik. Hij had zijn bril afgedaan. In zijn hoekje begon Acteur zich te krabben. Toen rekte hij zich moeizaam uit. Idun keerde haar hoofd naar het geluid toe. Over haar gezicht gleed een klein lachje. Hè, nee! dacht Mette. Word nou niet afgeleid. Vertel verder! Ze beet op haar onderlip. Acteur besloot, Idun te begroeten. Hij zette zijn voorpoten op haar dijbeen. Ze glimlachte tegen hem.

'Mag ik hem optillen?'

'Ja, hoor,' zei Vaa.

Idun nam de teckel op schoot. Acteur leek het wel prettig te vinden. Hij rolde zich op alsof het de vanzelfsprekendste zaak ter wereld was, met zijn kop tegen haar buik. Ze legde haar armen beschermend om het dier heen, als om een kribbe te vormen.

'Arvo Pekka,' zei Mette, 'haalde dus iets uit zijn jas, Idun. Wat voor iets?'

Idun was terug in het zwembad.

'Hij gedroeg zich ineens heel anders. Hij schudde me heen en weer, en toen deed hij een handboei om mijn ene pols en maakte de andere kant vast aan een ketting om zijn hals,' zei ze. 'En hij stopte de sleutel van de handboeien in zijn mond. Hij zong ook. Een wiegelied of zo, in het Fins, geloof ik. En toen had hij ineens een pistool in zijn hand. Dat moet hij uit de zak van zijn jas gehaald hebben, die op de grond lag. Hij zette het pistool tegen mijn hoofd en liet het omlaag glijden. Toen dacht ik dat hij me ging vermoorden. Ik wist heel zeker dat hij me zou doodschieten.'

Idun streek met haar hand over de kop van de hond. Die lag er met gesloten ogen bij en zag eruit of hij glimlachte. Onder haar handpalm voelde zijn gladde vacht zijdezacht aan. Ze bleef hem maar aaien. De hond lag als een zware kruik tegen haar buik aan.

'Maar toen deed hij het niet. Hij schoot mij niet dood. Hij schoot zichzelf dood. Heel plotseling, zonder dat ik hem kon tegenhouden. Het bloed spoot aan alle kanten over me heen, en ik wilde niet kijken. Maar ik moest los zien te komen. Ik maakte zijn mond open, midden in al dat bloed, en ik vond het sleuteltje van de handboeien. Maar ik vond ook nog iets anders. In zijn mond.'

In de keuken viel een stilte. Een lange. Vaa schraapte voorzichtig zijn keel en legde zijn bril op tafel. Hij gaf Mette te kennen dat hij meer koffie wilde. Ze stond geluidloos op en schonk in uit de kan van het koffiezetapparaat. Iduns blik was op Acteur gericht. Mette kreeg geen oogcontact met haar. De seconden tikten weg. Ze pakte Iduns lege mok en maakte meer thee. Idun greep de mok beet zonder haar aan te kijken.

'Wat ik vond,' zei ze, 'wat ik vond, was een USB-stick.'

'Een soort zelfmoordbrief?' vroeg Mette ademloos.

'Nee, dat denk ik niet,' zei Idun. 'Er stonden alleen maar filmfragmenten op. Een paar oude en een paar nieuwe, onder andere een van de oprijlaan naar het buiten van Løvenskiold. En eentje waarop hij dat wiegenlied zong. Die file heb ik meteen afgesloten,' zei Idun. 'Daar kon ik niet naar luisteren!'

'Waar is die USB-stick nu?' vroeg Mette.

'Die heb ik aan Liisa gegeven,' zei Idun.

Mette slikte, en inwendig vloekte ze. Waarom had ze dat gedaan? Verdomme nog aan toe.

'Maar eerst had je alles op je eigen laptop opgeslagen,' zei Vaa.

'Ja.'

Mette en Vaa keken elkaar langdurig aan. Ze deed haar best om deze nieuwe informatie te analyseren. Dat deed hij ongetwijfeld ook. Toen de eerste streep licht aan de oostelijke hemel zichtbaar werd, hadden ze te horen gekregen dat Idun de USB-stick eerst aan Storm, haar leraar fotografie had willen geven, maar dat was haar niet gelukt. Daarna had ze Liisa Beijar opgezocht, de tante van Arvo Pekka. Ze had de boel grondig schoongemaakt in het zwembad om de witte vlek op de tegels, daar waar ze zelf had gezeten met al dat bloed over zich heen, onzichtbaar te maken. Ze had haar trui om haar handen gewikkeld terwijl ze de dweilstok van de conciërge hanteerde. Ze had alle afleveringen van CSI gezien.

'Liisa dacht dat jij Ylva was,' zei Mette.

'Ja, ze noemde me Ylva, en ik durfde haar niet tegen te spreken,' zei Idun.

'Denk je dat Liisa misschien dacht dat jij die USB-stick had geopend?'

'Dat kan best. Toen ik weg wilde, ontdekte ik een foto van die kleine tweeling in een lijstje bij haar thuis. Die tweeling die ook in een van de filmpjes zat. Het kan zijn dat ze aan mijn reactie zag dat ik die eerder had gezien.'

'En dus ontvoerde ze Ylva en niet jou, toen het om de een

of andere reden die wij niet kennen, gevaarlijk voor haar werd,' zei Vaa peinzend.

'Maar er stond helemaal niets gevaarlijks op die USB-stick,' zei Idun bits. 'Het enige wat ik gek vond, was iets dat hij over zijn moeder zei. Dat ze de minst beroemde heks ter wereld was, of zoiets. Ik vond het een beetje raar dat hij dat zei, want zijn moeder was vermoord.'

'Heb je echt alles bekeken?'

'Misschien niet echt alles, sommige dingen waren dood-saai. Dat liedje bijvoorbeeld,' zei Idun, en ze gaapte. 'Mag ik nu weer gaan slapen?'

'Ja,' zei Vaa. 'Maar eerst moet je nauwkeurig vertellen wat er vanmiddag boven op de stuwdam bij de elektriciteitscentrale is gebeurd.'

Idun vertelde nog eens alles wat er was gebeurd nadat ze met de tweeling was weggegaan om te ontkomen aan iemand die zij voor Liisa Beijar had gehouden. Toen was in plaats daarvan Ulrik gekomen en was dat ongeluk gebeurd waarbij hij en Trym in het water waren gevallen. Maar Aron Storm had Trym gered.

'Wat wilde Ulrik?' vroeg Mette.

'Dat weet ik niet. Misschien wilde hij me vertellen dat Ylva gevonden was?'

'Dat kon hij niet weten,' zei Vaa. 'Op dat moment hadden alleen je ouders nog maar gehoord wat er in Finland was gebeurd. Niemand anders. Ik heb het ze bij herhaling ge-vraagd. Ze hebben niets tegen Ulrik of tegen wie dan ook ge-zegd.'

Idun bleef zwijgend zitten. Toen keek ze op, naar Vaa.

'Hij zag er heel boos uit, en hij zei niets. Ik werd er bang van,' zei ze. 'Bijna net zo bang als in het zwembad.'

Toen Idun naar de divan in de werkkamer terug was ge-gaan, bleven Minde en Vaa zitten om de nieuwe informatie te bespreken tot het eerste, zwakke morgenlicht door het keu-kenraam naar binnen viel.

'Zullen we de taken verdelen, of doen we het samen?'

'We werken samen,' zei Vaa. 'Twee weten meer dan een. Nu moet je wat slaap zien te krijgen. Ik bel je.'

Hij verdween in de grijze schemering. Vanuit de werkkamer drongen zachte pruttelgeluidjes door. Mette viel op de sofa in de woonkamer in slaap met de plaid van Acteur opgetrokken tot haar kin.

Het eerste wat ze zag toen ze haar ogen opendeed, was het streepje zon dat de keukendeur uit kroop en de bank in de woonkamer raakte, waarop zij lag te slapen. In het licht dansten kleine stofdeeltjes die wel leken te leven. Toen ontdekte ze dat Peder naast de bank op de grond zat. Hij greep haar hand en klemde hem vast. De woede die ze gisteren had gevoeld, was door de slaap weggevaagd. Hij zag er versleten uit. Zijn haar zat in de war en op zijn ene wang zag ze de sporen van diepe vouwen die van het kussensloop afkomstig waren. Ze ging overeind zitten. Hij stond op en ging naast haar zitten. Een tederheid die ze al lang niet meer had gevoeld, doorstroomde haar lichaam toen hij zijn armen om haar heen sloeg en haar zachtjes heen en weer wiegde. Wat was er met ze gebeurd, en wat zou er gaan gebeuren? Ze wist het niet. Ze wist alleen maar dat ze onuitsprekelijk verliefd op haar man was, en ze was als de dood dat hij zou verdwijnen.

Het halfuur daarop praatten ze op gedempte toon over wat ze de afgelopen dagen elk afzonderlijk hadden meegemaakt. Zij was het meest aan het woord en hij luisterde. Hij bleef haar al die tijd vasthouden.

De tweeling kwam op blote voeten de trap naar de eerste verdieping af getrippeld. Ze keken haar met grote ogen aan. Van het verband over haar oor tot aan haar blauw verkleurde slaap. Ze glimlachte dapper. Eirik kwam naar haar toe en sloeg zijn armen om haar hals. Voorzichtig, alsof hij snapte dat het pijn moest doen onder dat witte verband. Trym ging voor haar staan, zette zijn handen in zijn zij en zag er enthousiast uit.

'Weet je wat ik heb gedaan? Ik heb in ijswater gezwommen! En ik ben in het ziekenhuis geweest.'

'En ik heb in een politieauto gereden,' zei Eirik in een poging hem te overtreffen.

Mette lachte tot er een pijnscheut door haar halve oor ging.

'Bij het ontbijt wil ik alles horen,' zei ze. 'Tot in het allerkleinste detail. Dat wordt vanmorgen geen kinderopvang, want ik begrijp dat dit wel even kan duren.'

Ze dekten de tafel voor vijf personen. Uit de oven kwam de geur van afbakbroodjes, alsof het zondag was. Peder reikte haar een envelop aan. Van de Politiehogeschool, zag ze, scheurde hem open, haalde de brief eruit en bestudeerde de inhoud. Hij bleef naar haar staan kijken terwijl ze las. Ze keek naar hem op en vertelde wat erin stond. Ze hadden haar verzoek om het derde en laatste jaar aan de Politiehogeschool in Oslo te mogen volgen, in ontvangst genomen. Een dergelijk geval, waarin iemand na het tweede jaar was gestopt om vervolgens op een later tijdstip weer om toelating te verzoeken, hadden ze nog nooit bij de hand gehad, maar ze wilden zich positief opstellen ten aanzien van haar verzoek, en wanneer er een plaats vrijkwam, hetzij in Oslo, hetzij in Bodø, zouden ze die aan haar geven. Maar het hing er wel vanaf of een andere student die aan het derde jaar zou beginnen, om verlof vroeg of met de opleiding stopte. Ze zou in juni uitsluitsel krijgen, meldde de brief.

Ze had haar doel bijna bereikt, maar voelde geen vlinderachtig geluksgevoel. Wilde ze dit echt? Wilde ze toch niet liever journaliste blijven? De adrenaline was de afgelopen weken heftig en vaak door haar lijf gepompt. Ze had de gedrevenheid en de spanning gevoeld. Ze had geluid op geluid verzameld, zinnen, woorden die verhalen werden. Mensen, belevenissen, brokstukken van de werkelijkheid. Was dat dan niet belangrijk? Was dat niet wat ze kon? Waarnaar ze streefde? Die documentaire. Geschiedenis maken. Andermans geschiedenis. De geschiedenis vertellen van degenen die dat zelf niet konden. Arvo Pekka, dacht ze.

'Gefeliciteerd,' zei Peder. 'Als je wordt toegelaten, blijf ik hier om het fort te verdedigen.'

Zijn stem klonk vreemd vlak. Ze keek naar hem op en voelde opnieuw die heftige tederheid. Zij was de sterkste van hen tweeën. Dat wist ze. Het was geen offer. Het leven zou nooit kaarsrecht en strak als een pas geasfalteerde snelweg voor haar liggen. Zo'n leven wilde ze ook niet. Ze had weerstand nodig. Zij wilde de onverharde zijweggetjes op die niet op de kaart stonden.

'Nee, Peder,' zei ze zacht, terwijl ze met haar handpalm behoedzaam over zijn ruwe gezichtshuid streek. 'Jij gaat weg om je levensvreugde terug te vinden. Ik verdedig het fort.'

Aron deed de deur van het kantoor van de rector achter zich dicht. Het zweet stond in zijn handpalmen en hij trilde ongecontroleerd. De krampen ontstonden op een plek midden in zijn buik en verspreidden zich door zijn lichaam als piepkleine rimpeltjes op een bergmeer waar de wind bij vlagen overheen blaast. Het gesprek was een bezoeking geweest. Hij zou gedoogd worden. Uit consideratie met de leerlingen en hun ouders werd hij de rest van dit schooljaar gedoogd. Er liep een ernstige aanklacht tegen hem. Hij had lijkschennis gepleegd. Hij had een plaats delict verstoord. De rector had hem met respect behandeld, maar ze kon niet negeren dat hij voor ernstige, strafbare feiten was aangeklaagd, zei ze. Hij begreep haar, maar het deed zo'n pijn dat hij van deze school weg moest, van de leerlingen, van alles waar hij zoveel van was gaan houden. Wat zou er nu met hem gebeuren?

Aron beende de hal door. De dubbele deur naar de kantine stond wagenwijd open. Daarbinnen hoorde hij het geroezemoes van stemmen. Hij moest naar buiten, naar zijn collega's in het grijze gebouw bij de parkeerplaats.

Ulrik stond tegen de vlaggenstok buiten op het schoolplein geleund. Toen Aron de deur naar zich toe trok, kreeg hij door de ruit heen oogcontact met hem. Ulrik kwam op rappe voeten aandraven en nam de trap in twee stappen. Hij duwde Aron achteruit de hal weer in en trok hem mee naar de barkrukken bij de toog die langs de panoramaruiten aan de kant van het schoolplein waren neergezet.

'Aron, mag ik je auto lenen? Please, please, please!'

'Waarvoor heb je die nodig?'

'Om Ylva van Gardermoen af te halen,' zei Ulrik.

'Nu?'

'Straks,' zei Ulrik.

'Maar die zal toch wel met haar ouders meerijden?' zei Aron.

'Ik moet haar spreken,' zei Ulrik. 'Snap je?'

Jawel. Aron begreep het, maar de gedachte om zijn auto uit te lenen, stond hem niet aan. Het was niet eens zijn auto, maar die van zijn moeder. Toen hij gisteravond thuis was gekomen, was ze weliswaar lang niet zo boos geweest als hij had verwacht, maar toch.

'Jij kunt het examenbusje nemen,' zei Ulrik gretig.

Aron zuchtte.

'Hoe ging het gisteren bij de politie?' vroeg hij om de beslissing uit te stellen.

'Prima,' zei Ulrik.

'Wat wilden ze?'

'Niets,' zei Ulrik.

'Nu lieg je, Ulrik,' zei Aron. 'Natuurlijk wilden ze iets.'

Ulrik begon te glimlachen, en vervolgens aapte hij Aron na. Nu lieg je, Ulrik! Nu lieg je! Aron klapte dicht en Ulrik veranderde van tactiek. Hij hield zijn hoofd schuin en keek Aron met zijn grote blauwe ogen smekend aan.

'Doe nou niet zo rot, Aron, ik heb die auto nodig. Alsjeblieft!'

Aron zuchtte weer, klemde zijn vingers om het autosleuteltje in de zak van zijn jeans en trok het eruit.

Wat het meeste haast had, was dat ze Liisa vonden. Vaa had de ochtend goed besteed. Ze troffen elkaar in Kafé K, het cultuurcafé aan Øsebrostrøket, tussen de rivier en de Storgata. Het was net opengegaan voor de lunch, maar voorlopig waren Minde en Vaa de enige gasten. Mette boog zich enthousiast over het zwartgeverfde tafeltje heen. Een theelichtje in een glas brandde rustig tussen hen in.

'Vertel eens wat je hebt ontdekt,' zei ze.

Vaa glimlachte en keek op, want de dienster kwam het menu brengen. Mette bestelde een salade met schaaldieren en hij een cajunburger met gegrilde groente. De dienster liep lichtvoetig weg en haar paardenstaart danste aan haar achterhoofd.

'Nou,' zei hij, 'Liisa Beijars huurauto, die ze gisterenmiddag op Gardermoen had gehuurd, is op de parkeerplaats bij het station aangetroffen.'

'Hier in Porsgrunn?'

'Ja.'

'Dus ze heeft de trein genomen.'

'Misschien,' zei Vaa. 'Of ze wil alleen maar dat de politie dat zal denken, en ik twijfel er sterk aan of ze zich op zo'n dwaalspoor laten leiden. De trein naar Oslo doet er bijna drie uur over. Aangezien de huurauto dan theoretisch tien minuten nadat zij hem had geparkeerd, gevonden zou zijn, zou ze in de coupé in de val zitten. De politie zou haar zo mee kunnen plukken.'

'Dus jij denkt dat ze slimmer is?'

'Gegarandeerd,' zei hij. 'Ze is ergens in de buurt, en ze zal hier blijven tot de boel tot rust is gekomen.'

'Maar waar dan?'

'Daar moeten wij achter zien te komen. Ik heb over anderhalf uur met Thor Magne Samuelsen, de vader van Arvo Pekka, in de gevangenis van Skien afgesproken, en jij kunt meekomen,' zei hij, terwijl hij de wijzers van zijn horloge bestudeerde.

'Wat kan Samuelsen nou te melden hebben? Hij kende Liisa toch eigenlijk niet? Ze hebben elkaar nooit ontmoet,' zei Mette.

De dienster kwam aanlopen met een grote kan ijswater, schonk hun in en legde bestek en servetten voor hen op tafel.

Vaa leunde naar achteren in zijn stoel en deed zijn bril af. Hij streek met een hand over zijn voorhoofd en haalde hem snel en slordig over zijn gezicht, alsof hij er een laagje wilde afvegen dat vervelend aanvoelde. De deur ging open, en drie drukke dames van in de vijftig kwamen het café binnen. Al tetterend en door elkaar heen pratend zochten ze een tafeltje uit bij de ramen aan de rivier. De ober kwam aansnellen en kreeg de bestellingen op luide toon door. Een fles witte huiswijn, drie glazen en een kan ijswater. De dienster glimlachte, keerde zich op haar hakken om, stak het bestelblokje in de zak van haar schortje en verdween.

'Ik heb een theorie, of liever gezegd, ik ben ergens niet gerust op. Het betreft de moord op Marija Samuelsen, ruim vijf jaar geleden, en de rechtszaak tegen haar man. Zoals ik je al eerder heb verteld, wringt er iets, iets wat me nooit lekker heeft gezeten,' zei hij, terwijl hij zijn ellebogen op tafel zette.

'Dat hij een mes had gebruikt? Een mes, en geen pistool?'

'Dat, en diverse andere dingen,' zei Vaa. 'Samuelsens onsamenhangende verklaring, dat hij bleef volhouden dat hij schuldig was. En de manier waarop zijn zoon ermee omging. Ik weet nog dat het een reactie bij me losmaakte dat hij zo onaangedaan overkwam. Zo stilletjes en zwijgzaam.'

'Maar dat is toch niet meer dan natuurlijk? Hij was veertien en hij had gezien hoe zijn vader zijn moeder in zijn eigen huis met een mes doodstak, terwijl hij zich maar een paar meter verderop bevond. Wie zou er niet stilletjes en zwijgzaam zijn nadat hij zoiets heeft meegemaakt?'

'Ja, maar toch wringt er iets,' zei Vaa met klem.

'Je zinspeelt erop dat Arvo Pekka zijn eigen moeder vermoord kan hebben,' zei Mette hoofdschuddend. Er ging een steek door haar halve oor, en ze kneep haar ogen dicht toen daar een pijnscheut op volgde. Ze droeg een kleine baret over haar verband en de kaalgeknipte kant van haar hoofd. Op haar slaap had ze een dikke laag lichtbruine huidcrème gesmeerd. Voordat ze vanochtend van huis was gegaan had ze zichzelf in de spiegel bekeken en besloten dat ze er dood- normaal uitzag. Een jonge vrouw met een scheefstaande ba- ret op en springerige blonde krullen aan de andere kant van haar hoofd. Ze was zo blij geweest dat ze zichzelf had toege- lachen en overdreven scheutig geweest was met de mascara.

'Ik zinspeel nergens op, maar zoals ik je al eerder heb ge- vraagd, wat weten we eigenlijk van de persoon van Marija Samuelsen af, als mens en als moeder? Was ze een goede, lief- hebbende moeder? Had ze alleen maar een echtgenoot die haar mishandelde en in de gaten hield, is dat het hele verhaal, of was er met haar ook iets aan de hand?'

Vaa was lichtelijk opgefokt geraakt, maar zweeg abrupt toen de dienster het eten kwam brengen. Ze glimlachte blij- moedig tegen hen en zette de borden voor hen neer. Ze aten de helft van hun maaltijd in stilte op; toen nam Mette het woord weer.

'Er is ook iets dat een reactie bij mij heeft losgemaakt,' zei ze. 'Ik zal het je straks laten zien, als we klaar zijn met eten.'

'O ja?'

'Straks,' zei ze met volle mond.

Hij glimlachte.

'Ulrik is gisteren lang door de politie verhoord,' zei Vaa. 'Daar is ook iets aan de hand. Ze verdenken hem er heel dui- delijk van dat hij iets met de moord op Garmo te maken heeft.'

'Hoe weet je dat?'

'Myrtrøen,' zei hij. 'Een van de andere advocaten in de maatschap. Ulrik heeft een advocaat toegewezen gekregen. Ze hebben hem verhoord op verdenking van strafbare hande- lingen, maar hij is niet in staat van beschuldiging gesteld en ze hebben hem laten lopen. Ik wed dat de politie het moeilijk heeft met die moord omdat Storm de plaats delict heeft opge- ruimd. En ik wed dat iedere stap die Ulrik zet in de gaten wordt houden. Ze rijden achter hem aan met twee auto's er- tussen, ongeacht waar hij naartoe gaat.'

'Waarom? En waarom verdenken ze Ulrik? Weet jij iets wat ik niet weet?'

'Ze hadden Storm als voor de hand liggende verdachte van de moord, en ik begrijp best waarom ze hem verdachten. Zoals de zaken stonden, hadden ze het aardig in kannen en kruiken. Maar toen bleek dat Storm de moord onmogelijk kon hebben gepleegd, zochten ze uiteraard verder bij degenen die van de hut in Luksefjell afwisten, en dat zijn er niet zo veel. We hebben het hoofdzakelijk over de leden van de filmclub op de middelbare school van Klosterskogen, ook al hebben ze ongetwijfeld ook alles overhoopgehaald in de omgeving van de G-club. Zoals Myrtrøen het me heeft uitgelegd, was Ulriks alibi van Liisa afkomstig, en haar geloofwaardigheid heeft de laatste dagen toch wel een klein deukje opgelopen,' zei hij.

'O jee,' zei Mette, en ze legde haar bestek neer. 'Misschien hebben ze Garmo samen vermoord, Ulrik en Liisa, uit wraak voor Arvo Pekka en de mishandeling waarvan hij het slachtoffer was geworden? Het zelfmoordpact, weet je nog? Ze hadden het erover dat ze iemand zouden vermoorden die dat verdiende.'

'Kan zijn,' zei Vaa. 'Niet ondenkbaar, want Arvo Pekka had niemand meegenomen in de dood, zoals ze zo'n beetje hadden afgesproken. Min of meer serieus. Wie weet moest Ulrik het naderhand voor hem doen, als wraak, om aan de afspraak te voldoen?'

'Denk jij dat Arvo Pekka van plan was Idun in het zwembad te vermoorden?' vroeg Mette. 'Voordat hij zichzelf doodschoot?'

'Ik weet het niet. In dat geval heeft ze misschien iets gedaan of gedrag vertoond waardoor ze het volgens hun criteria had verdiend, als we overeenkomstig hun simplistische filosofie redeneren,' zei Vaa.

'Iduns relatie met haar tweelingzus is niet goed,' zei Mette. 'Ik heb er wat met haar over gepraat, toen Peder vanmorgen de jongens naar school bracht. Maar ze leek oprecht blij dat haar zus gevonden was. Ik moest haar alles vertellen wat er in Finland was gebeurd. Idun kende de leden van de film-club niet. Het waren de vrienden van Ylva. Volgens Idun is Ylva van hun tweeën de populaire slimmerik en zij de eenzame stuntel. Ik heb eigenlijk enorm met haar te doen.'

De dienster kwam de tafel afruimen. Vaa bestelde twee koppen koffie zonder Mette te raadplegen. Diverse bezoekers hadden hun weg naar binnen gevonden, tussen de zwarte tafeltjes door. Stoelpoten schraapten over terracotta tegels en de ruimte gonsde van de stemmen. De dames aan het tafeltje bij het raam langs de rivier hadden hun eerste fles wijn geleegd en een nieuwe besteld, ditmaal een rode.

'Nu hebben we gegeten, wat wilde je me laten zien?'

'O ja,' zei Mette, en ze pakte haar tas, die op de stoel stond. Ze haalde de kleine handcamera eruit, stond op en ging op de stoel naast hem zitten. Ze schermde met haar hand het licht af, zodat het beeld in het display helderder werd. Toen speelde ze het filmfragment af waarin Arvo Pekka over zijn moeder vertelde. Dat hadden ze al samen in het NRK-gebouw op Borgeåsen gezien, maar zij had het sindsdien nog vele malen bekeken.

Het was een zomerdag en Arvo Pekka zat buiten in de schaduw van de bomen. Hij glimlachte flauwtjes toen een citroenvlinder het beeld in kwam vliegen. Arvo Pekka volgde de vlinder met zijn blik tot die verdween. Toen keek hij recht in de camera en begon met een ernstige en enigszins trage stem te praten. 'Mijn moeder. Mijn moeder is de mooiste moeder, de meest verwaarloosde tweeling ter wereld en de minst beroemde heks van het heelal.'

Mette drukte op de pauzeknop en liet de camera zakken. 'Wat bedoelt hij daarmee?'

'Ik weet het niet. Ik heb daar veel over nagedacht,' zei Vaa. 'Mooi, verwaarloosd en slecht, zijn alle heksen niet slecht?'

'Hij zegt *is*, niet *was*,' zei Mette. 'Maar dat zal wel komen doordat hij de werkelijkheid wil beschrijven die hij *voor* haar dood ervoer en daarbij een presens historicum gebruikt, in de tegenwoordige tijd over het verleden spreekt, omdat hij de kijker wil vertellen hoe hij het heeft ervaren toen hij tien was, of vijf. Daar wilde ik met Liisa over praten toen ik naar Vasa ging. Wie was Marija Samuelsen toen ze nog Marija Beijar heette en in Finland woonde? De meest verwaarloosde tweeling ter wereld.'

De dienster bracht de koffie en ze ging weer op haar plaats tegenover Vaa zitten. Hij zat erbij met gefronst voorhoofd en zijn bril in zijn hand.

'Het fragment sterkt me in ieder geval in mijn vermoeden dat de persoon Marija Samuelsen een verborgen kant heeft. *Had*,' corrigeerde hij zichzelf.

'We missen helaas de file waarin hij dat wiegenliedje zingt. De sleutel tot alles schuilt vermoedelijk in die USB-stick die Idun in Arvo Pekka's mond heeft gevonden,' zei Mette.

'En de reservesleutel zat in haar laptop,' zei Vaa.

Ze dronken met voorzichtige slokjes hun koffie op en keken elkaar aan.

'Wij zijn twee mislukte detectives,' zuchtten ze.

'Op dit moment ziet het daar wel naar uit, maar we hebben de handdoek nog niet in de ring gegooid,' zei Vaa.

'Wat is jouw motivatie eigenlijk?' vroeg ze, terwijl ze haar lege koffiekop op tafel zette.

'Mijn motivatie,' zei hij, en hij bleef haar aankijken. 'Mijn motivatie komt voort uit jouw geestdrift, ons teamwerk en mijn eigen, oude onrust wat Samuelsen betreft.'

'Ik heb iets bedacht,' zei Mette. 'Liisa is echt geen slecht mens. Ylva heeft alleen maar goede dingen over haar gezegd, al was ze een gevangene in dat huis bij de Karperöfjord.'

'Het Stockholmsyndroom,' zei Vaa.

'Toen die bankrover gijzelaars nam en het zover kreeg dat een van hen halsoverkop verliefd op hem werd?'

'Ja.'

'Denk je dat het waar is wat Liisa tegen Ylva heeft gezegd, dat ze doodgaat?' vroeg Mette.

'Dat kan ik me niet voorstellen,' antwoordde Vaa.

Hij stond op en liep naar de bar om te betalen. Ze maakte geen bezwaar.

Acteur werd eventjes uitgelaten op het gras langs het parkeerterrein voor de gevangenis van Skien. Daarna werd hij weer op de achterbank van de groene Rover gezet. Toen Vaa de auto afsloot, sprong hij op de stoel van de chauffeur en ging met zijn voorpootjes op het stuur staan. Mette moest glimlachen om die kleine, gekke teckel. Acteur lachte terug, daarvan was ze overtuigd.

Ze waren net gaan zitten in de bezoekkamer toen Thor Magne Samuelsen binnen werd geleid. Na een korte groet ging hij in een stoel recht tegenover hen zitten. Hij oogde fletser en meer uitgeput dan de vorige keer dat ze hier waren geweest, vond Mette. Toen ze hem aankeek, sloeg hij zijn ogen neer. Vaa bracht in het kort verslag uit van de gebeurtenissen van de afgelopen dagen. Kon Samuelsen misschien een plek bedenken waar Liisa Beijar naartoe kon zijn? Een plek waar ze zich schuil zou kunnen houden? Een plek waar Marija haar over verteld kon hebben? Een plek waar hij en Mette zelf niet op zouden komen?

Nee. Samuelsen kon niets bedenken. Hij maakte een norse, afgematte indruk. Hij had Liisa nooit ontmoet. Marija had heel weinig over haar verteld, en hij had er ook niet naar gevraagd. Ze hadden nooit erg veel met elkaar gepraat. Het was precies geweest zoals hij de vorige keer dat ze hier waren al had verteld en daar had hij niets aan toe te voegen.

'Hoe zit het met uw ouders?' zei Mette. 'Weet u of Liisa contact met ze heeft opgenomen?'

Hij keek haar recht in de ogen. Staarde haar zo strak en langdurig aan dat ze ten slotte bakzeil moest halen. Ze bespeurde zijn ongenoegen en voelde zijn woede onzichtbaar door de lucht tussen hen in golven. Vaa schraapte zijn keel om de situatie te ontscherpen.

'Ik zei vorige keer dat we weinig contact hadden. Ik heb je verteld hoe ze waren. Is dat niet genoeg? Mijn vader is dood, een paar maanden na mijn veroordeling werd hij ziek en overleed. Waarschijnlijk is hij van schaamte gestorven. Mijn moeder heeft zich hier nog nooit laten zien. Die leeft voor haar bijbel,' beet hij haar toe.

Vaa schraapte opnieuw zijn keel en wilde weten of Marija vaak de natuur in was getrokken, of ze favoriete plekjes had waar ze naartoe ging en waar ze haar zus van verteld kon hebben toen ze vlak voor... haar dood weer contact met haar op had genomen. Samuelsen zuchtte en krabde over de rug van zijn hand. Jawel, Marija had zo nu en dan een tocht gemaakt. Alleen. Hij ging nooit mee. Waar ze naartoe ging, wist hij niet. Een keer had ze hem verteld over een landschap dat haar had herinnerd aan haar ouderlijk huis in Finland. Er was een moeras en water, maar hij had er geen flauw idee van waar het was.

'Daar zijn we niet veel mee opgeschoten,' zei Mette toen ze weer op het parkeerterrein stonden.

'Nee,' zei Vaa. 'Hij leek me niet in zijn gewone doen. Het verlies van zijn zoon zal hem wel aangegrepen hebben. Waarschijnlijk is het hem langzaamaan duidelijk geworden wat hij verloren heeft.'

Mette vertelde dat de buurman van Liisa aan Solves veg, Arne met het ouwe wijf, aan de andere kant van de heg, had gezegd dat Liisa vaak buitenkleding had gedragen. Maar waar ze dan naartoe ging, had hij ook niet geweten. Vaa zag eruit alsof hij ergens over piekerde. Ze reden terug naar Porsgrunn, waar haar auto op het plein voor Kafé K geparkeerd stond. Hij zwenkte naar de kant van de straat en stopte voor de etalage van Galleri Osebro.

'We komen op dit moment niet verder, hè?' vroeg ze.

'Nee, we moeten een denkpauze inlassen, maar we houden contact. Bel me als je een idee hebt,' zei hij.

Ze bleef in de Storgata op de stoep staan toekijken hoe de donkergroene Rover verdween.

Aron had hoofdpijn. Hij had opruiming gehouden onder zijn papieren. Twee dozen vol gepakt met dingen die mee naar huis moesten. Privédingen. Ringbanden met leeropdrachten die hij had gemaakt. Hij had tijd gerekt. Wilde niet weg. Zijn collega's hadden troostende woorden tegen hem gesproken. Ze veroordeelden hem niet. De meesten hadden Aron met hun sympathie overspoeld. Een enkeling had hem gemeden.

De meeste leraren en leerlingen van het profiel media en communicatie waren er al vandoor. Een paar ijverige leerlingen uit de voorlaatste klas zaten nog te schaven aan iets wat ze voor hun eindtoets moesten inleveren. Bij de printer hoopten de uitdraaien in A3-formaat zich op. Krantenpagina's met tekst, illustraties en creatieve koppen, gezet in nog creatievere lettertypes. Aron deed de ramen van het klaslokaal dicht en verzocht de ijverige types om hun spullen te pakken. Ze protesteerden luid en wilden weten of Aron niet nog even kon blijven. Nee, helaas, dat ging echt niet. Hij had een drukkend gevoel achter zijn voorhoofd. Monica Rui hield hem weer gezelschap. Het leek net een rituele handeling, een soort afronding, om zo door het gebouw te lopen en alles dicht en op slot te doen. Alsof hij er een punt achter zette.

Het klaslokaal van de examenleerlingen was leeg. Twee klassen deelden hier een groot lokaal. Hij bleef even in de deuropening staan. Daar was Ylva's plaats. Binnenkort kwam ze terug. Misschien morgen al? Of vrijdag? Dan wilde hij hier niet zijn. Twee ramen aan de achterkant van het gebouw stonden open. Aron trok het eerste dicht en draaide de hendels om. Toen boog hij zich uit het tweede raam naar buiten. Zijn auto was weg. Die morgen was hij op de parkeerplaats achter het schoolgebouw gaan staan, omdat hij beneden aan de rotonde bij Statoil had getankt. Normaliter nam hij de route langs het ziekenhuis en parkeerde hij aan de voorkant. Maar Ulrik had zijn auto kennelijk gevonden. Met een zucht sloot Aron het raam. Hij moest dus zelf met het examenbusje. Wat een slappe zak was hij toch. Onbenul, oen, onnozele hals. Domme kleine Aron.

De ijverige leerlingen waren weg. Aron deed de lichten uit

en controleerde nog eens of alle ramen dicht zaten. Hij doofde het licht in de wc's en het grote atrium voor hij langs de lerarenkamer ging. Nadat hij de stekker van het koffiezetapparaat eruit had getrokken, deed hij de deur achter zich op slot. Daarna verliet hij samen met Monica het gebouw, sloot af en gaf zijn sleutels aan haar. Ze pakte de sleutelbos aan en boog zich naar voren om hem te omhelzen.

'Ik hoop dat je terugkomt, Aron,' zei ze. 'Voor veel leerlingen hier heb je een heleboel betekend, en er zijn er hier veel die je zullen missen. Pas nu maar goed op jezelf.'

Ze draaide zich om en liep naar het administratiegebouw. Verscheidene leerlingen en een paar leraren van het sportprofiel waren op weg naar het parkeerterrein. Aron zag dat het examenbusje van de filmclub bijna helemaal beneden aan het terrein stond.

Hij ging erin zitten en draaide de sleutel om. De motor maakte een laag, onbekend geluid. In zijn dode hoek werd hij een schaduw gewaar, en door het geronk van de motor heen klonk een nieuw geluid. Iemand bonsde op de ruit naast de chauffeursstoel. Aron draaide zich opzij en keek in de ogen van een vreemde man. Hij zette de motor af en deed de deur open.

'Ja?' zei hij.

De ander trok een pasje.

'Ulrik Steen-Jahnsen,' zei de politieman in burger met harde, vaste stem. 'Waar is Ulrik?'

'Dat weet ik niet. Hij heeft mijn auto. We hebben tijdelijk geruild. Hij moest Ylva halen,' zei Aron. 'Ylva Hegge.'

De politieman fronste zijn borstelige wenkbrauwen. Toen haalde hij een mobieltje tevoorschijn.

Mette lag in haar woonkamer met gesloten ogen op de bank. Morgen moest ze voor controle naar het ziekenhuis. Afdeling plastische chirurgie, half elf. Ze kreeg er de koude rillingen van. Het verband zou er misschien afgehaald worden, dat zou zonder twijfel gebeuren. Ze moest er niet aan den-

277

ken hoe het er onder die beschermende witte laag uit zou zien.

Peder had de tweeling en Idun meegenomen naar de energiecentrale van Løvenskiold om de plek op te zoeken waar ze gisteren zo bang waren geweest. Die moest geneutraliseerd worden, had Peder verklaard. Mette begreep wat hij bedoelde. Het was net als wanneer je een rietkreek opzocht waar je een paar uur daarvoor bijna was vermoord. Misschien slaagden ze er ook in om Iduns mobieltje uit het water op te dreggen. Het was waarschijnlijk kapot, maar toch. Trym had een schepnet meegenomen. Peder, dacht ze. Zo sterk, zo flink, zo kwetsbaar, Peder.

Ze dommelde in en droomde van een muisje dat een omvangrijk, bloedend mensenoor door de nauwe opening van een besneeuwd muizenholletje probeerde te trekken. Het muisje spande zich in met zijn achterlijf in het nest, het oor bleef hangen in de opening en achter de muizenmoeder zaten tien hongerige, roze, naakte muizenjongen met lange, kale staartjes te piepen. Ze sperde haar ogen open en het beeld verdween. Het was minder licht geworden in de kamer. Ze stond op en liep de keuken in, vulde een koffiekop uit de kan in het apparaat en bleef staan om door het raam aan de oostkant naar buurman Christensen te kijken.

Ze dacht aan iets wat ze vandaag al eerder had gedacht, in de gevangenis. Iets wat Samuelsen had gezegd over zijn ouders. Over zijn moeder. Die was weduwe. Zijn vader was ziek geworden, maar een paar maanden nadat Samuelsen veroordeeld was voor de moord op Marija. Hij was overleden. Zijn moeder was weer alleen. Zou het niet natuurlijk zijn geweest als Arvo Pekka in contact was gekomen met zijn oma? Zou het niet natuurlijk zijn geweest als Liisa contact had opgenomen met de schoonmoeder van haar zuster, of omgekeerd? Wat had Samuelsen ook alweer over zijn ouders gezegd op die opname die ze de eerste keer in de gevangenis had gemaakt? Dat hij langs het kinderdagverblijf en de speeltuin was gelopen en dat zijn moeder stond te bakken, dat hij had gezien dat ze in de keuken aan het bakken was, iets in die richting.

Ze liep met haar kop koffie naar haar werkkamer, deed haar computer aan en klikte het online telefoonboek aan. Samuelsen, Skien, leverde zevenentwintig hits op. Maar één naam in de buurt van het kinderdagverblijf en de speeltuin van Borgestad. Eva Samuelsen, Gregorius Dagsons gate. Ze noteerde de naam en het nummer, waarna ze naar boven liep om trainingskleren aan te trekken. Ze koos een trainingsjack met een capuchon uit en stopte haar haar, het verband en de hele reut weg onder de donkerblauwe stof. Toen schreef ze een briefje voor Peder en legde het op de keukentafel. 'Ben aan het trimmen, Mette.' Na een korte aarzeling tekende ze er een hartje bij. Ze had net haar joggingschoenen dichtgeknoopt en de autosleutels van de commode gepakt toen haar blik op die goeie, ouwe stokken viel die in de hoek weg stonden te kwijnen. Ze glimlachte tegen zichzelf in de spiegel. Deze keer ging ze niet hardlopen met Maiken. Deze keer ging ze in haar eentje lopen, met haar stokken. Mette gooide haar tas met de opnameapparatuur op de passagiersstoel en draaide het contactsleuteltje om.

Gregorius Dagsons gate is de langste straat van Skien. Dat had ze nog niet zo lang geleden in een krantenartikel over straten in Grenland gelezen. Ze had de auto bij het kinderdagverblijf van Borgestad geparkeerd en stapte nu met haar stokken richting Porsgrunn. Hier waren huisnummers boven de tweehonderdvijftig. Ze keek neer op wat de bewaakte speeltuin moest zijn waar Arvo als kind had gespeeld. Misschien werkte daar nog iemand die zich hem herinnerde? Ze stak een zijstraat over en liep door tot ze het goede huisnummer vond. Eva en Finn Samuelsen, stond er op de brievenbus. Finn was dood, maar zijn naam stond er nog.

Mette trok de capuchon van haar trainingsjack af en deed de kleine baret over haar verband. Zo zag ze er wat normaler uit. Met die capuchon om haar hoofd leek ze net een

overvaller. Oude dames staan wantrouwig tegenover vreemden. In dit geval ging het erom, vanaf het allereerste moment
vertrouwen te wekken. Ze opende het hek, liep het grindpad
op en vond de voordeur. Ze drukte met haar vinger op de
bel, wachtte even en belde nog eens. Toen zag ze beweging
achter het ribbelige glas. Het deurslot klikte zacht, de deur
ging open en er verscheen een magere vrouwengestalte van
een jaar of zeventig. Ze had steil, staalgrijs haar en gerimpel-
de, vale wangen. Een paar onnatuurlijk grote, lichtblauwe
ogen keken van achter dikke brillenglazen in een stevig montuur dwars door Mette heen. In haar handen had ze een witte stok. Slechtziend, misschien blind, dacht Mette.

'Ben jij dat, Liisa?'

Mette hapte naar adem. Dus haar inval was juist geweest.

'Nee, ik ben Mette Minde van NRK Østafjells, dat wil
zeggen, de Telemarkzender,' verbeterde ze zichzelf gauw.
'Mag ik binnenkomen?'

'Waar kom je voor?' zei de vrouw, haar stem bits en
scherp.

'Om te praten, en het is belangrijk,' zei Mette.

'Ik heb de Telemarkzender niets te melden. Die radio is
van God los en de muziek die er wordt gedraaid is godde-
loos. Ik luister nooit naar jullie,' zei ze afwijzend.

'Nee, maar het is ook niet de bedoeling dat we over muziek praten,' zei Mette bars. 'Ik kom net uit de gevangenis,
waar ik uw zoon heb opgezocht.'

De vrouw, die Eva Samuelsen moest zijn, liet de deur los,
draaide zich om en liep met de stok voor zich uit het huis in.
Mette liep achter haar aan. Ze trok de deur dicht en draaide
die op slot. Liisa was hier geweest. Op dit moment was ze er
niet. Misschien kwam ze terug. Mettes lijf stond strak van de
zenuwen. Ze overwoog haar sportschoenen uit te doen, zoals
de beleefdheid vereiste, maar deed het niet. In plaats daarvan
veegde ze de zolen af aan de kokosmat achter de deur. De
stokken verstopte ze achter een jas die aan een haak bij de
deur hing. In de keuken haalde ze Eva Samuelsen in. Die was

op een stoel aan de tafel bij het raam gaan zitten. Van hieraf had Mette uitzicht op de straat buiten. Daar had Thor Magne naar zijn moeder staan kijken terwijl ze aan het bakken was. Ooit, lang geleden, nadat hij zijn vrouw Marija had gedood.

'U had het over Liisa,' zei Mette. 'Waar is die nu?'

'Wat gaat jou dat aan?'

'Wat dat mij aangaat?' zei Mette. 'U weet dat Liisa Beijar door de politie wordt gezocht vanwege de ontvoering van Ylva Hegge.'

'Ik ken niemand die Ylva heet,' zei Eva Samuelsen.

'Maar u hebt vast wel gehoord van dat meisje dat met Pasen door haar ouders als vermist was opgegeven?'

'Geen idee. Er gebeurt zoveel verschrikkelijks in de wereld,' zei mevrouw Samuelsen. 'Ik hecht belang aan degene die op de derde dag uit de dood is opgestaan. Ik hecht belang aan paasmorgen. Aan dit dal van diepe duisternis, deze wereldse wereld, hecht ik geen belang.'

Mette gaf het op.

'Vertelt u dan maar over Liisa Beijar,' zei ze. 'Die is hier geweest. Waar is ze nu?'

'Ze is alleen maar naar de supermarkt om iets te kopen wat ze nodig heeft,' zei mevrouw Samuelsen braaf. 'Ze komt zo terug.'

Met trillende hand trok Mette haar tas naar zich toe en tastte naar haar mobieltje. Ze kon het niet vinden. Misschien had ze vergeten het uit de zak van haar broek te halen en in haar tas te stoppen toen ze zich had verkleed. Verdomme. Toen viel haar blik op de telefoon die op het aanrecht stond. Ze liet haar tas los.

'Mag ik even van uw telefoon gebruikmaken?' zei ze.

Mevrouw Samuelsen gaf geen antwoord. Het toestel was aangepast voor slechtzienden en had buitenproportioneel grote toetsen. Ze sloot haar ogen en probeerde zich het nummer van Torkel Vaa voor de geest te halen. Hem bellen was het eerste wat bij haar opkwam. Langzaam toetste ze de cijfers in en kreeg zijn antwoordapparaat. Tegelijkertijd kreeg ze buiten op straat een gestalte in het oog. Een vrouw die met rasse schreden naar het hek van Eva Samuelsen liep. Ze komt er nu aan! Je moet komen, riep ze in de hoorn, voordat ze hem weer op zijn plaats smeet. Mevrouw Samuelsen was van haar stoel opgestaan. Liisa Beijar liep over het tuinpad met een plastic zak in haar hand.

'Nu moet u heel gewoon doen. U bent in gevaar! We zijn allebei in gevaar,' zei Mette dringend. 'Zegt u zo weinig mogelijk. Zeg dat u moet rusten. Ga op de bank liggen.'

Mette liep achteruit naar de trap. Bij de ingang hoorde ze het geluid van het deurslot. Mevrouw Samuelsen stond verstijfd in de gang, tussen de keuken en de voordeur in. Mettes sportschoenen maakten geluid op de trap. Haar tas stond nog in de keuken! Nee! Ze had geen tijd meer om hem te halen. Stond hij niet onder de tafel? Had ze hem niet tussen de stoel en de muur in gezet? Was hij niet zo goed als onzichtbaar? Het laatste wat ze zag was het mobiele alarm dat mevrouw Samuelsen aan een koord om haar hals droeg. Dat had ze opgemerkt en ze had zich afgevraagd wat het was. Natuurlijk was het een mobiel alarm. Dat had ze weliswaar nooit eerder gezien, maar het leek op het knopje dat in hotels naast de badkuip zit. Vaak met een koord eraan waar je aan kunt trekken. Natuurlijk was het een mobiel alarm. Het oor onder het verband bonsde. Het bloed joeg door haar lijf.

Met een gevoel van verlamming stond ze boven aan de trap. Beneden klonken stemmen. Het speciale accent van Liisa. De stem van Eva Samuelsen, nu iets minder hard. Ze boog zich voorover, trok de sluitingen van haar sportschoenen open en deed ze voorzichtig uit. Met haar schoenen in haar hand sloop ze op haar tenen de gang door. Geen kraakgeluiden. Ze duwde een deur open. De badkamer. Piepklein. Turkooisgroene wanden. Een badkuip. Een douchegordijn. Een wc met een zwarte bril. Oud. Een witte wastafel met twee kranen. Warm, koud.

Ze opende de volgende deur. Een slaapkamer. Die van mevrouw Samuelsen. Twee eenpersoonsbedden van een donkerbruine houtsoort. Allebei de bedden tegen hun eigen muur. Flink wat ruimte tussen de bedden. Nachtkastjes van hetzelfde hout. De bijbel, een zwarte bijbel, op het ene nachtkastje. Spreien. Identieke spreien van gehaakt katoen. Spierwit. Kasten. De ene korte wand was een en al kast, van de vloer tot het plafond. Ze aarzelde even. Hierboven waren nog twee deuren. Ze luisterde met haar mond half open. Stilte.

Achter de volgende deur ging een berghok schuil. Op de grond stond een koffer. Die tilde ze voorzichtig op. Leeg. Bruin imitatieleer. Kapot handvat. Geluidloos sloot ze de deur en sloop verder. De laatste deur maakte een zacht kreungeluidje. Ze verstijfde meteen en liet hem los. Hij draaide geluidloos verder de kamer in. Ze bleef staan, muisstil, en luisterde meer dan een minuut. Er kwam niemand.

Dit was de oude kamer van Thor Magne. Daarvan was ze overtuigd. Langs de ene wand stond een smal, blauw geschilderd bed. Het zag eruit alsof erin geslapen was. Liisa, dacht ze. Een moderne, verrijdbare koffer. Klein. Zo klein dat je hem niet als bagage in hoeft te checken als je gaat vliegen. Een bureau. En op het bureau. Een laptop. Een draagbare computer. Haar hart maakte een sprongetje. Ze gleed op haar sokken naar voren en klapte het scherm open. Iduns gezicht straalde haar tegemoet. Ze had de laptop gevonden! Idun had niet bepaald moeite gedaan om haar informatie te verbergen. De file uit de USB-stick had een eigen icoontje op de desktop gekregen met de naam 'Arvo Pekka' eronder. Ongelofelijk, maar waar. Snel trok ze de stekker uit het stopcontact en wikkelde het snoer om het apparaat. Ze trok de externe muis eruit en stopte hem in de zak van haar trainingsbroek. Tegelijkertijd hoorde ze voetstappen op de trap. Bliksemsnel gleed ze de vloer over en ging achter de open deur staan. De voetstappen daarbuiten hielden op. Zij hield haar adem in. Wie was er naar boven gekomen, mevrouw Samuelsen of Liisa Beijar? Ze drukte de laptop tegen haar borst. Toen viel haar blik op de sportschoenen die ze bij het bureau had neergezet. De deur stond open. De stilte daarbuiten werkte op haar zenuwen. Ze kon niet in de gang kijken. Toen klonken de stappen weer. Vrijwel geluidloos. Langzaam. Ze kon niet uitmaken hoe dichtbij ze waren. De angst dreigde haar te overweldigen. Ze was weer bij de riet- kreek. Ze wilde schreeuwen. Zich overgeven. Het opgeven. Maar toen leek het net alsof er een agressieve stemming over haar kwam. Ze legde de laptop op de grond en ging door de knieën om een gevechtshouding aan te nemen. Iedere cel in haar lichaam stond klaar om in actie te komen. Al haar zin- tuigen waren gescherpt. Ze wilde in leven blijven. Ze zou Liisa te grazen nemen. Ze zag Nikolaij met zijn rietsnijder voor zich, die haar hoofd zo had gemaltraiteerd. Toen ze een vloerplank bij de deuropening hoorde knarsen, greep ze de deur en wierp zich er uit alle macht tegen aan. De deur raak- te iets zwaars en sloeg vervolgens dicht. Ze rukte hem open.

In de gang lag Liisa Beijar op haar rug op de grond met haar handen voor haar gezicht. Mette stortte zich op haar met een gebrul waartoe ze zichzelf niet in staat had geacht. Ze draaide Beijar op haar buik, greep haar armen en trok die naar achteren, waarna ze op haar dijbenen knielde. Beijar huilde van de pijn. Mette trok de externe muis uit haar zak en bond met het snoer haar polsen vast. Ze legde er de strak- ste knoop in die ze ooit had gemaakt. Toen stond ze op en haalde de laptop van achter de deur. Ze trok het snoer eruit en bond Beijers voeten op dezelfde manier vast. Daarna stond ze op om trillend over haar hele lijf naar het resultaat te kijken. Beijar lag te snikken met haar gezicht tegen de van stroken stof geweven gangloper.

Ze liep de oude slaapkamer van Thor Magne in om haar sportschoenen te halen. Ze keek uit het raam. Het hek bene- den stond open. Een auto was bezig achteruit de oprit op te rijden. Geen gewone auto. Op de achterruit zat een vogel- plaatje geplakt. Die auto had ze eerder gezien. Boven in Luk- sefjell, samen met de politieauto's, die dag dat ze het lijk van Garmo in het wc-hokje van Aron Storm hadden gevonden.

Wat moest Storm hier? Verbaasd stapte ze over Liisa Beijar heen en ging op de bovenste traptree zitten om haar schoenen aan te trekken. Liisa's gejammer en hulpgeroep negeerde ze. Ze kon die stem niet aanhoren. Ze liep de badkamer in. Op een plankje boven het toilet lagen een paar lappen en handdoeken. Ze pakte een lap. Een versleten waslap. Ze liep de gang weer in, rolde de lap op tot een droge, walgelijke bal en stopte die in Liisa's mond. Nu klonken haar geluiden anders. Beneden ging de deurbel. Mette pakte Iduns laptop en liep de trap af. Mevrouw Samuelsen stond als een zoutpilaar in de keuken.

Mette deed de deur open. Buiten stond Ulrik. Ze waren allebei even verrast, maar Mette wist het beter te verbergen. De gedachten raasden door haar hoofd.

'Kom binnen, Ulrik, we hadden je al verwacht,' zei ze kalm.

Hij staarde haar aan. De blauwe ogen onder de gele hoofdband stonden geschrokken. Hij deed een stapje naar achteren, maar ze greep hem bij zijn jas en trok hem naar zich toe.

'Kom,' zei ze bars. 'Ik wil je iets laten zien.'

Hij liep gehoorzaam naar binnen, en intussen bleef zij zijn jack stevig vasthouden.

'Het is voorbij, Ulrik. De politie is op de bovenverdieping, samen met Liisa Beijar. Ze heeft alles bekend.'

Vanaf de bovenverdieping klonken wat vage keelgeluiden en gedempt gebons, als van aan elkaar gebonden voeten die op de grond bonkten. Ze duwde hem neer op een van de traptreden en ging naast hem zitten. Het was zo nauw dat ze samen de hele traptree in beslag namen. Ze legde de laptop op haar knieën, klapte hem open en zocht de files die Idun had opgeslagen. De laatste daarvan opende ze.

Arvo Pekka's gezicht vulde het scherm. Het bruine haar, de mosgroene ogen en de dikke metalen ketting die hij om zijn nek droeg. Het leek wel een keten. Zijn goudkleurige huid. Hij stond vlak bij de lens. Toen liep hij langzaam met gebogen bovenlijf achteruit en ging vervolgens met zijn rug tegen een boom zitten. Een spar. De zon scheen schuin in het beeld. Het was zomer. Hij zat op een lapje hei met kleine, bijna onzichtbare knoppen. Hij plukte een takje af en liet het langzaam over zijn lippen glijden. Toen sloot hij zijn ogen. De camera stond onbeweeglijk stil. Op een statief, dacht ze. Hij was alleen, ergens in het bos. Misschien bij de hut van Storm. Toen begon hij te zingen. Een soort wiegenliedje. De tekst was Fins. Ze verstond er geen woord van, maar de klanken waren kalm en golvend. Overal ter wereld zouden mensen de tonen van een wiegenliedje herkennen. Zijn stem was diep en mooi. Zijn ogen vulden zich met tranen, die over zijn wangen liepen. Hij veegde ze niet af.

Dit had Idun niet kunnen aanzien, dacht Mette. Op dit punt had ze de file afgesloten. Hij zong het liedje uit het zwembad. Daar had ze hem misschien kunnen redden. Daar was hij op zijn kwetsbaarst geweest. Als iemand maar een paar armen om hem heen had geslagen, daar in het zwembad, terwijl hij zong. Maar hoe had zij dat kunnen weten? Ze was bang, nat en dronken geweest. Mette keek op en zag dat Eva Samuelsen stilletjes bij de trap naar het lied stond te luisteren.

'Dat is uw kleinzoon, die daar zingt,' zei Mette.

Mevrouw Samuelsen gaf geen antwoord. Ze leunde tegen de deurpost. Op de bovenverdieping was het stil geworden. Misschien lag Liisa naar het gezang van haar pleegzoon te luisteren. Het Finse wiegenliedje.

Toen begon hij te praten. Arvo Pekka keek recht in de camera en praatte.

'Ik was veertien, die avond dat tante Liisa zou komen. Ik had haar nog nooit ontmoet, maar mijn moeder had verteld hoe slecht ze was. Tante Liisa was de slechtste mens die op aarde was opgegroeid. Nog slechter dan papa. Toen ik nog klein was, vertelde mama me altijd sprookjes voor het slapen gaan. De boze heks heette altijd Liisa. Ze woonde bij een rietkreek in Finland. Een land dat ver weg lag en waar mama nooit meer naartoe zou gaan. In haar jeugd was ze erin geslaagd aan Liisa te ontkomen. Ze had over alle zeeën gereisd, tot ze hier kwam en mij kreeg, het beste wat ze had. Maar toen werd papa ook slecht.'

Arvo Pekka laste een pauze in. Naast haar ging Ulrik onrustig verzitten. Hij had zijn handen tot vuisten gebald op zijn knieën. Mevrouw Samuelsen leunde nog steeds tegen de deurpost.

'Lieve mama,' zei Arvo Pekka tegen de camera. 'Ik weet dat ik de volwassenheid nooit zal halen. Ik kan het leven niet aan. Mijn vrienden weten dat. Ulrik, mijn allerbeste vriend, weet het. Ik weet niet wanneer ik dood zal gaan, maar doodgaan zal ik. Ik ben nu al op. Dat weet jij ook, lieve mama.'

Naast haar zat Ulrik te jammeren. Een langgerekt gehuil als van een gewond dier. Een wolf die in een val was getrapt. Met zijn poot in een klem was gestapt waar hij niet meer uit kwam. Mette drukte op de pauzeknop en het beeld op het scherm verstarde. Ze legde een arm om Ulriks schouders en wiegde hem tegen haar eigen lichaam heen en weer. Na een kleine eeuwigheid snikte hij alleen nog maar onregelmatig. Ze startte het filmpje weer.

'We hebben het erover gehad, Ulrik en ik en nog een paar anderen, dat als we onszelf van het leven zouden beroven, zoals het in romans heet, we iemand anders in de dood mee zouden nemen. Iemand die het verdient. Die avond dat tante Liisa zou komen had je alles zo goed voorbereid. Ik was pas veertien, maar ik zag wat je deed. Op dat moment had ik het niet door, maar naderhand wel. Papa had al een hele tijd niet gedronken. Maar toch ging je naar de staatsdrankwinkel om sterke drank te kopen. Twee flessen. Je zei dat hij wel een slokje kon nemen. Papa dronk een heleboel. Dat zouden alle alcoholisten hebben gedaan als ze werden uitgenodigd zoals jij hem uitnodigde.'

'Kunt u de film stilzetten, ik moet een stoel pakken,' zei mevrouw Samuelsen met een klein stemmetje.

Mette deed wat haar werd gevraagd. Mevrouw Samuelsen haalde een keukenstoel en ging dicht bij de trap zitten. Ze legde haar oude handen op haar magere dijbenen en streek over de stof van haar jurk.

'Ik weet niet hoe je het hebt aangelegd, mama,' vervolgde Arvo Pekka nadat Mette het filmpje weer had aangezet. 'Die avond zat ik op mijn kamer. Ik hoorde alle geluiden, maar ik zag niet wat er gebeurde. Dat wilde je me waarschijnlijk besparen. Het belangrijkste was dat ik tegen niemand zei dat tante Liisa was gekomen. Jij was degene die dood op de keukenvloer lag. Je moest een poosje verdwijnen, maar je zou heel gauw terugkomen. Na een dag of twee, en dan zou je Liisa heten, en niet Marija. Alles zou goed komen, als ik maar een brave jongen was.

Papa lag in de slaapkamer op bed. Hij lag op zijn rug met het bebloede mes in zijn hand. Zijn witte overhemd zat onder de bloedvlekken. Er zat ook bloed op zijn broek. En op zijn gezicht. Ik heb er naderhand over nagedacht hoe je dat had klaargespeeld. Je moet Liisa's bloed hebben opgevangen in een kop of zo, en dat voorzichtig over hem heen gegoten hebben. Er goed op hebben gepast dat het niet op het dekbed en het kussen kwam. Wat was je handig. Je liet mij daar achter met datgene wat jou moest voorstellen, dood, bebloed, aan het mes geregen. Ik belde de politie om te vertellen dat mijn vader mijn moeder had vermoord. Ze kwamen toen hij nog stomdronken op bed lag. Ik moest naar opa en oma. Toen kwam jij terug, en alles zou beter worden. Nu waren we papa kwijt, en jij was een oude nachtmerrie kwijt. Je eigen tweelingzus. Wat ze je precies had aangedaan, ben ik nooit te weten gekomen. Alleen maar dat ze slecht was en de aandacht opeiste. Jij bent nu Liisa, mama, Marija, en als ik kan neem ik jou mee in de dood en zorg ik dat papa vrijkomt. Want dat heeft hij verdiend. Vijf jaar is ondanks alles genoeg.'

Arvo Pekka staarde een poosje naar de lucht voordat hij vervolgde:

'Weet je, mama' – en hij richtte zijn blik op de lens – 'Liisa was jouw maan. Ze had je licht gestolen, zodat niemand jou zag. Jij werd zwak, klein en onzichtbaar aan de he-

mel. En jij, mama, werd mijn maan. Alles wat met jou te maken had, werd belangrijker dan ik. Met al je problemen over-
schaduwde je mij, Arvo Pekka. Maar weet je, er was een plek
waar we allemaal als sterren aan de nachthemel mochten
fonkelen, alle leden van de filmclub op school. Daar was
geen maan die ons licht kon stelen. Maar nu is dat afgelopen.
Als bij een explosie in de atmosfeer zullen we voor eeuwig uit
elkaar geslingerd worden. Vaarwel, maan.'

Het beeld ging op zwart. Niemand zei iets. Mette voelde
zich leeg en overrompeld. De vrouw die boven in de gang
lag, was Marija Samuelsen. Thor Magne had zijn vrouw niet
vermoord. Marija had haar tweelingzus vermoord. En daarmee had Arvo Pekka sinds zijn veertiende moeten leven.
Naast al die aanrandingen door Garmo, die hem alsmaar
had gestalkt. Het was bijna te veel om te verwerken. Ze voelde zich duizelig. Eva Samuelsen zat met haar handen voor
haar gezicht; hoe zij zich moest voelen ging alle voorstel-
lingsvermogen te boven. Mette keerde zich naar Ulrik toe.

'Nu ben jij aan de beurt,' zei ze. 'Vertel me wat er met Mathias Garmo is gebeurd. Het is nu afgelopen, Ulrik. Het uur
van de waarheid is aangebroken.'

Ulrik wiegde heen en weer. Hij zat met zijn armen om zijn
knieën geslagen te trillen. Ook zijn stem bleef lang trillen,
maar werd toen kalmer.

'Toen Appa dood was, ben ik naar Liisa gegaan. Ik vertelde haar wat Mathias met Appa had gedaan toen we op de
middenschool zaten. Dat Magga Appa nog steeds stalkte.
Liisa, of Marija, zei dat we Arvo Pekka moesten wreken. Dat
we Mathias een lesje moesten leren, zodat hij nooit meer iemand treiterde. Ze had zoiets eerder meegemaakt, zei ze, en
die mensen hielden nooit op met andermans leven te verpesten. Ik nam Mathias gevangen. Lokte hem in de val.
Sleepte hem mee naar... naar Marija's huis. Ik wist niet dat ze
Appa's moeder was! Marija liet Mathias een slaapmiddel
drinken. We namen hem mee in de auto en brachten hem met
de sneeuwscooter naar Arons hut.'

Ulrik zweeg even. Op de bovenverdieping hoorden ze het gebonk van voeten.

'Ik wist niet dat ze van plan was hem te vermoorden. We spijkerden hem vast aan de wand van het pleehokje. Op klaarlichte dag. Marija had Mathias al zijn kleren uitgetrokken voor we hem vastbonden. Het was ijskoud. Toen hij wakker werd, begon ze hem te martelen. Ik kon er niet naar kijken, dus ging ik de hut in. Ik had de sleutel laten namaken toen ik die een keer in mijn zak had nadat we daar waren geweest. Aron had het origineel de volgende dag teruggekregen. Hij wist niet dat ik een reservesleutel had. Toen hij vast kwam te zitten voor de moord op Mathias voelde ik de pijn over mijn hele lijf, maar ik kon nou eenmaal niks zeggen. Ik was medeplichtig, ook al had ik niemand vermoord. Dat had zij gedaan, helemaal alleen. Toen ik in de hut zat, hoorde ik dat ze hem met een motorzaag in stukken zaagde. Ik begreep niet wat er precies gebeurde, maar naderhand zag ik het. De benen bleven aan de wand van het hokje hangen. De rest stopte ze in de plee. Ik zag er vreselijk tegenop om daar met Pasen heen te gaan, maar tegelijkertijd wilde ik het, want dan zou het achter de rug zijn. Liisa, of Marija, had gezorgd dat ik een alibi had, en om eerlijk te zijn had ik voor het hare gezorgd. Ik hoopte maar dat de politie er niet achter zou komen en dat Aron de dans zou ontspringen.

Marija had Mathias' mobieltje meegenomen. Ze verdraaide haar stem door een sjaal voor haar mond te doen en piepte op de voicemail: 'De os is dood.' Ik vond dat luguber, maar ze dwong me om te beloven dat ik het mobieltje aan een oplader zou koppelen en ergens bij hem thuis zou verstoppen. Op een plaats waar niemand het zou vinden voor het uiteindelijk werd opgespoord. Dat was niet moeilijk. Op een middag liep ik zo het huis binnen, de kelder in en weer naar buiten, zonder dat iemand merkte dat ik er was.'

'Waarom deed ze dat? Waar was dat goed voor?'

'Weet ik niet,' zei Ulrik. 'Volgens mij is ze gek. Na wat we

daarnet hebben gehoord is het toch zeker hartstikke duidelijk dat ze gek is.'

'Maar ze heeft onder bedreiging nog meer van je gedaan
gekregen,' zei Mette. 'Wist je dat zij Ylva had?'

'Nee! Ik had er geen idee van dat ze haar had ontvoerd. Ik
snapte niet wat er met Ylva was gebeurd. Maar gisteren belde Marija om te zeggen dat ik onmiddellijk de laptop van
Idun te pakken moest zien te krijgen. Als ik dat niet deed, zei
ze, kon ik het wel schudden. Ik achtervolgde Idun om haar te
dwingen haar laptop te halen, maar toen kwam dat hele ge-
doe in Fossum, waarbij we in het water vielen. Ik wou dat ik
nooit bij... bij Appa's zogenaamde tante op bezoek was gegaan. Dan zou dit allemaal niet gebeurd zijn. Waarom heeft
ze Ylva ontvoerd?'

Mette vertelde hem in het kort van de USB-stick die Arvo
Pekka in zijn mond had toen hij zichzelf in het zwembad
doodschoot. Dat de inhoud van die USB-stick opgeslagen
stond op de laptop die zij nu op schoot had. Hoe alles in elkaar zat, vertelde ze niet. Dat moest de politie maar doen.

'Waarom ben je nu hierheen gekomen? In Arons auto?'
vroeg ze.

'Ik moest haar naar een veilige plaats brengen,' zei Ulrik.
'Ze zei niet waar. En ik heb tegen Aron gelogen om zijn auto
te pakken te krijgen. Ik zei dat ik Ylva van Gardermoen
moest afhalen.'

Mevrouw Samuelsen schraapte haar keel. Mette keerde
zich naar haar toe.

'Ze hebben haar eens aan een boom vastgespijkerd,' zei
Arvo Pekka's grootmoeder. 'Ze was tien toen Liisa en een
paar van haar vriendjes Marija's kleren aan een boomstam
vastspijkerden. Daar heeft ze uren gestaan voordat iemand
haar vond, terwijl de mieren over haar hele lijf kropen. Ze
durfde niet te zeggen dat Liisa mee had gedaan, dus ze gaf
een paar jongens de schuld. Dat heeft haar de rest van haar
kindertijd gekost. Ze hebben haar voor die leugen laten boe-
ten totdat ze uit huis ging.'

'Hoe weet u dat allemaal?' vroeg Mette.

'De eerste jaren kwam ze hier zo nu en dan aan nadat ze Arvo uit de speeltuin had opgehaald,' zei Eva Samuelsen. 'Haar hart was vervuld van haat jegens haar zuster. Ik vroeg haar om tot God te bidden en om verzoening en innerlijke vrede te bidden, maar daar wilde ze niets van weten. Ze wilde alleen maar vertellen en nog eens vertellen wat haar in haar jeugd voor gruwelijks was overkomen. Ten slotte kon ik het niet meer horen. Ik vroeg haar of ze niet meer wilde komen. Toen ik hoorde dat ze een testament had geschreven waarin Liisa haar erfgename was, dacht ik dat ze inderdaad verzoening en vrede had gevonden. Daar werd ik blij om. Misschien had ik toch iets bereikt door het woord des Heren te verkondigen.'

'Maar zo was het niet,' zei Mette.

'Nee.'

De voordeur ging open. Torkel Vaa stapte de gang in, gevolgd door twee agenten die ze niet eerder had gezien. Hij had het telefoonnummer opgespoord vanwaar ze had gebeld en het adres van Eva Samuelsen gevonden. Waar de technologie van deze nieuwe wereld al niet toe in staat was. Ze kreeg een idee. Ze verontschuldigde zich en verdween de trap op, ging naar de wc en deed de deur achter zich op slot. Is hier internet? Is hier een sympathieke buur met een draadloos netwerk? Ja, die is er. Netjes, hoor! Ik kan het net op, zong het door Mette heen, terwijl ze op het wc-deksel zat met de laptop van Idun Hegge op schoot. Ze opende haar mailbox en stuurde de map 'Arvo Pekka' als attachment naar haar eigen e-mailadressen thuis en bij de NRK.

Ze ging de documentaire van de eeuw over een disfunctioneel gezin maken. Arvo Pekka, ik ga je verhaal vertellen, beloofde ze.

Mette deed de deur open, knikte de politieman toe die ervoor stond en reikte hem de laptop aan.

Aron tuurde in zijn telescoop. Kortgeleden hadden ze het noorderlicht aan de hemel zien flakkeren. Hij trilde van verwondering en bewondering. Rondom hen was het volslagen donker, alleen het licht van duizenden sterren was voor het blote oog zichtbaar. De maan was weg. Het groepje stond verspreid, maar desondanks dicht bijeen, zo voelde hij het, met de telescoop op een statief voor zich, zeshonderd meter boven de zeespiegel, vijfhonderd meter boven de stofnevel van de stad die een waas vormt voor het oog, ver van het verderfelijke licht van de beschaving, van de steden in Grenland en van Kongsberg vandaan. De beboste bergen van Luksefjell en de Sauheradfjella zijn de donkerste plekken langs de Oslofjord, de donkerste delen van Zuid-Telemark. Wie de sterrenhemel wil bewonderen, kan het beste op de bovenste parkeerplaats van Svanstul gaan staan. Aron had er serieus werk van gemaakt. Hij was nu een van hen. Hij hoorde bij de amateurastronomen van de Astronomische Vereniging van Grenland e.o., de eerste vereniging waarvan hij ooit lid was geweest. Zijn zaak kwam binnenkort voor, maar vanavond, in de buitenlucht samen met de anderen, was hij van alle zorgen vrij.

Aron voelde een hand op zijn schouder. De leider, Tormod Mo, was naar hem toegelopen. Aron keerde zich naar hem om.

'Kijk, Aron! Zie je de Pleiaden, de zeven zusters, of het Zevengesternte, zoals ze ook vaak genoemd worden? Je kunt ze met het blote oog zien,' zei Mo, en hij wees de richting aan.

Aron keek ingespannen. Jazeker, hij kon het Zevengesternte zien.

'Probeer ze eens door de telescoop te bekijken,' zei Mo.

Aron boog zich naar het instrument toe en stelde de lens in. Het waren geen zeven sterren meer, maar minstens honderd. Hij maakte zijn blik los en staarde naar het Zevengesternte zoals het eruitzag als hij met zijn eigen ogen keek. Er stroomde een warm gevoel door hem heen als hij eraan dacht. Hij begon de sterren één voor één te tellen. Arvo Pekka Samuelsen, Ylva Hegge, Ulrik Steen-Jahnsen, Even Ivarstuen, Ida Stormyr, Janne Rasmussen en Aron Storm. De filmclub, tot in eeuwigheid.